FORÇA DA
NATUREZA

FORÇA DA NATUREZA

JANE HARPER

Tradução
Mariana Kohnert

Copyright © 2017 por Jane Harper
Publicado em comum acordo com a autora e Curtis Brown Group Ltd.

Título original: FORCE OF NATURE

Direção editorial: VICTOR GOMES
Acompanhamento editorial: ALINE GRAÇA
Tradução: MARIANA KOHNERT
Preparação: CINTIA OLIVEIRA
Revisão: TÁSSIA CARVALHO
Design de capa: JÉSSICA DINIZ
Projeto gráfico: BEATRIZ BORGES
Diagramação: GUSTAVO ABUMRAD
Imagens de capa: MILK-TEA – USPLASH.COM
Imagens de miolo: AZZEDINE ROUICHI – USPLASH.COM

ESTA É UMA OBRA DE FICÇÃO. NOMES, PERSONAGENS, LUGARES, ORGANIZAÇÕES E SITUAÇÕES SÃO PRODUTOS DA IMAGINAÇÃO DO AUTOR OU USADOS COMO FICÇÃO. QUALQUER SEMELHANÇA COM FATOS REAIS É MERA COINCIDÊNCIA.

TODOS OS DIREITOS RESERVADOS. PROIBIDA A REPRODUÇÃO, NO TODO OU EM PARTES, ATRAVÉS DE QUAISQUER MEIOS. OS DIREITOS MORAIS DO AUTOR FORAM CONTEMPLADOS.

DADOS INTERNACIONAIS DE CATALOGAÇÃO NA PUBLICAÇÃO (CIP)

H293f Harper, Jane
Força da Natureza / Jane Harper; Tradução Mariana Kohnert. – São Paulo: Editora Morro Branco, 2021.
p. 416; 14x21 cm.
ISBN: 978-65-86015-24-9
1. Literatura australiana – Romance. 2. Thriller. I. Kohnert, Mariana. II. Título.
CDD 828.99343

TODOS OS DIREITOS DESTA EDIÇÃO RESERVADOS A:
EDITORA MORRO BRANCO
Alameda Santos, 1357, 8º andar
01419-908 – São Paulo, SP – Brasil
Telefone (11) 3373-8168
www.editoramorrobranco.com.br

Impresso no Brasil
2021

Para Pete e Charlotte,
com amor

PRÓLOGO

Posteriormente, as quatro mulheres restantes concordariam com apenas duas coisas. A primeira: ninguém vira a vegetação nativa engolir Alice Russell. A segunda: Alice tinha uma língua tão afiada que era capaz de cortar uma pessoa.

As mulheres ainda não haviam chegado ao ponto de encontro.

O grupo dos homens – apresentando-se no farol respeitáveis trinta e cinco minutos antes do meio-dia – se parabenizava com tapinhas no ombro ao surgir do fim do bosque. Um trabalho bem feito. O líder do retiro estava esperando pelos cinco, com aparência acolhedora e receptiva, usando o uniforme vermelho de malha *fleece*. Os homens jogaram os sacos de dormir de alta tecnologia na traseira da minivan, respirando aliviados ao entrarem. Na van, havia mix de nozes e café em garrafas térmicas. Eles passaram reto pela comida, esticando-se em vez disso para pegar a sacola contendo os celulares confiscados. Enfim reunidos.

Fazia frio do lado de fora. Nenhuma novidade. O sol pálido do inverno tinha surgido por completo apenas uma vez nos últimos quatro dias. Pelo menos a van estava seca. Os homens se recostaram. Um deles fez uma piada sobre as habilidades femininas para ler mapas e todos riram. Eles beberam café e esperaram as colegas de trabalho aparecerem. Fazia três dias desde que as viram pela última vez; podiam esperar mais alguns minutos.

Levou uma hora até a arrogância dar lugar à irritação. Um a um os cinco homens se levantaram dos assentos macios e arrastaram os pés de um lado para o outro na estrada de terra. Apontavam os celulares para o céu como se a distância extra de um braço fosse capaz de capturar o sinal arredio. Digitaram mensagens de texto impacientes que não chegariam a suas caras-metades na cidade. *Vou me atrasar. Houve um imprevisto.* Os últimos dias haviam sido longos, e banhos quentes e cervejas geladas os esperavam. E trabalho, no dia seguinte.

O líder do retiro encarava as árvores. Por fim, ele soltou o walkie-talkie do cinto.

Alguns membros da equipe de reforços chegaram. As vozes dos guardas-florestais do parque estavam tranquilas conforme iam vestindo coletes refletores. *Vamos tirá-las de lá rapidinho.* Sabiam onde as pessoas se perdiam, e restavam horas de luz do dia. Algumas, de qualquer forma. O suficiente. Não levaria muito tempo. Eles mergulharam na vegetação nativa em um ritmo profissional. O grupo dos homens se reuniu de volta na van.

O mix de nozes se fora e a borra de café estava fria e amarga quando a equipe de resgate ressurgiu. As silhuetas dos eucaliptos eram projetadas contra o céu que escurecia. Expressões sérias nos rostos. As brincadeiras tinham sumido com a luz.

Dentro da van, os homens estavam sentados em silêncio. Se aquela fosse uma crise do conselho, saberiam o que fazer. Uma queda do dólar, uma cláusula contratual indesejada, sem problemas. Lá fora, a vegetação nativa parecia embaçar as respostas. Eles aninhavam os celulares sem vida no colo como brinquedos quebrados.

Mais palavras foram sussurradas em walkie-talkies. Faróis de veículos apontados para a densa parede de árvores e respirações formavam nuvens no ar gélido da noite. A equipe de resgate fora chamada de volta para um resumo da situação. Os homens na van não conseguiam ouvir os detalhes da conversa, mas não precisavam. O tom dizia tudo. Havia limites para o que podia ser feito depois de escurecer.

Por fim, o grupo de resgate se dispersou. Um colete refletor entrou no banco de motorista da minivan. Ele levaria os homens até o chalé principal do parque. Precisariam pernoitar, ninguém seria liberado para fazer a viagem de três horas de volta a Melbourne agora. As palavras ainda estavam assentando quando os homens ouviram o primeiro grito.

Agudo como o de um pássaro, era um ruído incomum na noite, e todas as cabeças se viraram para as quatro figuras que subiam a colina. Duas pareciam segurar uma terceira, enquanto uma quarta mancava cambaleante ao lado delas. O sangue na testa da última parecia preto de longe.

— Ajudem-nos! — gritava uma delas. Mais de uma.

— Estamos aqui. Precisamos de ajuda, ela precisa de um médico. Por favor, ajudem. Graças a Deus, graças a Deus que encontramos vocês.

A equipe de resgate estava correndo; os homens abandonaram os celulares nos assentos e os seguiram ofegantes.

— Nós nos perdemos — dizia alguém.

Outra pessoa:

— Nós a perdemos.

Era difícil discernir. As mulheres estavam gritando, chorando, as vozes se atropelavam.

— Alice está aqui? Ela chegou? Ela está bem?

Em meio ao caos e à noite, era impossível dizer qual das quatro perguntara sobre o bem-estar de Alice. Posteriormente, quando tudo piorasse, cada uma insistiria que havia sido ela.

UM

— Não entre em pânico.

O agente federal Aaron Falk, que até aquele momento não tinha planejado fazê-lo, fechou o livro que estava lendo. Passou o celular para a mão saudável e se endireitou na cama.

— Certo.

— Alice Russell está desaparecida. — A mulher do outro lado disse o nome baixinho. — Aparentemente.

— Como assim desaparecida? — Falk deixou o livro de lado.

— Legitimamente. Não está só ignorando nossas ligações desta vez.

Falk ouviu a parceira suspirar do outro lado da linha. Carmen Cooper soava mais estressada do que ele a ouvira nos três meses em que estavam trabalhando juntos, e isso dizia muito.

— Está perdida em algum lugar da cordilheira Giralang — prosseguiu Carmen.

— Giralang?

— Isso, no leste, sabe?

— Não, eu sei onde fica — disse ele. — Estava pensando mais na reputação do lugar.

— Aquelas coisas sobre Martin Kovac? Não parece ser nada do tipo, graças a Deus.

— Espero que não. Isso já faz vinte anos, não?

— Quase vinte e cinco, acho.

No entanto, algumas coisas sempre perduravam. Falk mal se tornara adolescente quando a cordilheira Giralang tinha dominado os noticiários noturnos pela primeira vez. E, então, mais três vezes durante os dois anos seguintes. A cada vez, imagens de equipes de resgate marchando entre a densa vegetação nativa, segurando as coleiras esticadas de cães farejadores, eram projetadas nas salas de estar de todo o estado. Tinham encontrado a maioria dos corpos, por fim.

— O que ela estava fazendo lá? — perguntou ele.

— Retiro corporativo.

— Está de brincadeira?

— Infelizmente, não — disse Carmen. — Ligue a TV, está no noticiário. Chamaram uma equipe de resgate.

— Espere aí. — Falk levantou da cama e vestiu uma camiseta sobre o calção. O ar noturno estava frio. Ele caminhou até a sala e ligou a televisão em um canal de notícias vinte e quatro horas. O âncora falava sobre o dia no parlamento.

— Não é nada. Só trabalho. Volte a dormir. — Falk ouviu Carmen murmurar ao ouvido dele e percebeu que estava falando com alguém perto dela. De imediato, imaginou-a no escritório compartilhado pelos dois, espremida atrás da mesa que fora encaixada ao lado da dele doze semanas atrás. Estavam trabalhando lado a lado desde então, literalmente. Quando Carmen se espreguiçava, os pés dela batiam nas pernas da cadeira dele. Falk verificou o relógio. Passava das dez horas da noite de um domingo; é claro que ela estaria em casa.

— Já viu? — Carmen perguntou a ele, sussurrando agora em respeito a quem quer que estivesse com ela. Seu noivo, presumiu Falk.

— Ainda não. — Falk não precisava abaixar a voz. — Espere... — A legenda surgiu na tela. — Aqui está.

BUSCA PELA PRATICANTE DE TRILHA PERDIDA
ALICE RUSSELL, 45, DE MELBOURNE, SERÁ RETOMADA
AO AMANHECER NA CORDILHEIRA GIRALANG.

— Praticante de *trilha*? — disse Falk.

— Eu sei.

— Desde quando Alice... — Ele parou. Estava imaginando os sapatos dela. Altos. Pontiagudos.

— Eu sei. O boletim dizia que era algum tipo de treinamento de *teambuilding*. Ela fazia parte de um grupo enviado por alguns dias e...

— Alguns dias? Há quanto tempo ela está realmente desaparecida?

— Não tenho certeza. Acho que desde ontem à noite.

— Ela me ligou — disse Falk.

Houve silêncio do outro lado da linha. Então:

— Quem ligou? Alice?

— Sim.

— Quando?

— Ontem à noite. — Falk afastou o celular da orelha e percorreu as chamadas perdidas. Então o levou de volta ao ouvido. — Você ainda está aí? Na verdade foi hoje, no início da manhã, por volta das quatro e meia. Não ouvi tocar. Apenas vi a mensagem de voz quando acordei.

Outro silêncio.

— O que ela disse?

— Nada.

— Nada mesmo?

— Não havia ninguém do outro lado. Achei que tivesse sido por engano.

O boletim da TV exibiu uma foto recente de Alice Russell. Parecia ter sido tirada em uma festa. O cabelo loiro estava preso em um penteado complicado, e o vestido prateado ostentava as horas que ela passava na academia. Parecia uns bons cinco anos mais jovem, talvez mais. E estava sorrindo para a câmera de uma forma que jamais sorrira para Falk e Carmen.

— Tentei ligar de volta quando acordei; provável que por volta das seis e meia — disse Falk, ainda observando a tela. — Ninguém atendeu.

A TV cortou para uma tomada aérea da cordilheira Giralang. Colinas e vales se expandiam pelo horizonte, um oceano verde ondulante sob a luz fraca do inverno.

BUSCA SERÁ RETOMADA AO AMANHECER.

Carmen permaneceu calada. Falk conseguia ouvir a respiração dela. Na tela, as cordilheiras pareciam grandes. Enormes, na verdade. O tapete espesso formado pelos topos das árvores parecia completamente impenetrável do ponto de vista da câmera.

— Deixe-me ouvir a mensagem de novo — falou ele.

— Ligo de volta para você.

— Tudo bem. — A linha ficou muda.

Falk se sentou no sofá em meio à semiescuridão, a luz azul da televisão tremeluzindo. Não tinha fechado as cortinas e, para além da pequena sacada, podia ver o horizonte brilhante de Melbourne. A luz de alerta no topo da Eureka Tower piscava, constante e vermelha.

BUSCA SERÁ RETOMADA
AO AMANHECER NA CORDILHEIRA.

Ele abaixou o volume da TV e ouviu o correio de voz. Ligação recebida às 4:26 da manhã, do celular de Alice Russell. A princípio, Falk não conseguiu ouvir nada e pressionou com mais força o celular contra a orelha. Estática abafada por cinco segundos. Dez. Ele continuou ouvindo, até o fim desta vez. O ruído branco aumentava em ondas, soava como se estivesse submerso. Havia um zumbido emudecido que poderia ser alguém falando. Então, do nada, uma voz surgiu. Falk afastou o telefone do ouvido e o encarou. A voz era tão baixa que se perguntou se a teria imaginado.

Ele digitou na tela devagar. Então fechou os olhos no apartamento silencioso e tocou a mensagem mais uma vez. Nada, nada, então, no escuro, uma voz distante falou as palavras ao ouvido dele.

— ...*feri-la*...

DOIS

O dia mal amanhecera quando Carmen estacionou o carro perto do apartamento de Falk. Ele já estava esperando na calçada, a mochila no chão. As botas de trilha pareciam rígidas por falta de uso.

— Vamos ouvir a mensagem — disse ela, quando ele entrou no veículo. Tinha o assento do motorista empurrado para trás. Carmen era uma das poucas mulheres que Falk conhecera alta o bastante para encará-lo quando ficavam frente a frente.

Falk colocou o celular em modo viva-voz e apertou um botão. Estática preencheu o carro. Cinco, dez segundos de nada, então as duas palavras surgiram, baixinhas e agudas. Mais alguns segundos abafados e a ligação foi interrompida.

Carmen franziu a testa.

— Mais uma vez.

Ela fechou os olhos, e Falk observou o rosto da parceira enquanto ela ouvia. Aos trinta e oito anos, Carmen estava à frente dele por apenas seis meses tanto em idade quanto em experiência, mas era a primeira vez que os caminhos dos dois na Polícia Federal se cruzavam. Ela era nova na unidade de investigação financeira em Melbourne, tendo se mudado de Sidney. Falk não conseguia decifrar se a parceira se arrependia. Carmen abriu os olhos. Sob o brilho laranja do poste, a pele e o cabelo dela pareciam um tom mais escuro do que o normal.

— "Feri-la" — disse ela.

— Foi o que ouvi também.

— Conseguiu escutar outra coisa bem no fim?

Falk aumentou o volume até o máximo e tocou mais uma vez. Ele se viu prendendo o fôlego ao se esforçar para ouvir.

— Aí — disse Carmen. — É alguém dizendo "Alice"?

Eles escutaram de novo e dessa vez Falk percebeu a leve inflexão no ruído abafado, um chiado sibilado.

— Não sei — falou ele. — Pode ser estática.

Carmen ligou o motor. Ele rugiu alto no pré-alvorecer. Ela avançou para a rua antes de voltar a falar:

— Quão confiante você está de que aquela é a voz de Alice?

Falk tentou se lembrar do timbre de voz de Alice Russell. A voz dela era relativamente distinta. Costumava ser recortada. Sempre decisiva.

— Nada indica que *não* é ela. Mas está difícil de ouvir.

— Muito difícil. Não tenho certeza se eu poderia sequer jurar que foi uma mulher.

— Não.

No retrovisor, Melbourne ficava menor. Adiante, a leste, o céu passava de preto para azul-marinho.

— Sei que Alice é um pé no saco — falou ele —, mas espero mesmo que não a tenhamos jogado na merda.

— Eu também. — O anel de noivado de Carmen refletiu a luz quando ela virou o volante para entrar na rodovia.

— O que o policial estadual disse? Qual era o nome dele?

— King.

Depois de ouvir a mensagem de voz de Alice Russell na noite anterior, Falk ligara para a polícia estadual. Levou meia hora até o sargento-sênior, líder da busca, ligar de volta.

— Desculpe. — O sargento-sênior King soara cansado. — Precisei encontrar uma linha fixa. O tempo está tornando o sinal de celular pior do que o normal. Me conte sobre essa mensagem de voz.

Ele ouviu pacientemente enquanto Falk falava.

— Certo — disse King, ao final. — Olhe, verificamos os registros telefônicos dela.

— Tudo bem.

— Qual disse que era seu relacionamento com ela?

— Profissional — falou Falk. — Confidencial. Ela estava nos ajudando com algo.

— E qual é o nome do seu parceiro?

— Parceira. Carmen Cooper.

Falk conseguiu ouvir o farfalhar de papéis conforme o homem anotava.

— Algum de vocês estava esperando que ela ligasse?

Falk hesitou.

— Não especificamente.

— Você tem habilidades de sobrevivência na natureza?

Falk olhou para a mão esquerda. A pele ainda estava rosada e era de um liso estranho em trechos onde as queimaduras não tinham cicatrizado muito bem.

— Não.

— Sua parceira?

— Acho que não. — Falk percebeu que na verdade não sabia.

Houve uma pausa.

— De acordo com a companhia telefônica, mais cedo esta manhã Alice Russell tentou ligar para dois números — disse King. — O do serviço de emergência e o seu. Consegue pensar em algum motivo para isso?

Foi a vez de Falk fazer uma pausa. Ele conseguia ouvir o sargento respirando ao telefone.

Feri-la.

— Acho melhor irmos até aí — falou. — Para conversarmos pessoalmente.

— Acho que seria inteligente, amigo. Traga seu celular.

DIA 4: DOMINGO DE MANHÃ

A mulher conseguia ver o próprio medo refletido nos três rostos que a encaravam de volta. Podia ouvir a respiração rápida das outras enquanto o coração dela galopava. Acima, o bolsão de céu esculpido pelas árvores era de um cinza esmaecido. O vento sacudiu os galhos, lançando um jato de água no grupo abaixo. Ninguém se encolheu. Atrás delas, a madeira podre da cabana rangia e se aquietava.

— Precisamos sair daqui. Agora — disse a mulher.

A dupla à esquerda dela assentiu de imediato, unidas pela primeira vez devido ao pânico, os olhos arregalados e sombrios. À direita dela, a mais breve hesitação, então um terceiro aceno de cabeça.

— E quanto a...

— E quanto a quê?

— ... e quanto à Alice?

Um silêncio terrível. O único som era o rangido e o farfalhar enquanto as árvores observavam o círculo estreito das quatro.

— Alice causou isso a si mesma.

TRÊS

Quando Falk e Carmen pararam depois de duas horas, o céu estava completamente claro, e a cidade se estendia a quilômetros de distância. Estavam de pé na beira da estrada e se alongavam conforme as nuvens projetavam sombras ágeis sobre os pastos. As casas e as construções eram poucas e esparsas. Um caminhão transportando suprimentos de agricultura passou rugindo, o primeiro veículo que viam em trinta quilômetros. O ruído espantou um bando de cacatuas, lançando-as em debandada, aos gritos, de uma árvore próxima.

— Vamos seguir em frente — disse Falk. Ele pegou as chaves de Carmen e foi para trás do volante do sedã marrom surrado dela. Então ligou o motor. Pareceu de uma familiaridade instantânea. — Eu tinha um carro assim.

— Mas teve o bom senso de se livrar dele? — Carmen se acomodou no banco do carona.

— Não por escolha. Foi danificado no início deste ano, em minha cidade natal. Um gesto de boas-vindas de alguns moradores.

Ela o olhou com um pequeno sorriso.

— Ah, sim. Ouvi falar. Danificado é uma forma de dizer, suponho.

Falk passou a mão pelo volante com uma pontada de arrependimento. Seu novo carro era bom, mas a sensação não era a mesma.

— Este é o carro de Jamie, de qualquer forma — disse Carmen quando ele arrancou. — Melhor do que o meu para longas distâncias.

— Certo. Como está o Jamie?

— Bem. O mesmo de sempre.

Falk não sabia muito bem o que era o de sempre. Encontrara-se com o noivo de Carmen apenas uma vez. Um cara musculoso que usava jeans e camiseta, Jamie trabalhava com marketing para uma empresa de bebidas voltada para esportes e nutrição. Apertara a mão de Falk e lhe dera uma garrafa de algo azul e gasoso que prometia melhorar seu desempenho. O sorriso do homem parecia genuíno, mas havia um toque de algo a mais ali, enquanto observava a estrutura alta e magra de Falk, a pele pálida dele, o cabelo loiro-branco e a mão queimada. Se tivesse de adivinhar, diria que era um leve alívio.

O celular de Falk apitou no console central. Ele tirou os olhos da estrada vazia para olhar a tela e o entregou a Carmen.

— O sargento mandou um e-mail.

Carmen abriu a mensagem.

— Tudo bem, ele diz que havia dois grupos no retiro. Um de homens, outro de mulheres, ambos fazendo trilhas separadas. Mandou os nomes das mulheres no grupo de Alice Russell.

— Ambos os grupos da BaileyTennants?

— Parece que sim. — Carmen pegou o próprio celular e abriu o website da BaileyTennants. Falk conseguia ver de viés a fonte preta e prateada da firma de contabilidade de luxo na tela.

— Certo. Breanna McKenzie e Bethany McKenzie — ela leu do celular dele em voz alta. — Breanna é assistente de Alice, não é? — Carmen digitou na tela. — Sim, aqui está ela. Nossa, com essa aparência poderia ser garota-propaganda de vitaminas.

Ela estendeu o celular e Falk viu a sorridente fotografia de funcionária de uma jovem na casa dos vinte anos. Ele entendeu o que Carmen quis dizer. Mesmo com a nada lisonjeira luz do escritório, Breanna McKenzie tinha o brilho saudável de alguém que corria todas as manhãs, praticava ioga com vontade e fazia uma profunda hidratação no rabo de cavalo preto lustroso religiosamente todo domingo.

Carmen pegou o celular de volta e digitou.

— Nada aparece sobre a outra. Bethany. Acha que são irmãs?

— É possível. — Talvez até mesmo gêmeas, pensou Falk. Breanna e Bethany. Bree e Beth. Ele revirou os sons na língua. Soavam como uma dupla.

— Podemos descobrir qual é a situação dela — falou Carmen. — A próxima é Lauren Shaw.

— Já esbarramos com essa daí, não foi? — perguntou Falk. — Gerência intermediária, ou algo assim?

— Sim, ela é… Jesus, isso mesmo, gerente estratégica de planejamento futuro. — Carmen estendeu o celular de novo para ele. — Seja lá o que for isso.

O que quer que fosse, o rosto magro de Lauren não denunciava nada. Era difícil estimar a idade dela, mas o palpite de Falk era quarenta e tantos anos. A mulher tinha o cabelo de um tom intermediário de castanho, e os olhos verde-claros encaravam a câmera, a expressão tão neutra quanto a de uma fotografia de passaporte.

Carmen se voltou para a lista de nomes.

— Humm.

— O quê?

— Diz que Jill Bailey estava com elas.

— Sério? — Falk manteve os olhos na estrada, mas o nó de preocupação alojado em seu peito desde a noite anterior pulsou e aumentou. Carmen não se deu o trabalho de puxar a foto de Jill. Estavam ambos familiarizados com as feições pesadas da presidente do conselho administrativo. Ela faria cinquenta naquele ano e, apesar das roupas e dos cortes de cabelo caros, a aparência denunciava cada um de seus dias.

— Jill Bailey — disse Carmen, rolando mais para baixo a mensagem do sargento. O polegar dela parou. — Merda. E o irmão dela estava no grupo dos homens.

— Tem certeza?

— Sim, Daniel Bailey, diretor-executivo. Está aqui em preto e branco.

— Não gosto nem um pouco disso — comentou Falk.

— Não. Não gosto de nada aqui. — Carmen tamborilou de leve as unhas no celular enquanto pensava. — Tudo bem. Não sabemos o suficiente para chegar a qualquer conclusão — falou, por fim. — Aquela mensagem de voz está totalmente fora de contexto. Em todos os sentidos, pensando realística e estatisticamente, é mais provável que Alice Russell tenha saído de uma trilha por engano e se perdido.

— Sim, esse é o mais provável — disse Falk. Ele pensou que nenhum dos dois parecia convencido disso.

Eles seguiram dirigindo, as estações de rádio rareando conforme a paisagem corria. Carmen mexeu no botão até encontrar um sinal de AM falhando. O noticiário da hora surgia e sumia. A praticante de trilha de Melbourne ainda estava desaparecida. A estrada fez uma curva suave para o norte e subitamente Falk conseguiu ver as colinas da cordilheira Giralang no horizonte.

— Já esteve lá? — perguntou ele, e Carmen fez que não com a cabeça.

— Não. Você?

— Não. — Ele não tinha estado ali, mas crescera em um lugar não muito diferente. Terreno isolado, onde árvores cresciam espessas e densas na terra relutante em deixar qualquer coisa escapar.

— A história por aqui me desanima — prosseguiu Carmen. — Sei que é tolice, mas... — Ela deu de ombros.

— O que aconteceu com Martin Kovac no fim das contas? — perguntou Falk mais uma vez. — Ainda está preso?

— Não tenho certeza. — Carmen digitou na tela de novo. — Não. Está morto. Morreu na cadeia há três anos, aos 62 anos de idade. Na verdade, me lembro disso, pensando bem. Ele se meteu em uma briga com um detento, bateu com a cabeça no chão e não acordou mais, diz aqui. É difícil sentir pena disso.

Falk concordou. O primeiro corpo tinha sido o de uma professora trainee de vinte e poucos anos de Melbourne, aproveitando um fim de semana de ar puro nas cordilheiras. Um grupo de campistas a encontrara, dias depois, tarde demais. O zíper do short dela fora aberto à força e a mochila com os suprimentos de caminhada havia sumido. Estava descalça, os cadarços amarrados com firmeza em volta do pescoço.

Foram necessários mais dois corpos femininos e outra declarada desaparecida, ao longo dos três anos seguintes, até que o nome do trabalhador temporário Martin Kovac fosse mencionado pela primeira vez em conexão com os assassinatos. E então o estrago tinha sido feito de vez. Uma longa e permanente sombra fora projetada sobre a tranquila cordilheira Giralang, e Falk era parte da geração inteira que crescera sentindo calafrios sempre que ouvia o seu nome.

— Kovac morreu sem confessar ter atacado aquelas três mulheres, pelo que parece — disse Carmen, lendo no celular. — Ou aquela quarta que jamais foi encontrada. Sarah Sondenberg. Aquela foi triste. Tinha apenas 18 anos. Lembra-se dos pais dela fazendo aqueles apelos na tv?

Falk se lembrava. Duas décadas depois e ainda conseguia visualizar o desespero nos olhos dos pais da jovem.

Carmen tentou rolar a tela para baixo, então suspirou.

— Desculpe, está travando. O sinal está fraco.

Falk não estava surpreso. As árvores ao longo da rodovia projetavam sombras que bloqueavam a luz da manhã.

— Acho que estamos saindo da cobertura de rede.

Eles não conversaram de novo até saírem da estrada principal. Carmen pegou o mapa e navegou conforme a pista se estreitava e as colinas se elevavam imponentes no para-brisa. Passaram por uma breve fileira de lojas vendendo cartões-postais e equipamento de trilha. Era delimitada por um pequeno supermercado e um posto de gasolina solitário.

Falk verificou o medidor de combustível e ligou a seta. Ambos saíram do carro enquanto ele abastecia, bocejando. O início precoce do dia começava a alcançá-los. Parecia mais frio ali, e o ar estava gélido. Falk deixou Carmen alongando as costas com um resmungo e entrou para pagar.

O homem atrás do balcão usava um gorro e tinha uma barba por fazer de uma semana. Ele ficou de pé um pouco mais ereto quando Falk se aproximou.

— Vai para o parque? — Ele falava com a pressa de um sujeito faminto por uma conversa.

— Vamos.

— Procurando aquela mulher desaparecida?

Falk piscou.

— Na verdade, sim.

— Um monte de gente apareceu atrás dela. Chamaram o resgate. Devo ter tido umas vinte pessoas abastecendo ontem. Hora do rush o dia inteiro. Não está melhor hoje. — Ele sacudiu a cabeça com incredulidade.

Falk olhou em volta com discrição. O carro deles era o único no pátio. Não havia outros fregueses na loja.

— Espero que a encontrem rápido — prosseguiu o homem. — Negócio ruim esse, quando alguém desaparece. Ruim *para* os negócios também. Espanta as pessoas. Um lembrete forte demais, imagino. — Ele não elaborou. Não precisava mencionar Kovac, supôs Falk, não ali.

— Soube de alguma coisa? — perguntou Falk.

— Nada. Mas acho que não tiveram sorte, porque não os vi saírem. E eu os recebo das duas direções. Entrando e saindo. O posto de serviço mais próximo fica a mais de cinquenta quilômetros. Mais longe ainda se estiver indo para o norte. Todo mundo abastece aqui. Só por precaução, sabe? Algo sobre este lugar os faz querer se sentir em segurança. — Ele deu de ombros. — Melhor para nós, suponho.

— Mora aqui há muito tempo?

— Tempo o suficiente.

Quando Falk entregou o cartão de crédito, reparou na pequena luz vermelha de uma câmera de segurança atrás do balcão.

— Há câmeras nas bombas de abastecimento? — perguntou Falk, e o sujeito acompanhou o olhar dele para fora. Carmen estava inclinada contra o carro, os olhos fechados e o rosto voltado para cima.

— Sim, claro. — Os olhos do sujeito se detiveram um pouco mais do que o necessário antes de ele os arrastar de volta. — Não tenho escolha. Estou sozinho aqui a maior parte do tempo. Não posso arriscar os motoristas fujões.

— A mulher desaparecida parou aqui com o grupo dela quando chegaram? — perguntou Falk.

— Sim. Na quinta-feira. A polícia já levou uma cópia da gravação.

Falk puxou a identidade.

— Alguma chance de haver outra?

O homem olhou para o documento, então deu de ombros.

— Um minuto.

Então desapareceu em um escritório nos fundos. Falk olhou pelos vidros das portas da frente enquanto esperava. Para além do pátio da frente, não via nada a não ser uma muralha de verde. As colinas escondiam o céu. De repente se sentiu cercado demais. Ele se sobressaltou quando o homem ressurgiu com um pen drive na mão.

— Os últimos sete dias — disse o sujeito, entregando-o.

— Obrigado, amigo. Agradeço.

— Sem problemas, espero que ajude. Não iria querer estar perdido lá fora por muito tempo. É o pânico que derruba você. Tudo começa a parecer igual depois de alguns dias, se torna difícil confiar no que está vendo. — Ele olhou para fora. — Deixa qualquer um maluco.

DIA 1: QUINTA-FEIRA À TARDE

O para-brisa estava com pingos leves de chuva no momento em que a minivan parou. O motorista desligou o motor e se virou no assento.

— Chegamos, pessoal.

Nove cabeças se viraram para as janelas.

— Só vou sair se virarmos para a esquerda, não para a direita — gritou uma voz masculina dos fundos, e os demais riram.

À esquerda havia o chalé principal para hóspedes, aconchegante e quente, as paredes de madeira erguendo-se fortes contra o frio. Luz saía para além das janelas, e uma fileira ordenada de chalés de acomodação tinha um ar convidativo.

À direita estava uma trilha lamacenta com uma placa surrada pelo tempo. Eucaliptos se entremeavam adiante para formar um arco tosco e a trilha se curvava cambaleante antes de desviar acentuadamente para a vegetação nativa e desaparecer.

— Desculpe, amigo, hoje é direita para todo mundo. — O motorista abriu a porta da minivan, deixando entrar uma lufada gelada. Um a um, os passageiros começaram a se mover.

Bree McKenzie soltou o cinto de segurança e saiu, desviando de uma grande poça no último segundo. Ela se virou para avisar, mas Alice já estava descendo. Os cabelos loiros da mulher sopravam sobre o rosto dela, cegando-a quando uma bota cara mergulhou na água.

— Merda. — Alice passou os cabelos para trás das orelhas e olhou para baixo. — Um ótimo começo.

— Desculpe — disse Bree, de imediato. — Encharcou? Alice examinou a bota.

— Não. Acho que saí ilesa. — Um segundo, então ela sorriu e prosseguiu. Bree deu um suspiro silencioso de alívio.

Ela tremeu, fechando o casaco até o pescoço. O ar estava gélido e com cheiro de eucalipto úmido e, ao olhar em volta, pôde ver o estacionamento de cascalho em grande parte vazio. Fora da temporada, ela pressupôs. Então foi até a traseira da van, de onde as mochilas estavam sendo retiradas. Pareciam mais pesadas do que Bree se lembrava.

Lauren Shaw já estava lá, com a sua estrutura alta e magra, curvada sobre o porta-malas, tirando a mochila da base da pilha.

— Precisa de ajuda? — Bree não a conhecia tão bem quanto a alguns dos outros funcionários seniores, mas sabia como se fazer útil.

— Não, está tudo bem…

— Não me importo de… — Bree levou a mão à mala conforme Lauren a soltava. Houve uma disputa esquisita quando ambas a puxaram em direções diferentes.

— Acho que consegui. Obrigada. — Os olhos da mulher mais velha eram do mesmo cinza frio do céu, mas ela deu a Bree um leve sorriso. — Você precisa de ajuda…?

— Céus, não. — Bree gesticulou. — Estou bem. Obrigada. — Ela olhou para cima. As nuvens pareciam ficar mais pesadas. — Espero que o tempo se mantenha estável para nós.

— A previsão diz que não se manterá.

— Ah. Bem, mesmo assim. Suponho que nunca se sabe.

— Não. — Lauren pareceu quase se divertir com o otimismo de Bree. — Não. Suponho que nunca se saiba. — Parecia prestes a dizer algo mais quando Alice chamou por ela. Lauren olhou naquela direção e puxou a mochila para os ombros. — Com licença.

Então saiu estalando o cascalho na direção de Alice, deixando Bree sozinha com as mochilas. Bree puxou a própria mochila para libertá-la e tentou erguê-la, cambaleando um pouco com o peso nada familiar.

— Você vai se acostumar.

Bree ergueu o rosto e encontrou o motorista sorrindo para ela. Ele tinha se apresentado quando o grupo entrou na van em Melbourne, mas ela não se dera o trabalho de lembrar o nome dele. Agora que o olhava bem, era mais jovem do que havia pensado, provavelmente por volta da idade dela ou alguns anos mais velho. Não passava dos trinta, de toda forma, com as mãos e os nós dos dedos calejados como os de um escalador. Era magro, mas parecia forte apesar disso. O casaco de *fleece* vermelho tinha as palavras *Aventuras Executivas* bordadas no peito, mas sem etiqueta com o seu nome. Não conseguia decidir se o achava atraente ou não.

— Certifique-se de que esteja bem presa. — O motorista pegou a mochila de Bree e a ajudou a prender os braços nas alças. — Isso vai ajudar muito.

Os longos dedos dele ajustaram os clipes e as fivelas até que de repente a mochila pareceu não exatamente leve, mas menos pesada. Bree abriu a boca para agradecer quando o fedor de fumaça de cigarro perfurou o ar úmido. Os dois se viraram na mesma direção. Bree já sabia o que veria.

Bethany McKenzie estava um pouco afastada do grupo, com os ombros curvados. Uma das mãos protegia um cigarro do vento, a outra estava enfiada no bolso do casaco. Tinha cochilado na van durante todo o caminho, a cabeça cambaleando contra a janela, e acordara parecendo envergonhada.

O motorista pigarreou.

— É proibido fumar aqui.

Beth parou no meio da tragada.

— Estamos do lado de fora.

— Estamos dentro do perímetro do chalé principal. É uma zona livre de cigarro em todo o entorno.

Beth pareceu prestes a se amotinar por um minuto; então, vendo que todos os olhos se voltaram em sua direção, deu de ombros e apagou o cigarro com a bota. Então se embrulhou no casaco, que já era velho, Bree sabia, e não servia mais.

O motorista voltou a atenção para Bree de novo com um sorriso conspiratório.

— Trabalha com ela há muito tempo?

— Seis meses — respondeu Bree. — Mas a conheço desde sempre. É minha irmã.

O homem olhou de Bree para Beth e de volta, surpreso, como ela sabia que ele faria.

— Vocês duas?

Bree virou um pouco a cabeça e passou a mão pelo rabo de cavalo escuro.

— Gêmeas, na verdade. Idênticas — acrescentou ela, porque achou que gostaria de ver a expressão no rosto dele.

O motorista não desapontou. Ele abriu a boca quando um estalo distante de trovão se fez ouvir. Todos olharam para cima.

— Desculpe. — O motorista sorriu. — É melhor eu me apressar para vocês poderem partir. Dar tempo o suficiente para que cheguem ao local antes de escurecer. A única coisa pior do que um acampamento molhado é um acampamento molhado montado às pressas.

Ele puxou para fora a última das mochilas e se virou para Jill Bailey, que estava com dificuldades para passar o braço grosso pela alça da mochila. Bree avançou para ajudá--la, tirando o peso das costas enquanto ela se atrapalhava.

— Querem começar? — perguntou o motorista para Jill. — Posso colocar vocês, damas, no caminho. Ou preferem esperar até que todos tenham chegado?

Com dificuldade, Jill passou o braço e exalou pesadamente, o rosto vermelho do esforço. Ela olhou para a estrada por onde chegaram. Estava vazia. Então franziu a testa.

— Com um carro como o de Daniel, ele deveria ter chegado antes de nós aqui — disse um dos homens, sob risadas educadas.

Jill deu seu fino sorriso corporativo, mas não disse nada. Daniel Bailey era irmão dela, mas ainda era o diretor-executivo. Bree supôs que ele tinha permissão para se atrasar.

Bree tinha observado Jill receber a ligação dez minutos antes da hora marcada para a partida da minivan da sede da BaileyTennants em Melbourne. Jill saíra do alcance dos ouvidos e ficara de pé, com as pernas firmes e a mão no quadril enquanto ouvia.

Como sempre, Bree tentou decifrar a expressão da presidente do conselho. Irritação? É possível. Possível que algo mais. Costumava achá-la difícil de interpretar. De qualquer forma, quando Jill desligou e voltou para o grupo, a expressão se fora.

Daniel se atrasara, dissera Jill, simplesmente. Negócios, como sempre. Seguiriam sem ele. O executivo iria depois no próprio carro.

Agora, conforme perambulavam pelo estacionamento do chalé principal, Bree via a boca da mulher se contrair nas laterais. As nuvens estavam sem dúvidas mais pesadas e Bree sentia a ocasional gota de chuva atingir seu casaco. A estrada de chegada continuava vazia.

— Não há nenhum motivo para que todos esperemos. — Jill se virou para os quatro homens de pé com as mochilas ao lado da van. — Daniel não deve estar muito atrás.

Ela não pediu desculpas pelo irmão e Bree ficou feliz. Era uma das coisas que mais admirava em Jill, o fato de que não inventava desculpas.

Os homens sorriram e deram de ombros. Estava tudo bem. É claro que estava, pensou Bree. Daniel Bailey era o chefe. O que mais poderiam dizer?

— Tudo bem. — O motorista bateu palmas. — Vamos colocar as damas no caminho. Por aqui.

As cinco mulheres se entreolharam e então o seguiram pelo estacionamento, o *fleece* vermelho vibrante contra o verde e o marrom opacos da vegetação nativa. O cascalho estalava sob as botas antes de dar lugar à grama lamacenta. O motorista parou no início da trilha e encostou na velha placa de madeira. Abaixo de uma seta entalhada havia duas palavras: Cachoeira do Espelho.

— Estão com todos os apetrechos? — perguntou o motorista.

Bree sentiu o grupo se virar para olhá-la e verificou o bolso do casaco. O mapa estava seguro e dobrado com perfeição, e ela conseguia sentir a ponta nada familiar da bússola. Tinha sido enviada para um curso de meio período a fim de aprender a navegar. De repente não pareceu ser grande coisa.

— Não se preocupe — dizia o motorista. — Mal vão precisar deles para esta parte. Sigam seus narizes e encontrarão a primeira clareira para montar acampamento. Não tem como errar. Há mais algumas voltas e curvas depois disso, mas mantenham-se atentas e estarão no caminho certo. Vejo vocês do outro lado no domingo. Alguém está com um relógio? Ótimo. O prazo é meio-dia. Penalidade para cada 15 minutos que se atrasarem.

— E se terminarmos antes? Podemos dirigir de volta a Melbourne mais cedo?

O motorista olhou para Alice.

— Bom ver que se sente confiante.

Ela deu de ombros.

— Preciso estar de volta para uma coisa no domingo à noite.

— Certo. Bem, sim. Suponho que sim. Se os dois times chegarem ao ponto de encontro mais cedo... — O motorista olhou para os homens ao longe, conversando encostados na van, ainda com um membro do time a menos. — Mas olhem, não se apressem. O trânsito nunca é muito ruim aos domingos. Contanto que estejam no ponto de encontro ao meio-dia, levarei vocês de volta para a cidade até o fim da tarde.

Alice não contra-argumentou, mas uniu os lábios com força. Bree reconheceu a expressão. Era uma que ela em geral tentava não fazer.

— Mais alguma pergunta? — O motorista olhou para cada um dos cinco rostos. — Que bom. Agora, vamos tirar uma rápida foto do grupo para a *newsletter* da empresa.

Bree viu Jill hesitar. A *newsletter* era questionável tanto em regularidade quanto em conteúdo de notícias, e Jill deu uma batidinha desanimada no bolso.

— Não estou com... — Ela olhou para a van, onde os telefones celulares delas estavam em uma bolsa selada ao lado do banco do motorista.

— Não tem problema, eu tiro a foto — disse o motorista, tirando o próprio celular do bolso. — Juntem-se. Um pouco mais. Isso. Passem os braços umas sobre as outras, moças. Finjam que se gostam.

Bree sentiu Jill passar o braço pela cintura dela e sorriu.

— Ótimo. Consegui. — O motorista verificou a tela.
— Tudo bem, isso é tudo. Podem ir. Boa sorte. E tentem se divertir, está bem?

Ele se virou com um aceno e as cinco mulheres ficaram sozinhas. Mantiveram-se congeladas na pose até que Jill se moveu, então cada uma desenganchou o braço da outra. Bree olhou para Jill, que a encarava de frente.

— A que distância fica o primeiro acampamento?

— Ah. Vou só... — Bree abriu o mapa, atrapalhando-se quando o vento soprou as extremidades. O ponto de partida delas tinha sido circulado e a rota fora marcada em vermelho. Ela conseguia ouvir mochilas se agitando conforme passava o dedo pela linha, tentando encontrar o primeiro local. Onde estava? Gotas de chuva escorriam no papel e um dos cantos foi soprado para dentro, formando uma orelha. Bree o alisou o melhor possível, suspirando silenciosamente ao ver o local ao lado de seu polegar.

— Tudo bem, não fica longe — falou, tentando decifrar a escala na legenda do mapa. — Não é tão ruim.

— Suspeito que sua definição de "não tão ruim" possa ser diferente da minha — disse Jill.

— Cerca de dez quilômetros? — Sem querer, Bree fez soar como uma pergunta. — Não mais do que dez.

— Tudo bem. — Jill subiu a mochila um pouco mais nos ombros. Ela já parecia desconfortável. — Vá na frente.

Bree começou a andar. A trilha ficou mais escura em questão de alguns passos, conforme os galhos se curvavam sobre o caminho, bloqueando o céu. Ela conseguia ouvir água pingando das folhas e, de algum lugar bastante escondido, o canto, semelhante a um sino, de um pássaro. Olhou por cima do ombro para os quatro rostos atrás dela, sombreados sob os capuzes dos casacos. Alice estava mais perto, fios de cabelos loiros levados pelo vento.

— Bom trabalho — disse ela, baixinho. Bree decidiu que a mulher provavelmente estava sendo sincera e sorriu.

Lauren vinha em seguida, os olhos fixos no chão irregular, enquanto as bochechas redondas de Jill já estavam um pouco coradas. Bree conseguia avistar a irmã na retaguarda. Beth, a meio passo atrás, com as botas emprestadas e o casaco apertado demais. Os olhos das duas se encontraram. Bree não diminuiu o ritmo.

A trilha se estreitou e fez uma curva, e a última luz visível do chalé principal piscou e desapareceu conforme a mata se cerrava atrás delas.

QUATRO

O estacionamento do chalé principal estava cheio. Caminhonetes de voluntários para a busca estavam espremidas ao lado de vans de noticiários e de veículos policiais.

Falk parou em fila dupla do lado de fora do chalé principal e deixou Carmen sentada no carro com as chaves. Ele limpou as botas na varanda e, assim que abriu a porta, uma onda de calor o atingiu. Um grupo de resgate estava amontoado em um canto de uma área de recepção com painéis de madeira, debruçado sobre um mapa. De um lado, uma porta se abria para uma cozinha comunal. Do outro, Falk podia ver uma sala de estar com sofás desgastados e uma prateleira cheia de livros velhos e jogos de tabuleiro. Um computador antigo espreitava no canto, sob uma placa escrita à mão que dizia: Somente para uso de hóspedes. Falk não tinha certeza se era uma oferta ou uma ameaça.

O guarda-florestal atrás da mesa mal olhou para cima quando ele se aproximou.

— Desculpe, amigo, estamos completamente lotados — disse o guarda-florestal. — Chegou em um momento ruim.

— O sargento King está por aí? — perguntou Falk.

— Ele está nos esperando.

O guarda-florestal o olhou desta vez.

— Ah. Desculpe. Vi vocês encostarem e achei que fossem... — Ele não concluiu o raciocínio. *Mais um babaca da cidade.* — Ele está no QG da equipe de busca. Sabe onde fica?

— Não.

O guarda-florestal abriu um mapa do parque na mesa. O papel era uma extensão de massa verde representando a vegetação nativa, interrompida por linhas tortas que indicavam rotas ou estradas. Ele pegou uma caneta e explicou o que estava marcando. A rota de carro acompanhava uma pequena estrada rural, cortando a massa verde a oeste até chegar a um cruzamento, então virava abruptamente para o norte. O guarda terminou as instruções e circulou o ponto de chegada. Parecia ficar no meio do nada.

— Fica a cerca de vinte minutos de carro daqui. Não se preocupe — falou, entregando o mapa a Falk. — Prometo que você reconhecerá quando chegar lá.

— Obrigado.

Mais uma vez do lado de fora, o frio foi como um tapa na cara. Ele abriu a porta do carro e se sentou no banco do motorista, esfregando as mãos. Carmen estava inclinada para a frente, olhando pelo para-brisa. Ela o calou assim que Falk começou a falar e apontou. Ele acompanhou o olhar dela. Do outro lado do estacionamento, um homem no alto dos seus quarenta anos usando jeans e um casaco de esqui esticava o braço para dentro do porta-malas de uma BMW preta.

— Olhe. Daniel Bailey — falou Carmen. — Não é?

O primeiro pensamento de Falk foi que o diretor-executivo da BaileyTennants parecia diferente sem um terno. Não vira Bailey em pessoa antes; o homem se movia com um atletismo que não era capturado em fotos. Ele era um pouco mais baixo do que Falk esperava, mas tinha ombros e costas largos. O cabelo espesso era de um castanho intenso, sem sinais de cinza. Se a cor não era natural, a imitação era cara e convincente. Bailey não os conhecia – não deveria, ao menos –, mas mesmo assim Falk se viu se encolhendo um pouco no próprio assento.

— Me pergunto se ele está ajudando mesmo com a busca — falou Carmen.

— O que quer que esteja fazendo, não estava esperando sentado. — Lama fresca cobria as botas de Bailey.

Eles observaram o homem vasculhar o porta-malas da BMW. O carro era como um lustroso animal exótico em meio às caminhonetes e vans tão surradas. Por fim, ele ficou de pé, empurrando algo escuro para dentro do bolso do casaco.

— O que foi aquilo? — perguntou Carmen.

— Um par de luvas, foi o que pareceu.

Bailey abaixou o porta-malas e a tampa deslizou para se fechar com um silêncio luxuoso. Ele ficou de pé por mais um momento, encarando a mata fechada, então caminhou até os chalés de acomodação, com a cabeça curva contra o vento.

— Tanto ele quanto Jill presentes aqui poderia tornar as coisas complicadas — falou Carmen, conforme os dois observaram a silhueta saindo de vista.

— Sim. — Era um eufemismo, ambos sabiam. Falk ligou o motor, então deu o mapa a Carmen. — Enfim. Enquanto isso, é para cá que vamos.

Ela olhou para o círculo em meio à massa de verde.

— O que tem ali?

— É onde encontraram as outras quatro.

A suspensão do sedã estava sofrendo. Eles chacoalharam pela estrada sem pavimentação, sentindo cada solavanco, enquanto os troncos descascados de eucaliptos montavam guarda dos dois lados. Por cima do ronco do motor, Falk conseguia ouvir um leve, porém agudo, assobio.

— Céus, isso é o vento? — Carmen semicerrou os olhos através do para-brisa.

— Acho que sim. — Falk manteve os próprios na estrada, à medida que a vegetação ficou mais espessa em volta dos dois. A mão queimada dele agarrou o volante. Estava começando a doer.

Pelo menos o guarda-florestal estava certo. Eles não poderiam deixar de ver. Falk fez uma curva e a solitária estrada se transformou em uma colmeia de atividade. Veículos estavam estacionados em fileira ao longo da lateral da via, e uma repórter falava com seriedade para uma câmera e indicava as equipes de resgate atrás dela. Alguém tinha apoiado em uma mesa de armar garrafas de água e térmicas de café. Folhas caíam das árvores conforme um helicóptero policial pairava acima.

Falk estacionou bem ao final da fileira de carros. O meio-dia se aproximava, mas o sol mal passava de um brilho opaco no céu. Carmen perguntou pelo sargento-sênior King a um guarda-florestal transeunte, e lhes foi indicada a direção de um homem alto por volta dos cinquenta anos. Ele era magro, com um olhar alerta que disparava do mapa para a vegetação, e ergueu o rosto com interesse quando Falk e Carmen se aproximaram.

— Obrigado por virem. — Ele apertou as mãos dos dois quando se apresentaram, e olhou por cima do ombro para a câmera de TV. — Vamos sair de perto do caos.

Os três caminharam por um curto trajeto estrada acima, abaixando-se ao lado de uma grande caminhonete que oferecia proteção parcial do vento.

— Sem sorte, então? — perguntou Falk.

— Por enquanto...

— Quantas dessas buscas você já fez?

— Muitas. Estou aqui em cima há quase vinte anos. As pessoas saem das trilhas o tempo todo.

— E, na maioria dos casos, com que velocidade costuma encontrá-las?

— Depende muito. Qual é a extensão de um pedaço de barbante? De vez em quando, damos sorte logo de cara, mas em geral pode levar um pouco mais de tempo. — King inflou as bochechas magras. — Ela está sozinha há pelo menos trinta e poucas horas, então, idealmente, nós queremos tirá-la de lá hoje. Parece que tiveram o bom senso de recolher água da chuva, o que já é algo, mas é provável que não tenha nenhuma comida. Também há os riscos de hipotermia. Isso pode se estabelecer bem rápido quando se está molhado. Mas depende de como ela está lidando com a situação. Pode ter dado sorte; pelo que sabemos, acampou bastante quando era mais nova. Em geral, as pessoas saem sozinhas. — Ele parou. — Às vezes não.

— Mas você sempre consegue encontrá-las? — perguntou Carmen. — Em algum momento, quero dizer.

— Quase sempre. Mesmo nos anos Kovac eles as encontraram, sabem, no fim. Exceto por aquela única jovem. Desde então só consigo pensar nas uma ou duas exceções que nunca apareceram. Tivemos um caso de um senhor há uns quinze anos. Ele não estava bem, coração traiçoeiro. Na verdade, não deveria estar fazendo trilha desacompanhado. É provável que tenha se sentado para descansar em um lugar silencioso e teve um ataque cardíaco. E houve um outro de um casal da Nova Zelândia, há uns dez anos. Esse foi um pouco estranho. Trinta e poucos anos, relativamente experientes. Foi revelado bem mais tarde que estavam afundados em dívidas no país deles.

— Então, o quê, você acha que sumiram de propósito? — questionou Falk.

— Não cabe a mim dizer, amigo. Mas não teria sido a pior coisa do mundo para eles se saíssem do radar.

Falk e Carmen trocaram um olhar.

— Então, o que aconteceu desta vez? — perguntou Carmen.

— Alice Russell estava em um grupo de cinco mulheres deixadas no início da trilha da Cachoeira do Espelho na quinta-feira à tarde (alguém pode lhes mostrar onde fica depois, se quiserem), munidas com os suprimentos básicos. Um mapa, barracas, bússola, alguma comida. Deveriam se dirigir basicamente para o oeste, completar alguns daqueles malditos obstáculos de *teambuilding* durante o dia, acampar durante três noites.

— É um arranjo do parque? — perguntou Carmen.

— Não. É organizado por uma empresa privada, mas estão operando aqui há alguns anos. Aventuras Executivas? Não são ruins, costumam saber o que estão fazendo. Havia um grupo de cinco sujeitos da BaileyTennants fazendo também. Trilha diferente, mas os dois grupos deveriam chegar ao ponto de encontro ao meio-dia de ontem.

— Mas as mulheres não chegaram.

— Não. Bem, quatro delas chegaram, no fim. Mas seis horas atrasadas, e em mau estado. Havia alguns ferimentos. Vários cortes e hematomas por todo canto. Uma pancada na cabeça. Uma foi mordida por uma cobra.

— Cruzes, qual delas? — questionou Falk. — Ela está bem?

— De modo geral, sim. Breanna McKenzie. Acho que é uma assistente exaltada, pelo que entendi. Todas têm aqueles malditos cargos chiques. Enfim, é provável que tenha sido apenas uma píton-carpete, não que elas soubessem no momento. Morreram de medo. Acharam que fosse uma cobra-tigre e que ela estivesse prestes a cair morta. Não era, com certeza era uma espécie não venenosa, mas a mordida está infeccionada, então ela conseguiu uma estadia no centro médico por dois dias.

— Em Melbourne? — perguntou Carmen, e King fez que não com a cabeça.

— Hospital comunitário da cidade — respondeu ele.

— O melhor lugar para ela. Quando se tem uma overdose de metanfetamina em uma pocilga na cidade, a pessoa vai querer os médicos de um hospital da cidade. Se for mordiscado por uma cobra, vai querer estar perto de médicos que conhecem a vida selvagem, confiem em mim. A irmã dela está de acompanhante no hospital. — Ele pegou um pequeno caderno do bolso e olhou para baixo. — Bethany McKenzie. Estava na trilha também, mas saiu relativamente ilesa.

King olhou por cima do ombro para a equipe de busca. Um grupo se preparava para entrar, os macacões laranja chamativos contra a massa de árvores. Falk conseguia ver uma abertura na linha dos troncos, onde uma trilha seguia para dentro. Estava marcada por uma solitária sinalização de madeira.

— Sabemos que elas saíram da trilha em algum momento do segundo dia porque não chegaram ao local do acampamento à noite — prosseguiu King. — Há uma trilha de cangurus relativamente grande que leva para fora da rota principal. Achamos que foi ali que erraram o caminho. Levou apenas algumas horas até que percebessem, mas isso é bastante tempo para se colocar em apuros.

Ele olhou de novo para o caderno e virou uma página.

— Os detalhes ficam um pouco confusos a partir daqui. Meus oficiais conseguiram tirar o possível delas ontem à noite e esta manhã. Algumas lacunas ainda precisam ser preenchidas, no entanto. Quando perceberam que tinham errado, parece que saíram perambulando, tentaram voltar. Um modo fácil de piorar as coisas. Deveriam pegar comida e suprimentos de água no local do acampamento da segunda noite, então, quando não chegaram, o pânico começou a tomar conta.

Falk se lembrou do que o atendente no posto de gasolina tinha dito. *É o pânico que derruba você. Torna difícil confiar no que está vendo.*

— Todas deveriam ter deixado os telefones para trás, mas Alice levou o dela, como vocês sabem. — King assentiu para Falk. — O sinal é uma bosta aqui, no entanto. Às vezes se dá sorte, mas nem sempre. De toda forma, elas saíram perambulando até o sábado, quando se depararam com uma cabana em desuso.

Ele parou. Pareceu prestes a dizer algo mais, então mudou de ideia.

— A essa altura, não temos certeza de onde, exatamente, essa cabana fica. Mas elas se abrigaram lá pela noite. Quando acordaram ontem de manhã, Alice tinha sumido. Ou é o que dizem as outras quatro.

Falk franziu a testa.

— O que elas acham que aconteceu?

— Que ela endoidou. Saiu sozinha. Houve algum debate entre elas sobre o melhor a se fazer. Pelo que parece, essa Alice estava insistindo em sair vegetação afora para o norte até encontrar uma estrada. As outras não estavam dispostas e ela não ficou muito feliz.

— E o que você acha?

— Pode estar certo. A mochila e o celular tinham sumido com ela. Pegou a única lanterna que funcionava do grupo. — A boca de King formou uma linha severa. — E a julgar pelos ferimentos e o nível de estresse pelo qual passaram, aqui entre nós, parece que houve um quiproquó em algum momento.

— Acha que elas brigaram? Fisicamente? — perguntou Carmen. — Por quê?

— Como eu disse, ainda há muito a ser passado a limpo. Estamos prosseguindo o mais rápido possível, considerando as circunstâncias. Minutos fazem diferença aqui. A busca precisa ter prioridade.

Falk assentiu.

— Como as outras acharam o caminho de volta?

— Elas rumaram para o norte até que enfim encontraram uma estrada, então a seguiram. É uma técnica rudimentar, nem sempre funciona, mas é provável que não tenham tido muita escolha. Com a mordida de cobra e tudo mais. Levaram horas, mas compensou no final. — Ele suspirou. — Estamos nos concentrando em encontrar a cabana. Na melhor das hipóteses, ela encontrou o caminho de volta e se abrigou lá.

Falk não perguntou qual era a pior delas. Sozinha e perdida entre os perigos da vegetação nativa, ele conseguia pensar por alto em uma lista de possibilidades.

— Então, esse foi o ponto em que paramos — falou King. — Sua vez.

Falk pegou o celular. Guardara a mensagem de voz de Alice Russell como uma gravação e estava agora feliz por ter feito isso. A tela não mostrava qualquer sinal. Ele passou o aparelho a King, que o segurou firme contra a orelha.

— Este maldito vento. — King cobriu a outra orelha com a mão e fechou os olhos, esforçando-se para ouvir. Ouviu mais duas vezes antes de devolver o telefone, com o rosto sério.

— Podem me dizer sobre o que estavam conversando com ela? — perguntou.

O helicóptero voou baixo de novo, agitando as árvores em um frenesi. Falk olhou para Carmen, que deu um leve aceno.

— Vimos Daniel Bailey no estacionamento, atrás do chalé principal — falou Falk. — O diretor-executivo da empresa para a qual todos trabalham. O nome dele estava na lista de participantes que você nos mandou.

— O chefe? Sim, sei quem ele é. Estava no grupo dos homens.

— O grupo dos homens teve contato com o das mulheres enquanto estavam lá fora?

— Oficialmente, não. Extraoficialmente? — falou King.

— Sim, fui informado que houve algum contato. Por quê?

— É sobre isso que temos conversado com Alice Russell — disse Falk. — Daniel Bailey.

DIA 1: QUINTA-FEIRA À TARDE

Jill Bailey conseguia ver a parte de trás da cabeça de Alice ficar mais distante a cada passo.

Estavam caminhando havia apenas vinte minutos e o calcanhar esquerdo da bota de Jill já a estava machucando terrivelmente, apesar do valor de três dígitos que pagara por algo descrito como "tecnologia de conforto explosiva". Estava frio, mas a camiseta dela grudava nos braços e uma gota de suor escorria e se acumulava no sutiã. Sua testa parecia encharcada e lustrosa, e ela a limpou na manga da camisa com sutileza.

A única pessoa que poderia estar com mais dificuldades era Beth. Jill conseguia ouvir o ronco dos pulmões de fumante atrás dela. Sabia que deveria se virar e oferecer algumas palavras de encorajamento, mas naquele momento, não conseguia pensar em nada para dizer. Nada convincente, ao menos.

Em vez disso, se concentrou em manter constante o próprio ritmo, tentando não transparecer o desconforto. O gotejar suave da água nos galhos lhe lembrava as trilhas sonoras de meditação que colocavam em spas. Essa se aproximava mais da ideia dela de um bom fim de semana fora; trilhas pela natureza sempre foram coisa de Daniel. *Maldito Daniel*. Ela se perguntou se ele já teria chegado ao chalé principal.

Jill sentiu uma mudança no movimento adiante e ergueu os olhos do chão para ver as outras reduzindo o passo. A trilha tinha se alargado conforme as árvores começaram a escassear ao redor delas, e ela agora se dava conta de que o que achava ser o vento era, na verdade, uma correnteza de água. Jill alcançou as demais onde acabavam as árvores e piscou quando a vegetação se abriu de repente e revelou uma parede cascateante de branco.

— Ah, meu Deus. Inacreditável — sussurrou. — Parece que encontramos a cachoeira.

Impressionante era a palavra que vinha à mente. Um rio agitado dirigia-se para além das árvores, borbulhante e espumoso conforme corria sob uma ponte de madeira e descia em queda livre sobre uma borda rochosa. Então mergulhava como uma cortina pesada para dentro de uma poça escura abaixo com um rugido branco ensurdecedor.

As cinco mulheres se amontoaram na ponte e se debruçaram contra o parapeito, olhando para o abismo conforme a água descia e se agitava. O ar estava tão gélido que a sensação era de que Jill quase poderia tocá-lo, e o jato de água doce resfriou suas bochechas. Era uma paisagem hipnótica, e conforme a sorvia, quase sentiu o peso da mochila se aliviar um pouco sobre os ombros. Achou que poderia ficar de pé ali para sempre.

— Deveríamos ir.

A voz veio do outro lado da ponte. Jill afastou os olhos com relutância. Alice já estava avaliando a trilha adiante.

— Provavelmente vamos perder a luz logo se ficarmos aqui em cima — disse ela. — Deveríamos continuar andando.

No mesmo instante, a bolha que se formava no calcanhar de Jill ardeu e a camisa voltou a colar na pele. Ela olhou para o céu carregado e, então, mais uma vez para a vista. Por fim, suspirou.

— Tudo bem. Vamos.

Ela se afastou do parapeito de segurança e viu Bree fitando o mapa enquanto franzia a testa.

— Tudo certo? — perguntou Jill, e Bree exibiu os dentes brancos e retos para ela.

— Sim. É por aqui. — Ela dobrou o mapa de novo, empurrou o rabo de cavalo escuro para trás do ombro e apontou para a única trilha adiante. Jill assentiu, sem dizer nada. Uma trilha, uma escolha. Ela esperava que Bree sentisse a mesma confiança quando houvesse uma decisão a ser tomada.

A trilha era lamacenta, e Jill temeu escorregar a cada passo. Uma dor começara a subir pela coluna dela. Não tinha certeza se era pelo peso da mochila ou se por abaixar o pescoço o tempo todo para olhar onde colocava os pés.

Não tinham ido longe quando os zumbidos e os gorjeios dos arredores foram interrompidos por um grito adiante. Bree tinha parado e estava apontando para algo fora da trilha.

— Olhem. É a primeira bandeira. Não é?

Um quadrado de tecido branco e imaculado ondulava contra a casca pegajosa dos eucaliptos. Bree largou a mochila e saiu andando pela vegetação rasteira para verificar.

— É sim. Tem a logomarca da Aventuras Executivas nela.

Jill semicerrou os olhos. Não conseguia discernir detalhes daquela distância. Bree se esticou para o alto, as pontas dos dedos tentando alcançar a bandeira. Ela saltou e errou.

— Preciso de algo para subir. — Bree olhou em volta, com os cabelos voando no rosto.

— Ah, vamos deixar aí. — Alice olhava para o céu. — Não vale a pena quebrar o pescoço por ela. O que ganhamos se encontrarmos todas as seis? Cem dólares ou algo assim?

— Duzentos e quarenta para cada.

Jill se virou na direção da voz de Beth. Era a primeira vez que ouvia a jovem falar desde que tinham partido.

Beth soltou a mochila.

— Eu levanto você.

Jill viu o entusiasmo sumir do rosto de Bree.

— Não, tudo bem. Vamos deixar aí.

Mas era tarde demais, a irmã já estava se aproximando dela.

— Duzentos e quarenta dólares, Bree. Se você não pegar, eu mesma faço isso.

Jill ficou ao lado de Alice e Lauren, as duas com os braços dobrados diante do peito para se proteger do frio, e observou. Beth se ajoelhou na frente da irmã, entrelaçando os dedos para criar um degrau improvisado, e esperou até que Bree colocasse a contragosto uma bota enlameada nas palmas fechadas.

— Isso é uma perda de tempo — falou Alice, então olhou de esguelha para Jill. — Desculpe. Não a coisa toda. Apenas isto.

— Ah, deixe as duas tentarem. — Lauren observou as gêmeas cambalearem contra o tronco da árvore. — Não estão fazendo mal algum. Duzentos dólares valem muito quando se tem vinte anos.

Jill olhou para Alice.

— Por que a pressa, de qualquer forma?

— É que vamos montar essas tendas no escuro e no molhado a essa velocidade.

Jill suspeitou que Alice estivesse certa. O céu tinha ficado mais escuro e ela percebia que não ouvia mais cantos de pássaros.

— Vamos prosseguir em um minuto. Eu estava na verdade me referindo a você querer voltar para Melbourne cedo no domingo. Não disse que tinha algo a fazer?

— Ah. — Houve uma pausa desconfortável, então Alice gesticulou com a mão. — Não é nada.

— É noite de premiações no Colégio Endeavour para Garotas — disse Lauren, e Alice disparou um olhar para ela que Jill não entendeu muito bem.

— É mesmo? Ora, vamos levar você de volta a tempo para isso — falou Jill. — O que Margot vai ganhar?

Sempre que Jill encontrava a filha de Alice, saía com a estranha sensação de ter sido de alguma forma *avaliada*. Não que a opinião de uma jovem de dezesseis anos tivesse qualquer valor no mundo de Jill – a necessidade dela para esse tipo de aprovação ficara trinta e cinco anos no passado –, mas havia algo no olhar descolado de Margot Russell que era estranhamente desconcertante.

— Ela vai ganhar o prêmio de dança — falou Alice.

— Que legal.

— Humm — respondeu Alice, que Jill sabia ter um mestrado em negócios e comércio.

Jill olhou para Lauren. Jamais conhecera a filha dela, mas sabia que também era uma jovem de Endeavour. Entreouvira a mulher reclamando sobre as mensalidades mais de uma vez. Vasculhou a própria mente, mas não conseguiu lembrar o nome da menina.

— Você também precisa voltar? — perguntou, por fim.

Uma pausa.

— Não. Não este ano.

Naquele momento, ouviu-se uma pequena comemoração e Jill se virou com uma descarga de alívio por ver as irmãs empunhando a bandeira.

— Muito bem, garotas — disse Jill, e Bree sorriu. Mesmo Beth estava sorrindo. Aquilo mudava o rosto dela, pensou Jill. A jovem deveria sorrir mais vezes.

— Finalmente — falou Alice, não tão baixo assim. Ela recolocou a mochila nos ombros. — Desculpe, mas nós realmente não vamos chegar antes do anoitecer se não prosseguirmos.

— Sim, obrigada, Alice. Você já disse isso. — Jill se virou para as irmãs. — Belo trabalho em equipe, meninas.

Conforme Alice saiu andando, o sorriso de Bree se manteve firme e forte. O único tremor no canto da boca da jovem foi tão sutil que, se não fosse pelos anos de experiência de Jill, poderia ter pensado que estava imaginando.

Alice estava certa. O local do acampamento estava escuro como breu quando elas chegaram. O último quilômetro da caminhada fora feito a passo de tartaruga, avançando pela trilha à luz das lanternas e parando a cada cem metros para verificar o mapa.

Jill esperara sentir alívio quando chegassem à clareira, mas só foi tomada pela exaustão. As pernas doíam e os olhos pareciam cansados de tentar enxergar no escuro. Era difícil dizer à noite, mas o local parecia maior do que ela esperava. Eucaliptos oscilantes o cercavam por todos os lados, os galhos como dedos contra o céu noturno. Ela não conseguia ver estrelas.

A mulher colocou a mochila no chão, feliz por se livrar do peso. Ao dar um passo para trás, seu calcanhar prendeu em algo e ela tropeçou, caindo sobre o cóccix com um grito.

— O que foi isso? — Um feixe de luz atingiu diretamente os olhos de Jill, cegando-a. Ouviu-se uma risadinha baixa de surpresa, contida antes de começar. Alice. — Céus, Jill. Você me assustou. Está tudo bem?

Jill sentiu alguém segurar seu braço.

— Acho que você encontrou o buraco para a fogueira. — Bree. É claro. — Deixe-me ajudá-la.

Sentiu Bree vacilar um pouco sob seu peso conforme se levantou, cambaleante.

— Estou bem. Obrigada. — A palma da mão dela parecia arranhada e ferida, e Jill achou que pudesse estar sangrando. Levou a outra mão à lanterna, mas encontrou o bolso do casaco vazio.

— Droga.

— Está ferida? — Bree ainda estava por perto.

— Acho que deixei cair minha lanterna. — Jill olhou onde havia caído, mas estava escuro demais para enxergar.

— Vou pegar a minha. — E Bree se foi. Pôde ouvir o som de alguém vasculhando a mochila.

— Aqui. — A voz surgiu do nada, perto da orelha, e Jill saltou. Beth. — Pegue isto.

Sentiu algo ser colocado em suas mãos. Era uma lanterna de metal industrial, longa e pesada.

— Obrigada. — Jill se atrapalhou até encontrar o botão para acender. Um raio potente cortou a noite, projetando-se diretamente em Alice. A mulher se encolheu e ergueu a mão para proteger os olhos, as feições dela severas e expostas.

— Cruzes, é um pouco forte.

Jill levou meio segundo a mais para abaixar a luz do rosto até os pés de Alice.

— Parece que serve ao propósito. Podemos agradecer por ela mais tarde.

— Suponho que sim. — Alice estava de pé, presa no círculo iluminado, então deu um único passo para o lado e desapareceu.

Jill moveu o feixe de luz pelo acampamento com lentidão. A luz branca apagava a maioria das cores, lavando tudo com tons monocromáticos. A trilha pela qual tinham vindo parecia estreita e irregular, e o buraco da fogueira aos pés dela estava escuro no centro. Um círculo silencioso de árvores crescia ao redor, os troncos luminosos sob o feixe. Adiante, a vegetação estava um breu. Uma sombra chamou a atenção de Jill conforme passou a luz por ela, então parou o movimento. Iluminou-a de volta, mais devagar agora.

Uma figura esguia estava de pé, imóvel, bem no limite da clareira, e Jill saltou, quase cambaleando de novo e fazendo a luz quicar em um ritmo errático. Conteve-se, acalmando a própria mão. A luz tremeu com muita sutileza conforme ela concentrou o feixe.

A mulher suspirou. Era apenas Lauren. A silhueta alta e magra estava quase absorvida pelas linhas verticais das árvores e pelo espaço escuro sob elas.

— Lauren, meu Deus, você me deu um susto — falou Jill, com a pulsação ainda um pouco acelerada. — O que está fazendo?

Lauren estava de pé, estática, de costas para o grupo, encarando a escuridão.

— Lau...

Ela ergueu a mão.

— Shh.

Todas ouviram ao mesmo tempo. Um estalo. Jill prendeu a respiração, os ouvidos zunindo na quietude. Nada. Então outro estalo. Dessa vez o ritmo interrompido de pés sobre restos de vegetação foi inconfundível.

Jill deu um passo ágil para trás. Lauren se virou, o rosto cinza sob a luz forte.

— Tem alguém lá fora.

CINCO

— Daniel Bailey? — questionou King, olhando de Falk para Carmen. — Por que o estão investigando?

O vento jogava nuvens de poeira e folhas pelo ar e, do lado mais afastado da estrada, Falk conseguia ver o grupo de resgate desaparecer na vegetação. Melbourne parecia muito distante.

— Isto é estritamente confidencial — falou Falk, e esperou King assentir.

— É claro.

— É sobre lavagem de dinheiro. Supostamente.

— Na BaileyTennants?

— Acreditamos que sim. — Entre outras. A luxuosa firma de contabilidade era uma entre várias sob investigação simultânea pela Polícia Federal.

— Achei que deveriam ser uma firma respeitável. Sob o comando da família há gerações e tudo mais.

— É. Achamos que o pai de Daniel e Jill Bailey estava envolvido antes deles.

— Mesmo? — King ergueu a sobrancelha. — Então ele o quê, passou para a frente o negócio da família?

— Algo assim.

— Qual é a gravidade do assunto? — perguntou King. — Uns ajustes nos livros ou...?

— As alegações são sérias — falou Carmen. — Organizadas. Alto nível. Em curso.

Na verdade, Falk e Carmen não tinham certeza do quanto a investigação completa havia se espalhado. Tinham sido designados para investigar apenas BaileyTennants, e lhes fora dito não mais que o estritamente relevante. A firma era uma engrenagem em uma rede maior, disso sabiam. Até onde essa rede chegava, e com qual profundidade seguia, não fora compartilhado com eles. Podiam chutar que em âmbito nacional, mas suspeitavam do internacional.

King franziu a testa.

— Então Alice foi até vocês para dedurar...?

— Nós a abordamos — falou Falk. É possível que ela não tenha sido a escolha certa, podia admitir isso agora. Mas no papel preenchera todos os requisitos. Alta o suficiente na hierarquia para ter acesso ao que precisavam, mergulhada o bastante na merda para lhes dar vantagem necessária. E ela não era uma Bailey.

— Então é tanto de Daniel quanto de Jill Bailey que estão atrás?

— Sim — falou Carmen. — E de Leo. O pai deles.

— Ele já deve estar aposentado, não?

— Ainda está na ativa. Supostamente.

King assentiu, mas Falk viu uma expressão se assentar nos olhos dele. Era uma que conhecia bem. Estava ciente de que, em uma visão mais ampla das coisas, a maioria das pessoas ranqueava lavagem de dinheiro em algum lugar entre furto a loja e evasão fiscal. Não deveria acontecer, é claro, mas essa parcela de gente rica determinada a escapar do pagamento de seus impostos não valia o gasto dos recursos policiais.

O buraco era mais embaixo, Falk às vezes tentava explicar. Se fosse um bom momento e os olhos da outra pessoa não estivessem cansados demais. Se muito dinheiro estava sendo escondido, era por um motivo. Aqueles colarinhos brancos impecáveis só ficavam mais sujos conforme se acompanhava o rastro, até no fim estarem encardidos por completo. Falk odiava isso. Odiava tudo a esse respeito. Odiava a forma como homens em escritórios luxuosos conseguiam lavar as mãos e dizer a si mesmos que era apenas um pouco de contabilidade criativa. Como conseguiam gastar os bônus deles, e comprar as mansões, e polir os carros, o tempo todo fingindo que não podiam sequer começar a imaginar o que havia de podre na outra ponta. Drogas. Armas ilegais. Exploração infantil. Variava, mas era tudo pago na moeda comum da miséria humana.

— Os Bailey sabem que estão sendo investigados? — perguntou King, e Falk olhou para Carmen. Era a mesma pergunta que estavam se fazendo.

— Não temos motivos para acreditar que saibam — respondeu ele, por fim.

— Exceto que seu contato ligou para você na noite em que ela desapareceu.

— Exceto por isso.

King esfregou o queixo, olhou para a vegetação.

— O que tudo isso significa para eles? — falou, por fim. — Alice Russell dá a vocês o que precisam, e depois? Os Bailey perdem a firma?

— Não, idealmente, vão para a cadeia — disse Falk.

— E a firma fechará.

— Então todos os outros ficam desempregados?

— Isso.

— Inclusive as outras mulheres lá com ela?

— Sim.

King não pareceu impressionado.

— Como Alice Russell se sentia em relação a isso?

— Para ser justa — falou Carmen —, ela não teve muita escolha. Se não tivesse nos ajudado, estaria se arriscando ao lado dos Bailey.

— Certo. — King pensou por um minuto. — E isso está acontecendo há algum tempo, então?

— Estamos trabalhando com ela direta e esporadicamente há três meses — disse Falk.

— Então por que ela precisaria ligar para você ontem? — perguntou King. — Por que a urgência?

Carmen suspirou.

— Os dados que Alice nos deu até agora deveriam ser passados para a equipe da investigação mais ampla — disse ela. — Hoje.

— Hoje?

— Sim. Ainda há alguns documentos-chave de que precisamos, mas o que tínhamos estava pronto para ser entregue para avaliação.

— Então fizeram isso? Entregaram?

— Não — falou Carmen. — Depois que isso acontecer, fica além do nosso alcance. E de Alice. Queríamos ter uma ideia da situação aqui primeiro.

— Ela estava tentando recuar, vocês acham? — perguntou King.

— Não sabemos. É possível. Mas está muito em cima da hora para ela armar uma jogada dessas. Será acusada se fizer. Precisaria ter um bom motivo. — Carmen hesitou. — Ou não ter escolha, suponho.

Todos os três encararam a escura paisagem que tinha até então se recusado a libertar Alice Russell.

— Então o que ainda estão esperando dela? — questionou King.

— Há uma série de documentos comerciais — respondeu Falk. — Documentos históricos. — Do BT-51X ao

BT-54X eram os nomes oficiais, embora os dois agentes se referissem a eles em geral como *os contratos*. — Precisamos deles para cercar o pai de Daniel e Jill.

O que acontecera no passado era crucial, foi o que disseram a Falk e Carmen. Fora Leo Bailey quem montara o negócio em sua forma atual e fizera as conexões com vários atores essenciais sob investigações. Podia ter sido no passado, mas o cordão conectado com o presente pulsava e era vital.

King ficou calado. Ao longe, conseguiam ouvir o zumbido do helicóptero. Soava mais afastado.

— Certo — disse ele, por fim. — Vejam bem, a esta altura, minha primeira e única prioridade é Alice Russell. Encontrá-la e tirá-la dali em segurança. O cenário mais provável quando alguém se perde lá fora é que saíram da trilha e se desesperaram, então esse é o plano ao qual vou me ater por enquanto. Mas se houver uma chance de que ela tenha tido problemas com aquele grupo por falar com vocês, é bom saber. Então, obrigado por serem francos.

O sargento estava agitado agora, ansioso para voltar. Uma expressão estranha se assentara em seu rosto. Algo quase parecido com alívio. Falk o observou por mais um momento, então perguntou:

— O que mais?

— O que mais, o quê?

— O que mais você está esperando que não tenha acontecido? — disse Falk. — Nenhum desses cenários me parece bom.

— Não. — King não o encarou.

— Então o que é pior do que qualquer uma dessas coisas?

O sargento se acalmou, então olhou para a estrada. A equipe de busca fora engolida pela vegetação, os macacões laranja perdidos de vista. A mídia pairava a uma distância segura. Mesmo assim, ele se aproximou um pouco e suspirou.

— Kovac. Kovac é pior.

Eles o encararam.

— Kovac está morto — disse Carmen.

— Martin Kovac está morto. — King passou a língua pelos dentes. — Só não temos certeza do filho dele.

DIA 1: QUINTA-FEIRA À NOITE

Lauren sentiu vontade de gritar.

Eram apenas os homens. Ela observara com o coração acelerado e um gosto azedo na boca quando o grupo de cinco surgiu das árvores. Os sorrisos brancos deles brilhavam conforme empunhavam garrafas de vinho. Liderando o caminho estava Daniel Bailey.

— Então conseguiu chegar, afinal? — disparou Lauren, a adrenalina deixando-a corajosa. Daniel reduziu o passo.

— Sim...

Os olhos dele se enrugaram e Lauren achou a princípio que o executivo estivesse irritado, então percebeu que apenas tentava se lembrar do nome dela. Ele foi resgatado quando a irmã apareceu através da escuridão.

— Daniel. O que está fazendo aqui? — Se Jill ficou surpresa ou irritada, não demonstrou. Mas era raro que deixasse muito à mostra, Lauren sabia por experiência própria.

— Achamos que podíamos vir dar um oi. Ver como vocês estão se ajustando. — Ele olhou para o rosto da irmã. — Desculpe. Assustamos vocês?

Talvez Daniel conseguisse ler a irmã melhor do que a maioria das pessoas, pensou Lauren. Jill não disse nada, apenas esperou.

— Estão todas bem? — prosseguiu Daniel. — Nosso acampamento fica a apenas um quilômetro. Trouxemos bebidas. — Ele olhou para os outros quatro homens, que ergueram as garrafas em obediência. — Um de vocês, ajude as garotas a acenderem a fogueira delas.

— Nós damos conta — disse Lauren, mas Daniel gesticulou com a mão.

— Não tem problema. Eles não se importam de ajudar.

Ele se virou para a irmã e Lauren observou os dois saírem andando. Ela foi até o buraco da fogueira, onde um homem magricela do marketing tentava atear fogo a um acendedor em uma pilha de folhas úmidas.

— Assim não. — Lauren pegou os fósforos dele. O homem observou enquanto ela vasculhava o entorno de uma árvore caída na beira da clareira, coletando gravetos que tinham sido protegidos do clima. Do outro lado do acampamento, Lauren conseguia ouvir Alice instruindo as gêmeas sobre como montar as tendas. Parecia que as irmãs estavam fazendo a maior parte do trabalho.

Ela se agachou diante do buraco da fogueira, tentando se lembrar dos próximos passos. Então arrumou os gravetos em cone sobre fragmentos combustíveis e examinou o próprio trabalho. Aquilo parecia certo. Lauren acendeu um fósforo e prendeu o fôlego quando a chama pegou e, em seguida, cresceu, banhando os arredores com um brilho laranja.

— Onde aprendeu isso? — O homem do marketing a encarava.

— Acampamento da escola.

Um farfalhar soou no escuro e Alice se aproximou da luz.

— Ei. As tendas estão montadas. Bree e Beth estão em uma, então você e eu vamos compartilhar. Jill tem a tenda para uma pessoa só para ela. — Alice assentiu para a fogueira, as feições dela estavam distorcidas pela luz das chamas. — Legal. Vamos colocar a comida.

— Deveríamos perguntar a Jill? — A clareira era ampla e Lauren levou um instante para ver a mulher, de pé no fim dela com o irmão, absortos em conversa. Jill disse algo e Daniel sacudiu a cabeça.

— Estão ocupados — disse Alice. — Vamos começar. Você e eu precisaremos fazer isso de qualquer forma, ela não vai saber cozinhar sobre o fogo.

É provável que isso fosse verdade, pensou Lauren, quando Alice começou a pegar panelas, arroz e ensopado de carne para ser cozido no saco.

— Lembro que prometi a mim mesma no acampamento que jamais faria isso de novo, mas é como andar de bicicleta, não é? — disse Alice, alguns minutos depois, conforme as duas observavam a água começar a borbulhar. — Sinto que deveríamos estar vestindo uniforme escolar de novo.

Com o cheiro de eucalipto e de madeira queimada nas narinas, e com Alice ao lado, Lauren sentiu a poeira de uma lembrança de trinta anos atrás ser soprada. Acampamento McAllaster.

O campus em meio à vegetação nativa do Colégio Endeavour para Garotas ainda ocupava um lugar de destaque no lustroso panfleto da escola. Uma oportunidade – uma oportunidade compulsória – para as moças do 9º ano do Endeavour passarem um ano acadêmico inteiro na paisagem remota. O programa era destinado ao desenvolvimento de caráter, resiliência e um respeito saudável pelo bioma natural da Austrália. E – posto com sutileza nas entrelinhas cuidadosamente escritas – destinado a manter meninas adolescentes longe de tudo a que eram atraídas naquela idade.

Aos quinze anos, Lauren sentira saudades de casa desde o primeiro dia e estava em carne viva devido a bolhas e mordidas de mosquito desde o segundo. Estava fora de forma e muito além da idade na qual aquilo ainda poderia ser chamado de gordurinha infantil. Apenas uma longa semana depois e Lauren se encontrara vendada também. *Qual era o objetivo de um desafio de confiança se ela não confiava em nenhuma das colegas de classe?*

Sabia que tinha sido levada para longe do acampamento principal e adentrado na vegetação nativa, isso era óbvio pelo estalar das folhas sob os pés, mas além disso, estava perdida. Poderia estar na beira de um precipício ou prestes a mergulhar em um rio. Conseguia ouvir movimentos ao seu redor. Passos. Uma risadinha. Ela estendera a mão, agarrando a escuridão adiante. Os dedos se fecharam no vazio. Um passo hesitante para a frente quase a fez rolar pelo chão quando o seu dedo ficou preso no solo irregular. De repente, a mão de alguém agarrou seu braço, firme e com tranquilidade. Sentiu um hálito morno na bochecha e ouviu a voz de alguém ao ouvido.

— Peguei você. É por aqui. — Alice Russell.

Era a primeira vez que Lauren se lembrava de Alice se dirigindo a ela de fato, mas reconhecera a voz no mesmo instante. Lauren, então gorda e sem amigos, ainda se lembrava daquela torrente mista de confusão e alívio quando Alice segurou seu braço. Agora, quase três décadas depois, Lauren olhava para o outro lado da fogueira, para a outra mulher, e se perguntava se ela também se lembrava daquele dia.

Lauren tomou fôlego, mas foi interrompida de repente por um movimento atrás de si. Daniel surgiu ao seu ombro, o rosto banhado em laranja.

— Eles acenderam a fogueira? Que bom. — As pupilas dele pareciam pretas à meia-luz das chamas, e ele enfiou uma garrafa de vinho tinto na mão de Lauren. — Aqui, aproveite uma bebida. Alice, preciso de uma palavra rápida, por favor.

— Agora? — Alice não se moveu.

— Sim. Por favor. — Daniel colocou a palma da mão muito levemente na parte superior das costas dela. Depois da mais breve pausa, Alice deixou que ele a guiasse para longe do grupo. Lauren observou enquanto os dois quase desapareceram no limite da clareira, absorvidos pelas sombras. Ouviu o grave e inconfundível zumbido da voz de Daniel antes que fosse abafada pela conversa ao redor.

Lauren se voltou para a fogueira e cutucou as refeições cozidas no saco. Estavam prontas. Ela as abriu. Acrescentou exatamente a mesma quantidade de arroz em cada uma.

— O jantar está pronto — avisou alto.

Bree se aproximou, agarrada à bandeira que encontrara mais cedo e seguida por dois homens.

— Eu a vi bem ali na árvore ao lado da trilha — ela dizia a eles. — Talvez vocês tenham passado direto pela sua.

As bochechas de Bree estavam coradas e ela bebia de um copo de plástico. A jovem pegou um saquinho de refeição.

— Ótimo. Obrigada. — Bree cutucou o interior com um garfo e sua expressão se entristeceu um pouco.

— Não gosta de carne? — perguntou Lauren.

— Sim, eu gosto. Está ótimo. Não é isso, eu só... — Bree fez uma pausa. — Parece delicioso, obrigada.

Lauren observou Bree comer uma pequena garfada. Apenas carne, nada de arroz. Reconhecia alguém evitando carboidratos à noite. Sentiu um comichão para dizer algo, mas manteve a boca fechada. Não era da sua conta.

— Se o seu jantar tiver o gosto parecido com o do nosso, vai precisar de algo para ajudar a descer — disse um dos homens, inclinando-se na direção da jovem. Ele encheu o copo dela mais uma vez com vinho antes de Bree conseguir responder.

Lauren continuou parcialmente de olho neles ao pegar a própria comida e se sentar em um tronco diante da fogueira para comer. Ela abriu o saco. A carne e o arroz a encaravam de volta. Deveria comer, pensou ela, então olhou em volta. Ninguém estava prestando atenção. Ninguém ali se importava, de toda forma. Soltou o garfo.

Uma sombra recaiu sobre o colo de Lauren e ela olhou para cima.

— Posso pegar um desses? — Beth apontava para a comida.

— É claro.

— Obrigada. Estou morrendo de fome. — Beth apontou para o tronco com a cabeça. — Tudo bem se eu sentar aqui?

Lauren deu espaço e sentiu o tronco estalar e afundar sob o peso da jovem. Beth comeu rápido, observando enquanto a irmã fazia sala para os homens. Bree inclinou o pescoço longo e branco para trás e tomou um gole do copo, que foi enchido de imediato.

— Ela não bebe muito, normalmente — falou Beth, ainda mastigando. — Sobe à cabeça.

Lauren se lembrou da garrafa de vinho tinto que Daniel empurrara para ela e a estendeu, mas Beth fez que não com a cabeça.

— Não, obrigada, estou bem.

— Você também não gosta?

— Eu gosto um pouco demais.

— Ah. — Lauren não sabia dizer se Beth estava brincando ou não. A mulher não sorria.

— Você se importa se eu fumar? — Beth amassou o saco de refeição vazio e pegou um maço de cigarros.

Lauren se importava um pouco, mas fez que não. Estavam ao ar livre; deixe-a fumar. Elas observaram as chamas. O volume das gargalhadas e da conversa ficou mais alto conforme mais garrafas foram esvaziadas. Um dos homens se afastou de Bree para se aproximar delas.

— Posso pegar um cigarro? — Ele sorriu para baixo.

Beth hesitou, então estendeu o maço.

— Obrigado. — Ele pegou dois, colocando um na boca e o outro no bolso. Deu as costas para ela antes de dar a primeira tragada. Lauren viu os olhos de Beth o seguirem conforme ele caminhou de volta até a irmã dela.

— O que está achando da BaileyTennants?

Beth deu de ombros.

— É ok. É boa.

Ela tentou parecer entusiasmada, mas errou por pouco. Lauren não a culpava. Arquivamento de dados era notoriamente mal pago, mesmo para um cargo de iniciante, e a equipe ficava no porão. Sempre que precisava descer até lá, Lauren voltava ansiando por luz natural.

— Está gostando de trabalhar com sua irmã?

— Sim, com certeza. — O entusiasmo pareceu genuíno desta vez. — É graças a ela que consegui o emprego, me fez uma recomendação.

— Onde você trabalhava antes?

Beth lhe lançou um olhar e Lauren se perguntou se teria cometido uma gafe.

— Entre empregos.

— Ah.

Beth deu uma tragada e soprou uma nuvem de fumaça.

— Desculpe. Sou grata por ter o trabalho. É só isso tudo... — Ela indicou ao redor da clareira. — Não é realmente minha praia.

— Não tenho certeza se é a praia de alguém. Exceto talvez a de Daniel.

De repente, Lauren se lembrou de Alice e ergueu o rosto. O canto onde ela estivera com Daniel estava vazio, e do outro lado da clareira conseguia vê-lo agora. Ele e a irmã estavam de pé um pouco afastados do grupo, observando. Nada de Alice à vista.

Ouviu-se um rugido distante de trovão e a conversa diminuiu quando rostos se voltaram para o céu. Lauren sentiu uma gota na testa.

— Vou verificar se minha mochila está na tenda — disse ela, e Beth assentiu.

Lauren atravessou a clareira e seguiu caminho até as cordas de fixação tensionadas. As irmãs tinham feito um bom trabalho montando as barracas, pensou ela, ao se ajoelhar e abrir o zíper da porta.

— Alice!

Alice se sobressaltou. Estava sentada de pernas cruzadas no centro da tenda, de cabeça baixa, com uma luz azul esquisita no rosto. No colo, segurava um celular.

— Merda. — Ela agarrou o telefone contra o peito. — Você me assustou.

— Desculpe. Você está bem? A comida está pronta, se quiser.

— Estou bem.

— Tem certeza? O que está fazendo?

— Nada. Mesmo, estou bem. Obrigada. — Alice apertou um botão e a tela do telefone ficou escura, as feições dela desapareceram junto com a luz. A voz da mulher soava estranha. Lauren se perguntou por um momento se talvez estivesse chorando.

— O que Daniel queria? — perguntou Lauren.

— Nada. Algo sobre a agenda para a Reunião Geral Anual.

— Isso não podia esperar?

— É claro que podia. Você conhece o Daniel.

— Ah. — Os joelhos de Lauren doíam por estar agachada à porta. Ela conseguia ouvir a chuva atingir a lona perto de sua cabeça.

— Esse é seu celular? Achei que tivesse entregado.

— Aquele era o de trabalho. Ei, você está com o seu?

— Não, não deveríamos trazê-los.

Uma risada curta.

— Então é claro que você não trouxe. Não importa. Não tem sinal mesmo.

— Para quem está tentando ligar?

— Ninguém. — Uma pausa. — Margot.

— Está tudo bem?

— Sim. — Alice pigarreou. — Sim, está tudo bem. Ela está bem.

Alice apertou um botão e a tela se acendeu de novo. Os olhos dela definitivamente pareciam um pouco mareados.

— Ainda sem sinal? — Nenhuma resposta. — Tem certeza de que está tudo bem?

— Sim. Eu só… — O baque do celular sendo jogado sobre um saco de dormir soou. — Preciso entrar em contato.

— Margot tem dezesseis anos, Alice. Ela vai ficar bem sozinha por dois dias. Vai vê-la no domingo, de toda forma. Na noite da premiação. — Lauren percebeu o leve amargor no próprio tom de voz. Alice não pareceu notar.

— Só quero me certificar de que ela está bem.

— É claro que está. Margot vai ficar bem. Margot sempre está bem. — Lauren se obrigou a respirar fundo. Era óbvio que Alice estava chateada. — Olhe, sei como é. Também me preocupo com Rebecca. — Isso era um eufemismo. Lauren às vezes sentia que não dormira uma noite inteira nos dezesseis anos desde que a filha nascera.

Nenhuma resposta. Um som tateante, então a tela azul surgiu de novo.

— Alice?

— Eu ouvi você. — A outra mulher pareceu distraída. As feições dela estavam sérias enquanto fitava o próprio colo.

— Pelo menos Margot parece estar se saindo bem. Com o prêmio de dança e tudo mais. — O amargor estava de volta.

— Talvez. Eu só… — Lauren ouviu Alice suspirar. — Esperava mais dela.

— Certo. Bem. Sei como se sente. — Lauren pensou na própria filha em casa. Era hora do jantar. Tentou imaginar o que Rebecca deveria estar fazendo, e a familiar sensação de embrulho cresceu em seu estômago.

Alice esfregou os olhos com a base da mão. De repente, a cabeça dela se levantou.

— Por que está tão quieto lá fora?

— Está chovendo. A festa acabou.

— Daniel está indo embora?

— Acho que todos estão.

Alice passou por ela, saindo aos tropeços da tenda, acertando o dedo de Lauren com o salto da bota. Lauren a acompanhou, esfregando a mão. Do lado de fora, o local do acampamento tinha esvaziado. As gêmeas não estavam à vista, mas uma luz de lanterna brilhava através da lona da tenda delas. Jill estava sozinha no círculo da fogueira, com o casaco bem fechado e o capuz na cabeça. Estava revirando uma refeição com o garfo, encarando o fogo que se extinguia conforme gotas de chuva sibilavam e chiavam. Ela levantou os olhos quando ouviu as duas.

— Aí estão vocês. — O olhar de Jill se alternou entre elas. — Por favor, diga que não está quebrando as regras, Alice.

Silêncio.

— Como é?

Jill acenou para a mão de Alice.

— Telefones não são permitidos.

Lauren ouviu a mulher suspirar.

— Eu sei. Desculpe. Não me dei conta de que estava na bolsa.

— Não deixe que Bree e Beth o vejam. As regras são as mesmas para todas.

— Eu sei. Não deixarei.

— Tem algum sinal aqui?

— Não.

— Ah, bem. — Os últimos resquícios de fogo tremeluziram e se apagaram. — Então não lhe adianta de nada mesmo.

SEIS

Falk e Carmen encaravam King. O helicóptero mergulhava acima, o ruído das hélices batendo ressoava para baixo.

— Eu não sabia que Kovac tinha um filho — disse Falk, por fim.

— Bem, não era exatamente a família dos sonhos. O garoto deve ter quase trinta anos agora, produto de um relacionamento esporádico que Kovac tinha com uma atendente de bar de sua cidade natal. Tiveram esse menino, Samuel, Sam, e parece que Kovac surpreendeu a todos dedicando-se à paternidade mais do que se esperaria de um lunático. — King suspirou. — Mas ele já estava preso quando o menino tinha quatro ou cinco anos. A mãe tinha problemas com álcool, então Sam acabou saltando entre lares temporários. Ele ressurgiu no fim da adolescência, começou a visitar o pai na prisão, praticamente a única pessoa que fazia isso, de acordo com os relatos, então saiu do radar de novo há uns cinco anos. Desaparecido, presumido morto.

— Presumido, mas não confirmado? — perguntou Carmen.

— Não. — King olhou em volta quando um grupo de resgate surgiu do início da trilha, os rostos deles estampavam más notícias. — Mas ele era um bandidinho com ideias de grandeza. Acabou se metendo com tráfico de drogas, seguia as gangues de motoqueiros. Era apenas uma questão de tempo até que seguisse o pai para a prisão por alguma coisa ou outra, ou acabasse irritando a pessoa errada e pagando o preço. Temos gente em Melbourne tentando confirmar. — Ele deu um sorriso triste. — Teria sido melhor se tivesse sido confirmado na época, mas ninguém fica muito chateado quando um sujeito como Sam Kovac desaparece. A única pessoa que dava a mínima era o pai dele.

— O que faz você achar que ele tenha algo a ver com Alice Russell? — perguntou Falk.

— Veja bem, não acho. Não de verdade. Mas sempre houve uma teoria de que Martin Kovac tinha uma base em algum lugar dessa vegetação. Um local em que ele pudesse ficar escondido. Na época, achavam que era provavelmente perto de onde as vítimas foram levadas, mas se existia, jamais foi encontrado. — Ele franziu a testa. — Pela descrições que as mulheres deram, há uma chance remota de que essa cabana que elas encontraram esteja conectada a ele.

Falk e Carmen se entreolharam.

— Como as mulheres responderam a isso? — perguntou Carmen.

— Não contamos a elas sobre Sam Kovac. Decidimos que não havia motivo para preocupá-las até que tivéssemos certeza de que havia algo com que se preocupar.

— E você não faz ideia de onde fica essa cabana?

— Elas acham que estavam em algum lugar ao norte, mas "norte" é uma maldita área grande aqui. Há centenas de hectares que não conhecemos bem.

— Consegue reduzir pelo sinal de telefone de Alice? — perguntou Falk, mas King fez que não com a cabeça.

— Se estivessem em terreno elevado, talvez. Mas parece que não era esse o caso. Há bolsões onde se tem sorte, mas não há uma lógica verdadeira. Às vezes são apenas alguns metros quadrados, ou o sinal vai e vem.

Da trilha, um membro do resgate chamou o nome de King e o oficial acenou em reconhecimento.

— Desculpem, melhor eu ir. Conversaremos de novo mais tarde.

— O restante do grupo da BaileyTennants ainda está aqui em cima? Talvez precisemos falar com eles — disse Carmen, quando o seguiram de volta pela estrada.

— Pedi que as mulheres ficassem por enquanto. Todos os homens voltaram, exceto por Daniel Bailey. Podem dizer a eles que são meus assistentes, se isso ajuda. Contanto que compartilhem as informações, é claro.

— Sim. Entendido.

— Vamos, vou apresentá-los a Ian Chase. — King levantou a mão e um rapaz de casaco vermelho se afastou do grupo do resgate e se aproximou. — Ele gerencia o programa da Aventuras Executivas aqui. — O oficial quase sorriu. — Deixem que ele lhes conte em pessoa o quanto isso tudo deveria ser seguro pra caramba.

— É realmente fácil se você seguir as trilhas adequadamente — dizia Ian Chase. Era um sujeito magro, de cabelos pretos, com olhos que ficavam se voltando para a vegetação como se ele esperasse que Alice Russell fosse emergir a qualquer momento.

Tinham dirigido de volta ao chalé principal, Falk e Carmen seguindo a van de Chase ao longo da isolada estrada rural. Agora, Chase apoiava uma das mãos sobre uma placa de madeira que marcava o início de uma trilha. Letras gravadas, erodidas pelas estações até ficarem lisas, diziam: Cachoeira do Espelho. Aos pés deles, um caminho de terra ondulava para dentro da vegetação antes de sumir de vista.

— Foi aqui que o grupo das mulheres começou — disse Chase. — A trilha da Cachoeira do Espelho nem é a nossa mais difícil. Temos talvez 15 grupos por ano passando por ela e não tivemos problema algum.

— Nunca? — perguntou Falk, e Chase alternou o peso do corpo de um pé para o outro.

— De vez em quando, talvez. Temos grupos que se atrasam, às vezes. Mas em geral estão apenas caminhando devagar, em vez de estarem perdidos. Se você acompanhar as trilhas ao contrário, encontra-os se arrastando perto do último local de acampamento. Cansados de carregarem as próprias mochilas.

— Mas não desta vez — falou Carmen.

— Não. — Chase fez que não com a cabeça. — Não desta vez. Deixamos comida e água em caixas fechadas nos acampamentos da segunda e da terceira noites para que os grupos não precisem carregar tudo o caminho inteiro. Quando as mulheres não chegaram, dois guardas-florestais entraram. Eles conhecem os atalhos, sabem? Verificaram a caixa do terceiro acampamento. Nenhum sinal de que tinham estado ali. O mesmo no segundo. Foi quando chamamos os oficiais estaduais.

Ele tirou um mapa do bolso e apontou para uma linha vermelha espessa que se curvava em um suave arco na direção norte antes de terminar no oeste.

— Esta é a rota que elas estavam seguindo. É provável que tenham saído da trilha em algum lugar por aqui. — Chase bateu no papel entre duas cruzes que marcavam o primeiro e o segundo acampamentos. — Temos quase certeza de que pegaram a trilha dos cangurus. O problema é onde acabaram depois disso, quando tentaram voltar pelo mesmo caminho.

Falk examinou a rota. Parecia bem simples no papel, mas ele sabia como a vegetação podia distorcer as coisas.

— Onde o grupo dos homens caminhou?

— Eles começaram de um ponto a cerca de dez minutos de carro daqui. — Chase apontou para outra linha, marcada em preto desta vez. Ela permanecia quase paralela à trilha das mulheres durante o primeiro dia, então virava para o sul antes de terminar no mesmo ponto a oeste. — Os caras se atrasaram cerca de uma hora para partir, mas ainda tiveram bastante tempo para chegar ao primeiro local. O suficiente para visitar o acampamento das meninas para algumas bebidas, ao que parece.

Carmen ergueu as sobrancelhas.

— Isso é comum?

— Não é encorajado, mas acontece. Não é uma caminhada difícil entre os dois lugares, mas é sempre um risco sair da trilha. Quando dá errado, pode dar muito errado.

— Por que os homens se atrasaram? — perguntou Falk. — Achei que todos tinham dirigido juntos, não?

— Exceto Daniel Bailey — falou Chase. — Ele perdeu o ônibus.

— Ah, é? Ele disse o motivo?

Chase fez que não com a cabeça.

— Não para mim. Ele pediu desculpas aos companheiros. Disse que se atrasou por causa de negócios.

— Certo. — Falk olhou de novo para o mapa. — Todos recebem isto no dia, ou...?

Chase negou com a cabeça.

— Nós os enviamos umas duas semanas antes. Mas só recebem um por equipe e são instruídos a não fazer cópias. Não podemos impedi-los, é claro, mas faz parte do processo.

Para que apreciem a escassez aqui, compreendam que as coisas nem sempre podem ser substituídas. O mesmo vale para os celulares. Gostamos que confiem neles mesmos em vez de na tecnologia. Além do mais, os telefones não funcionam direito de qualquer maneira.

— E como pareceu o grupo quando partiu? — perguntou Falk. — Em sua opinião?

— Estavam bem — respondeu Chase de imediato. — Um pouco nervosas, talvez, mas nada fora do comum. Eu não as teria mandado se tivesse dúvidas. Mas estavam felizes o bastante. Olhem, podem ver por conta própria.

Ele pegou o celular do bolso e tocou a tela antes de estendê-la para que Falk pudesse ver. Era uma foto.

— Tirei isso antes de elas partirem.

As cinco mulheres estavam sorrindo, abraçando-se. Jill Bailey estava no centro do grupo. O braço direito dela estava na cintura de Alice, que, por sua vez, tinha o braço sobre uma mulher que Falk reconheceu como Lauren Shaw. Do outro lado de Jill havia duas mulheres mais jovens que se pareciam um pouco, mas definitivamente não muito.

Falk fitou Alice, a cabeça loira dela um pouco inclinada para o lado. Usava um casaco vermelho e calça preta, e o braço estava apoiado de leve nos ombros de Jill. E Ian Chase estava certo. Naquele único momento fotografado, elas todas pareciam felizes o bastante.

Falk devolveu o telefone a ele.

— Estamos imprimindo cópias para a equipe de resgate — falou Chase. — Vamos. Vou mostrar a vocês o início da trilha. — Então olhou Falk e Carmen de cima a baixo, notando as botas pouco usadas. O olhar dele se deteve por um breve instante na mão queimada de Falk. — É uma caminhada curta até a cachoeira, mas vocês devem ficar bem.

Eles adentraram em meio às árvores e a mão de Falk começou a pinicar quase de imediato. Ele a ignorou, concentrando-se, em vez disso, nos arredores. O caminho era bem definido e Falk conseguia ver rastros e depressões, antigas pegadas, possivelmente, que tinham sido borradas pela chuva. Acima, eucaliptos altos balançavam. Estavam caminhando sob sombra constante e Falk viu Carmen estremecer sob o casaco. Ele pensou em Alice Russell. Perguntou-se o que teria se passado pela mente dela quando adentrou na vegetação nativa, caminhando na direção de algo que a impediria de partir.

— Como funciona o programa da Aventuras Executivas? — A voz de Falk soou alta de maneira artificial contra o farfalhar das árvores.

— Organizamos atividades personalizadas para treinamento de equipes e *teambuilding* — disse Chase. — A maior parte de nossos clientes está em Melbourne, mas oferecemos atividades por todo o estado. Arvorismo, retiros de um dia, todo tipo de coisa.

— Então você gerencia o programa aqui sozinho?

— Em grande parte. Tem outro cara que dá um curso de sobrevivência a umas duas horas daqui. Nós cobrimos a folga um do outro, mas na maior parte do tempo sou apenas eu.

— E você mora aqui em cima? — perguntou Falk. — Tem acomodação no parque?

— Não. Tenho um lugarzinho na cidade. Perto do posto de gasolina.

Falk, que passara seus anos de formação sem ir a lugar nenhum no meio do nada, achava que até mesmo ele se sentiria envergonhado de descrever aquelas poucas lojas pelas quais tinham passado de cidade.

— Parece um pouco solitário — falou, e Chase deu de ombros.

— Não é tão ruim assim. — Ele navegava pelo caminho irregular com a facilidade de alguém que caminhara por ali muitas vezes antes. — Gosto de estar ao ar livre e os guardas-florestais são legais. Eu costumava acampar aqui quando era mais novo, então conheço o terreno. Jamais quis trabalhar em um escritório. Assinei um contrato com a Aventuras Executivas há três anos e estou aqui pelos últimos dois. No entanto, é a primeira vez que esse tipo de coisa acontece no meu turno.

Ao longe, Falk conseguia discernir o som inconfundível de água corrente. Caminhavam devagar, mas sem dúvidas estavam subindo colina acima desde que haviam partido.

— Quanto tempo acha que têm para encontrar Alice? — perguntou Falk. — Na melhor das hipóteses.

Os cantos da boca de Chase se voltaram para baixo.

— É difícil saber. Quero dizer, não estamos falando das condições invernais comparáveis ao Alaska, mas fica bem frio aqui em cima. Principalmente à noite, e principalmente sem abrigo. Exposta ao ar livre, com um pouco de vento, com um pouco de chuva, o fim pode chegar bem rápido. — Ele suspirou. — Mas sabe, se ela for esperta, ficar o mais quente e seca possível, se manter hidratada, então nunca se sabe. As pessoas podem ser mais resistentes do que se pensa.

Chase precisou erguer a voz quando viraram uma curva e ficaram frente a frente com uma cortina de água branca. Um rio descia pela beira de um penhasco para o lago bem abaixo deles. A queda rugia conforme o grupo caminhava para a ponte.

— Cachoeira do Espelho — falou Chase.

— Isto é incrível. — Carmen encostou no parapeito, o cabelo dela voando sobre o rosto. Os jatos finos pareciam quase suspensos no ar frio. — Qual é a altura?

— Essa é apenas um bebê, cerca de quinze metros — respondeu Chase. — Mas o lago na base tem no mínimo a mesma profundidade, e a pressão da água é uma loucura, então não iria querer pular. A queda em si não é tão ruim, é mais o choque e o frio que a matariam. Mas estão com sorte, esta é a melhor época do ano para vê-la, não é tão impressionante no verão. Este ano chegou a virar um filete. Tivemos a seca, sabem?

Falk fechou a mão com a lustrosa pele nova dentro do bolso. Sim. Ele sabia.

— Mas tem sido bom desde que o tempo mudou — prosseguiu Chase. — Ótima chuva de inverno, então podem ver de onde vem o nome.

Falk de fato podia. Ao pé da cascata, a maior parte da agitação da correnteza era carregada pelo rio. Mas um desvio na paisagem criara um mergulho natural para o lado, o excesso de água formando um lago que repousava grande e tranquilo. Ele ondulava com serenidade, conforme a superfície refletia o arredor magnífico. Uma imagem idêntica, alguns tons mais escura. Falk estava de pé hipnotizado, olhando para o ruído branco estrondoso. O rádio de Chase apitou no cinto, quebrando o feitiço.

— Melhor eu voltar — disse ele. — Se vocês estiverem prontos.

— Sem problemas.

Quando Falk se virou para seguir Chase, o olhar dele vislumbrou um borrão de cor ao longe. Do lado oposto da queda, onde a trilha sumia para a vegetação profunda, uma minúscula figura solitária encarava a água. Uma mulher, pensou Falk, com o chapéu roxo contrastando com os verdes e os marrons dos arredores.

— Tem alguém ali — disse Falk a Carmen.

— Ah, é. — Ela olhou para onde ele apontava. — Você a reconhece?

— Não daqui.

— Eu também não. Mas não é Alice.

— Não. — A estrutura dela era magra demais, o cabelo que despontava sob o chapéu era muito escuro. — Infelizmente.

Era impossível que a mulher os tivesse ouvido acima da distância e do rugido da cachoeira, mas ela virou a cabeça bruscamente na direção deles. Falk acenou, mas a minúscula figura não se moveu. Conforme seguiram Chase para a trilha, ele olhou para trás uma ou duas vezes. A mulher continuou a observá-los até a mata se fechar atrás deles e Falk não conseguir mais vê-la.

DIA 2: SEXTA-FEIRA DE MANHÃ

Beth abriu o zíper da tenda pelo lado de dentro, estremecendo quando o barulho vibrou pela lona. Ela olhou para trás. A irmã ainda dormia profundamente, encolhida de lado, os cílios longos contra as bochechas e o cabelo formando um halo escuro em volta da cabeça.

Ela sempre dormia assim quando era criança. As duas dormiam, quase nariz com nariz, os cabelos entrelaçados no travesseiro, a respiração compartilhada. Beth costumava abrir os olhos toda manhã e ver um reflexo de si mesma encarando-a de volta. Isso não acontecia havia muito tempo. E Beth não dormia mais aninhada. O sono dela ultimamente era intermitente e inquieto.

Ela saiu engatinhando para o ar frio e fechou o zíper da tenda atrás de si, encolhendo-se ao colocar as botas. Tinham ficado molhadas ontem e permaneciam úmidas hoje. O céu estava cinza e pesado como no dia anterior. Não havia movimento das outras tendas. Ela estava sozinha.

Sentiu uma vontade de acordar a irmã, para que pudessem ficar sozinhas juntas pela primeira vez em... Beth não tinha certeza de quanto tempo. Mas não faria isso. Vira o olhar de desapontamento de Bree quando Alice atirara as mochilas das duas juntas diante da mesma tenda. Bree preferiria compartilhar a barraca com a chefe a dividir com a própria irmã.

Beth acendeu um cigarro, saboreando a primeira tragada e alongando os músculos doloridos. Caminhou até o buraco da fogueira, onde as brasas da noite anterior jaziam frias e escurecidas. Embalagens descartadas das refeições tinham sido empilhadas sob uma pedra, o conteúdo delas escorria suavemente. O ensopado velho manchava e encrustava-se no chão – um animal devia tê-lo encontrado à noite – mas ainda restava muito. Que desperdício, pensou Beth, quando seu estômago roncou. Ela gostara bastante da comida.

Um pássaro kookaburra estava empoleirado próximo, observando-a com os olhos escuros. Ela pegou uma tira de carne de um dos pacotes abandonados e atirou para a ave, que pegou a comida com a ponta do bico. Beth fumou enquanto o pássaro esticou a cabeça, jogando a carne para trás e para a frente. Convencido por fim de que estava morta, o kookaburra engoliu a carne com uma golada e saiu voando, deixando Beth sozinha mais uma vez. Ela se abaixou para apagar o cigarro e sua bota encostou em uma garrafa de vinho meio vazia. A garrafa virou, derramando seu conteúdo como uma mancha de sangue no chão.

— Merda.

Ela sentiu um comichão de irritação. Alice era uma vaca petulante. Beth ficara de boca fechada enquanto Alice disparava ordens sobre a montagem das tendas, mas quando ela mandou que pegasse a bebida, Beth a encarou confusa. Divertindo-se, Alice abriu a mochila de Beth pessoalmente e, vasculhando o fundo, tirou de dentro três garrafas de vinho. Beth jamais as vira antes.

— Não são minhas.

Alice riu.

— Eu sei. São para todo mundo.

— Então por que estavam na minha mochila?

— Porque são para todo mundo. — Ela falava devagar, como se falasse com uma criança. — Todos precisamos ajudar a carregar os suprimentos.

— Já estou carregando minha parte. Isso pesa uma tonelada. E… — Ela parou.

— E o quê?

— Eu não deveria…

— Deveria o quê? Ajudar?

— Não. — Beth olhou para a irmã, mas Bree a encarou de volta com raiva, as bochechas vermelhas de vergonha. *Pare de causar essa maldita confusão*. Beth suspirou. — Eu não deveria estar em posse de álcool.

— Bem. — Alice deu tapinhas nas garrafas. — Agora não está. Problema resolvido.

— Jill sabe?

Alice parou ao ouvir isso. O sorriso permanecia em seu rosto, mas o divertimento se fora.

— O quê?

— Jill sabe que você colocou essas garrafas na minha mochila?

— São só algumas garrafas, Beth. Registre uma queixa se você se sente tão profundamente lesada. — Alice esperou, o silêncio se estendendo até Beth sacudir a cabeça. Viu Alice revirar os olhos ao dar as costas.

Mais tarde, quando Lauren lhe estendera uma garrafa diante da fogueira, Beth se sentira mais tentada do que em muito tempo. A vegetação parecia o tipo de lugar que guardava bem segredos. E Bree parecia distraída demais para policiá-la. O cheiro do vinho era tão morno e familiar quanto um abraço, e Beth tinha se obrigado a dizer não antes de dizer sim sem pensar.

Queria que Daniel Bailey não tivesse levado os homens ao acampamento. Que eles não tivessem trazido bebida a mais. Achava mais difícil resistir em uma situação de grupo. Parecia muito com uma festa, por pior que fosse.

Fora a primeira vez que Beth vira o diretor-executivo pessoalmente. Ele não se rebaixava às entranhas dos arquivos de dados, e ela com certeza jamais fora convidada a subir ao 12º andar. Mas pela forma como as pessoas falavam dele, por algum motivo esperava mais. Em volta da fogueira, ele era apenas mais um sujeito com um corte de cabelo de cem dólares e um sorriso que obviamente tinha recebido o elogio de charmoso alguma vez. Talvez fosse um homem diferente no escritório.

Beth estava observando Daniel e pensando nisso quando o viu levar Alice para um canto e desaparecer com ela no escuro. Será que havia algo entre eles? Beth refletiu. Algo nos modos dele a fez pensar que não, mas o que ela sabia? Fazia anos desde que alguém quisera sumir no escuro com ela.

Tinha ouvido um pouco da conversa deles quando saiu caminhando pelo acampamento, procurando por alguém com quem conversar. Não. Estava certa de primeira. Com certeza não era um prelúdio para uma conversa na cama.

— O chefe é um pouco arrogante, não é? — sussurrou Beth para a irmã mais tarde, quando as duas estavam fechadas dentro dos sacos de dormir.

— Ele paga seu salário, Beth. Tem o direito de ser.

Com isso, Bree se virou de lado, deixando Beth encarando a lona e desejando um cigarro ou, de preferência, algo mais forte.

Ela se espreguiçava agora, conforme o céu ficava mais claro, e não conseguia mais ignorar a dor na bexiga. Procurou a árvore que tinham marcado no escuro como o banheiro improvisado. Ali estava. A uma curta caminhada da clareira, atrás das tendas. Aquela com o galho quebrado.

Beth saiu andando, tomando cuidado com onde colocava os pés. Não sabia muito sobre a fauna selvagem local, exceto que havia grandes chances de ter um monte de coisas lá fora nas quais não queria nem um pouco pisar. Atrás dela, houve movimentação no acampamento. O farfalhar de um zíper, seguido por vozes baixas. Outra pessoa estava acordada.

Beth parou diante da árvore. Era mesmo aquela? Parecia diferente à luz do dia, mas achou que estava certa. Havia aquele galho quebrado à altura da cabeça. E se ela se concentrasse, achava que conseguia detectar o leve cheiro de urina.

Enquanto estava de pé ali, ouviu vozes vindas do acampamento. Estavam falando baixinho, mas Beth ainda assim conseguia reconhecê-las. Jill e Alice.

— Você bebeu bastante ontem à noite. Não apenas você, todas nós...

— Não, Jill, não é a bebida. Eu só não me sinto bem. Preciso voltar.

— Todas precisaríamos voltar com você.

— Posso encontrar o caminho sozinha...

— Não posso deixar que caminhe de volta sem ninguém. Não, ouça... há um dever de diligência, para começar. Todas precisaríamos ir. — Alice não respondeu. — E a empresa ainda precisa pagar, então todas nós teríamos que pagar a multa equivalente ao custo do percurso. O que obviamente não é importante se você não se sente bem. — Jill deixou a informação pairar no ar. — Mas precisaríamos da carta de um médico por motivos de seguro, então se é um caso de vinho demais...

— Jill...

— Ou uma primeira noite difícil na tenda. Acredite em mim, eu sei que isso não é a praia de ninguém...

— Não é isso...

— E não podemos ser levadas de volta a Melbourne antes de domingo, de qualquer forma, então, como um membro sênior da equipe, seria muito melhor...

— Sim. — Um suspiro. — Tudo bem.

— Você está bem o bastante para prosseguir?

Uma pausa.

— Suponho que sim.

— Que bom.

O vento chacoalhou os galhos acima da cabeça de Beth, desalojando um jato de água das folhas. Uma gota gelada escorreu pelo pescoço dela e – decisão instantânea – Beth tirou a calça jeans e se agachou atrás da árvore. Seus joelhos começaram a doer no mesmo instante e ela conseguia sentir o frio nas coxas. Beth arrastou a bota para tirá-la do caminho do fluxo no chão quando ouviu passadas rápidas atrás de si. Sobressaltada, ela se virou, caindo para trás com um tranco. A pele nua atingiu o chão, frio, morno e molhado ao mesmo tempo.

— Céus. Sério? Bem ao lado das tendas?

Beth piscou contra o céu cinza claro, com a calça jeans na altura dos joelhos, a palma sobre algo morno. Alice a encarou de volta. O rosto dela estava pálido e sério. Talvez estivesse mesmo doente, pensou Beth, vagamente.

— Se é muito preguiçosa para andar até onde combinamos, pelo menos tenha a decência de fazer isso perto da sua tenda, e não da minha.

— Achei... — Beth cambaleou para ficar de pé, puxando a calça jeans para cima. Apertada e retorcida, ela a traía a cada puxão. — Desculpe, eu pensei... — Estava de pé agora, graças a Deus, uma única gota morna escorrendo contra a parte interna da coxa. — Achei que esta fosse a árvore certa.

— Esta aqui? Mal fica a dois metros das tendas.

Beth arriscou um olhar. Eram mais de dois metros, não eram? Tinha parecido mais longe no escuro, mas aparentava estar pelo menos à distância de cinco.

— E não é nem inclinado para baixo.

— Tudo bem. Eu pedi desculpas.

Beth queria calar Alice, mas já era tarde demais. Um farfalhar de lona e três cabeças surgiram das tendas. Beth viu os olhos da irmã ficarem severos. Bree não precisava saber o que, exatamente, estava vendo para compreender. *Beth aprontou de novo.*

— Algum problema? — gritou Jill.

— Não. Está sob controle. — Alice se esticou. — Aquela é a árvore certa. — Ela apontou para um local ao longe. Não havia um galho quebrado à vista.

Beth se virou para os três rostos nas tendas.

— Desculpe. Eu pensei... desculpe.

— Está vendo a qual estou me referindo? — perguntou Alice, ainda apontando.

— Sim, estou vendo. Olhe, descul...

— Está tudo bem, Beth — gritou Jill, interrompendo-a.

— E obrigada, Alice. Acho que estamos todas familiarizadas com a árvore agora.

Alice manteve os olhos em Beth, então abaixou o braço devagar. Beth não olhou para nenhuma das outras conforme arrastou os pés de volta para a clareira, com o rosto corado. A irmã estava na entrada da tenda delas, calada, com a parte branca dos olhos avermelhada. Estava de ressaca, Beth conseguia ver, e Breanna não lidava bem com ressacas.

Beth se abaixou para entrar, fechando o zíper da tenda. Conseguia sentir o cheiro da urina no único par de jeans dela e sentiu uma esfera de tensão queimando atrás dos olhos. Ela os fechou com força e se obrigou a ficar completamente imóvel, como tinham lhe ensinado na clínica de reabilitação. Respirações profundas e pensamentos positivos até que a vontade passasse. *Inspire e espire.*

Conforme contava o próprio fôlego, mantendo a mente focada, imaginou-se convidando as outras mulheres para ficarem de pé com ela, formando um círculo. A imagem era clara e Beth conseguia se imaginar estendendo a mão para Alice. *Inspire e espire.* Imaginou-se estendendo a mão, esticando os dedos e entrelaçando-os nas mechas loiras de Alice. *Inspire e espire.* Segurando mais forte e puxando a cara de riqueza da mulher para o chão. Arrastando-o na terra até que Alice se debatesse e gritasse esganiçado. *Inspire e espire.* Quando chegou a cem, Beth espirou uma última vez e sorriu consigo mesma. Sua conselheira estava certa. Visualizar o que de fato queria a fazia se sentir muito melhor.

SETE

Sair da trilha da Cachoeira do Espelho foi um alívio. Falk respirou fundo quando o céu se abriu e as árvores se afastaram umas das outras. Adiante, luz saía das janelas do chalé principal, mas o brilho minguava até a vegetação rasteira escura do caminho. Ele e Carmen seguiram Chase pelo estacionamento, o cascalho estalando sob as botas. Quando se aproximaram do chalé principal, Falk sentiu Carmen cutucar o braço dele.

— Dois com uma tacada só ali — sussurrou ela.

Daniel Bailey estava de pé ao lado da BMW preta com uma mulher que Falk reconheceu de imediato. A irmã dele, Jill. Mesmo àquela distância, podia ver a mancha no maxilar dela, e se lembrou do que o sargento King dissera. *Alguns ferimentos.* Jill não estava com aquele hematoma na fotografia do grupo no primeiro dia, isso era certo.

Agora, ela estava frente a frente com o irmão e os dois discutiam. O tipo de discussão de músculos congelados e lábios tensos de pessoas condicionadas a não causar uma cena em público.

Jill estava inclinada para a frente enquanto falava. Ela esticou as mãos na direção da vegetação, então as desviou imediatamente. Ele respondeu com uma única sacudida de cabeça. Jill tentou de novo, se aproximando. Daniel Bailey fitou para além dela, por cima do ombro. Evitando o olhar da irmã. Mais uma sacudida de cabeça. *Eu disse que não.*

Jill o encarou, com o rosto impassível; então, sem mais uma palavra, se virou e subiu os degraus para dentro do chalé principal. Bailey se inclinou contra o carro dele e observou a irmã desaparecer. Sacudiu a cabeça e seu olhar recaiu sobre Ian Chase, que usava o casaco vermelho da Aventuras Executivas. O executivo pareceu envergonhado por um momento, por ter sido pego discutindo, mas se recuperou com rapidez.

— Ei! — Bailey levantou o braço, a voz ecoando pelo estacionamento. — Alguma novidade?

Eles se aproximaram. Era a primeira chance que Falk tinha de ver Daniel Bailey de perto. A boca dele era firme e definitivamente havia tensão em torno de seus olhos, mas ainda assim aparentava ter menos que seus 47 anos de idade. Também se parecia bastante com as fotos que Falk vira do pai de Bailey, que ainda era membro do conselho e uma peça fixa no folheto da empresa. Daniel era menos curvo e enrugado do que Leo Bailey, mas a semelhança era clara.

Bailey olhou para Falk e Carmen com interesse educado. Falk esperou, mas não conseguiu detectar uma fagulha visível de reconhecimento nos olhos do homem. Sentiu uma pequena agitação de alívio. Isso era significativo, pelo menos.

— Nada novo para contar a você, creio — falou Chase.

— Ainda não, de toda forma.

Bailey sacudiu a cabeça.

— Pelo amor de Deus, disseram que a trariam de volta hoje.

— *Esperavam* trazê-la de volta hoje.

— Será que mais fundos ajudariam? Eu disse que pagaremos. Eles sabem disso, não sabem?

— Não é o dinheiro. É todo o resto. — Chase olhou para a vegetação nativa. — Sabe como é lá fora.

Antes de eles deixarem o local da busca, o sargento King tinha aberto um mapa com linhas de grade e mostrara a Falk e Carmen as áreas que seriam vasculhadas. Levava cerca de quatro horas para fazer uma busca adequada em um quilômetro quadrado, dissera ele. E isso em meio à vegetação de densidade média. Mais tempo se o terreno fosse fechado ou íngreme ou cortado por água. Falk começara a contar o número de quadrados. Desistira ao chegar aos vinte.

— Eles já buscaram a cordilheira norte-oeste? — perguntou Bailey.

— Está inacessível este ano. E perigosa demais nestas condições climáticas.

— Apenas mais um motivo para verificar, não? É fácil sair da trilha por lá.

Havia algo na forma como Bailey exigia respostas que não se encaixava.

Falk pigarreou.

— Isso deve ser muito difícil para você e sua equipe. Conhece bem a mulher desaparecida?

Bailey olhou para ele direito pela primeira vez, tanto com um franzir de testa quanto com uma pergunta nos olhos.

— Você é...?

— Eles são da polícia — falou Chase. — Ajudando com a busca.

— Ah, certo. Que bom. Obrigado. — Bailey estendeu a mão, apresentando-se. A palma dele estava fria, e as pontas dos dedos estavam calejadas. Não era a mão de um homem que passava todo o seu tempo preso atrás de uma escrivaninha de escritório. Bailey obviamente saía por aí de uma forma ou de outra.

— Então você a conhece bem? — repetiu Falk quando apertaram as mãos.

— Alice? — O franzir da testa de Bailey se acentuou.

— Sim. Muito bem. Ela trabalha conosco há quatro anos...

Cinco, na verdade, pensou Falk.

—... então é um membro valioso da equipe. Quero dizer, todos são, é claro. Mas ela sair do radar dessa forma...

— Bailey sacudiu a cabeça. — É muito preocupante. — Ele parecia sincero.

— Você não viu Alice Russell antes de ela sair com o grupo na quinta-feira, certo? — perguntou Carmen.

— Não. Cheguei tarde. Estava ocupado. Perdi o ônibus do grupo.

— Posso perguntar por quê?

Bailey olhou para ela.

— Foi um assunto particular de família.

— Imagino que quando se gerencia uma empresa familiar nunca se está realmente de folga. — A voz de Carmen soava tranquila.

— Não, isso é verdade. — Bailey conseguiu dar um sorriso contido. — Eu tento manter as coisas separadas, no entanto, onde for possível. Caso contrário, ficaria louco. Aquilo foi inevitável, infelizmente. Pedi desculpas aos outros membros do grupo. Não foi ideal, é óbvio, mas apenas nos atrasou cerca de uma hora. Não fez muita diferença no fim.

— Sua equipe não teve nenhum problema para chegar ao ponto de encontro a tempo? — perguntou Falk.

— Não. O terreno é desafiador, mas as rotas em si não são muito difíceis. Ou não deveriam ser, de toda forma. — Bailey se voltou para Chase, que desviou os olhos.

— Parece que você conhece a área? — disse Falk.

— Um pouco. Fiz algumas trilhas em finais de semana por aqui. E fizemos retiros corporativos de inverno com a Aventuras Executivas pelos últimos três anos — respondeu

Bailey. — É um ótimo local. Normalmente. Mas não do tipo onde se quer ficar perdido por muito tempo.

— E você sempre vem nos retiros?

— É a melhor desculpa que tenho para sair do escritório. — Bailey começou a formar um sorriso automático, então se conteve no meio do caminho, o que deixou o seu rosto fixo em uma careta infeliz. — Sempre achei os retiros muito bons e em geral bem organizados. Sempre ficamos satisfeitos, até... — Ele parou. — Bem, até agora.

Chase continuou a encarar o chão.

— Você viu Alice Russell durante o retiro, no entanto — disse Falk.

Bailey piscou.

— Na primeira noite, quer dizer?

— Houve alguma outra vez?

— Não. — A resposta dele foi quase rápida demais. — Apenas aquela primeira noite. Foi uma visita social entre os acampamentos.

— De quem foi essa ideia?

— Minha. É bom nos conectarmos em um espaço diferente do escritório. Somos todos uma única empresa. Estamos todos no mesmo barco.

— E você falou com Alice Russell lá? — Falk observou Bailey com atenção.

— Rapidamente, no início, mas não conversamos por muito tempo. Partimos quando começou a chover.

— Sobre o que conversaram?

Bailey franziu a testa.

— Nada, na verdade. Conversa normal de escritório.

— Mesmo em uma visita social? — falou Carmen.

Um pequeno sorriso.

— Como você diz, nunca estou realmente de folga.

— Como ela pareceu a você naquela noite?

Uma pausa.

— Ela pareceu bem. Mas não falamos por muito tempo.

— Não tinha nenhuma preocupação em relação a ela? — perguntou Falk.

— Como o quê?

— Qualquer coisa. A saúde, o estado mental? A habilidade dela de completar o percurso?

— Se eu tivesse minhas dúvidas em relação a Alice, ou a qualquer um de nossos funcionários — disse Bailey —, eu teria feito algo a respeito.

Em algum lugar nas profundezas da vegetação, um pássaro cantou, agudo e esganiçado. O executivo franziu a testa e olhou para o relógio.

— Desculpe. Olhem, obrigado pela ajuda com a busca, mas preciso ir. Quero dirigir até o local a tempo do resumo da situação desta noite.

Chase trocou o peso do corpo de um pé para o outro.

— Vou até lá também. Quer uma carona?

Bailey deu tapinhas no teto da BMW.

— Não preciso, obrigado.

Ele tirou as chaves do bolso e, com mais uma rodada de apertos de mão e depois um breve aceno de despedida, foi embora, invisível atrás do vidro escuro conforme o carro arrancava.

Chase o observou partir, então olhou um pouco deprimido para a van da Aventuras Executivas parada sem jeito no canto do estacionamento.

— É melhor eu ir também. Aviso a vocês se houver alguma novidade — disse ele, e saiu arrastando os pés, chaves na mão. Falk e Carmen se viram sozinhos mais uma vez.

— Eu adoraria saber por que Bailey se atrasou para chegar aqui — disse Carmen. — Acredita que foi um assunto de família?

— Não sei — respondeu Falk. — A BaileyTennants é uma firma de família. Isso poderia cobrir praticamente qualquer coisa.

— Sim. Embora, eu precise dizer, se tivesse um carro como o dele, teria perdido o ônibus também.

Os dois caminharam até o próprio sedã, estacionado no canto mais afastado. Terra e folhas tinham se acumulado nas fendas, e subiram em uma névoa quando eles abriram o porta-malas. Falk tirou de dentro a mochila surrada e a colocou no ombro.

— Achei que tivesse dito que não gostava de fazer trilha — falou Carmen.

— Não gosto.

— Diga isso à sua mochila. Parece que ela está nas últimas.

— Ah. É. Está bem usada. Mas não por mim. — Falk parou de falar, mas Carmen o encarava com expectativa. Ele suspirou. — Era do meu pai.

— Isso é legal. Ele deu a você?

— Mais ou menos. Ele morreu. Então eu peguei.

— Ah. Merda. Sinto muito.

— Tudo bem. Ele não precisa mais dela. Vamos.

Falk se virou antes que Carmen pudesse dizer mais alguma coisa e os dois caminharam pelo estacionamento em direção à recepção do chalé principal. Parecia uma fornalha em comparação com o exterior, e ele sentiu o suor brotar na pele. O mesmo guarda-florestal de antes estava atrás da mesa de recepção. Ele analisou a lista de quartos reservados para a polícia e a equipe de resgate e entregou uma chave a cada um deles.

— De volta por onde vieram, sigam o caminho de pedestres até dar a volta pela esquerda — disse ele. — Vocês estão no fim da fileira, um ao lado do outro.

— Obrigado.

Eles saíram e deram a volta pela lateral do chalé principal até chegarem a uma cabana de madeira comprida e robusta. Tinha sido dividida em chalés de acomodação individuais com uma varanda compartilhada que se estendia ao longo da frente. Falk conseguia ouvir o tamborilar da chuva começando a bater contra o telhado de metal conforme caminhavam. Os quartos dos dois ficavam bem no final, como prometido.

— Vamos nos reunir em vinte minutos? — disse Carmen, e desapareceu pela porta.

Do lado de dentro, o quarto de Falk era pequeno, mas surpreendentemente aconchegante. Uma cama ocupava a maior parte do espaço, com um armário enfiado em um canto e uma porta que dava para um minúsculo banheiro. Tirou o casaco e verificou o celular. Nenhum sinal ali também.

Ele apoiou a mochila – a mochila de seu pai – contra a parede. Parecia em frangalhos contra a pintura branca imaculada. Falk não estava certo de por que a levara. Tinha outras mochilas que poderia ter usado. Ele a encontrou bem no fundo do armário quando estava pegando as botas de fazer trilha. Quase se esquecera de que estava lá. Quase, mas não por completo. Falk pegou a mochila, então ficou sentado por um bom tempo no chão do apartamento silencioso, olhando para ela.

Não fora completamente honesto com Carmen. Não tinha pegado a mochila de fato quando seu pai morreu, sete anos antes, mas a recebeu de uma enfermeira especialista em câncer no hospital. Estava leve, mas não vazia, e continha os últimos e poucos pertences de Erik Falk.

Falk levara muito tempo para vasculhá-la e mais tempo ainda para doar ou se desfazer dos pertences do lado de dentro. No fim, lhe restara apenas a mochila e três outros itens. Duas fotos e um único envelope grande e desgastado, amassado e puído nas pontas e sem jamais ter sido selado.

Agora, Falk abria o bolso superior da mochila e o pegava. Estava ainda mais surrado do que se lembrava. Ele espalhou o conteúdo na cama. Contornos, gradientes, sombras e símbolos estavam dispostos à sua frente. Picos, e vales, e vegetação, e praias. O melhor da natureza, tudo ali, em papel.

Conforme os dedos de Falk percorreram os mapas, ele ficou quase tonto com a descarga de familiaridade. Havia mais de duas dúzias. Alguns eram velhos, outros tinham sido mais usados, o papel fino e bastante examinado. Seu pai os corrigia, é claro. Era experiente. Achava que era, de toda forma. A letra de Erik Falk dava voltas e se curvava sobre as rotas das maiores regiões de trilha do estado. Observações que ele fizera toda vez que amarrava as botas, colocava a mochila nas costas e deixava a cidade para trás com um suspiro agradecido.

Fazia muito tempo desde que Falk olhara para as páginas. E jamais conseguira examiná-las com atenção. Ele vasculhou os mapas até encontrar aquele que procurava: cordilheira Giralang e arredores. Era um mais velho e amarelado nas bordas. As dobras estavam frágeis e puídas.

Falk tirou as botas e se deitou na cama, deixando a cabeça afundar no travesseiro, apenas por um minuto. Seus olhos pareciam pesados. Estava muito mais quente do lado de dentro do que de fora. Ele abriu o mapa aleatoriamente, semicerrando as pálpebras contra a luz. As marcas cinza de lápis tinham sumido em alguns lugares ao longo dos anos, e o fim das palavras estava borrado. Falk aproximou o mapa do rosto e sentiu a entorpecida pontada de uma familiar irritação. A letra do pai sempre fora uma porcaria impossível de ler. Ele tentou se concentrar.

Fonte de água. Local de acampamento: não oficial. Trilha bloqueada.

Falk piscou de novo, por mais tempo agora. O chalé estava quente.

Atalho. Ponto de observação. Árvore caída.

Piscar de olhos. O vento uivava lá fora, pressionando-se contra o vidro da janela.

Não é seguro no inverno. Tomar cuidado.

Um aviso ecoado.

Caminhar com cuidado. Perigo aqui.

Falk fechou os olhos.

DIA 2: SEXTA-FEIRA DE MANHÃ

Levou mais tempo do que esperado para desmontar o acampamento. As tendas se recusavam a se dobrar da forma pequena original, e os zíperes das mochilas travavam e repuxavam em protesto.

Jill sabia que sua mochila não podia estar mais pesada do que no dia anterior. Embora soubesse disso, ao jogá-la sobre os ombros, não acreditou. Já estavam atrasadas, mas deixou que as outras se demorassem à luz fraca da manhã, atrapalhando-se com alças e garrafas de água. Sentia-se relutante em deixar o acampamento e suspeitava de que não fosse a única. Os outros locais ao longo da trilha eram menores e não tão bem estabelecidos, ela sabia, mas não era só isso. Havia algo sobre deixar a segurança do ponto de partida para o desconhecido adiante que a fazia se sentir um pouco ansiosa.

Jill ficara parcialmente de olho em Alice enquanto empacotava. A outra mulher mal falara e foi preciso que lhe pedissem duas vezes pela sacola dos mastros da tenda. Mas ela não estava doente, Jill tinha certeza. E não receberia permissão para deixar aquele passeio mais cedo, tinha certeza disso também.

Ela observou Alice recolher as garrafas de vinho vazias e a sacola de lixo comum e entregá-las nas mãos de Beth. Nenhum remorso com relação à explosão daquela manhã, ao que parecia. Jill estava considerando se diria algo, mas Beth apenas pegou o lixo e colocou em sua mochila sem comentários, então deixou para lá. Aprendera a escolher suas batalhas.

Uma hora atrasadas e com todas as justificativas exauridas, elas por fim começaram a andar. Alice logo despontou à frente, com Bree segurando o mapa e seguindo-a de perto. Jill observou a parte de trás das cabeças delas e ajustou a mochila. Conseguia sentir as alças roçando nos ombros. O homem na loja lhe dissera que eram feitas de um material respirável especial, para mais conforto. A lembrança dessa conversa encheu-a de um sentimento de profunda e duradoura traição.

Pelo menos a trilha era plana, mas a superfície irregular significava que ela precisava prestar atenção onde pisava. Jill tropeçou uma vez, depois de novo, quase perdendo o equilíbrio. Ela sentiu a mão firme de alguém segurar seu braço.

— Você está bem? — perguntou Lauren.

— Sim. Obrigada. Não estou acostumada com as botas.

— Dolorida?

— Um pouco — admitiu ela.

— Duas camadas de meias podem ajudar. Um par fino sob um par grosso. Ouça, Jill... — A voz de Lauren baixou um tom. — Eu queria pedir desculpas.

— Pelo quê? — Ela sabia. Ou talvez não soubesse. Ao pensar bem, a outra mulher poderia estar se sentindo culpada por inúmeras razões.

— Na outra semana, durante o *briefing* — disse Lauren.

— Quero dizer, peço desculpas por não *estar* no *briefing*. Mas Andrew falou que conseguia fazer a apresentação sozinho e... — Ela fez uma pausa. — Desculpe. Eu deveria ter estado lá, eu sei. Ando sob pressão em casa ultimamente.

Jill virou o rosto nesse momento. Pressão em casa era uma língua que ela falava.

— É alguma coisa para a qual possamos oferecer algum apoio?

— Não. Infelizmente. Mas obrigada. — Lauren continuou olhando para a frente. Ela estava muito magra nos últimos tempos, Jill reparava agora, os ossos no pescoço e nos pulsos se projetando contra a pele.

— Tem certeza?

— Sim.

— Tudo bem. Porque o *briefing*...

— Peço desculpas, de verdade...

— Eu sei, mas não foi a primeira vez que algo assim aconteceu. Nem a segunda.

— Não acontecerá de novo.

— Tem certeza, Lauren? Porque...

— Sim. Tenho certeza. As coisas vão melhorar.

As coisas precisariam ficar melhores, pensou Jill. Lauren estava entre os primeiros nomes da lista na última rodada de cortes. No topo, na verdade, até que Alice argumentou a favor de uma fusão de cargos de meio período para fazer economias equivalentes. Jill também suspeitava que Alice acobertara Lauren pelo menos duas vezes nos últimos meses, escapando por pouco de erros no caminho. Se estava ciente de duas ocasiões, quase com certeza havia mais. Ela sabia que as duas mulheres se conheciam há muito tempo. O que isso significava para Lauren era outra questão.

Adiante, elas conseguiam ver a cabeça de Alice, clara contra a trilha escura. Jill pensou em algo.

— Você fez um bom trabalho com a fogueira ontem à noite. Vi quando a acendeu.

— Ah. Obrigada. Aprendi na escola.

— Eles ensinaram bem.

— Era de se esperar. Foi em um ano especial do Colégio Endeavour para Garotas no Campus Externo McAllaster.

Um longo período para aprender todo tipo de coisa na natureza. Alice também foi. — Lauren olhou para Jill. — Você deve ter feito escola particular, não fez algo assim?

— Fui educada na Suíça.

— Ah. Suponho que não, então.

— Graças a Deus. — Jill a olhou de esguelha com um pequeno sorriso. — Não tenho certeza se poderia dar conta de um ano deste tipo de coisa.

Lauren sorriu de volta, mas Jill conseguia sentir a pergunta não feita nos olhos dela. Se estava tão desconfortável, por que concordara com aquilo tudo? Jill perdera a conta das milhares de maneiras diferentes que a questão fora formulada nos últimos trinta anos, mas a resposta sempre fora a mesma. BaileyTennants era uma empresa familiar. E Jill Bailey fazia o que era melhor para a família.

— Enfim — disse Lauren. — Era tudo o que eu queria dizer, de verdade. Percebo que as coisas não andam muito boas no trabalho.

Adiante, Jill viu que Alice e Bree tinham parado. A trilha chegara a uma bifurcação, um caminho para a esquerda, um mais estreito para a direita. Bree estava sentada em um tronco com o mapa estendido, examinando-o com o nariz colado ao papel. Alice permaneceu de pé, mãos no quadril, observando-a. Virou o rosto quando as outras se aproximaram, os olhos azuis em alerta e a cabeça para cima. Jill se perguntou de repente se ela estava ouvindo a conversa das duas. Não. Com certeza estava longe demais.

— E eu me sinto muito grata por meu emprego e pelas oportunidades. — Lauren baixara a voz. — E por sua paciência. Quero que saiba que vou compensar você.

Jill assentiu. Adiante, Alice ainda observava.

— Eu sei que vai.

OITO

Quando Falk acordou sobressaltado, a janela do lado de fora do chalé estava mais escura do que se lembrava. Ele ouviu o farfalhar de papel e olhou para baixo. O mapa do pai ainda estava aberto sobre seu peito. Esfregou os olhos com a mão e os semicerrou para a chuva que atingia a vidraça da janela. Levou um momento até perceber que as batidas vinham da porta.

— Você demorou — disse Carmen, quando ele abriu a porta, uma lufada fria de ar entrando com ela.

— Desculpe. Estava dormindo. Entre. — Falk olhou em volta do quarto. Nenhuma cadeira. Ele alisou a depressão na colcha da cama. — Sente-se.

— Obrigada. — Carmen abriu um espaço entre os mapas sobre o colchão. — O que é tudo isto?

— Nada. Eram de meu pai.

Carmen pegou o mapa da cordilheira Giralang aberto em cima da pilha.

— Este está todo marcado.

— Sim. Todos estão. Era meio que o hobby dele.

— Suponho que não haja um grande x preto com as palavras "Alice está aqui" nele, não é? — falou Carmen. Ela examinou as marcas a lápis. — Minha avó costumava fazer isso com os livros de receitas dela, escrever pequenas

109

observações e correções. Ainda tenho todos eles. É legal, como se ela estivesse falando comigo. E ela estava certa. Meia colher de chá de suco misturada com a raspa faz o melhor bolo de limão que você já provou na vida. — Carmen apoiou o mapa que segurava e pegou outro. — Vocês visitaram aquelas trilhas juntos?

Falk fez que não com a cabeça.

— Não.

— Como assim, nenhuma delas?

Falk empilhou os mapas lentamente.

— Nós não nos entendíamos muito bem. — A boca dele ficou seca ao engolir.

— Por que não?

— É uma longa história.

— Há uma versão curta?

Falk olhou para os mapas.

— Quando eu tinha dezesseis anos, meu pai vendeu nossa fazenda e nos mudamos para Melbourne. Eu não queria que ele fizesse isso, mas houve muita confusão em nossa cidade natal. As coisas degringolaram rápido demais e talvez ele tenha pensado que estava fazendo isso pelo meu bem. Não sei, ele sentia como se precisasse me tirar de lá, acho.

Já adulto, anos mais tarde e com o benefício de uma visão objetiva do passado, Falk sabia que parte de si conseguia entender aquilo agora. Na época, simplesmente se sentira traído. Parecera errado, fugir para a cidade grande com o odor do medo e da suspeita alojados no nariz.

— Deveria ser um recomeço — continuou ele. — Mas não funcionou bem assim. Meu pai odiou. Eu não me saí muito melhor. — Fez uma pausa. E os dois jamais tinham conversado sobre aquilo. Nem sobre a vida passada, nem sobre a nova. As palavras não ditas tinham pairado entre os dois como um véu, e era como se uma nova camada tivesse sido acrescentada a cada ano. Ficou tão espessa que, ao fim, Falk sentiu que não podia nem mesmo ver o homem do outro lado. Ele suspirou. — Enfim, todo final de semana que podia, papai costumava fazer a mochila, dirigir até algum lugar e pegar uma trilha. Usando os próprios mapas.

— Você jamais se sentiu tentado a ir junto?

— Não. Não sei. Ele costumava perguntar. A princípio, de toda forma. Mas sabe, eu tinha dezesseis, dezessete anos. Revoltado.

Carmen sorriu.

— A maioria das crianças nessa idade é assim, não é?

— Suponho que sejam. — Nem sempre fora o caso, no entanto. Falk conseguia se lembrar de uma época em que seguia o pai como uma sombra. Nos pastos da fazenda deles, a cabeça mal alcançava a linha baixa da cerca conforme ele acompanhava os passos paternos, longos e constantes. O sol forte que tornava as sombras deles ainda mais altas e os cabelos loiros dos dois quase brancos. Falk quisera, ele se lembrava, ser exatamente como o pai. Essa era outra coisa que podia ver com a clareza fria da experiência. O pedestal que o colocara era alto demais.

Carmen dizia alguma coisa.

— Desculpe?

— Perguntei o que sua mãe achou de tudo isso?

— Ah. Nada. Ela morreu quando eu era muito jovem.

No parto dele, na verdade, mas Falk evitava especificar isso sempre que possível. Parecia deixar as pessoas muito desconfortáveis, e fazia com que alguns – mulheres, em geral – olhassem para ele com um brilho de julgamento nos olhos. *Você valeu o sacrifício?* Ele evitava se fazer a mesma pergunta, mas às vezes se pegava imaginando quais teriam sido os últimos pensamentos da mãe. Esperava que não fossem completamente cheios de arrependimento.

— Enfim. Foi assim que acabei ficando com estes. — Ele acrescentou o último mapa à pilha, afastando-os. Já falara o bastante. Carmen entendeu o recado. O vento assobiou e os dois olharam quando a janela chacoalhou no caixilho.

— Então. Nada de Alice — falou Carmen.

— Ainda não.

— E agora? Tem alguma utilidade nós ficarmos aqui amanhã?

— Não sei. — Falk suspirou e se recostou na cabeceira. A busca estava em mãos profissionais. Mesmo que ela fosse encontrada na próxima hora, em qualquer estado, desde sã e salva até arrasada e ensanguentada, Falk sabia que precisariam encontrar outra forma de obter os contratos de que precisavam. Alice Russell não voltaria ao trabalho imediatamente, se é que sequer voltaria.

— Daniel Bailey não sabia quem éramos — disse ele.

— Ou, se sabia, fez um bom trabalho em esconder.

— Não. Concordo.

— É quase o suficiente para me fazer sentir que isto não tem nada a ver conosco, exceto... — Ele olhou para o celular, silencioso na mesa de cabeceira.

— Eu sei. — Carmen assentiu.

A gravação. *Feri-la*.

Falk esfregou os olhos.

— Esqueça o que nos foi dito até agora. Por que Alice tentaria me ligar daqui?

— Não. Parece que ela tentou ligar para a emergência primeiro, mas não conseguiu. — Carmen pensou por um momento. — Mesmo assim, sinceramente, você não seria a pessoa para quem eu ligaria se estivesse perdida aqui.

— Obrigado. Mesmo com todos os meus mapas?

— Mesmo assim. Mas sabe o que quero dizer. Deve ter algo a ver conosco. Ou com você. Só consigo imaginar que ela estivesse dando para trás. Pareceu preocupada da última vez que você falou com ela?

— Você estava lá — disse Falk. — Na semana passada.

— Ah, certo. Nenhum outro contato desde então?

Fora uma reunião nada memorável. Cinco minutos no estacionamento de um grande supermercado. *Precisamos dos contratos*, tinham dito. *Os que ligam a Leo Bailey. Por favor, dê prioridade a eles.* Fora formulado como um pedido. O tom deixara claro que era uma ordem. Alice disparara que estava fazendo o melhor que podia.

— Será que a forçamos demais? — perguntou Falk.

— Fizemos com que ela cometesse algum erro?

— Não forçamos mais do que o habitual.

Falk não tinha certeza se isso era verdade. Estavam sentindo a pressão do alto também, e prontamente a haviam passado adiante. A merda rolando montanha abaixo, o mais tradicional dos modelos de negócios e com o qual Falk tinha certeza de que Alice estaria familiarizada. *Consiga os contratos de Leo Bailey.* Como em um jogo de telefone sem fio, a ordem passara dos ouvidos deles para os de Alice Russell. A relevância não tinha sido confiada a Falk e Carmen, mas o segredo que cercava a ordem dizia bastante. *Consiga os contratos.* Alice Russell podia ter desaparecido, mas a pressão de cima não. *Consiga os contratos.* Essa era a prioridade. Mesmo assim, Falk olhou de novo para o celular. *Feri-la.*

— Se Alice cometeu um erro, alguém deve ter notado para que causasse problemas — falou Carmen. — Que tal falar com a assistente dela? Breanna McKenzie. Se tem algo errado com a chefe, a assistente é normalmente a primeira a descobrir.

— Sim. Suponho que a pergunta seja se ela nos contaria ou não. — Falk pensou que isso poderia depender de quanta merda a própria Alice rolara na direção da assistente ao longo do tempo.

— Certo. — Carmen fechou os olhos com força, esfregou o rosto com uma mão. — Melhor avisarmos ao escritório. Você não falou com eles hoje?

— Não desde ontem à noite. — Falk os avisara depois de desligar com sargento King. A notícia do desaparecimento de Alice Russell não fora bem recebida.

— Quer que eu tome o golpe?

— Não tem problema. — Falk sorriu. — Eu levo desta vez.

— Obrigada. — Carmen suspirou, recostando-se. — Se Alice tivesse tido um problema antes do retiro, teria ligado para a gente antes de partir. Então, o que quer que tenha acontecido, aconteceu lá fora, certo?

— Parece que sim. Ian Chase disse que ela parecia bem quando partiram. Não que ele fosse capaz de dizer com certeza.

Se sabiam uma coisa sobre Alice, era o fato de a mulher ser boa em estampar uma fachada. Ou pelo menos Falk esperava que sim.

— Onde está aquela filmagem de circuito fechado do posto de gasolina? — perguntou Carmen. — A parte que mostra o grupo subindo.

Falk tirou o laptop da bolsa. Encontrou o cartão de memória que o atendente do posto de gasolina lhe dera mais cedo e abriu a tela do computador para que Carmen pudesse ver. Ela se aproximou um pouco mais.

Embora a filmagem fosse colorida, a tela era praticamente uma massa cinzenta enquanto a câmera se concentrava no pátio pavimentado ao redor das bombas de gasolina. Não havia som, mas a imagem era de qualidade decente. A gravação cobria os últimos sete dias e carros entravam e saíam da tela conforme Falk acelerava até a quinta-feira.

Quando a marcação da hora chegou perto do meio da tarde, ele apertou *play* e os dois assistiram por alguns minutos.

— Ali. — Carmen apontou quando uma minivan parou.

— É isso, não é?

A filmagem se manteve firme do ponto de vantagem no alto conforme a porta do motorista se abriu. Chase saiu de dentro. A figura esguia de casaco vermelho dele era completamente reconhecível quando caminhou até a bomba.

Na tela, a porta principal do veículo se abriu deslizando, parando em silêncio sobre as dobradiças. Um homem asiático saiu, seguido por dois sujeitos de cabelos pretos e um homem calvo. O homem calvo foi até a loja enquanto os outros três ficaram de pé formando um grupo tranquilo, alongando-se e conversando. Atrás deles, uma mulher grande saiu, pisando pesadamente.

— Jill — falou Carmen, e os dois observaram Jill Bailey pegar o celular. Ela digitou algo nele, levou o aparelho ao ouvido, então o afastou, encarando a tela. Falk não precisava de uma visão clara do rosto para captar a frustração dela.

— Para quem estava tentando ligar? — perguntou ele.

— Daniel, talvez?

— Talvez.

Nesse momento, uma mulher desceu para o pátio, o rabo de cavalo longo e escuro balançando no ombro.

— Essa é Breanna? — perguntou Carmen. — Parece com a foto dela.

A mulher de cabelos escuros olhou em volta, virando-se quando uma terceira mulher desceu da van.

Carmen suspirou.

— Aí está ela.

Alice Russell saiu, loira e esguia, esticando os braços para cima como um gato. Ela disse algo à jovem de cabelos pretos, que estava logo atrás dela. As duas pegaram os celulares, a linguagem corporal delas espelhando a de Jill um minuto antes. Verificar, digitar, verificar, *nada*. O leve curvar de ombros em frustração.

A mulher de cabelos pretos guardou o celular, mas Alice manteve o dela na mão. Ela olhou por uma das janelas da minivan, onde uma silhueta pesada estava pressionada, escura, contra o vidro. A filmagem não era clara o suficiente para discernir nada específico, mas para Falk tudo a respeito dela sugeria a vulnerabilidade relaxada de uma figura adormecida.

Os dois observaram Alice erguer o celular contra a janela. Houve um flash, então ela verificou a tela, mostrando-a aos três homens de pé próximos. Eles riram sem som. Alice mostrou à jovem de cabelos escuros, que parou, então elevou os lábios em um sorriso pixelizado. Dentro da van, a figura se moveu, a janela clareando e escurecendo conforme se agitava. O indício de um rosto surgiu atrás do vidro, feições invisíveis, mas a linguagem corporal clara. *O que está acontecendo?*

Alice se virou, dispensando-a com a mão no mesmo instante. *Nada. É apenas uma brincadeira.*

O rosto permaneceu na janela até que Chase saiu da loja. Ele estava com o atendente do posto de gasolina, Falk reconheceu o chapéu do homem. Os dois ficaram conversando no pátio enquanto a equipe da BaileyTennants voltava para a van.

Alice Russell foi a última a entrar, as feições de porcelana desaparecendo quando a porta se fechou atrás dela. Chase deu um tapinha nas costas do atendente e voltou a sentar no banco do motorista. A minivan estremeceu quando o motor ligou e os pneus giraram.

O atendente ficou observando conforme o veículo se afastou. Ele era o único ali.

— Emprego solitário — disse Falk.

— É.

Depois de alguns segundos, o atendente se virou e saiu do alcance da câmera, deixando o pátio um trecho de cinza deserto de novo. Os dois assistiram ao prosseguimento da filmagem, nada se movendo na tela. Por fim, Carmen se recostou.

— Então, nenhuma surpresa de verdade aí. Alice é um tipo cruel que provoca as pessoas. Já sabíamos disso.

— Mas ela parecia bastante relaxada — disse Falk. — Mais do que já esteve com a gente. — Isso também não era nenhuma grande surpresa, pensou ele.

Carmen conteve um bocejo, com a mão na boca.

— Desculpe, ter acordado cedo está começando a cobrar seu preço.

— Eu sei. — Do lado de fora da janela, o céu tinha se tornado de um azul profundo. Falk conseguia ver os rostos deles refletidos no vidro. — Chega por hoje.

— Vai ligar para o escritório? — perguntou Carmen, ao se levantar para ir embora, e Falk assentiu. — E nós vamos ao hospital amanhã, ver o que a assistente de Alice tem a dizer. Quem sabe? — Ela deu um sorriso triste. — Ser picada por uma cobra durante o horário de trabalho seria o bastante para me tirar do sério. Talvez ela esteja com vontade de conversar.

Uma lufada fresca de ar soprou para dentro quando ela abriu a porta, e Carmen se foi.

Falk olhou para o telefone fixo na mesa de cabeceira. Ele o pegou e ligou para um número familiar, então se sentou na cama ao ouvir o som de chamada, tocando a algumas centenas de quilômetros a oeste, em Melbourne. Atenderam rápido.

A mulher fora encontrada? Não. Ainda não. Tinham conseguido os contratos? Não. Ainda não. Quando conseguiriam os contratos? Falk não sabia. Uma pausa do outro lado da linha. Precisavam conseguir os contratos. Sim. Era imperativo. Sim, ele entendia. Havia um fator temporal, outros estavam esperando. Sim, ele sabia. Ele entendia. Falk se sentou e ouviu, deixando a merda rolar colina abaixo em sua direção. A ocasional palavra de afirmação. Entendia o que estavam dizendo. E deveria mesmo, pois já ouvira tudo isso antes.

Ele deixou os olhos recaírem sobre a pilha de mapas e, enquanto ouvia, os folheou, abrindo a capa do da cordilheira Giralang. Linhas de grade organizadas estavam cheias de rotas sinuosas, mostrando caminhos diversos para diversos lugares. Ele acompanhou as linhas com um dedo com o ouvido ao telefone. Será que Alice estaria lá agora, olhando para aquelas mesmas linhas à luz de uma lanterna ou da lua, observando a paisagem ao tentar conectar o impresso com a realidade? Ou, sussurrou uma voz, seria tarde demais para isso? Falk esperava que não.

Ele olhou para a janela. Estava claro demais no quarto; tudo o que conseguia ver era o próprio reflexo segurando o telefone. Estendeu a mão e desligou a luz da cabeceira. Escuridão. Conforme a visão se ajustou, detalhes preto-azulados do lado de fora entraram em foco. Conseguia distinguir o início da trilha da Cachoeira do Espelho a certa distância. As árvores de cada lado pareciam respirar e pulsar ao vento.

No início da trilha, Falk viu um súbito brilho de luz e se inclinou para a frente. O que foi aquilo? Enquanto observava, uma silhueta surgiu da linha das árvores, cabeça baixa, curvada para se proteger dos elementos da natureza, caminhando tão rápido quanto o vento permitia. Correndo, quase. Um fino feixe de luz da lanterna quicando aos pés.

Estava escuro e frio para caminhar do lado de fora. Falk ficou de pé e aproximou o rosto do vidro, o telefone ainda ao ouvido. No breu, daquela distância, as feições da figura eram invisíveis. Uma mulher, no entanto, pensou ele. Algo na forma como ela se movia. Não conseguia enxergar o brilho de roupas reflexivas. Quem quer que fosse, não era parte da equipe de busca oficial.

Ao ouvido de Falk, a conversa unilateral diminuía o ritmo.

Consiga os contratos. Sim. Consiga-os logo. Sim. Não nos desaponte. Não.

Um clique, então acabou, por enquanto. Falk permaneceu de pé, o telefone mudo na mão.

Do lado de fora, a figura margeava a trilha, evitando a luz que se projetava do chalé principal para o estacionamento. Ela – ele? – deu a volta pela construção e desapareceu de vista.

Falk desligou e olhou para o celular, inútil ao lado do telefone fixo. *Feri-la*. Ele hesitou por um segundo, então pegou a chave e abriu a porta. Correu pela passagem xingando a localização afastada de sua acomodação, o ar gélido passando por baixo de suas roupas e subindo pela pele. Desejou ter pegado o casaco. Falk deu a volta no chalé principal, observando o estacionamento vazio, sem saber o que esperava encontrar.

Estava deserto. Ele parou e ouviu. Qualquer som de passos era abafado pelo vento. Falk correu escada acima e entrou no chalé, ouvindo um tilintar de talheres e os sons baixos de conversa vindo da área da cozinha. Uma guarda-florestal diferente estava sentada, sozinha, atrás da mesa.

— Alguém entrou aqui?

— Além de você?

Falk a encarou e a guarda-florestal sacudiu a cabeça.

— Não viu uma mulher do lado de fora? — perguntou ele.

— Ninguém nos últimos dez minutos.

— Obrigado. — Ele empurrou a porta e saiu. Foi como mergulhar em uma piscina e Falk cruzou os braços sobre o peito. Então encarou a vegetação e saiu esmagando o cascalho em direção ao início da trilha. Tudo adiante estava escuro, as luzes do chalé principal brilhando atrás dele. Por cima do ombro, conseguia ver o que achou ser a janela da própria acomodação a meia-distância, como um quadrado vazio. Sob as botas, o caminho era uma confusão de pegadas. Houve um farfalhar quando um morcego disparou acima, uma forma irregular contra o céu noturno. Tirando isso, a trilha estava deserta.

Falk se virou em um círculo lento, o vento açoitando sua pele. Estava sozinho. Quem quer que tivesse estado ali sumira.

DIA 2: SEXTA-FEIRA DE MANHÃ

Bree estava suando. Apesar do frio, a umidade se agarrava à pele dela e a jovem conseguia sentir o cheiro do álcool saindo de seus poros conforme caminhava. Ela se sentia nojenta.

A cabeça doía desde que acordara. Desmontar o acampamento tinha feito tudo piorar e a coisa toda levara séculos, muito mais do que deveria. Apenas Alice parecia ansiosa para avançar. Bree temeu que a mulher pudesse rasgar a tenda, ao ver a violência com que a enfiara na mochila. Mas não se oferecera para ajudar. Tinha problemas o suficiente com a própria tenda.

Com o zíper finalmente fechado, Bree se abaixou sob uma árvore distante e o vômito saiu quente e silencioso. Quanto havia bebido na noite anterior? Não conseguia se lembrar de encher de novo o copo, mas também não se lembrava de ele estar vazio. Era culpa dos malditos homens, pensou ela, e sentiu uma pontada de raiva. Não tanto deles, mas de si mesma. Costumava ser mais atenta a coisas como aquela.

Bree agora limpava uma gota de suor do olho enquanto fitava as costas de Alice. Alice tomara a frente logo depois de partirem, e Bree estava com dificuldades de acompanhar pela primeira vez. Será que Alice a vira bebendo além da conta na noite anterior? Esperava que não. A outra mulher estivera afastada em segurança, conversando com Daniel a maior parte do tempo. Na vez seguinte em que a vira, com a cabeça já um pouco zonza, Alice caminhava para as tendas. Bree podia ter saído ilesa na noite anterior, mas sabia que estava pagando o preço agora.

Por duas vezes naquela manhã tinham chegado a bifurcações na trilha, e por duas vezes Alice parara e olhara para ela. Bree verificara o mapa, ignorando as pedras que pareciam chacoalhar dentro de sua cabeça, e indicara a direção. Com um aceno, Alice saíra andando sem dizer uma palavra.

Bree ouviu um gemido baixo atrás de si. Podia ter vindo de qualquer uma das demais. Ela imaginava que ombros, calcanhares e nervos estivessem todos começando a se desgastar. A trilha ficara estreita e elas tinham formado uma fila única alguns quilômetros atrás. A inclinação íngreme era o suficiente para desencorajar a conversa. Adiante, Alice parou de novo quando a trilha fez uma curva suave e se alargou, partindo-se em duas. Bree ouviu outro gemido atrás de si. Definitivamente Jill desta vez.

— Esperem, vocês aí na frente — chamou Jill. — Vamos parar aqui para almoçar.

Bree exalou aliviada, mas Alice verificou o relógio.

— Ainda está bem cedo — gritou ela de volta.

— Não é tão cedo assim. Este é um bom lugar para pararmos.

Não era, na verdade, pensou Bree quando tirou a mochila das costas. O chão era lamacento e não havia vista da paisagem a não ser as árvores erguendo-se acima delas. Ela estremeceu e se sentou na mochila, com as pernas um pouco bambas. Estava mais frio agora que tinham parado de se mover. Silencioso também, sem o som das passadas. Conseguia discernir o gorjear e os pios de pássaros invisíveis. Bree ouviu um farfalhar na vegetação atrás dela e se virou, os pensamentos mergulhando em um buraco negro e aterrissando com um estampido diante do espectro de Martin Kovac. Não havia nada ali, é claro. Bree se virou de volta, sentindo-se tola. *Foi* tolo. Ela era jovem demais para se lembrar das histórias da época, mas cometera o erro de esbarrar nelas on-line enquanto procurava informações sobre a cordilheira Giralang. Estava na mesa do escritório, absorta no destino da última suposta vítima – Sarah Sondenberg, dezoito anos e jamais encontrada –, quando o gerente de conta júnior surgiu por trás, assustando-a.

— Cuidado em Giralang — disse ele, com um sorriso e um aceno para a tela. — Ela se parece um pouco com você.

— E você tome cuidado para que eu não denuncie esse tipo de comentário para o RH. — O leve flerte deles vinha se intensificando durante o último mês. Bree achou que talvez dissesse sim quando ele finalmente a chamasse para sair.

Depois que ele se foi, ela olhou de novo para a tela. Será que as duas se pareciam mesmo? Talvez um pouco na região do nariz e da boca. A jovem era bonita, não tinha dúvidas disso. Mas do jeito dela. Além do mais, Sarah Sondenberg era loira, de olhos azuis. Bree fechara a página da internet e não pensara mais nisso, até agora.

Olhou mais uma vez por cima do ombro. Nada. Mesmo assim, talvez fosse melhor se aquela fosse uma pausa curta. Ela tomou um gole da garrafa d'água para tentar aliviar a dor na cabeça e fechou os olhos.

— Você poderia, por favor, se afastar se for fazer isso?

Bree se encolheu diante da voz de Alice e abriu os olhos de novo. Não estava falando com ela, é claro. Não daquela forma. Mas estava olhando para Beth, encostada em uma árvore, cigarro aceso na mão.

Céus, todo esse ar puro e a irmã mal podia esperar para poluí-lo. De imediato, ela ouviu a voz da mãe ao seu ouvido.

Deixe-a em paz, melhor que seja viciada nos cigarros do que...
A mãe dela sempre se interrompia aqui. Jamais tinha coragem de dizer a palavra.

Beth deu de ombros e Bree observou a irmã sair arrastando os pés, o rastro de fumaça misturando-se ao cheiro de eucalipto no ar. Alice abanou a mão.

— Almoço — disse uma voz.

Bree olhou para cima e viu Lauren de pé, estendendo para ela um sanduíche de queijo embalado em plástico filme e uma maçã.

— Ah. Obrigada. — Tentou sorrir, mas seu estômago se revirou ao pensar naquilo.

— Você deveria comer. — Lauren ainda estava de pé acima dela. — Vai ajudar.

A mulher nem pensou em se mover até que Bree tivesse aberto uma ponta e tirado uma mordida da casquinha. Lauren a observou engolir antes de seguir em frente.

Alice encarou Bree como se a visse pela primeira vez naquele dia.

— Bebeu demais ontem à noite?

— Apenas cansada — falou Bree. — Não dormi bem.

— Junte-se ao clube.

Alice parecia mesmo pálida, percebia agora, surpresa por não ter reparado antes.

— Você está bem para comandar? — perguntou Alice.

— Sim. Com certeza.

— Absoluta? Vai tomar muito tempo se errarmos o caminho.

— Eu sei. Não erraremos.

As palavras saíram um pouco mais altas do que pretendera e Jill ergueu o rosto. Ela estava sentada em uma rocha mais afastada na trilha, sem uma bota, mexendo na meia.

— Tudo bem?

— Tudo bem, obrigada — disse Bree ao mesmo tempo que Alice falou:

— Bree está cansada de ontem à noite.

Jill olhou de uma para a outra.

— Certo.

— Não. Estou bem.

Jill não disse nada por um minuto, mas algo na expressão dela fez Bree pensar que a mulher mais velha talvez tivesse visto mais na noite anterior do que Alice vira. Bree sentiu as bochechas ficarem mornas.

— Quer que alguém assuma o mapa por um tempo? — A voz de Jill soou leve.

— Não. Não mesmo. Obrigada. Eu consigo.

— Tudo bem. — Jill se voltou para a meia. — Mas, por favor, diga se quiser.

— Não quero. Obrigada.

Bree mordeu a ponta da língua, irritada. Ainda se sentia observada por Alice e tentou se concentrar no sanduíche sobre o colo. Deu uma pequena mordida para se impedir de falar, mas achou difícil engolir. Depois de um momento, embalou-o de novo e o guardou na mochila.

— Eu não estava tentando tirar você da função — falou Alice. — Mas precisamos voltar a tempo no domingo.

Algo na voz dela fez Bree erguer o rosto. Revirou o próprio calendário mental. O que Alice tinha de compromisso? Domingo. Noite de premiação na escola de Margot Russell. Bree fechou os olhos em vez de revirá-los.

Ela conhecera Margot apenas uma vez, dois meses antes. Alice pedira à assistente que buscasse o vestido de festa da filha na lavanderia e o deixasse na casa dela. Estava muito além do escopo de trabalho de Bree, óbvio, mas talvez como um favor pessoal? É claro, sem problemas. O vestido era lindo. Bree usara algo parecido, mas não de alta-costura, para o próprio baile de formatura. Mesmo sem fotos no escritório de Alice, teria reconhecido Margot assim que a jovem abrisse a porta. Uma versão mais nova da mãe. Ela estava com uma amiga, tomando smoothies de couve de uma das lojas de produtos naturais preferidas de Bree.

— Ei, esses são ótimos, não são? — disse Bree. Ela conhecia aquele tipo de bebida e aquele tipo de menina, com o cabelo lustroso e a pele lisa, as silhuetas invejáveis e os olhares divertidos. Ela *fora* aquele tipo de menina na escola. Ainda era.

Margot não dissera nada por um momento, então apontou um canudo para o saco da lavanderia que Bree estava segurando.

— Esse é meu vestido?

— Ah. Sim. Aqui. Eu sou a Bree, aliás.

— Eu sei. Obrigada. — Um farfalhar de plástico e a porta se fechou. Bree ficou sozinha no degrau, encarando a tinta brilhosa.

— Quem era aquela mulher? — perguntou uma voz baixa escapando por uma janela aberta.

— Uma das subordinadas da minha mãe.

— Ela é meio carente.

— É o que minha mãe diz.

Bree dera um passo para trás. Agora, encarava Alice. Trinta anos mais velha do que a filha, mas com a mesma expressão nos olhos.

Bree se obrigou a sorrir.

— Não se preocupe. Não vamos demorar para voltar.

— Que bom.

Bree ficou de pé e, sob a desculpa de fazer alguns alongamentos, saiu andando pela trilha até o tronco de uma árvore. Conseguia ver a irmã de longe, ainda fumando e olhando para a vegetação. Bree apoiou uma perna no tronco e se curvou, sentindo os músculos de trás da coxa repuxarem e a cabeça girar. Sentiu o estômago se revirar e engoliu o vômito quente no esôfago.

Ela abriu o mapa e o dispôs para poder olhá-lo enquanto se alongava. As trilhas giraram um pouco na página.

— Você está se sentindo bem?

Bree ergueu o rosto. A irmã estava de pé diante dela, estendendo uma garrafa d'água.

— Estou bem. — Ela não aceitou a bebida.

— Sabe para onde vamos?

— Sim. Céus, por que todos ficam me perguntando isso?

— Talvez porque pareça que você não sabe.

— Cale a boca, Beth.

A irmã dela deu de ombros e se sentou no tronco. Ele rangeu sob o peso. Bree se perguntou quanto ela deveria estar pesando agora. As duas conseguiram compartilhar roupas durante toda a adolescência. Não mais, isso era certo.

Quando Beth ligara, seis meses antes, Bree tinha deixado ir para a caixa postal, como sempre. Quando a mensagem de voz perguntou se ela podia citar Bree como referência em uma candidatura de emprego, Bree não movera um músculo. Uma semana depois, um segundo recado compartilhava a notícia de que Beth tinha conseguido uma posição iniciante em processamento de dados na BaileyTennants. Bree presumira que era uma piada. Só podia ser. Ela enfrentara coisas demais para conseguir seu cargo e não estava falando apenas do diploma em comércio e dos dois estágios não remunerados. E agora precisaria trabalhar no mesmo lugar que a irmã, com o corte de cabelo barato, e as roupas tamanho Grande, e o *erro* dela que precisava ser legalmente declarado em candidaturas de emprego?

A mãe delas confirmara que esse era, de fato, o caso.

— Ela se sente inspirada por você. Já falei.

Bree achou mais provável que a irmã estava inspirada pelo medo de que seus benefícios fossem cortados. Ela fez perguntas sutis no departamento de recursos humanos. Ao que parecia, a própria Jill Bailey tinha aprovado a candidatura incomum. Extraoficialmente, lhe foi dito que o seu próprio serviço estrelado desempenhado na empresa tinha pesado em favor da irmã. Bree se trancara em um cubículo no banheiro por dez minutos e contivera lágrimas de ódio ao processar essa informação.

Àquela altura, ela só vira a irmã uma vez nos últimos dezoito meses. Estava perto do Natal quando a mãe ligara, perguntando a Bree, *implorando*, que perdoasse a irmã. Ouvira com o rosto impassível ao telefone durante cinquenta minutos enquanto a mãe chorava antes de ceder. Era Natal, afinal de contas. Então a jovem voltou para o lar de infância, munida com presentes para todos os membros da família, exceto um.

Beth, desempregada e falida, é claro, estava parecendo surpreendentemente alerta depois do tempo afastada. Ela dera a Bree uma foto das duas quando crianças, impressa e colocada em uma moldura barata que ficaria terrível no apartamento de Bree. O cartão de Natal que acompanhava dizia apenas *Desculpe*. Porque a mãe delas estava olhando, Bree não se afastou quando a irmã gêmea se aproximou para abraçá-la.

De volta à própria casa, depois das festividades, Bree removera a foto e deixara a moldura em uma loja de caridade. Uma hora depois, ela voltou e comprou a moldura de volta. Foto recolocada, o presente foi visto pela última vez sendo enfiado nos fundos de um armário alto, atrás das decorações de Natal.

No primeiro dia de Beth na BaileyTennants, a mãe delas ligara para Bree e pedira que a filha fizesse o possível para ajudar a irmã a manter aquele emprego. Agora, olhando para Beth fumando sentada em um tronco, Bree desejava não ter prometido.

— Vocês meninas estão prontas aí?

Uma voz soou do alto da trilha e Bree se virou. Jill, Alice e Lauren já estavam de pé, olhando para as mochilas com relutância.

— Sim. Estamos indo. — Bree pegou o mapa e correu de volta. Rápido demais. Ela se sentiu um pouco tonta.

— É para a esquerda ou direita daqui? — Jill jogou a mochila sobre os ombros. Onde a trilha se bifurcava, as duas rotas eram estreitas e tinham arbustos altos invadindo o caminho. A terra na trilha da esquerda parecia mais compactada, mas Bree sabia que precisavam tomar a direita em toda bifurcação na primeira parte do dia. Verificou o mapa de novo, sentindo quatro pares de olhos sobre ela. Estavam impacientes para avançar agora que tinham o peso sobre as costas mais uma vez. Ela passou o dedo pela rota, com a mão um pouco trêmula e o estômago vazio se revirando. Sim, tinham virado duas vezes naquele dia, aquela era a terceira vez.

— Se precisar de ajuda, Bree... — Alice arrastou os pés.

— Não preciso.

— Tudo bem. Então, para que lado...?

— Virem à direita.

— Tem certeza? Ali parece um pouco acidentado.

Bree estendeu o mapa. Apontou para a bifurcação. A linha vermelha.

— Aqui. Curva à direita.

— Já estamos nesse ponto? — Alice pareceu surpresa.

— Sim, então está bem.

Bree fechou o mapa subitamente pelas dobras.

— Está vendo, estamos progredindo em um tempo bom. Não há nada com que se preocupar. — Ou do que reclamar, pela primeira vez. Bree forçou uma respiração profunda para dentro dos pulmões e um sorriso no rosto. — Sigam-me.

NOVE

Foi como entrar em uma casa de espelhos. Dois rostos, reflexos distorcidos um do outro, olharam ao mesmo tempo ao ouvirem a batida à porta do quarto do hospital.

— Breanna McKenzie? — falou Falk.

A mulher na cama tinha perdido o brilho saudável da fotografia do site da empresa. Círculos escuros agora pendiam sob os olhos dela, e os lábios estavam pálidos e rachados. O braço direito estava enfaixado em muitas camadas.

— Somos da polícia. A enfermeira disse a você que estávamos esperando para vê-la?

— Sim. — Falk estava conversando com Breanna, mas foi a mulher sentada na cadeira ao lado da cama quem respondeu. — Ela disse que você tinha mais algumas perguntas sobre Alice.

— Isso mesmo. É Bethany, não é?

— Beth está bom.

Era a primeira vez que Falk via Beth McKenzie em pessoa e ele a olhou com curiosidade. A semelhança era estranha, quase como se as belas feições de Breanna tivessem derretido sob o sol, tornando-se mais flácidas e carnudas. A pele de Beth era rosada, com veias irregulares no nariz e no maxilar. O cabelo tinha o aspecto murcho e áspero de uma tintura caseira malfeita e pendia em um estilo que não era nem longo, nem curto. Ela parecia ser dez anos mais velha do que a gêmea de vinte e poucos, mas quando o encarou, seu olhar era firme.

Uma bandeja com o resto do almoço esperava ao lado da cama para ser levada. Quase nada tinha sido comido. Eles haviam encontrado o hospital público duas ruas atrás do posto de gasolina. Parecia estar um nível acima de um consultório de clínica geral, projetado para atender a tudo, desde doenças dos moradores a ferimentos de turistas. A enfermeira atrás do balcão da recepção indicara com seriedade que dessem meia-volta e retornassem em noventa minutos, quando os comprimidos para dormir de Breanna teriam perdido o efeito. Falk e Carmen caminharam de um lado para outro da fileira de lojas da cidade por três vezes, então se sentaram no carro por setenta e oito minutos. Quando voltaram, foram informados de que o almoço acabara de ser servido.

— Nenhum visitante durante as refeições. Sem exceções.

Por fim, a enfermeira os chamou com o dedo para o balcão da recepção. Eles podiam entrar. Breanna McKenzie estava na enfermaria do pernoite no fim do corredor, dissera a enfermeira, mas ela era a única paciente. Época de inverno.

Na enfermaria por fim, eles arrastaram duas cadeiras até a cama.

— Já encontraram Alice? — Beth observava Falk e Carmen com atenção. — É por isso que estão aqui?

— Ainda não — falou Falk. — Sinto muito.

— Ah. Então, o que queriam perguntar?

— Era com sua irmã que queríamos conversar, na verdade — disse Carmen. — Em particular, de preferência.

— Acho que eu deveria ficar.

Bree se agitou no travesseiro.

— Pelo amor de Deus. Está tudo bem, Beth. Vá e deixe que eles prossigam. — Ela se encolheu. — Tem algum analgésico?

— Ainda não está na hora. — Beth não pareceu olhar para o relógio.

— Pergunte à enfermeira.

— É cedo demais. Não lhe darão mais até hoje à noite.

— Cruzes. Vá e pergunte. Por favor.

Beth se levantou da cadeira.

— Tudo bem. Estarei nos fundos fumando. E sim... — disse ela quando a irmã abriu a boca. — Vou perguntar à enfermeira. Mas é cedo demais, estou lhe dizendo.

Eles a observaram sair.

— Desculpem. Ela está chateada porque não confiam nela com a medicação no quarto — disse Bree quando a porta se fechou.

— Por que não? — perguntou Carmen.

— Não é nada demais, na verdade. Ela teve alguns problemas com abuso de substâncias no passado, mas está bem há mais de um ano. As enfermeiras devem ter pensado que todo cuidado é pouco. Provavelmente seria mais fácil se Beth não estivesse aqui, mas ela... — Bree abaixou os olhos. — Quer ficar, eu acho.

— Alguém mais vem ficar com você? — perguntou Falk. — Namorado? Seus pais?

— Não. — Bree começou a mexer nas ataduras. As unhas dela tinham em algum momento sido pintadas de um intenso e ousado rosa. Várias estavam agora descascadas ou quebradas. — Minha mãe tem esclerose múltipla.

— Sinto muito.

— Está tudo bem. Bem, não tudo bem, mas é o que é. Ela não pode fazer a viagem. Meu pai precisa tomar conta dela a maior parte do tempo ultimamente. Enfim... — Breanna tentou sorrir. — Eu tenho a Beth.

Houve uma pausa carregada.

— Queríamos perguntar a você sobre Alice Russell, se não se importa — disse Falk. — Há quanto tempo trabalha para ela?

— Dezoito meses.

— Como assistente?

— Coordenadora administrativa.

Falk pensou ter visto Carmen segurar um sorriso. Ela se recuperou rápido.

— Quais são as funções do cargo?

— A princípio, apenas tarefas administrativas, mas então o cargo se tornou mais como uma mentoria. Eu acompanho Alice, aprendendo habilidades que vão me preparar para uma promoção interna.

— Boa chefe?

Uma fração de segundo.

— Sim. Com certeza.

Eles esperaram, mas Bree não disse mais nada.

— Então você sente que a conhece bem? — perguntou Falk.

— Sim. Muito bem. — Havia um tom estranho na voz de Bree. Ele a observou, mas não viu sinal de reconhecimento quando ela o olhou de volta. Como Daniel Bailey, se ela sabia quem eles eram, não demonstrava.

— Então como Alice pareceu a você no retiro? — perguntou Carmen.

Bree mexeu nas ataduras. As pontas já estavam desfiando.

— Antes de nos perdermos, ela estava normal, mesmo. Alice pode ser grosseira às vezes, mas nenhuma de nós estava no melhor humor lá fora. Depois que nos perdemos? — Bree sacudiu a cabeça. — Estávamos todas com medo.

— Ela mencionou alguma coisa com a qual estava preocupada? — perguntou Carmen. — À exceção de estar perdida, é claro?

— Como o quê?

— Qualquer coisa. Trabalho, casa, algum problema com os colegas?

— Não. Não para mim.

— Mas, como alguém que a conhecia bem — disse Carmen —, sentiu que algo estava errado?

— Não.

— E no escritório? Antes do retiro. Algum pedido estranho ou compromisso que lhe chamou atenção?

— O que isso tem a ver com o que aconteceu lá fora?

— A princípio, nada — disse Falk. — Estamos tentando ter uma ideia do que deu errado.

— Posso lhes dizer o que deu errado. — Algo se agitou na expressão de Bree. — E não foi tudo culpa minha.

— O que não foi?

— Nós nos perdermos. Foi aquela maldita trilha de cangurus no segundo dia. Foi o que os outros oficiais disseram. Falaram que é um erro fácil de cometer. — Bree fez uma pausa, e o único som era o suave apito das máquinas do hospital. Ela tomou fôlego. — As outras não deveriam ter me largado como guia. Eu não sabia o que estava fazendo. Fui enviada em um curso de meio dia, com pausas para café a cada vinte minutos, e devo ser uma especialista imediata?

Ela mexeu o braço ferido e fez uma careta, suor começando a brotar na testa.

— O que aconteceu quando vocês perceberam que estavam fora da trilha?

— Tudo deu errado depois disso. Jamais encontramos o local do segundo acampamento, então nunca conseguimos nossos suprimentos para aquela noite. Estávamos com pouca comida. Fomos burras e as tendas acabaram danificadas. — Uma pequena risada. — É quase engraçado o quão rápido tudo degringolou. Mas não estávamos pensando direito, só tomamos decisões ruins. É difícil explicar como é lá fora. Você sente como se fossem as últimas pessoas no mundo.

— Como Alice reagiu a estar perdida? — perguntou Falk.

— Ela estava muito mandona quanto ao que deveríamos fazer. Quando está estressada, isso a pode fazer parecer agressiva. Alice já acampou muito e fez muita trilha quando estava na escola, um desses anos de campus na natureza. Acho que sentiu que isso tornava a opinião dela mais importante do que a do resto de nós. Não sei. — Bree suspirou.

— Talvez tornasse. Mas Lauren... Lauren Shaw? Ela também estava em nosso grupo... e fez o mesmo curso na escola e não achava que Alice estava sempre certa também. Como quando encontramos aquela cabana no terceiro dia. Quero dizer, era horrível. Eu não gostava de lá, mas era a melhor de nossas opções ruins. O tempo estava piorando e precisávamos do abrigo. Então ficamos. — Bree fez uma pausa. — Alice era a única que discordava.

— Ela não conseguiu convencer vocês a partir? — perguntou Falk.

— Não. E ela não ficou feliz com isso. Disse que sabia como encontrar nosso caminho de volta, queria que continuássemos andando. Mas não queríamos. Foi isso que nos meteu em confusão para começar. Andar às cegas. Houve uma pequena discussão. Alice disse que iria sozinha, mas Jill não deixava. De manhã, quando acordamos, Alice tinha levado o celular e partido.

— Jill Bailey disse por que não queria deixar Alice ir? — perguntou Carmen.

— Porque era perigoso, é claro. E é óbvio que ela estava certa.

Bree olhou de um para outro, desafiando-os a protestar.

— O que você fez quando percebeu que ela não estava lá? — perguntou Falk, por fim.

Bree fez que não com a cabeça.

— Não sou a melhor pessoa a quem perguntar. Pensei que eu tivesse sido a primeira a acordar, então saí para ir ao banheiro no mato. Estava voltando quando tropecei. Não percebi o que aconteceu a princípio, achei que tivesse caído em cima de algo afiado. Vidro quebrado, talvez. Então vi a cobra sumir e soube.

Bree mordeu o lábio inferior com tanta força que ficou branco. O olhar dela os atravessou.

— Eu achei que fosse morrer lá fora. Acreditei mesmo nisso. Tinham nos avisado sobre as cobras-tigre. Eu não fazia ideia de onde estávamos. Achei que jamais veria minha família de novo, jamais conseguiria me despedir de minha mãe. — Ela tomou um fôlego trêmulo. — Lembro de me sentir zonza e me faltar ar. O médico aqui me disse que eu provavelmente estava tendo um ataque de pânico, mas na hora achei que fosse o veneno. Cheguei à cabana e não me lembro muito bem do resto. Elas colocaram algo apertado em volta de meu braço. Eu estava com dor. Não tenho certeza de em que momento percebi que Alice não estava com a gente.

Bree mexeu na atadura.

— Quando as outras disseram que deveríamos partir, partir sem ela, eu não discuti. Caminhei quando mandaram. Lauren conseguiu nos levar para o norte até encontrarmos uma estrada. Não lembro muito bem. O médico falou que é provável que eu estivesse em choque nesse ponto. — Bree olhou para baixo. — Acho que até perguntei por ela, mas minha cabeça estava realmente em um estado ruim. Eu não sabia o que estava fazendo.

As lágrimas por fim caíram e Falk entregou um lenço a ela. Eles esperaram, ouvindo o zumbido das máquinas, enquanto a jovem secava os olhos.

— Alice estava com o celular lá fora — disse Carmen.

— Ela fez alguma ligação enquanto estava com você?

— Não. — A resposta veio rápida. — Quero dizer, ela tentou, é claro. Ligou muito para a emergência, mas a chamada jamais se completava. O celular era inútil.

— Mas ela mesmo assim o levou ao partir?

Um sutil dar de ombros.

— Era dela, suponho.

A jovem parecia frágil contra o travesseiro, com os longos cabelos soltos e o braço enfaixado. As unhas lascadas, a história.

— Você diz que conhece bem Alice — disse Falk. — Ficou surpresa quando ela as deixou?

— Sob circunstâncias normais, eu teria ficado. — Os olhos de Bree estavam arregalados quando encararam de volta os de Falk. *Ela sabe como mentir para homens.* O pensamento surgiu do nada. — Mas como eu disse, é diferente lá fora. Agora, queria que a tivéssemos ouvido. Então talvez nada disso tivesse acontecido.

— Mas então todas vocês poderiam estar perdidas.

— É possível. Mas talvez qualquer outra coisa fosse melhor do que a forma como tudo acabou.

Bree moveu o braço enfaixado e uma pontada de dor percorreu a expressão dela. Falk e Carmen trocaram um olhar.

— Isso já é o suficiente por ora. Vamos deixar você descansar um pouco — disse Carmen, conforme os dois se levantavam. — Obrigada, Breanna.

Ela assentiu. As sombras sob seus olhos pareciam mais escuras do que quando eles haviam chegado.

— Quando virem minha irmã lá fora, digam a ela que ou mande a enfermeira com os analgésicos, ou dê o fora para que eles possam me colocar para dormir pelo soro. Por favor.

O quarto estava frio, mas quando fechou a porta, Falk podia ver que uma nova faixa de suor brotara na testa de Bree.

DIA 2: SEXTA-FEIRA À TARDE

O sol pálido tinha atravessado a estreita faixa do céu e a grama estava na altura dos tornozelos delas antes que alguém finalmente dissesse:

— Estamos no caminho certo?

Beth soltou um suspiro baixo de alívio diante das palavras de Jill. Ela queria fazer a mesma pergunta havia vinte minutos, mas não podia. Bree a teria matado.

A irmã parou e olhou para trás.

— Deveríamos estar.

— Deveríamos, ou estamos?

— Estamos. — Bree não parecia segura. Ela abaixou o rosto para o mapa. — Temos que estar. Não viramos em lugar nenhum.

— Entendo. Mas... — Jill indicou os arredores com a mão. A trilha com a vegetação alta demais, as árvores cada vez mais próximas a cada dúzia de passos. Esqueça o mapa, aquilo não *parecia* certo.

Ao redor delas, pássaros escondidos gritavam uns com os outros, chamando e respondendo. Beth não conseguia afastar a sensação de que a vegetação nativa fofocava sobre elas.

— Não vimos uma bandeira de sinalização o dia todo — falou Jill. — Não desde aquela na árvore ontem. Deveria haver seis. Com certeza teríamos visto outra a esta altura. Pelo menos uma.

— Talvez aquela bifurcação que pegamos depois do almoço estivesse errada. Posso ver? — Alice tirou o mapa dos dedos de Bree antes que a jovem pudesse responder. Bree congelou com a mão vazia estendida, parecendo perdida em todos os sentidos. Beth tentou encontrar o olhar da irmã, mas não conseguiu. — Olhe. — Alice franzia a testa para o papel. — Aposto que estava. Achei que tivéssemos chegado lá rápido demais.

— Eu realmente não...

— Bree. — Alice a calou. — Não está certo.

Por um momento não houve nada além do estranho sussurro da vegetação, e Beth olhou para os eucaliptos. Os troncos descascavam em tiras flexíveis como pele esfolada. Pareciam muito próximos e altos, ao redor delas. *Encaixotadas*, pensou, subitamente.

— E agora? — Havia um tom velado na voz de Jill que Beth não conseguia identificar. Não era bem medo, ainda não. Preocupação, talvez. Interesse aguçado.

Alice estendeu o mapa para que Jill pudesse ver.

— Se tivéssemos pegado a curva certa, deveríamos estar aqui. — Alice apontou. — Mas se não, não sei. É provável que estejamos em um lugar mais por aqui. — Ela fez um pequeno movimento circular na página.

Jill se aproximou, então mais um pouco, as linhas de expressão se aprofundando nos cantos dos olhos.

Ela não conseguia ler o mapa, percebeu Beth. A impressão devia estar pequena demais. Podia estar olhando a página, mas se o papel estivesse em branco, não faria diferença. Beth vira a avó fazer uma encenação parecida, quando não queria admitir que a visão para leitura estava ruim. Enquanto Jill fazia um trabalho razoável ao fingir examinar a página, Alice a observava com uma expressão interessada no rosto. Ela também percebera, pensou Beth.

— Humm. — Jill fez um ruído despretensioso e entregou o mapa a Lauren. — O que você acha?

A outra mulher pareceu um pouco surpresa, mas pegou o mapa. Ela abaixou a cabeça, percorrendo o papel com os olhos.

— Não, não acho que esteja certo também — disse ela.

— Sinto muito, Bree.

— Então, o que faremos? — Jill a encarava.

— Acho que deveríamos dar meia-volta e tentar refazer nossos passos.

Alice resmungou.

— Céus. Refazer leva séculos. Ficaremos expostas durante horas.

— Bem. — Lauren deu de ombros. — Não tenho certeza de que temos outra opção.

A cabeça de Jill virou de uma para outra como em uma partida de tênis. Bree estava de pé a apenas um ou dois metros de distância, mas podia muito bem ser invisível.

Alice olhou de novo para a trilha.

— Será que conseguiríamos refazer os passos? A delimitação do caminho está bem apagada. Podemos nos perder.

Beth percebeu, espantada, que Alice estava certa. Atrás delas, a rota que tinham forjado agora parecia fluída em suas margens, mesclando-se com perfeição ao plano de fundo. Em um reflexo, Beth tateou o corpo em busca dos cigarros. Não estavam no bolso. O coração dela bateu um pouco mais rápido.

— Acho que ainda é a melhor opção — falou Lauren.

— A mais segura, de toda forma.

— Vai acrescentar horas à caminhada. — Alice olhou para Jill. — Vamos andar no escuro de novo antes de chegarmos ao local do acampamento, sem dúvidas.

Jill baixou o olhar para as botas novas e Beth percebeu que a ideia de quilômetros a mais não era popular. Jill abriu a boca, fechou-a de novo e sacudiu de leve a cabeça.

— Bem, não sei — disse ela, por fim. — Qual é a alternativa?

Alice estudou o mapa, então ergueu a cabeça e semicerrou os olhos.

— Mais alguém consegue ouvir um riacho?

Beth prendeu o fôlego. O leve correr da água foi quase abafado pelo sangue que latejava em seus ouvidos. Nossa, como estava fora de forma. As outras assentiam, pelo menos.

— Se erramos o caminho aqui, esse riacho deve ser este. — Alice apontou para o mapa. — Parece próximo. Podemos usá-lo para nos reorientar. Se descobrirmos onde estamos, podemos tentar cortar caminho e voltar para a trilha mais adiante.

Lauren cruzara os braços diante do peito, percebeu Beth. Os lábios dela estavam unidos em uma linha.

— Acha que... — Jill pigarreou. — Você se sente confiante de que podemos nos orientar daqui?

— Sim. Deveríamos conseguir.

— O que você acha? — Jill se virou para Lauren.

— Acho que deveríamos refazer nossos passos.

— Pelo amor de Deus, ficaremos aqui fora a noite toda — disse Alice. — Você sabe que ficaremos.

Lauren não disse nada. Jill olhou de uma para a outra, então abaixou os olhos para os próprios pés de novo. Ela deu um suspiro contido.

— Vamos encontrar esse riacho.

Ninguém se deu o trabalho de perguntar a Bree o que ela achava.

O barulho da água ficou mais distinto conforme Beth seguiu. Tinha uma característica diferente do rugido das quedas no dia anterior, mais espesso e abafado. Elas avançaram por um conjunto de árvores e Beth se encontrou em uma saliência lamacenta.

O solo argiloso se desprendeu perto dos pés dela, despencando de mais de um metro até uma faixa marrom alagada abaixo. Com certeza era mais rio do que riacho, pensou ela, ao olhar para a água. Tinha sido enchido pela chuva e deixava ondulações espumosas conforme batia na margem. Escombros flutuantes indicavam uma velocidade rápida sob a superfície.

Alice se debruçou sobre o mapa, enquanto Jill e Lauren olhavam adiante. Bree parou na margem, parecendo consternada. Beth tirou a mochila dos ombros e enfiou o braço dentro dela, tateando em busca do maço de cigarros. Não conseguiu encontrá-los, e, apesar do frio, suas palmas começaram a suar. Procurou mais. Por fim, os dedos se fecharam em torno da forma familiar e ela tirou o braço, puxando roupas e sabe-se mais o que junto.

Beth não reparou na reluzente lata de metal rolando para longe até que fosse tarde demais. O objeto quicou para fora do alcance dos dedos esticados dela, fez mais uma curva na direção da margem e então caiu na lateral.

— Merda. — Ela enfiou o maço de cigarros no bolso e saiu atrapalhada atrás do objeto.

— O que foi aquilo? — Os olhos de Alice se levantaram logo acima do mapa.

— Não sei. — Beth olhou para baixo e deu um meio suspiro de alívio. O que quer que fosse, estava suspenso em um emaranhado de galhos secos acima da água.

— Ótimo. — Alice estava vendo agora. Todas estavam.

— É a lata de gás para o fogareiro.

— A… o quê? — Beth observou o metal brilhar conforme os galhos balançavam.

— A lata. Para o fogareiro — repetiu Alice. — Precisamos dela para cozinhar nossas refeições hoje à noite. E amanhã. Cruzes, Beth. Por que você a derrubou?

— Eu nem sabia que estava comigo.

— Nós dividimos as coisas comunais, você sabe disso.

Um pedaço de madeira solta correu pela água, colidindo com os galhos. A lata oscilou, mas se manteve firme.

— Podemos nos virar sem ela? — perguntou Jill.

— Não se quisermos jantar esta noite.

Outra agitação na água e a lata ondulou de novo. Beth conseguia sentir os olhos de Alice nela. Olhou diretamente para baixo, para o rio cheio, sabendo o que estava por vir. Alice se aproximou por trás e Beth sentiu a mão invisível empurrando-a pelas costas.

— Pegue-a.

DEZ

Beth estava encostada na parede do lado de fora do hospital, uma das mãos enfiada dentro do bolso do casaco, os olhos semicerrados conforme a fumaça do cigarro subia na frente do rosto. Ela se endireitou um pouco ao ver Falk e Carmen saírem.

— Vocês terminaram lá dentro? — perguntou ela. — Bree está bem?

— Ela está um pouco desconfortável — respondeu Carmen conforme os dois se aproximaram. — Falou para você não se esquecer de pedir analgésicos à enfermeira.

— Eu pedi. É cedo demais. Ela nunca me escuta. — Beth virou a cabeça para soprar a fumaça para longe deles, abanando o ar. — Alguma notícia sobre Alice? Ainda sem sinal dela?

— Nada, até onde sabemos — respondeu Falk.

— Merda. — Beth tirou uma partícula de tabaco do lábio inferior. Olhou para as árvores que invadiam os fundos do estacionamento do hospital. — Eu me pergunto o que aconteceu com ela.

— O que você acha?

Beth se concentrou no cigarro.

— Depois que ela saiu andando? Quem sabe. Qualquer coisa poderia acontecer lá fora. Todas tentamos avisá-la.

Falk a observou.

— O que você faz na BaileyTennants?

— Processamento de dados e arquivamento.

— Ah, é? Quais são as funções do cargo?

— Basicamente o que parece pelo nome. Arquivamento, entrada de dados, me certificar de que os sócios possam acessar os documentos que estão procurando.

— Então você tem acesso aos arquivos da empresa?

— A coisas não confidenciais. Há arquivos restritos e de arquivamento protegido que só os sócios seniores têm acesso.

— Então você via Alice Russell bastante no trabalho?

— Sim, às vezes. — Beth não parecia feliz com isso. — Ela descia bastante até a sala de dados, pegando arquivos aqui e ali.

Falk sentiu Carmen se agitar ao lado dele.

— Vocês duas conversavam muito quando ela estava lá embaixo? — perguntou Carmen, com tranquilidade. — Conversavam sobre o que ela estava procurando?

Beth inclinou a cabeça, algo percorrendo a expressão dela. Parecia que estava calculando.

— Não, ela não falava com ninguém no processamento de dados a não ser que precisasse. Enfim, tudo aquilo lá embaixo é grego para mim. Não sou paga o suficiente para pensar.

— E quanto ao retiro? Você se entendeu melhor com ela lá fora? — perguntou Falk, e o rosto de Beth ficou sério, o cigarro congelado a meio caminho da boca.

— Isso é uma piada?

— Não.

— Então não. Alice Russell e eu não nos entendíamos. Não no trabalho e nem no retiro. — Beth olhou para as portas do hospital. — Minha irmã não falou nada?

— Não.

— Ah. — Beth deu uma última tragada e apagou a guimba do cigarro no chão. — Ela provavelmente achou que vocês soubessem. Alice não gostava de mim e não se dava o trabalho de esconder isso.

— Por quê? — perguntou Carmen.

— Não sei. — Beth deu de ombros. Ela pegou o maço de cigarros, oferecendo a Falk e Carmen. Os dois fizeram que não com a cabeça. — Na verdade — falou, colocando um cigarro na boca —, eu sei sim. Ela não gostava de mim porque não precisava. Eu não tinha nada a oferecer a ela, não era interessante, não sou a Bree... — Beth gesticulou com a mão para si mesma, de baixo para cima, desde o rosto macilento até as coxas grossas. — Não era difícil para Alice me atormentar e ela aproveitava cada oportunidade.

— Mesmo com sua irmã lá?

Beth deu um sorriso torto.

— Principalmente com minha irmã lá. Acho que era isso que tornava as coisas divertidas.

Ela fechou as mãos em concha e acendeu o cigarro. Depois, fechou o casaco com mais força em torno do corpo conforme o vento bagunçou seus cabelos.

— Então Alice dificultou as coisas para você — disse Carmen. — Você a enfrentou? Revidou de alguma forma?

Houve uma brevíssima agitação nas feições de Beth.

— Não.

— Não mesmo? Deve ter sido frustrante para você.

Ela deu de ombros.

— Sempre haverá alguém agindo como uma vaca. Não vale a pena eu causar confusão. Não enquanto estou em liberdade condicional, de toda forma.

— Pelo que está em liberdade condicional? — perguntou Falk.

— Você não sabe?

— Podemos descobrir. Seria mais fácil se você contasse.

Os olhos de Beth se voltaram para as portas do hospital. Ela trocou o peso do corpo entre os pés e deu uma longa tragada antes de responder.

— Que tipo de policiais vocês disseram que eram mesmo?

— Polícia Federal. — Falk estendeu a identificação da polícia e Beth se aproximou para olhar.

— Estou em liberdade condicional... — Ela fez uma pausa. Suspirou. — Por causa do que aconteceu com Bree.

Eles esperaram.

— Você terá que nos contar mais do que isso — falou Carmen.

— É, desculpem. Eu não gosto muito de falar sobre isso. Há uns dois anos eu... — Ela pareceu tragar o resto do cigarro de uma só vez. — Eu não estava muito bem. Arrombei o apartamento de Bree e roubei algumas das coisas dela. Roupas, a TV. Coisas que ela economizou para comprar. Algumas joias que nossa avó deu a ela antes de morrer. Bree chegou em casa e me encontrou colocando tudo no porta-malas de um carro. Quando ela tentou me impedir, eu bati nela.

As últimas palavras saíram aos tropeços, como se tivessem um gosto ruim.

— Ela ficou muito machucada? — perguntou Falk.

— Fisicamente, nada demais — respondeu Beth. — Mas foi agredida na rua pela irmã gêmea que tentava roubar as coisas dela para comprar drogas, então, sim. Ela ficou bem machucada. Eu a machuquei muito.

Parecia uma frase que ela fora obrigada a repetir com frequência diante de um terapeuta. Beth terminou o cigarro, mas se demorou para apagar esse.

— Olhem, para ser sincera, eu não me lembro muito do que aconteceu. Eu tive um problema com drogas durante alguns anos, desde que... — Ela interrompeu o que estava prestes a dizer. Passou a mão pelo braço. O movimento lembrou Falk da irmã dela, mexendo na atadura na cama do hospital. — Desde meu último ano na universidade. Foi estúpido. Eu fui pega em flagrante pela polícia tentando vender as coisas dela. Nem mesmo sabia que tinha batido em Bree até que meu advogado me contou. Eu tinha ficha criminal naquela época, então fui presa. Não foi culpa da Bree, é óbvio. Mas, quero dizer, ela não foi até a polícia. Poderia ter ido, ninguém a teria culpado. Um vizinho que nos viu brigando foi quem denunciou. Bree ainda não gosta de falar sobre isso. Já não fala muito comigo mesmo. A maior parte do que sei sobre o caso veio dos documentos do tribunal.

— O que aconteceu com você? — perguntou Carmen.

— Dois meses em uma instituição correcional, o que não foi muito bom, então um pouco mais em reabilitação, o que foi melhor.

— Eles ajudaram você a se recuperar?

— Sim. Quero dizer, eles fizeram o melhor que podiam. E eu estou fazendo o melhor que posso. Recuperação é algo progressivo, mas me ensinaram a assumir a responsabilidade por minhas escolhas. E pelo que fiz com minha irmã.

— Como estão as coisas entre vocês agora? — perguntou Carmen.

— Bem. Ela me ajudou a conseguir esse emprego com dados, o que foi ótimo. Eu estava estudando ciência da computação e tecnologia antes de sair da universidade, então o trabalho na BaileyTennants é um pouco simples, mas pode ser difícil encontrar alguma coisa em liberdade condicional, então sou grata. — O sorriso de Beth saiu um pouco forçado. — Mas nós costumávamos ser muito próximas. Nós nos vestíamos igual todo dia até termos uns catorze anos, ou algo ridículo assim. Por tempo demais. Como se fôssemos a mesma pessoa. Costumávamos achar para valer que podíamos ler os pensamentos uma da outra. — Ela olhou para a porta do hospital. — Não podemos. — Pareceu um pouco surpresa com isso.

— Deve ter sido assustador para você quando ela foi picada — disse Falk.

A boca de Beth se contraiu.

— É, foi. Fiquei com tanto medo de perdê-la. Eu tinha levantado cedo para fazer xixi e acabado de cair no sono de novo quando Bree entrou despencando e segurando o braço. Tínhamos que levá-la até um médico, mas a maldita Alice tinha sumido. Corremos que nem baratas tontas tentando encontrá-la, mas não havia sinal dela. — Ela passou a unha curta do polegar pelos lábios. — Para ser sincera, eu não dava a mínima. Só me importava com Bree. Alice podia se virar sozinha, até onde eu sabia. Nós demos sorte por Lauren saber guiar em linha reta, ou ainda estaríamos presas lá. Ela nos manteve seguindo para o norte, nos colocou na estrada para podermos seguir por ela. Nunca me senti tão feliz por ver asfalto na vida.

— Você chegou a ver Alice sair andando? — perguntou Falk, observando-a com atenção.

— Não. Mas não fiquei surpresa. Era o que ela estava ameaçando fazer.

— E ouvimos falar que ela levou o celular.

— É, levou. Foi bastante egoísta da parte dela, mas ela é assim. Enfim, não importava. Ele jamais funcionou.

— Jamais?

— Nunca. — Beth os encarou como se os dois fossem idiotas. — Ou teríamos chamado ajuda.

— Você ficou surpresa por Alice já não estar no ponto de encontro quando voltaram? — perguntou Falk, e Beth pareceu refletir sobre a questão.

— Sim. Fiquei um pouco, na verdade. Principalmente porque havia grandes chances de estarmos na mesma trilha, apenas algumas horas atrás dela. Se não passamos por ela, e ela não voltou antes de nós, o que aconteceu? A pergunta pairou no ar. Falk conseguia discernir o som do helicóptero da polícia ao longe. Beth olhou de um para outro.

— Olhem. — Ela alternou o peso do corpo entre os pés e baixou um tom de voz. — Alice estava tramando alguma coisa?

— Como o quê? — perguntou Falk, mantendo a expressão neutra.

— Vocês que me digam. São da Polícia Federal.

Falk e Carmen não disseram nada, e por fim Beth deu de ombros.

— Não sei. Mas eu lhes contei que ela andava solicitando muita informação do processamento de dados. A questão é que Alice começou a descer para pegar as coisas pessoalmente, o que era um pouco estranho. Eu só reparei porque ela costumava mandar Bree lá embaixo buscar, mas então começou a ir por conta própria. E estava acessando os itens restritos com maior regularidade. E agora com o desaparecimento dela… — Beth olhou para além deles, em direção às colinas que se elevavam ao longe, e deu de ombros de novo.

— Beth — falou Carmen. — O quanto você tem certeza de que Alice saiu andando daquela cabana por conta própria?

— Olhem, tenho certeza. Tudo bem que não a vi fazer isso, mas só porque ela sabia que nós a teríamos impedido. Não queria ficar presa lá fora. Já tinha tentado convencer Jill a deixá-la voltar sozinha depois da primeira noite, mas Jill disse que não. Então de novo na cabana, a mesma coisa.

— Então havia uma tensão entre elas? — perguntou Carmen.

— É claro.

— Porque quando vimos Jill Bailey rapidamente, parecia que ela estava com um hematoma no rosto. Na altura da mandíbula.

Houve uma longa pausa enquanto Beth examinava o cigarro.

— Não tenho tanta certeza de como aquilo surgiu. Sei que Jill tropeçou algumas vezes na caminhada.

Falk deixou o silêncio ecoar, mas Beth não ergueu o rosto.

— Certo — disse ele. — Então as coisas não estavam ótimas entre Jill e Alice.

— É, mas isso não era muito surpreendente. Alice podia começar uma briga em uma sala vazia. E ela já estava irritada e de mau humor, muito antes de Jill fazer qualquer coisa. Desde a primeira noite, quando teve a conversinha íntima com Daniel Bailey.

Em algum lugar atrás das portas do hospital, Falk conseguia ouvir o insistente apito de um alarme.

— Daniel Bailey? — disse ele.

— O irmão de Jill, sabe? Ele é o diretor-executivo. O grupo dos homens foi até nosso acampamento na primeira noite e ele puxou Alice para uma conversa particular.

— Alguma ideia do que se tratava?

— Na verdade, não. Eu não ouvi muito. Mas Alice estava perguntando como ele havia descoberto sobre alguma coisa e Daniel disse que era porque tinha visto com os próprios olhos. Ela continuou perguntando "Quem mais sabe?", e ele respondeu "Ninguém ainda". — Beth franzia a testa conforme se lembrava. — Daniel disse algo como "É uma questão de respeito, por isso eu queria avisar você".

— Avisar a ela? — perguntou Falk. — Você tem certeza de que o ouviu dizer isso?

— Sim, mas não estou certa sobre o que ele estava falando. Chamou minha atenção porque Daniel Bailey não é exatamente conhecido no escritório pelo respeito às mulheres.

— Agressivo? — sugeriu Carmen.

— Mais como se as ignorasse, pelo que parece.

— Certo — disse Falk. — Qual era o tom de voz dele naquela noite? Pareceu irritado?

— Não, ele estava calmo. Mas não feliz. Não parecia uma conversa que ele queria ter.

— E como Alice parecia?

— Sendo bem sincera? — Beth pensou por um momento. — Achei que ela parecia amedrontada.

DIA 2: SEXTA-FEIRA À TARDE

— Desça lá, Beth. — Alice apontou para o rio cheio. — Rápido. Antes que a gente a perca.

Lauren olhou para a margem. A pequena lata de metal para o fogareiro estava pendurada no ninho de galhos quebrados, tremendo conforme a água turva corria abaixo.

Beth se deteve na beira. Ela murmurou algo.

— O que você disse? — disparou Alice. — Pelo que está esperando?

— Eu disse, não podemos apenas acender uma fogueira esta noite?

— Elas só são autorizadas no primeiro acampamento — respondeu Alice. — Vamos precisar da lata para cozinhar. Apenas desça lá e pegue.

Os olhos de Beth percorreram o rio de um lado a outro.

— Mas como?

Era uma boa pergunta, pensou Lauren. A margem era íngreme e lamacenta, mergulhando direto na água. Destroços da superfície se acumulavam em torno dos galhos quebrados como um casaco imundo.

— Vou cair lá dentro. — Beth ainda estava congelada no mesmo lugar. — Não sei nadar.

Alice quase pareceu se divertir.

— Sério? Nem um pouco?

— Não nado bem.

— Céus. Melhor você não cair, então.

Uma lufada de vento sacudiu os galhos. A lata se moveu um centímetro.

— Talvez devêssemos deixá-la. — Jill pareceu encontrar a voz pela primeira vez. Estava observando o rio com cautela. — Não tenho certeza de que isso é seguro.

— Não podemos deixá-la. Precisamos dela. Estamos presas aqui durante dias — falou Alice.

Jill olhou para Lauren, que assentiu. Alice estava certa. O tempo iria se arrastar até domingo sem um fogareiro funcional.

— Beth! — disparou Alice. — Desça lá. Vamos perdê-la.

— Não! — As bochechas de Beth estavam coradas e os olhos dela, brilhantes. — Olhe, não vou fazer isso, está bem? Vou cair.

— Não seja tão patética. Não haverá jantar esta noite sem ela.

— Eu não me importo! Nenhuma de vocês sequer comeu a maldita comida ontem à noite! Não vou quebrar o pescoço porque estão com um pouco de fome agora.

Beth se manteve firme, mas Lauren conseguia ver que as mãos dela estavam tremendo.

— Você deixou cair, Beth — falou Alice. — Você pega.

— Você colocou na minha mochila sem me avisar.

— E daí?

— E daí que você pega.

As duas mulheres estavam frente a frente. Beth enfiou as mãos nos bolsos.

— Céus, Beth… — começou Alice.

— Eu vou. — Lauren disse as palavras antes de se dar conta. Quatro pares de olhos se viraram para ela, surpresos. Desejou no mesmo instante não ter falado, mas estava feito agora. — Vou descer. Mas todas precisam me ajudar.

— Obrigada. — O rosto de Beth corou mais forte com alívio.

— Tem certeza? — Jill se afastou mais da beirada. — Talvez realmente devêssemos...

Lauren a interrompeu antes que mudasse de ideia.

— Não. Eu vou pegar. Precisamos dela.

Ela olhou pela beira. A margem era íngreme, mas tinha uma ou duas rochas e tufos de grama que podiam ser usados como apoios para as mãos e os pés. Lauren tomou fôlego, sem saber como abordar a tarefa. Por fim, sentou-se e virou para descer pela beirada. O solo estava frio e áspero contra as palmas das mãos. Sentiu dois pares de mãos segurando seus antebraços e o casaco conforme desceu se arrastando, as pontas das botas deslizaram contra a margem lamacenta.

— Ótimo. Estamos segurando você — disse Alice.

Lauren não ergueu o rosto. Manteve os olhos na lata e na água corrente abaixo. Então esticou a mão e as pontas de seus dedos roçaram o ar. Quase. Uma lufada de vento sacudiu os galhos, e Lauren viu a lata se afrouxar no ninho.

— Preciso chegar mais perto.

Ela se esticou de novo, debruçando-se contra a força da gravidade, os dedos dos pés escorregando na lama. Estava perto. Os dedos tinham acabado de roçar o liso acabamento metálico quando algo cedeu. Um deslize do pé e de repente se sentiu sem peso ao mergulhar através dos galhos. Com um estalo, estava na água.

Lauren conseguiu um único fôlego profundo antes de o rio se fechar sobre a cabeça dela. O frio causou convulsões nos pulmões quando a água espessa e com gosto de terra invadiu sua boca. Ela tentou chutar, mas os pés estavam pesados nas botas. Sem aviso, irrompeu na superfície, inspirando o ar, cega pela água.

— Ajudem! — A palavra se perdeu quando ela engoliu mais uma golada do rio.

— Braços para cima! Braços para cima!

Lauren ouviu o grito abafado acima de si quando alguém desceu e deslizou pela margem. Algo estava sendo estendido para ela, e então o segurou com as duas mãos, sentindo o estalo dentro da lona quando os punhos se fecharam ao redor dela. Era a bolsa do mastro da tenda.

— Segure firme, vamos puxar você para fora.

Ela forçou o pulso para dentro da alça da bolsa e o girou até que estivesse firme. O brilho prateado da lata passou por seu rosto, carregado pela corrente, e Lauren tentou pegá-la.

— Não consigo...

O pedaço de madeira surgiu do nada. Sólido e escorregadio com folhas encharcadas, ele emergiu na água corrente e desviou para o lado da cabeça dela. A última coisa que Lauren viu foi o pedaço ensanguentado de madeira ricocheteando para longe e desaparecendo sem deixar vestígios de volta na correnteza.

Lauren estava congelando. Tremia tanto que as articulações batiam contra o chão duro. Forçou os olhos a se abrirem. Estava deitada de lado. Tudo parecia dolorosamente claro, mas a luz do dia tinha um aspecto diferente de antes. Quanto tempo se passara? Pensou ter ouvido choro seguido por um sussurro severo. O barulho parou.

— Você está acordada. Graças a Deus. — A voz de Alice.

— Ela está bem? — Jill.

— Acho que sim.

Não estou, era o que Lauren queria dizer, mas não conseguia encontrar forças. Ela se sentou com dificuldade.

A cabeça latejava. Tocou a dor. Os dedos saíram ensanguentados. Estava envolta em um casaco que não era o dela. Por baixo, sentiu as roupas ensopadas.

Ao lado, viu Bree sentada com os joelhos contra o peito, uma toalha de acampamento sobre os ombros. O cabelo dela estava encharcado. Uma poça de vômito aquoso jazia entre as duas. Lauren não tinha certeza de qual das duas fora responsável. A própria boca tinha um gosto úmido e nojento.

Jill e Alice estavam de pé acima dela, ambas com o rosto branco de medo. Beth se detinha atrás, tremendo, os olhos vermelhos. Ela não estava de casaco, e Lauren percebeu que se deitava sobre ele. Perguntou-se vagamente se deveria oferecê-lo de volta, mas seus dentes batiam forte demais para que falasse.

— Você está bem — dizia Alice o tempo todo, com um tom defensivo na voz.

O que aconteceu? Era o que Lauren queria perguntar, mas não conseguia formar palavras. O rosto dela devia ter dito tudo.

— Bree a puxou para fora — falou Jill. — Você estava respirando, mas levou uma pancada na cabeça.

Pareceu mais do que uma pancada. Lauren se sentia tonta apenas por se sentar.

— Pelo menos pegamos a lata?

As expressões delas deram a resposta.

— E quanto à sacola com o mastro da tenda?

Mais expressões vazias.

— Perdidos no rio — falou Jill. — Ninguém é culpado — acrescentou ela, com rapidez.

Bem, não é *minha* culpa, pensou Lauren, imediatamente.

— O que fazemos agora?

Alice pigarreou.

— Deve haver suprimentos sobressalentes no local do acampamento. — Ela estava tentando parecer otimista. Soou falso.

— Não tenho certeza de que consigo chegar lá.

— Tem que conseguir — disse Alice. O tom de voz dela se suavizou. — Sinto muito. Mas não podemos ficar aqui sem as tendas. Vai ficar frio demais.

— Então acenda uma fogueira. — Cada palavra era um esforço. Lauren conseguia ver Jill sacudindo a cabeça. — Por favor. Jill, eu sei que não podemos, mas...

— Não é isso. O isqueiro molhou.

Lauren queria chorar. Sentiu-se enjoada de novo e se deitou. O solo frio piorava a dor de cabeça. Uma gota escorreu por sua testa, então desceu pela têmpora. Não sabia dizer se era água do rio ou sangue. Com esforço, levantou a cabeça. Alice ainda estava de pé diante dela.

— Ligue para pedir ajuda — falou Lauren.

Alice não se moveu.

— Ligue para alguém, Alice. No seu celular.

Jill pareceu desconfortável.

— Ela já tentou. Não conseguimos sinal.

Lauren deixou a cabeça deitar no chão.

— Então o que faremos?

Ninguém falou nada. Algo correu pela vegetação.

— Talvez tentar atingir um ponto mais alto — disse Alice, por fim. — Ver se conseguimos sinal.

— Isso vai fazer diferença? — perguntou Jill.

— Como eu vou saber?

Houve uma pausa desconfortável.

— Desculpe. — Alice abriu o mapa e se debruçou sobre ele. Por fim, ela ergueu o rosto. — Olhem, tenho quase certeza de que esse rio era este aqui, ao norte. Há um pico baixo com uma trilha aqui, para oeste. Não parece íngreme demais.

O local do acampamento é naquela direção mesmo. Podemos verificar se há sinal no alto. O que acham?

— Você consegue nos levar até lá? — perguntou Jill.

— Sim. Acho que sim. Aquela direção é oeste. Depois que pegarmos aquela trilha, deve ser óbvio.

— Você já fez isso?

— Algumas vezes.

— No acampamento da escola? Ou recentemente?

— Na escola. Mas eu me lembro de como é. Nada mudou desde então.

— E funcionou naquela época?

Alice deu um sorriso sombrio.

— Bem, eu não acabei morta na vegetação nativa. Mas olhe, Jill, se você preferir outro plano...

— Não é isso. — Jill pegou o mapa e semicerrou os olhos. Com um ruído de frustração, ela o empurrou para Lauren. — Você também fez esse acampamento. O que acha?

Os dedos de Lauren estavam tão dormentes que era difícil segurar o papel. Ela tentou entender o que estava olhando. Conseguia sentir Alice encarando-a. Havia alguns picos. Não conseguia dizer a qual deles a outra mulher se referia. O frio tornava difícil pensar.

— Eu não sei — disse ela. — Quero ficar aqui.

— Bem, você não pode. — Alice mordeu o lábio. — Olhe, precisamos conseguir ajuda ou, no mínimo, chegar ao acampamento. Vamos lá, Lauren. Você consegue entender isso.

A cabeça de Lauren latejava e ela percebeu que não tinha energia para fazer mais do que assentir.

— É. Tudo bem.

— Sim? Então estamos de acordo? — Jill pareceu aliviada. — Vamos seguir o plano de Alice?

Quando Lauren ficou de pé, sobre as pernas bambas, foi lembrada mais uma vez daquele dia no Acampamento

McAllaster. Vacilante sobre os pés naquele momento também e cega para o desafio de confiança. A sensação sobrepujante de alívio quando Alice segurou o braço dela, a mão firme, sólida e equilibrada. *Peguei você. É por aqui.* Lauren, desorientada e insegura, sentira a mão de Alice morna contra a pele e, um pé após o outro, a seguiu pelo território desconhecido.

Agora, conforme devolvia o mapa para Jill, desejou mais uma vez não se sentir tão cega. Mas pelo menos tinham um plano.

— Vamos fazer o que ela diz.

Era possível falar o que se quisesse sobre Alice, mas a mulher sempre sabia exatamente o que estava fazendo.

ONZE

— O que Daniel disse a Alice para amedrontá-la naquela primeira noite? — Carmen olhava pela janela do carro conforme as árvores passavam correndo, o hospital já distante deles.

Falk não respondeu de imediato. Conseguia pensar em algumas coisas, nenhuma delas era boa.

— O que quer que tenha sido, obviamente sentiu que valia a pena sair passeando pela vegetação nativa à noite para chegar até ela — disse ele, por fim.

— Deve ter algo a ver com o motivo pelo qual ele perdeu o ônibus — falou Carmen. — Caso contrário, teria dito a ela, avisado ou o que fosse, mais cedo.

Falk se lembrou do que Bailey dissera no dia anterior, no estacionamento. *Um assunto particular de família.*

— Será que poderia ser algo relacionado à irmã dele? — sugeriu Falk. — Talvez fosse Jill quem ele precisava ver com urgência. Não sei. Talvez devêssemos perguntar diretamente.

— E por falar em irmãs — disse Carmen. — O que você achou das gêmeas? Sei que Bree tem o emprego chique no andar de cima, mas acho que Beth não é nada boba. Ela tem a cabeça no lugar.

Isso também estava passando pela mente de Falk.

— E eu não me surpreenderia se ela entendesse aqueles documentos que passam sob o nariz dela melhor do que deixou transparecer.

— Ótimo. Isso não é muito bom para nós, é? Se até mesmo a jovem no arquivo de dados notou Alice se comportando de modo estranho.

— Não sei — respondeu Falk. — Eu consigo imaginar de verdade Alice subestimando Beth. Quero dizer, nós também meio que fizemos isso. Alice pode ter baixado a guarda perto dela. Ter sido descuidada.

Ou desesperada, pensou ele. Lembrou-se das últimas conversas com Alice. *Consiga os contratos. Consiga os contratos.* Pressão do alto, forçando embaixo.

— Digamos que Beth suspeitasse de Alice — disse Carmen —, será que se importaria? Parece que precisa do emprego, mas uma posição júnior dificilmente inspira lealdade cega à empresa. E ela é o tipo que se torna a isolada do escritório. — A agente fez uma pausa. — Embora os isolados em geral não queiram nada mais do que se encaixar.

— Talvez Beth não se importasse — falou Falk —, mas poderia ter contado a Bree. — Bree soava como alguém que se importaria muito.

— Sim, é possível — falou Carmen. — Estranha dinâmica entre as duas, no entanto.

Falk fez uma curva para o último trecho que levava ao chalé principal.

— Eu sei. Não consegui entender se elas se amam ou se odeiam.

— Ambos, provavelmente — disse ela. — Você não tem irmãos, tem?

— Não. E você?

— Sim. Vários. O relacionamento de amor e ódio é bastante fluido. Também é provável que seja pior com gêmeos.

Falk entrou no estacionamento e parou na primeira vaga que viu. Algo pareceu deslocado quando ele bateu a porta do motorista e olhou em volta, hesitante, até ver. Ou mais precisamente, não ver.

— Merda.

— O quê?

— O maldito carro dele sumiu.

— De quem? Daniel? — Carmen se virou. Nenhuma bmw preta. — Será que ele voltaria para Melbourne antes de Alice ser encontrada?

— Não sei. Talvez. — Falk franziu a testa. — Talvez mais rápido ainda se ele soubesse que seria uma longa espera.

A chuva começou de novo e, quando chegaram à entrada do chalé principal, gotas pesadas já marcavam as suas roupas. À porta do chalé, Falk limpou as solas das botas e passou a mão pelo cabelo molhado.

— Ei. Ali dentro — disse Carmen, baixinho, indicando a sala de estar.

Jill Bailey estava sentada sozinha com uma xícara de café na mão e uma expressão vítrea no rosto. Os olhos dela se voltaram para os agentes com surpresa, então com leve irritação quando os dois se aproximaram e se sentaram à sua frente. De perto, o hematoma na mandíbula de Jill adquiria um tom amarelado escuro nas bordas e Falk conseguia ver que o lábio estava inchado onde tinha sido cortado.

— Se é por causa do processo, vão precisar falar com nossos advogados — disse ela.

— Como? — Falk percebeu tarde demais que cometera o erro de se sentar em um sofá antigo tão mole que ele precisava se esforçar para manter os pés no chão. Ele se agarrou discretamente ao braço para se impedir de afundar mais.

165

— Não são da Aventuras Executivas? — As palavras dela saíram um pouco pesadas, e Jill tocou o lábio inchado com a ponta da língua.

— Não. Polícia. — Falk os apresentou pelo nome apenas. — Estamos ajudando o sargento King.

— Ah. Desculpe. Achei que tivesse visto vocês ontem com Ian Chase e presumi... — Ela não terminou de falar. Carmen olhou para ela.

— Vocês vão tomar providências legais contra a Aventuras Executivas?

Jill agitou a caneca. Nenhum vapor subiu do líquido. Parecia que a estava segurando há um tempo.

— Não a BaileyTennants diretamente. Mas a companhia de seguros que está cobrindo a viagem mandou uma carta de intenção. Não posso dizer que os culpo. — Ela olhou de um para outro. — E isso sem falar de qualquer atitude que Alice ou a família dela possam escolher tomar, é claro.

— A família de Alice Russell veio até aqui? — perguntou Falk.

— Não. Ela tem uma filha adolescente que está ficando com o pai. Ele e Alice são divorciados. Oferecemos assistência, é óbvio, o que quer que precisem. Mas parece ser melhor para Margot, a filha, estar em algum lugar familiar do que retorcendo as mãos de ansiedade aqui. — Ela olhou para as próprias mãos. As unhas da direita estavam quebradas, notou Falk. Como as de Bree.

— Seu irmão ainda está aqui? — perguntou Carmen.

— O carro dele não está lá fora.

Jill tomou um gole deliberado da xícara de café antes de responder. Frio com certeza, percebeu Falk, pela expressão dela. — Não. Vocês o perderam, creio.

— Para onde ele foi? — perguntou Falk.

— Voltou para Melbourne.

— Demandas de trabalho?

— É uma questão de família.

— Deve ser algo urgente, para obrigá-lo a voltar com tudo isto acontecendo também? Não é ideal.

O rosto de Jill se contraiu com irritação antes que ela conseguisse evitar, e Falk suspeitou da concordância dela.

— Não foi uma decisão fácil.

— Você não precisa ir também?

— A família imediata dele. Não a minha. — Jill prosseguiu para tomar mais um gole, então pensou duas vezes. — Desculpem, de onde disseram que são mesmo?

— Polícia Federal.

— Achei que a Polícia Estadual estivesse cuidando disso... Já falei com eles.

— É multiagências — respondeu Falk, fitando-a nos olhos. — Ficaríamos gratos se pudéssemos repassar algumas coisas.

Houve uma breve pausa.

— É claro. Qualquer coisa para ajudar.

Jill apoiou a xícara de café em uma mesa de canto ao lado do celular. Ela verificou a tela vazia do aparelho, antes de virá-lo com um suspiro.

— É como um membro fantasma, não é? — disse Carmen.

— Acho que ter esse maldito telefone sem cobertura foi na verdade uma das coisas mais difíceis lá fora — falou Jill. — É patético, não é? Não ter nada seria melhor do que ter uma distração tão grande.

— Você sabia que Alice tinha levado o celular? — perguntou Falk.

— Não até a primeira noite. Não fiquei tão surpresa, no entanto. Alice é um pouco assim.

— Assim como?

Jill olhou para ele.

167

— Como alguém que poderia levar o celular para um retiro sem celulares.

— Certo — disse Falk. — E você sabe para quem ela tentou ligar lá?

— O serviço de emergência, é óbvio.

— Ninguém mais?

Ela franziu a testa.

— Não que eu saiba. Precisávamos economizar a bateria. Não que tenha feito alguma diferença. Jamais conseguimos sinal.

— Nenhum? — perguntou Falk.

— Não. — Ela suspirou. — Céus, eu fiquei tão irritada quando ela sumiu com o celular. Estávamos contando com ele, embora fosse inútil. Mas parece ridículo agora, sentada aqui. Fico feliz que ela o tenha. Espero que a ajude.

— Você vai ficar por aqui enquanto a busca segue? — perguntou Carmen. — Ou vai voltar para Melbourne também?

— Não. Vou ficar até ela ser encontrada, em segurança, espero. Daniel teria ficado também, mas... — Jill passou a mão pelo rosto, encolhendo-se um pouco ao tocar o hematoma. — Desculpem. Isso tudo é um território novo para nós. Estou com a empresa há vinte e nove anos e jamais aconteceu algo assim. Sinceramente, esses malditos retiros.

— Dão mais trabalho do que valem a pena? — perguntou Falk, e Jill conseguiu dar um leve sorriso.

— Mesmo quando dão certo. Eu mesma preferiria que as pessoas seguissem em frente com o emprego que são pagas para fazer, mas não se pode dizer isso hoje em dia. Tudo tem que ser por uma abordagem de gerência holística agora. — Ela fez que não com a cabeça. — Mas, Céus, isso é um pesadelo.

Atrás dela, a grande janela panorâmica chacoalhou e os três a olharam. A chuva salpicava no vidro, distorcendo a paisagem.

— Há quanto tempo conhece Alice Russell? — questionou Falk.

— Cinco anos. Eu a contratei, na verdade.

— Ela é boa funcionária? — Ele observou Jill com cautela, mas a mulher olhou de volta com a expressão nítida.

— Sim. Ela é boa. Trabalha duro. Faz a parte dela.

— Alice ficou feliz em vir para o retiro?

— Não mais nem menos do que qualquer outro. Não acho que tenha sido a primeira opção de como passar o fim de semana de ninguém.

— Ouvimos falar que Alice pediu para partir depois da primeira noite, mas você a convenceu do contrário — disse Carmen.

— Isso é verdade, mas sendo sincera, não podia deixá-la ir, podia? Precisaria ter levado o grupo inteiro de volta e haveria perguntas a responder, custos envolvidos e nós teríamos todos que fazer isso em outro dia de qualquer maneira. Quero dizer, pensando bem, é claro que eu queria ter dito que sim. Teria nos poupado disto. — Jill sacudiu a cabeça. — Alice me contou que se sentia mal e eu não acreditei. A filha tinha um evento na escola e pensei que era por isso que ela queria voltar. E tentou sair do retiro na semana anterior também, mas na época senti que ela simplesmente precisava aturar aquilo, como o resto de nós. Nenhuma de nós queria mesmo estar lá.

— Nem mesmo você? — perguntou Carmen.

— Principalmente eu. Pelo menos Alice e Lauren tinham feito um pouco desse tipo de coisa na escola. E Bree McKenzie está em muito boa forma. A irmã dela... Bem, também acho que não gostou muito.

Passadas de botas soaram no corredor e todos olharam para a porta aberta da sala. Um grupo da equipe de busca tinha voltado. Eles seguiram para a cozinha, os rostos exaustos diziam tudo.

— Como vocês cinco foram escolhidas para a viagem? — perguntou Falk.

— É uma mistura aleatória de faixas salariais e experiência para desenvolver o trabalho em equipe de modo transversal na empresa.

— E quanto ao verdadeiro motivo?

Jill deu um leve sorriso.

— A equipe de gerência escolhe funcionários que ela acredita precisarem de desenvolvimento pessoal ou profissional por meio do desafio.

— A equipe de gerência é quem? Você? Daniel?

— Eu não. Daniel, sim. Os chefes de departamentos, em maioria.

— E que traços de desenvolvimento esse grupo esperava ganhar?

— Bree McKenzie está perto de ser promovida, então isso é parte do programa de avanço dela. A irmã... — Jill fez uma pausa. — Já conheceram Beth?

Falk e Carmen assentiram.

— Bem, então. Não acho que preciso dizer mais. Ela não é muito... corporativa. Alguém deve ter achado que ter a irmã dela aqui ajudaria, mas me parece que eles superestimaram o quanto as duas são próximas. — Jill contraiu os lábios. — Lauren... isso não vai sair daqui, vai? Ela está tendo problemas de desempenho. Entendo que teve algumas dificuldades em casa, mas tem afetado o trabalho.

— E Alice?

Houve um silêncio.

— Uma queixa foi registrada contra ela.

— Pelo quê?

— Isso é relevante?

— Não sei — disse Falk. — Ela ainda está desaparecida. Então pode ser.

Jill suspirou.

— Bullying. Tecnicamente. Mas é possível que tenha sido só uma troca de palavras cortantes. Alice pode ser bem direta. E tudo isso é bastante confidencial, aliás. As outras mulheres não sabem.

— A queixa tem algum mérito? — perguntou Carmen.

— É difícil dizer. Foi um dos assistentes administrativos, então pode ser tanto um choque de personalidades quanto qualquer outra coisa, mas... — Ela fez uma pausa. — Não foi a primeira vez. Um problema semelhante foi levantado há dois anos. Não deu em nada, mas a gerência sentiu que Alice poderia se beneficiar de um intensivo trabalho em equipe. Outro motivo pelo qual eu não podia deixá-la ir embora naquela primeira noite.

Falk refletiu sobre isso.

— E quanto a você? — perguntou ele. — Por que você estava lá?

— Em nossa última reunião da gerência sênior, nos comprometemos a participar de algo do tipo todo ano. Se há um motivo mais profundo, você precisa perguntar ao comitê de gerenciamento.

— O mesmo com seu irmão Daniel?

— Daniel na verdade gosta disso, acredite ou não. Mas ele está certo. É importante para a empresa que nós dois sejamos vistos nos engajando.

— Que sujem as mãos — falou Falk.

Jill não piscou.

— Suponho que sim.

Ouviu-se uma batida alta no corredor quando a porta do chalé principal se abriu com o vento. Eles ouviram o som de pés e alguém a fechando de novo com firmeza.

— Acho que há muitas obrigações que vêm com trabalhar para uma firma familiar — disse Carmen. — Não se pode apenas se esconder. Seu irmão disse algo parecido.

— Ele disse? — falou Jill. — Bem, isso com certeza é verdade. Eu estudei literatura de língua inglesa e história da arte como meu primeiro diploma. Eu queria ser professora na área de humanidades.

— O que aconteceu?

— Nada aconteceu. É uma firma familiar, e espera-se que membros da família trabalhem para a empresa. Nesse aspecto, não somos diferentes de uma família de fazendeiros ou de um casal passando a loja da esquina para os filhos. Você precisa de pessoas em quem possa confiar. Trabalho lá, Daniel trabalha lá, nosso pai ainda está envolvido. O filho de Daniel, Joel, vai trabalhar lá depois da universidade.

— E você? Tem filhos? — perguntou Falk.

— Tenho. Dois. Crescidos agora. — Ela fez uma pausa. — Mas são uma exceção. Não tiveram nenhum interesse em entrar na firma e eu não os forçaria. Meu pai não ficou satisfeito, mas ele conseguiu o resto de nós, então acho que é uma troca justa. — A expressão de Jill se suavizou um pouco. — Meus filhos, ambos, conseguiram ser professores.

— Isso é legal — disse Carmen. — Você deve estar orgulhosa.

— Obrigada, eu estou.

Falk olhou para ela.

— Voltando ao retiro, seu irmão e o grupo dos homens foram até o acampamento de vocês naquela primeira noite. Sabia que estavam planejando fazer isso?

— Não. — Jill negou com a cabeça. — E eu teria dito a Daniel para não fazer isso se soubesse. Foi... desnecessário. Eu não queria que as outras mulheres sentissem que os homens estavam de olho em nós.

— E seu irmão falou com Alice Russell naquela noite.

— Havia apenas dez de nós. Acho que a maioria das pessoas falou umas com as outras.

— Pelo que parece, ele falou com ela em particular — disse Falk.

— Isso é permitido.

— Sabe sobre o que conversaram?

— Não tenho certeza. Vai precisar perguntar a ele.

— Nós adoraríamos — falou Carmen. — Mas ele foi embora.

Jill não disse nada, mas a pontinha da língua dela despontou de novo para tocar o corte no lábio.

— Então você não reparou em Alice parecendo particularmente transtornada ou inquieta depois de eles conversarem? — insistiu Carmen.

— É claro que não. Por que ficaria?

— Porque ela pediu a você que a deixasse ir embora — falou Carmen. — Pelo menos duas vezes.

— Bem. Como eu disse, se deixasse todo mundo que quisesse ir embora partir, não teria restado nenhuma de nós.

— Soubemos que isso criou uma tensão entre vocês duas.

— Quem lhes contou isso? Todas estavam tensas lá fora. Foi uma situação muito difícil.

Jill pegou a xícara de café frio da mesa e a segurou. Falk não conseguia dizer se as mãos dela estavam tremendo.

— Como você machucou o rosto? — perguntou Falk. — Parece bem feio.

— Ah, pelo amor de Deus. — Jill apoiou a xícara com tanta força que o líquido derramou pelas bordas. — O que essa pergunta deveria significar?

— Nada. É só uma pergunta.

Jill olhou de Falk para Carmen e então de volta. Ela suspirou.

— Foi um acidente. Aconteceu na última noite, na cabana, quando eu estava separando uma briga estúpida.

— Que tipo de briga? — perguntou Falk.

— Muito barulho por nada. Eu contei isso à Polícia Estadual. Frustração e medo transbordaram e levaram a melhor sobre nós. Estamos falando de empurrões e puxões de cabelo por alguns segundos no máximo. Coisa de pátio da escola. Terminou quase tão rápido quanto começou.

— Não parece.

— Eu tive azar. Estava de pé no lugar errado e tomei uma pancada. Não foi proposital.

— Entre quem foi a briga? — Falk a observou com atenção. — Todas vocês?

— Céus, não. — O rosto inchado de Jill era o retrato da surpresa. — Foi entre Alice e Beth. Estávamos todas com fome e frio, e Alice estava ameaçando ir embora, foi quando as coisas esquentaram e saíram do controle. Eu me culpo, deveria ter previsto o que aconteceria. Aquelas duas jamais se entenderam.

DIA 2: SEXTA-FEIRA À TARDE

Os dentes de Jill batiam enquanto ela caminhava. Tinha vestido roupas secas no rio – como todas, dando as costas umas às outras enquanto tremiam e se despiam – apenas para que levassem mais um banho de chuva vinte minutos depois. Ela gostaria de ter andado um pouco mais rápido para se aquecer, mas podia ver que Lauren ainda estava com as pernas fracas. A atadura do kit de primeiros socorros ficava saindo da testa dela, expondo um corte sangrento.

Alice ia na frente, mapa na mão. Bree o entregara na margem do rio sem dizer uma palavra. Beth, como sempre, fechava a retaguarda.

Era estranho, pensou Jill, o quanto a vegetação começava a se parecer. Duas vezes vira algo – uma vez um tronco cortado, da outra uma árvore caída – que tinha certeza de que já tinha visto antes. Era como caminhar com uma sensação quase constante de *déjà vu*. Ela moveu a mochila nos ombros. Estava mais leve sem os mastros da tenda, mas a ausência deles pesava muito em sua mente.

— Ainda estamos todas bem? — perguntou Jill conforme reduziram a velocidade para dar a volta em um buraco enlameado.

Alice encarou a bússola ao tirá-la do bolso. Então se virou para o outro lado e olhou de novo para o objeto.

— Tudo bem? — repetiu Jill.

— Sim, estamos bem. É porque a trilha fez uma curva lá atrás. Mas estamos no caminho certo.

— Achei que deveríamos estar subindo. — O solo sob os pés delas tinha vegetação alta, mas era teimosamente plano. Uma voz surgiu de trás.

— Precisamos verificar a bússola com maior regularidade, Alice. — Lauren estava com a mão pressionada sobre a atadura na testa.

— Acabei de verificar. Você viu.

— Mas precisa fazer isso mais vezes.

— Eu sei, obrigada, Lauren. Sinta-se à vontade para avançar e tomar meu lugar a qualquer momento, se quiser.

— Alice segurou a bússola na mão espalmada, como uma oferta. Lauren hesitou, então sacudiu a cabeça. — Vamos seguir em frente — falou Alice. — Começaremos a subir em breve.

Elas prosseguiram. O solo permanecia plano. Jill estava prestes a perguntar quão breve era "breve" quando sentiu a queimação indicativa nas coxas. Estavam subindo. Com suavidade, mas em uma encosta definitivamente para cima. Sentiu vontade de chorar de alívio. Graças a Deus. Com alguma sorte haveria sinal de telefone no topo. Elas poderiam ligar para alguém. Poderiam acabar com aquela confusão toda.

O medo começara a se cristalizar lá trás, na margem do rio, de um jeito que ela sentira talvez duas ou três vezes na vida. Uma percepção: *Isso está muito errado*. Aquele acidente de carro quando tinha dezenove anos, ao ver os olhos do outro motorista se arregalarem e ficarem brancos conforme os veículos deslizaram um na direção do outro em uma dança macabra. Então de novo, três anos depois, no que era apenas a segunda festa de Natal do escritório de que participava.

Bebida demais, flertes demais com o homem errado e uma caminhada de volta para casa que quase terminara mal.

E então houve aquele dia peculiar em que o pai recebera ela e Daniel no escritório particular – aquele em casa, não no trabalho – e explicara exatamente como o negócio da família BaileyTennants funcionava.

Jill dissera que não. Isso lhe trouxera algum conforto nos anos seguintes. Daniel dissera que sim no mesmo instante, mas ela se mantivera firme por quase dezoito meses. Tinha se matriculado em um curso de formação de professores e mandara pedidos de desculpas para as reuniões e festas de família.

Acreditou por um tempo que a decisão dela tinha sido aceita. Somente mais tarde percebeu que estava apenas recebendo espaço para a lenta marcha na direção do inevitável, a seu próprio tempo. Mas algo devia ter acontecido para acelerar as coisas – ela nunca perguntou o que –, porque, depois de dezoito meses, fora convocada de novo ao escritório do pai. Sozinha, dessa vez. Ele a fez sentar.

— Você é necessária. Eu preciso de você.

— Você tem Daniel.

— E ele está fazendo o melhor que pode. Mas... — O pai dela, quem Jill mais amava e confiava no mundo inteiro, a olhara e fizera uma sutil negativa com a cabeça.

— Então pare.

— Nós não podemos. — *Nós*, dissera ele, muito claramente, não *eu*.

— Você pode.

— Jill. — Ele pegou a mão dela. Jamais o vira tão triste. — Nós não podemos.

Ela sentiu um nó no fundo da garganta diante daquilo; por ele, pelo cano escorregadio pelo qual descera ao cair naquela armadilha, por um simples favor feito há muito tempo para as pessoas erradas. O dinheiro ganancioso e rápido que ele ainda se via pagando de volta décadas mais tarde e mil vezes mais. E por ela, pelo curso de professora que jamais terminaria e o "não" que precisava se transformar em "sim". Mas fora um "não", pelo menos por um tempo, que ela se lembraria nos anos seguintes.

Agora, enquanto os pulmões queimavam e as pernas de Jill doíam, ela tentava se concentrar na tarefa imediata adiante. Cada passo colina acima era um passo mais próximo de onde precisavam estar. Observou a parte de trás da cabeça de Alice, liderando o grupo para a frente.

Cinco anos antes, Jill era a diretora financeira e Alice era uma candidata na terceira etapa de entrevista. Ela estava competindo com apenas um outro candidato, um homem com qualificações semelhantes, mas sem dúvida com mais experiência objetiva. Ao fim da entrevista, Alice encarou cada um dos membros do painel por vez e disse que podia fazer o trabalho, mas apenas o faria por quatro por cento de aumento no salário inicial oferecido. Jill sorrira consigo mesma. Mandara que a contratassem. Que encontrassem os quatro por cento.

Conforme se aproximaram de uma curva na trilha, Alice parou e consultou o mapa. Ela esperou até que Jill a alcançasse. As outras se detinham um pouco atrás.

— Devemos chegar logo ao topo — falou Alice. — Quer fazer uma breve pausa?

Jill fez que não, a lembrança da chegada ao acampamento escuro da noite anterior ainda era recente. O dia estava avançando. Ela não conseguia se lembrar da hora que o sol se punha, mas sabia que era cedo.

— Vamos continuar em frente enquanto ainda temos luz. Você verificou a bússola?

Alice a pegou e verificou.

— Tudo certo?

— Sim. Quero dizer, a trilha está se curvando um pouco, então depende de para qual direção estamos seguindo, mas ainda estamos no caminho.

— Tudo bem. Se você tem certeza.

Outra verificação.

— Sim. Tenho.

Elas prosseguiram.

Jill não se arrependera da contratação. Com certeza não dos quatro por cento. Alice provara que valia mais, ao longo dos anos. Ela era inteligente, pegou o jeito muito mais rápido do que a maioria e entendia as coisas. Coisas como quando falar e quando segurar a língua, e isso era importante em uma firma que era mais como uma família. Quando o sobrinho de Jill – Joel, de dezessete anos, que era tão parecido com o pai dele naquela idade – olhou entediado para as mesas, durante o piquenique da empresa do ano anterior, e piscou ao ver a linda filha de Alice, Jill e Alice trocaram olhares de compreensão. Jill às vezes pensava que, em outra época e outro lugar, as duas poderiam ter sido amigas. Mas por vezes achava que não. Estar perto de Alice era como ser dona de um cachorro de raça agressivo. Leal quando era conveniente, mas era preciso ter cautela.

— Estamos quase lá?

Jill ouviu a voz de Lauren atrás de si. A atadura da mulher tinha se soltado de novo e um único filete rosa de chuva e sangue escorrera pela têmpora e bochecha dela, acomodando-se no canto da boca.

— Perto do topo. Acho.

— Temos alguma água?

Jill pegou a própria garrafa e a entregou a Lauren, que tomou um grande gole conforme elas caminhavam. Ela moveu a língua para o canto da boca e fez uma careta quando encontrou o sangue. Então fechou a mão em concha e derramou um pouco do líquido na palma, parte escapulindo para o chão, e limpou a bochecha.

— Talvez devêssemos... — Jill começou a dizer, mas segurou as palavras quando Lauren repetiu o processo.

— Talvez o quê?

— Não importa. — Estava prestes a dizer que talvez devessem preservar a água potável. Mas não havia necessidade. Havia mais suprimentos no acampamento. E Jill ainda não estava pronta para admitir que elas poderiam passar a noite em outro lugar.

A trilha ascendeu constante e íngreme, e Jill conseguia ouvir a respiração ao redor de si ficar mais difícil. A terra inclinada à direita descia em um ângulo mais agudo até se tornar uma colina, e então um penhasco. Ela manteve os olhos à frente, forçando um passo atrás do outro. Perdera a noção do quão alto tinham subido quando, quase sem aviso, a trilha se nivelou.

Os eucaliptos escassearam e elas depararam com uma magnífica vista de colinas ondulantes e vales, estendendo-se abaixo até o horizonte. Sombras de nuvens em movimento criavam um oceano de verde que ondulava como se feito de água. Haviam chegado ao topo, e a vista era deslumbrante.

Jill largou a mochila no chão. As cinco mulheres ficaram lado a lado, mãos nos quadris, pernas doendo, recuperando o fôlego enquanto olhavam.

— Isto é incrível.

Quase que como uma deixa, as nuvens se abriram, revelando o sol baixo ao longe. Ele tocava a ponta das árvores mais altas, engolindo-as em um brilho aquoso incandescente. Jill piscou quando a bem-vinda luz dourada a cegou e quase podia sentir o calor no rosto. Pela primeira vez naquele dia, um peso foi tirado de seu peito.

Alice tirara o celular do bolso e estava olhando para a tela. Ela franzia a testa, mas estava tudo bem, disse Jill a si mesma. Mesmo que não tivessem sinal, ficaria tudo bem. Chegariam ao segundo local de acampamento, ficariam secas e pensariam em alguma coisa como abrigo. Dormiriam um pouco e tudo pareceria melhor de manhã.

Jill ouviu uma tosse seca atrás de si.

— Desculpem — falou Beth. — Mas em que direção estamos andando mesmo?

— Oeste. — Jill a olhou.

— Tem certeza?

— Sim. Na direção do local do acampamento. — Então se virou para Alice. — É isso, não é? Estamos indo para o oeste?

— Sim. Oeste.

— Então estávamos caminhando para oeste o tempo todo? — perguntou Beth. — Desde que deixamos o rio?

— Céus. Sim. Eu já falei. — Alice não tirou os olhos do celular.

— Então... — Uma pausa. — Desculpem. É que... se o oeste é para cá, então por que o sol está se pondo no sul?

Todos os rostos se viraram, bem a tempo de vê-lo cair mais um pouco atrás das árvores.

Essa era outra coisa a respeito de Alice, pensou Jill. Às vezes ela podia fazer você se sentir profundamente traída.

DOZE

O sol estava começando a se pôr quando Falk e Carmen deixaram Jill Bailey no saguão, sozinha com os próprios pensamentos. Eles voltaram até os chalés de acomodação com os primeiros sinais sonoros da noite ecoando ao redor.

— Escurece tão cedo aqui em cima. — Carmen verificou o relógio, o vento soprando seus cabelos. — Suponho que as árvores bloqueiem a luz.

Conseguiam ver vans parando do lado de fora do chalé principal e, saindo delas, membros cansados da equipe de resgate, cujas respirações formavam nuvens no ar. Sem boas notícias, a julgar pelas expressões deles. O céu estava silencioso agora; o helicóptero devia ter pousado. A esperança se esvaía com o dia.

Falk e Carmen chegaram à porta das próprias acomodações e pararam.

— Vou tomar um banho. Aquecer um pouco o corpo. — Carmen se alongou e Falk ouviu as articulações dela estalarem sob as camadas de roupa. Foram dois longos dias. — Jantar em uma hora?

Com um aceno, ela entrou e desapareceu. Falk abriu a porta dele e acendeu a luz.

Pela parede, ouviu o som de água corrente sendo ligada.

Falk se sentou na cama e relembrou a conversa com Jill Bailey. Ao contrário do irmão, a executiva tinha um ar alerta que o deixou desconfortável.

Ele vasculhou a mochila e pegou um arquivo de papel contendo as anotações dele sobre Alice Russell. Folheou-as, lendo sem prestar atenção. Já estava familiarizado com o conteúdo. A princípio, não tinha certeza do que estava procurando, mas ao virar as páginas, o objetivo ficou claro. Procurava algo que aliviasse a culpa, percebeu. Algum indício de garantia que o isentasse do sumiço de Alice. Provasse que ele e Carmen não a haviam encurralado em uma posição impossível que a forçara a cometer um erro. Que os dois não tinham cometido um erro, colocado Alice em perigo. *Feri-la.*

Falk suspirou e se recostou na cama. Quando chegou ao fim do arquivo de Alice, voltou ao início e pegou os extratos bancários dela. Ela compartilhara o acesso por iniciativa própria, apesar da relutância, e como todo o resto, ele já os revisara antes. Mas se sentia um pouco reconfortado pela forma que as colunas e os números organizados ocupavam página após página, documentando as transações cotidianas que mantinham o mundo de Alice Amelia Russell em movimento.

Falk passou os olhos pelos números. Os extratos eram mensais, com a primeira entrada datada cerca de doze meses antes. A mais recente fora na quinta-feira, no dia em que Alice e os demais tinham partido para o retiro. Ela gastara quatro dólares em uma loja de conveniência da autoestrada. Era a última vez que o cartão bancário dela fora usado.

Ele examinou os saques e os depósitos, tentando compor sua própria impressão sobre a mulher. Reparou que quatro vezes por ano, como um relógio, ela gastava vários milhares de dólares na loja de departamentos David Jones, duas semanas antes da mudança de cada coleção. Que ela pagava à faxineira uma quantia que, dependendo das horas trabalhadas, levantava a suspeita de ser abaixo do salário mínimo. Falk sempre se interessou pelo que as pessoas consideravam valioso. Ele suspirara com surpresa na primeira vez que vira a soma anual de cinco dígitos de que Alice abria mão para permitir que a filha seguisse seus passos no Colégio Endeavour para Garotas. E parecia que o custo de uma educação de primeira não acabava apenas na mensalidade, reparava agora, pois Alice fizera uma significativa doação de parcela única à escola seis meses antes.

Quando os números começaram a ficar um pouco embaçados, Falk esfregou os olhos e fechou o arquivo. Ele foi até a janela e olhou para a vegetação, flexionando a mão ferida. O início da trilha da Cachoeira do Espelho ainda era visível na escuridão que se intensificava. De viés, conseguia ver os mapas do pai empilhados na mesa de cabeceira.

Falk vasculhou a pilha até encontrar o da cordilheira Giralang e abriu no início da trilha da Cachoeira do Espelho. Não ficou tão surpreso ao encontrar o início da rota circulado – ele sabia que o pai fora até a região, e aquela era uma das trilhas mais populares. Mas ao olhar para a página, sentiu um tremor ainda assim. Quando será que seu pai fizera aquela marca a lápis em especial? Na casa deles, sentado à mesa da cozinha? Ou talvez de pé diante do início da trilha, a duzentos metros e dez anos no passado de onde Falk estava agora?

Sem pensar, Falk pegou o casaco e enfiou o mapa no bolso. Hesitou, então pegou a lanterna também. Através da parede, ainda conseguia ouvir o som da água correndo. Ótimo. Queria fazer aquilo sem dar explicações. Ele fechou a porta da acomodação e acompanhou o caminho até o início da trilha pelo estacionamento. Atrás dele, o chalé principal brilhava.

Falk parou na entrada da trilha da Cachoeira do Espelho, observando os arredores. Se Erik Falk tinha caminhado por ali, teria um dia ficado de pé naquele mesmo ponto. Tentou imaginar o que o pai teria visto. As árvores em torno dele tinham décadas de existência. Era possível, pensou, que ambos os pontos de vista fossem quase idênticos.

Falk adentrou na trilha. A princípio, tudo o que podia ouvir era a própria respiração, mas aos poucos os sons noturnos se tornaram mais distintos. O limite denso do bosque lhe dava a sensação claustrofóbica de estar cercado. A mão dele doía no bolso, mas Falk a ignorou. Era psicossomático, sabia. Chovera, dissera a si mesmo conforme caminhava, não haveria fogo ali. Repetiu isso baixinho até se sentir um pouco melhor.

Ele se perguntou quantas vezes seu pai tinha passado por aquela trilha. Pelo menos duas, a julgar pelas marcas no mapa. Longe da cidade que ele odiava. E sozinho, porque o filho se recusava a ir junto. Embora, sendo sincero, Falk suspeitasse que ele provavelmente gostava da solidão. Pelo menos esse era um aspecto que tinham em comum.

Houve movimento em algum lugar nas profundezas da vegetação e Falk deu um salto, rindo um pouco do aumento da própria frequência cardíaca. Será que seu pai se sentira de alguma forma abalado com a história de Kovac? Era fácil se sentir isolado lá fora. E a notoriedade do caso estaria muito mais fresca na memória coletiva do que agora. Duvidava que isso tivesse incomodado muito Erik, que sempre fora um sujeito muito prático. E que sempre se sentiu mais confortável ao redor de árvores e em espaços externos do que cercado por outras pessoas.

Falk sentiu alguns pingos de chuva atingirem o rosto e puxou o capuz do casaco. Em algum lugar distante, conseguia discernir um ronco baixo, mas não tinha certeza se era um trovão ou a cachoeira. Ele deveria voltar. Nem mesmo tinha certeza do que estava fazendo ali fora, sozinho no escuro. Era sua segunda vez naquela trilha, mas não reconhecia nada dela. A paisagem parecia mudar e se alterar quando não era observada. Ele podia estar em qualquer lugar. Falk se virou e começou a voltar na direção do chalé principal. Dera apenas dois passos quando parou. Ouviu com atenção. Nada; apenas o vento e a correria de patas invisíveis. A trilha estava vazia nas duas direções. Quão longe estava da pessoa mais próxima? Não caminhara muito, ele sabia, mas sentia como se pudesse ser o único em quilômetros. Falk ficou de pé completamente imóvel, olhando e ouvindo. Então escutou de novo.

Passos. O ritmo era fraco, mas fez os pelos de seu pescoço se arrepiarem. Virou-se, tentando distinguir de que direção estavam vindo. Viu de relance a luz entre as árvores um momento antes de virar em uma curva, iluminando diretamente os olhos dele. Ouviu um arquejo e o som de algo caindo no chão. Cego, ele tateou o bolso em busca da lanterna, os dedos frios e atrapalhados conforme buscava o interruptor. Ao acendê-la, o feixe de luz projetou uma sombra distorcida. A vegetação subia de cada lado como uma cortina preta e espessa, e no meio da trilha, uma figura esguia tapou os olhos.

Falk semicerrou os dele quando a visão se ajustou.

— Polícia. — Ele estendeu a identidade. — Você está bem? Não tive a intenção de assustá-la.

A mulher estava parcialmente virada, mas ele a reconheceu da fotografia. Lauren. Ela estava trêmula ao se abaixar para pegar a lanterna e quando Falk se aproximou, viu um corte feio na testa dela. O ferimento tentara cicatrizar, mas a área estava inchada, a pele esticada brilhava sob a luz da lanterna.

— Você está com a polícia? — Lauren olhou para a identidade, a voz cautelosa.

— Sim. Ajudando com a busca por Alice Russell. Você é Lauren Shaw, não é? Estava no grupo da BaileyTennants?

— Sim. Desculpe, eu achei... — Ela respirou fundo. — Por um segundo... é idiota... quando vi alguém sozinho na trilha, achei que pudesse ser Alice.

Falk, por uma fração de segundo, pensara exatamente o mesmo.

— Desculpe por tê-la assustado. Você está bem?

— Sim... — Ela ainda respirava com dificuldade, os ombros finos subindo e descendo sob o casaco. — Só estou em choque.

— O que está fazendo aqui fora no escuro? — perguntou Falk. Embora tivesse o direito de perguntar a mesmíssima coisa a ele, Lauren fez que não com a cabeça. Ela devia estar lá fora há um tempo. Ele conseguia sentir o frio vindo das roupas da mulher.

— Nada racional. Tenho ido às cachoeiras durante o dia. Queria voltar mais cedo, mas escurece tão rápido.

Falk se lembrou da figura sombreada que vira deixando a trilha.

— Estava lá fora ontem à noite também?

Ela assentiu.

— Sei que deve parecer ridículo, mas achei que Alice poderia encontrar o caminho de volta ao início da trilha. Passamos pela cachoeira no primeiro dia, ela é um marco bastante distinto. Eu estava enlouquecendo sentada no chalé principal, então tenho me sentado lá fora em vez disso.

— Certo. — Falk reparou pela primeira vez no chapéu roxo que ela usava. — Nós vimos você lá ontem à tarde.

— É provável.

Ouviu-se um ronco de trovão e ambos olharam para cima.

— Vamos — disse ele. — Estamos quase no chalé principal. Vou caminhar de volta com você.

Eles avançaram devagar, os feixes das lanternas projetando cones de luz no solo irregular.

— Há quanto tempo trabalha na BaileyTennants? — perguntou Falk.

— Quase dois anos. Sou gerente estratégica de planejamento futuro.

— Quais são as funções envolvidas no cargo?

Um suspiro pesado.

— Envolve identificar as necessidades estratégicas futuras de nossa empresa e montar planos de ação... — Ela fez uma pausa. — Desculpe. Tudo isso parece tão inútil depois do que aconteceu com Alice.

— Parece que vocês todas tiveram uns dias bem difíceis.

Lauren não respondeu de imediato.

— Tivemos. Não foi apenas uma coisa que deu errado, foram centenas de pequenas coisas. Tudo se somou até ser tarde demais. Eu só espero que Alice esteja bem.

— Vocês duas trabalhavam juntas com frequência? — perguntou Falk.

— Não tanto diretamente. Mas nos esbarramos de vez em quando na vida. Fizemos o ensino médio juntas e acabamos trabalhando na mesma área, então nossos caminhos se cruzaram um pouco. E nossas filhas têm a mesma idade. As duas estudam em nossa antiga escola agora. Quando Alice descobriu que eu tinha saído da minha antiga firma, fez uma recomendação na BaileyTennants, e estou lá desde então.

— Soubemos que foi você quem conseguiu guiar o grupo para uma estrada — disse Falk. — Trazer as outras de volta.

— Isso soa mais como um exagero. Eu fiz um pouco de orientação espacial na escola, mas só caminhamos em linha reta e esperamos pelo melhor. — Ela suspirou. — Enfim, foi ideia de Alice seguir por aquele caminho. Quando percebemos que ela havia sumido, achei que estaríamos apenas algumas horas atrás dela. Não consegui acreditar quando não a encontramos na chegada.

Eles fizeram uma curva e o início da trilha ficou à vista. Estavam de volta. Lauren estremeceu e abraçou o próprio corpo ao emergirem da floresta. A ameaça de uma tempestade dava uma sensação carregada ao ar e o chalé principal adiante parecia quente e convidativo.

— Quer conversar do lado de dentro? — perguntou ele, mas Lauren hesitou.

— Podemos ficar aqui fora? Você se importa? Nada contra Jill, mas não tenho energia para ela esta noite.

— Tudo bem. — Falk conseguia sentir o frio entrando pelas botas e agitou os dedos dos pés dentro das meias. — Conte-me sobre esse acampamento da escola a que você e Alice foram.

— McAllaster? Ficava para lá do meio do nada. Fizemos matérias acadêmicas, mas o foco principal eram as atividades ao ar livre. Fazer trilha, acampar, atividades de resolução de problemas, esse tipo de coisa. Nada de TV ou telefonemas, o único contato com nossa casa durante o ano letivo era feito por meio de cartas escritas à mão. Ainda fazem isso, minha filha foi há dois anos. A filha de Alice também. Muitas escolas particulares o fazem. — Lauren fez uma pausa. — E não é nada fácil.

Mesmo no mundo sem filhos de Falk, ouvira falar do temido acampamento de um ano inteiro. Uma história ou outra ao longo dos anos por meio de amigos que tinham se formado em um ou mais estabelecimentos de prestígio. O relato costumava ser contado no tom sussurrado de alguém que sobreviveu a um ataque de urso ou saiu com vida de uma queda fatal de avião. Descrença misturada com orgulho. *Eu sobrevivi.*

— Parece que ajudou você pelo menos um pouco — disse Falk.

— Um pouco, talvez. Mas continuo achando que ter habilidades enferrujadas pode ser pior do que não ter habilidade nenhuma. Se não fosse aquele acampamento, talvez Alice não tivesse tido a ideia idiota de que poderia sair caminhando sozinha.

— Você não achava que Alice tinha condições de fazer isso?

— Não achava que alguma de nós tinha. Eu queria ficar parada e esperar por ajuda. — Ela suspirou. — Não sei. Ou talvez devêssemos ter ido com ela e pelo menos permanecido juntas como um grupo. Eu *sabia* que Alice poderia tentar ir sozinha depois que perdesse a votação. Ela sempre...

Lauren fez uma pausa. Falk esperou.

— Alice sempre superestimou as próprias habilidades. No acampamento, ela era líder de grupo muitas vezes, mas não era escolhida porque se destacava tanto assim. Quero dizer, ela era boa. Mas não tão boa quanto achava.

— Disputa de popularidade? — disse Falk.

— Exatamente. Ela era eleita líder de grupo porque era popular. Todas queriam ser amigas dela, estar no grupo. Não posso culpá-la por cair no papo. Se todos ao seu redor lhe dizem o tempo todo que você é fantástica, é fácil de acreditar.

Lauren olhou para as árvores por cima do ombro.

— Suponho que de certa forma ela tenha nos feito um grande favor, no entanto. Se tivéssemos ficado na cabana e esperado por ajuda, ainda estaríamos lá fora. Pelo que parece, ainda não conseguiram encontrar o lugar.

— Não. Isso é verdade.

Lauren olhou para ele.

— Estão procurando com muita dedicação, no entanto, pelo que posso ver — disse ela. — Aquela cabana é a única coisa sobre a qual alguns dos policiais querem falar.

— Suponho que seja porque aquele foi o último lugar em que Alice foi vista — disse Falk. Ele se lembrou do que King dissera. *Não contamos a elas sobre Sam Kovac.* Perguntou-se se aquela era a melhor decisão sob as circunstâncias.

— Talvez. — Lauren ainda o observava com atenção.

— Parece que é mais do que isso, entretanto. O lugar estava vazio há um tempo, mas não desde sempre. Eu contei à polícia. Pelo menos alguém sabe sobre ele, porque esteve por lá.

— Como sabe?

— Enterraram um cachorro.

Houve um silêncio. Folhas mortas sopraram em volta dos pés deles.

— Um cachorro.

— Pelo menos um. — Lauren limpou as unhas. As mãos dela pareciam com as patas de um pássaro, os ossos nos pulsos visíveis sob a pele. — A polícia ficava perguntando se tínhamos visto mais alguém lá fora.

— E viram?

— Não. Não depois da primeira noite, quando o grupo dos homens foi até nosso acampamento. Mas... — Os olhos de Lauren se voltaram para a vegetação e então retornaram a ele. — Era estranho. Às vezes parecia que estávamos sendo observadas. Não estávamos, é claro. De maneira nenhuma poderíamos estar. No entanto, você fica paranoica lá fora, sua mente começa a pregar peças.

— E você tem certeza de que não viu os homens de novo?

— Não. Queria que tivéssemos. Mas estávamos tão fora da trilha. A única forma de nos encontrar teria sido nos seguir. — Ela sacudiu a cabeça, descartando a ideia antes que pudesse se assentar. — Não consigo entender o que aconteceu com Alice. Eu sei que ela teria seguido por aquela trilha para o norte. Passamos por ali apenas duas horas atrás dela. E Alice sempre foi forte. Mentalmente, fisicamente. Se nós conseguimos sair, ela também deveria ter conseguido. Mas foi como se só tivesse evaporado. — Lauren piscou. — Então agora eu vou me sentar na cachoeira, esperando que ela saia batendo os pés, irritada, apontando e ameaçando um processo judicial.

Falk apontou com a cabeça para o corte escuro na testa dela.

— Isso parece feio. Como aconteceu?

Os dedos de Lauren se levantaram até o ferimento e ela deu uma risada amarga.

— Conseguimos perder nossa lata para o fogareiro e os mastros da tenda em um rio cheio. Eu estava tentando alcançá-los e fui atingida na cabeça.

— Não durante a briga na cabana, então? — disse ele, em tom leve.

Lauren o encarou por um segundo antes de responder.

— Não.

— Só pergunto porque Jill Bailey disse que conseguiu o hematoma dela assim. Separando uma briga.

— Ela disse?

Falk precisava parabenizar Lauren, o rosto dela não entregou nada.

— Não foi assim? — perguntou ele.

Lauren pareceu fazer um cálculo mental.

— Jill conseguiu o hematoma durante uma briga. Se ela estava ou não separando-a, está aberto à discussão.

— Então Jill estava envolvida?

— Jill a iniciou. Quando Alice queria ir embora. Elas estavam brigando sobre quem ficaria com o celular. Não durou muito, mas foi esse o motivo. Por quê? O que ela falou?

Falk sacudiu a cabeça.

— Não importa. Talvez tenhamos entendido errado a perspectiva dela sobre a situação.

— Bem, o que quer que tenha contado a você, ela fez parte daquilo. — Lauren baixou o olhar. — Não tenho orgulho, mas todas fizemos, suponho. Alice também. Por isso não fiquei surpresa quando ela partiu.

Um raio disparou claro acima, projetando uma silhueta contrastante nos eucaliptos. Foi seguido de um rugido de trovão e as nuvens se partiram de uma só vez. Não tiveram escolha a não ser se mover. Puxando o capuz sobre a cabeça, ambos correram para o chalé principal conforme a chuva ressoava contra os casacos deles.

— Você vai entrar? — perguntou Falk, quando chegaram aos degraus. Ele precisou gritar por cima do barulho.

— Não, vou correr até meu quarto! — gritou Lauren quando eles chegaram ao caminho. — Encontre-me se precisar de mais alguma coisa.

Falk acenou com a mão e subiu correndo a escada do chalé principal, onde a chuva chacoalhava contra o telhado da varanda. Ele deu um salto quando uma figura escura se moveu nas sombras perto da porta.

— Oi.

Falk reconheceu a voz de Beth. Ela estava abrigada sob a varanda fumando enquanto olhava para a chuva estrondosa. Perguntou-se se ela o vira conversando com Lauren, se isso era de alguma importância. Beth estava com um cigarro em uma das mãos e algo que ele não conseguia ver na outra. E um olhar de culpa no rosto.

— Antes que você diga qualquer coisa, eu sei que não deveria — disse ela.

Falk limpou o rosto com a manga molhada.

— Não deveria o quê?

Beth ergueu com timidez uma garrafa de cerveja light.

— Durante minha liberdade condicional. Mas foram dias muito difíceis. Sinto muito. — Ela pareceu sincera.

Falk não conseguia reunir energia para se preocupar com uma cerveja light. Era considerada quase água quando ele era mais novo.

— Apenas fique abaixo do limite para dirigir. — Pareceu um acordo razoável, mas Beth piscou, surpresa, e então sorriu.

— Eu também não deveria fumar aqui fora — disse ela.

— Mas pelo amor de Deus, estou *do lado de fora*.

— Isso é verdade — disse Falk enquanto os dois observavam o temporal.

— Sempre que chove fica mais difícil rastrear alguém. Pelo menos foi o que me disseram — Beth tomou um gole.

— Tem chovido bastante.

— Tem mesmo.

Falk olhou para ela. Mesmo sob a luz fraca, ela parecia exausta.

— Por que não mencionou a briga na cabana?

Beth observou a garrafa de cerveja.

— Mesmo motivo pelo qual eu não deveria fazer isto. Condicional. E sério, não foi nada demais. Todas estávamos assustadas. Todas exageramos.

— Mas você discutiu com Alice?

— Foi isso que você ouviu? — Os olhos dela eram difíceis de decifrar no escuro. — *Todas* discutimos com Alice. Qualquer uma que diga outra coisa está mentindo.

Ela pareceu chateada e Falk deixou as palavras se assentarem.

— Como andam as outras coisas? — perguntou ele, por fim.

Um suspiro.

— Está tudo bem. Podem deixá-la sair amanhã ou no dia seguinte.

Falk percebeu que Beth estava falando da irmã.

— Eu estava falando de você — disse ele. — Está tudo bem?

Beth piscou.

— Ah. — Ela pareceu não saber como responder. — É. Acho que sim. Obrigada.

Pela janela que dava para o saguão, Falk podia discernir Carmen aninhada em uma poltrona surrada no canto. Ela estava lendo algo, e os cabelos caíam, soltos e molhados, sobre os ombros. Ao redor da sala, membros da equipe de resgate fora de serviço conversavam, jogavam cartas ou se sentavam de olhos fechados diante da lareira. Carmen ergueu a cabeça e acenou quando viu Falk.

— Não fique por minha causa — falou Beth.

Falk abriu a boca para responder, mas foi abafado por mais um estrondo de trovão. O céu se acendeu branco como um raio, então tudo escureceu. Ele ouviu um murmúrio coletivo de surpresa seguido por resmungos vindos do chalé principal atrás dele. A eletricidade tinha caído.

Falk piscou conforme os olhos se ajustavam. Pelo vidro, o brilho fraco da lareira do saguão lançou sombras pretas e laranja sobre os rostos. Os cantos da sala ficaram invisíveis. Ele ouviu um movimento à porta e Carmen surgiu da escuridão. Ela trazia algo sob o braço. Parecia um livro grande demais.

— Oi. — Carmen acenou com a cabeça para Beth, então se virou para Falk. Ela franziu a testa. — Você está molhado.

— Fui surpreendido pela chuva. Tudo bem?

— Sim. — Ela fez que não com muita sutileza. *Não vamos falar aqui.*

Beth guardara a garrafa de cerveja fora de vista e suas mãos estavam unidas de maneira comportada diante do corpo.

— Está bem escuro lá fora — disse Falk a ela. — Quer que nós caminhemos de volta com você até os chalés de acomodação?

Beth fez que não com a cabeça.

— Vou ficar aqui um tempo. Não me incomodo com a escuridão.

— Tudo bem. Tome cuidado.

Ele e Carmen colocaram os capuzes e saíram do abrigo da varanda. A chuva atingia o rosto de Falk. Algumas luzes baixas brilhavam nos arredores, se eram alimentadas por energia solar ou pelo gerador de emergência, Falk não sabia, mas era o bastante para ajudá-los a enxergar o caminho.

Outro relâmpago acendeu o céu em um clarão e as gotas de chuva formaram um véu branco fantasmagórico. Através delas, Falk viu de lampejo alguém correndo pelo estacionamento: Ian Chase, encharcado com o casaco da Aventuras Executivas. Era impossível dizer de onde estava vindo, mas pela forma como os cabelos grudavam na cabeça, estava exposto na tempestade havia um tempo. O céu ficou escuro de novo e ele sumiu de vista.

Falk limpou o rosto e se concentrou no caminho diante de si. Estava escorregadio com água e lama, e foi um alívio quando eles fizeram a curva e se viram sob o toldo da acomodação. Os dois pararam do lado de fora do quarto de Carmen. Ela fechara o grande livro dentro do casaco, contra o peito. Pegou-o e o entregou a Falk enquanto vasculhava os bolsos em busca da chave. Era um livro de recortes com uma capa laminada, ele percebia agora. Os cantos estavam um pouco molhados e na frente havia um adesivo com as palavras: *Propriedade do Chalé Giralang. Não retire do saguão.* Carmen se virou a tempo de vê-lo erguer as sobrancelhas e riu.

— Por favor, foi só por cinquenta metros. Vou devolver.

— Ela abriu a porta para que entrassem, ambos um pouco sem fôlego devido ao frio e à chuva. — Mas primeiro, há algo que você deveria ver.

DIA 2: SEXTA-FEIRA À NOITE

Elas discutiram sobre o que fazer até que ficou tarde demais para fazer qualquer coisa.

Por fim, conforme o sol se punha ao sul, caminharam um pequeno trecho colina abaixo, buscando abrigo. Quando a última luz do dia escapuliu, elas montaram acampamento onde estavam. Da melhor forma que conseguiram, pelo menos.

As mulheres juntaram os recursos em uma pilha no chão e ficaram em uma formação de cinco pontas, com as lanternas estendidas, observando em silêncio o montante. Três lonas de tendas, intactas; menos de um litro de água, dividido desigualmente entre cinco garrafas; seis barras de cereal.

Beth olhou para a pilha escassa e sentiu os primeiros movimentos da dor da fome. Também estava com sede. Apesar do frio e das roupas molhadas, conseguia sentir o suor da caminhada colina acima grudando sob os braços. A garrafa de água dela era uma das mais vazias. Engoliu em seco. A língua estava áspera na boca.

— Deveríamos tentar coletar um pouco de água da chuva durante a noite — disse Lauren. Ela também olhava para as garrafas quase vazias com uma expressão nervosa nos olhos.

— Sabe como fazer isso? — A voz de Jill tinha um tom de súplica.

— Posso tentar.

— E onde está o resto das barras de cereal? — perguntou Jill. — Achei que tivéssemos mais.

Beth sentiu, mais do que viu, os olhos da irmã se voltarem para ela. Não olhou de volta. *Sai fora, Bree.* A consciência de Beth, pela primeira vez, estava limpa.

— Deveria haver pelo menos mais duas. — O rosto de Jill tinha assumido um tom cinza doentio à luz da lanterna e ela ficava piscando. Beth não tinha certeza se era poeira nos olhos da mulher ou se apenas não conseguia acreditar nos arredores.

— Se alguém as comeu, apenas diga.

Beth conseguia sentir o peso do olhar coletivo delas. Ela desviou os olhos e encarou o chão.

— Tudo bem. — Jill sacudiu a cabeça e se virou para Alice. — Vá ver se você consegue sinal.

Alice foi, pela primeira vez sem ter nada a dizer. Ela passara de chocada para defensiva e então de volta ao choque, debruçando-se sobre o mapa e batendo na face da bússola. Estavam caminhando para o oeste, tinha certeza disso. Seus protestos foram recebidos em grande parte com um silêncio espantado. Era difícil argumentar contra o sol que se punha.

O grupo a observou sair andando, com o celular agarrado à mão. Jill abriu a boca como se quisesse dizer algo a mais, mas não conseguisse pensar em quê. Ela chutou as bolsas da tenda com o bico da bota.

— Veja se consegue fazer algo com estas — disse a Lauren, então se virou e seguiu Alice.

Beth ouviu enquanto Lauren sugeria formas de usar as cordas de fixação para esticar as lonas da tenda entre as árvores, formando um telhado improvisado. A mulher tentava demonstrar, puxando as cordas com uma das mãos enquanto pressionava a atadura que descolava de sua testa, mas por fim precisou desistir. Recuou, a linha do cabelo era uma confusão suja e ensanguentada sob a luz da lanterna conforme ela indicava a Beth e Bree um tronco, depois outro. Os dedos de Beth ficaram rígidos no ar noturno. Teria sido uma tarefa difícil mesmo à luz do dia, e ela estava feliz por sua lanterna pesada com a luz poderosa.

Por fim, elas terminaram. As lonas se esticaram entre as árvores, já afundando um pouco no meio. Não estava chovendo ainda, mas Beth achou que conseguia sentir uma tempestade no ar. Esse teste ainda estava por vir.

Em vários pontos ao longo da trilha escura, Beth conseguia ver Alice aparecer e desaparecer. Ela estava de pé em um halo azul de luz artificial e girava em círculos, estendendo o braço para o alto, como em uma dança desesperada.

Beth tirou o saco de dormir da mochila, suspirando para a ponta molhada onde ficava o pé. Ela tentou encontrar o canto mais abrigado, mas pareceu inútil. Todas as opções eram ruins. Ela deitou o saco de dormir sob a lona mais próxima, então ficou de pé e observou a irmã se agitar, refletindo sobre onde colocar o próprio saco de dormir. Normalmente, Bree iria querer ficar o mais perto possível de Alice. Era interessante, pensou Beth consigo mesma, como a roda girava rápido.

Perto dela, Lauren estava sentada na própria mochila, brincando com a bússola.

— Está quebrada? — perguntou Beth.

Não houve resposta a princípio, então um suspiro.

— Acho que não. Mas você precisa usar direito para que funcione. É normal que se saia do percurso no decorrer de longas distâncias. Eu sabia que Alice não estava verificando o suficiente.

Beth abraçou o próprio corpo, se inclinando um pouco sobre os calcanhares. Estava tremendo.

— Deveríamos tentar acender uma fogueira? Meu isqueiro secou.

Lauren a encarou no escuro. A atadura nova na testa dela já estava soltando. Havia apenas mais uma no kit de primeiros socorros, Beth sabia disso.

— Não deveríamos fazer isso aqui fora.

— Alguém descobriria?

— Nós descobriríamos se saísse do controle.

— Neste clima?

Ela viu a silhueta de Lauren dar de ombros.

— Beth, está acima da minha faixa salarial tomar esse tipo de decisão. Pergunte a Jill.

Beth mal conseguia distinguir Jill no minúsculo brilho do celular de Alice. As duas tinham percorrido uma distância considerável em busca de sinal. Isso não era bom.

Ela colocou um cigarro na boca e foi para longe do abrigo. A pequena chama subiu do isqueiro, destruindo a visão noturna dela, mas Beth não se importava. O gosto familiar inundou a boca quando inalou, e pela primeira vez em horas, sentiu que conseguia respirar direito.

Ficou de pé e fumou, aquecendo os pulmões, os olhos e as orelhas, ajustando-se lentamente à noite conforme olhava para a vegetação. Além dos troncos cinza dos eucaliptos mais próximos, a escuridão era absoluta. Ela não conseguia ver nada, então sentiu um formigamento ao perceber que o contrário não era verdadeiro. O brilho do cigarro seria óbvio, no mínimo, e lanternas iluminavam o acampamento atrás dela. Qualquer coisa lá fora seria capaz de enxergá-la com tanta clareza quanto a luz do dia. Beth deu um salto ao ouvir algo estalar muito longe na escuridão. *Não seja estúpida.* Era um animal. Algo noturno. E inofensivo. Um tipo de gambá, provavelmente.

Ainda assim, ela tragou o resto do cigarro e voltou para o acampamento. Ao fazer isso, três cabeças olharam em sua direção. Jill, Alice e Lauren. Não via sinal de Bree. O trio estava amontoado, segurando algo entre elas. Por um minuto, Beth achou que fosse a bússola, mas ao se aproximar, percebeu que não. Era um sanduíche de queijo coberto com plástico filme. Jill tinha uma maçã na mão.

— Onde os encontrou? São do almoço? — perguntou Beth. O ronco do estômago dela foi audível.

— Estavam nas mochilas — respondeu Jill.

— Mochila de quem? — Beth olhou para a pilha. As malas estavam desorganizadas, pertences espalhados de quando elas haviam juntado os recursos na escuridão iminente. Ela viu as três expressões e a compreensão se assentou lenta e friamente. — Bem, não era minha comida.

Não houve resposta.

— Não era. Eu comi meu almoço. Vocês viram.

— Não vimos — falou Alice. — Você estava na trilha fumando um cigarro.

Beth a encarou no escuro.

— Tentar me jogar para a berlinda não vai tirar você dela, sabe disso.

— Vocês duas, parem — disparou Jill. — Beth, mesmo se não comeu seu almoço, ele ainda é tecnicamente seu. Mas dissemos que todas juntaríamos o que tínhamos…

— Não é minha. Estou falando grego?

— Ora. Tudo bem, então. — Estava claro que Jill não acreditava nela.

— Eu diria se fosse. — Os olhos de Beth pareciam quentes e apertados. Ela esperou. Nenhuma resposta. — *Não é.*

— A comida é minha. — Todas se viraram. Bree estava de pé atrás do grupo. — Desculpem. Eu estava ali fazendo xixi. É minha. Eu não comi no almoço.

Jill franziu a testa.

— Por que não disse quando descarregamos nossas mochilas?

— Eu esqueci. Desculpem.

Quando Beth era mais nova, acreditava mesmo em telepatia. Ela olhava bem fundo nos olhos de Bree, colocava os dedos com precisão ritualística nas têmporas da irmã gêmea. *Em que você está pensando?* Bree superou o jogo primeiro. Jamais fora muito boa nele, o que Beth achava explicar a falta de interesse dela. Quando Bree começou a afastar os dedos e se recusar a manter contato visual, Beth passara a observar a irmã do outro lado da sala, atenta aos tons de graciosidade na fala e às sutilezas dos movimentos dela. Em busca de pistas. *Em que você está pensando, Bree?* Não era telepatia de verdade, Beth percebeu mais tarde, era mais como uma habilidade para interpretar nuances e tiques nervosos. E agora, aquela língua não verbal na qual Beth fora um dia fluente, sussurrava ao seu ouvido. *Bree está mentindo.* Qualquer que fosse o motivo que ela tivesse para não compartilhar, não fora esquecimento.

— Não precisa acobertá-la, Bree. — Alice pareceu desapontada.

— Não estou. — Beth conseguia ouvir a hesitação na voz da irmã gêmea.

— Ninguém culpa você. Não minta por ela.

— Eu sei. Não estou.

— Mesmo? Porque você não é assim.

— *Eu sei.* Sinto muito.

Mesmo com uma confissão, Bree não podia cometer erros. Beth quase teve vontade de gargalhar. Quase, mas não exatamente, porque no escuro conseguia ouvir a irmã à beira das lágrimas. Ela suspirou.

— Olhem. Está bem. — Beth tentou soar arrependida.

— A comida era minha.

— Eu sabia.

— Sim, Alice. Você estava certa. Desculpe, Bree...

— Não era... — Bree tentou protestar.

— Obrigada por tentar ajudar, mas está tudo bem, mesmo. Desculpe a todas.

Era estranho, pensou ela. Quase sentia o alívio palpável. Bree estava do lado certo, e Beth, do errado. A ordem natural restaurada, todas podiam relaxar. Não havia nada para ver ali.

— Tudo bem — falou Jill, por fim. — Vamos dividir o que temos e dar a discussão por encerrada.

— Tudo bem. — Beth virou as costas antes que pudesse ser puxada para um debate sobre sanções ou porções punitivas. — Façam como quiserem. Vou deitar.

Ela conseguia sentir os olhares observadores das mulheres conforme tirava as botas e entrava totalmente vestida no saco de dormir. Enterrou-se nele, puxando o capuz sobre a cabeça. A temperatura era quase a mesma do lado de fora e de dentro, e o chão a espetava e pinicava pelo material fino.

Captava trechos abafados de discussão ao fechar os olhos. Não estava confortável, mas a pura exaustão a puxou para o sono. Estava quase apagando quando sentiu o leve peso de uma mão sobre o saco de dormir.

— Obrigada. — A voz era um sussurro.

Beth não respondeu e um momento depois o peso desapareceu. Ela manteve os olhos fechados, ignorando os fracos ruídos da discussão, a princípio sobre a comida, então sobre uma fogueira.

Quando os abriu de novo, foi com um sobressalto. Não sabia por quanto tempo tinha dormido, mas devia ter chovido em algum momento. O chão em volta da mochila estava ensopado e seus braços e pernas estavam pesados de frio.

Beth ficou deitada tremendo enquanto ouvia. Será que algo a havia acordado? Ela piscou, mas os olhos estavam praticamente cegos no escuro. Não conseguia ouvir nada além do farfalhar de material artificial em volta dos ouvidos enquanto inspirava e espirava. Havia algo na altura do pescoço do saco de dormir, e ela se encolheu, então o cutucou com um dedo. Era um pedaço de sanduíche de queijo e uma fatia de maçã envolta em plástico úmido. Beth não sabia dizer se era o quinto a que tinha direito, ou o quarto da irmã. Pensou em não comer, mas a fome gritava mais alto do que os princípios. Regras diferentes se aplicavam lá fora, de toda forma.

Beth não tinha certeza se as demais haviam sentido, porém mais cedo notou uma leve agitação na atmosfera. Algo básico, elementar e quase primitivo, onde um pedaço de pão velho e queijo se tornava um prêmio pelo qual valia a pena brigar.

Houve um movimento do lado de fora do seu saco de dormir, e Beth enrijeceu. Não conseguia dizer o que o produzira – mulher ou vida selvagem. Ela ficou parada e, quando ele cessou, a palavra que estava procurando se formara na ponta da língua, tão real que quase sentia o gosto de seu resíduo. *Bestial.*

TREZE

O quarto de Carmen estava escuro como nanquim. Falk entregou a lanterna a ela e ouviu a parceira xingar baixinho conforme seguia aos tropeços até a janela para abrir as cortinas. As luzes de emergência dos arredores eram suficientes para dar forma à mobília no quarto.

— Sente-se — disse ela.

Como no quarto dele, não havia cadeiras. Falk se sentou na beira da cama. O quarto de Carmen era igual ao dele, pequeno e pouco mobiliado, mas o ar tinha um cheiro um pouco diferente. Algo agradável, leve e sutil que o lembrava vagamente dos meses de verão. Ele se perguntou se Carmen sempre cheirava assim ou se apenas não tinha notado antes.

— Esbarrei em Lauren do lado de fora do chalé principal — disse Falk.

— Ah, é? — Carmen lhe entregou uma das toalhas e se sentou diante dele, puxando as pernas sob o corpo. Ela levou o cabelo sobre um dos ombros e o esfregou para secar enquanto Falk a inteirava da conversa. Sobre a cabana, a briga, Alice. Do lado de fora, a chuva batia contra a janela.

— Espero que Lauren esteja subestimando Alice — falou Carmen quando ele terminou. — Um dos guardas-florestais estava me contando que até mesmo ele teria dificuldades lá fora nesse tempo. Presumindo que Alice de fato tenha saído por conta própria.

Falk pensou de novo na mensagem de voz. *Feri-la.*

— Tem alguma outra coisa em mente agora?

— Não sei. — Carmen colocou o livro de recortes entre os dois e virou as páginas. Elas estavam cheias de recortes de jornais, as pontas amassadas onde a cola tinha secado.

— Eu estava folheando isto enquanto esperava por você. É uma história da comunidade para turistas.

Ela encontrou a página que queria e virou o livro para ele.

— Aqui. Eles passaram rápido pelos anos Kovac. Não é surpreendente, mas acho que não puderam ignorar por completo.

Falk abaixou o rosto. Era um artigo de jornal sobre a sentença de Martin Kovac. Prisão perpétua, de acordo com a manchete. Tinha um palpite de por que aquele artigo fora incluído, em vez de qualquer outro. Era um ponto final. Uma linha riscada sobre um período sombrio. O artigo era uma matéria de destaque, resumindo a investigação e o julgamento. Perto do canto da página, as três mulheres mortas sorriam em três fotografias. Eliza. Victoria. Gail. E a quarta, Sarah Sondenberg. Destino desconhecido.

Falk vira fotos das vítimas de Kovac antes, mas não recentemente, muito menos juntas assim. Ele se sentou diante de Carmen na acomodação escura e apontou a lanterna para cada rosto. Cabelo loiro, feições bonitas, magras. Belas com toda certeza. De repente, ele viu o que Carmen vira.

Eliza, Victoria, Gail, Sarah.

Alice?

Falk encarou cada um dos olhos das mulheres mortas, então sacudiu a cabeça.

— Ela é velha demais. Essas quatro estavam todas na adolescência ou na casa dos vinte anos.

— Alice é velha demais *agora*. Mas não teria sido naquela época. Quantos anos teria quando tudo isso aconteceu? No fim da adolescência? — Carmen virou o livro para ver melhor as fotos, o papel de impressão de um cinza fantasmagórico à luz da lanterna. — Todas teriam a mesma idade se tivessem sobrevivido.

Falk não disse nada. Ao lado dos quatro rostos havia uma grande imagem de Martin Kovac tirada logo antes da prisão dele. Era uma foto casual, tirada por um amigo ou vizinho. Fora reproduzida centenas de vezes ao longo dos anos, nos jornais e na TV. Kovac estava de pé ao lado de uma churrasqueira. Um verdadeiro sujeito australiano com a regata, o short e as botas. A obrigatória garrafa de cerveja na mão e o sorriso no rosto. Acima disso, os olhos dele se semicerravam contra o sol e o cabelo cacheado estava uma bagunça. Ele parecia magro, mas forte, e mesmo na foto o tônus muscular era visível nos braços.

Falk conhecia a imagem, mas pela primeira vez agora reparava em outra coisa. No fundo, cortada ao meio pelo canto da foto, a parte de trás da bicicleta azul de uma criança estava visível. Não era nada demais. Uma pequena perna exposta, uma sandália de menino sobre um pedal, a parte de trás de uma camiseta listrada, um lampejo de cabelo preto. Era impossível de identificar a criança, mas enquanto Falk olhava, sentiu os pelos se arrepiarem. Ele desviou os olhos, do menino, de Martin Kovac, dos antigos olhares das quatro mulheres que o encaravam.

— Não sei — disse Carmen. — É um tiro no escuro. Apenas me ocorreu.

— Sim. Entendo o motivo.

Ela olhou para a vegetação do lado de fora.

— Acredito que, independentemente do que tenha acontecido, pelo menos sabemos que Alice está lá. É uma área enorme, mas é finita. Ela será encontrada em algum momento.

— Sarah Sondenberg não foi.

— Não. Mas Alice precisa estar em algum lugar. Ela não andou de volta até Melbourne.

Pensamentos sobre a cidade cutucaram algo na mente de Falk. Para fora da janela, ele conseguia discernir de leve a vaga em que o carro de Daniel Bailey estivera até aquele dia. Uma bmw preta, espaçosa. Janelas pretas. Um grande porta-malas. Uma caminhonete com tração nas quatro rodas estava estacionada ali agora.

— Vamos precisar falar com Daniel Bailey de novo — disse Falk. — Segui-lo de volta a Melbourne. Descobrir o que ele disse a Alice naquela primeira noite.

Carmen assentiu.

— Vou ligar para o escritório, avisá-los.

— Quer que eu …?

— Não, tudo bem. Você ligou da última vez. Eu faço esta noite. Ouvir o que eles têm a dizer.

Os dois conseguiram compartilhar um sorriso diante daquilo. Ambos sabiam exatamente o que seria dito. *Consigam os contratos. É crucial que consigam os contratos. Entendam que é imperativo que consigam os contratos.* O sorriso sumiu do rosto de Falk. Ele entendia. Apenas não sabia como os conseguiriam.

Conforme o vento uivava lá fora, Falk se permitiu fazer a pergunta que o corroía. Se Alice ainda estava lá fora por causa deles, valia a pena? Ele desejava que soubessem mais acerca do panorama da operação, mas também sabia que os detalhes não importavam de verdade. Como quer que fosse pintado, o panorama sempre mostrava a mesma coisa: um punhado de gente no alto da árvore se alimentando dos vulneráveis abaixo.

Ele olhou para Carmen.

— Por que você entrou nessa divisão?

— A de finanças? — Ela sorriu no escuro. — Essa é uma pergunta que geralmente me fazem na festa de Natal da equipe, sempre algum sujeito bêbado com um olhar confuso. — Ela se agitou na cama. — Fui convidada a integrar a divisão de proteção à criança, assim que comecei. Muito disso são algoritmos e programação agora. Fiz uma adaptação, mas ... — A voz dela soou embargada. — Não aguentei as coisas de linha de frente por lá.

Falk não pediu detalhes. Conhecia oficiais que trabalhavam lá. Todos falavam com a mesma voz embargada de vez em quando.

— Eu aguentei um pouco, mas comecei a fazer coisas do lado mais técnico — prosseguiu Carmen. — Perseguindo-os através das transações. Eu era muito boa nisso, e por fim acabei aqui. Gosto mais daqui. Eu não estava dormindo no final, por lá. — Ela ficou calada por um momento. — E quanto a você?

Falk suspirou.

— Não foi muito depois que meu pai morreu. Eu fiquei na equipe antidrogas por dois anos quando comecei. Porque, você sabe, quando se é recém-formado, é ali que está toda a diversão.

— É o que me dizem na festa de Natal.

— Enfim, tínhamos recebido uma denúncia sobre um lugar no norte de Melbourne sendo usado como armazém.

Falk se lembrava de estacionar do lado de fora de um bangalô familiar em uma rua arrasada. A pintura estava descascando e o gramado da frente estava com falhas e amarelado, mas ao fim da entrada de carros havia uma caixa de correio feita à mão e entalhada no formato de um barco. Alguém se importara o suficiente em morar naquela casa certa vez para fazer ou comprar aquilo, pensou ele na época.

Um de seus colegas bateu à porta, então a arrombou quando não ouviu resposta. Ela caíra facilmente, a madeira envelhecera ao longo dos anos. Falk se viu de relance no espelho empoeirado do corredor, parecendo uma sombra escura vestindo o equipamento de proteção e, por um segundo, mal se reconhecera. Eles viraram em uma quina para a sala, gritando, com armas em punho, sem saber o que encontrariam.

— O dono era um idoso com demência. — Falk ainda conseguia vê-lo, minúsculo na poltrona, confuso demais para sentir medo, as roupas sujas penduradas do corpo magro.

— Não havia comida na casa. A eletricidade dele fora cortada e os armários eram usados para armazenar drogas. O sobrinho dele, ou um sujeito que ele achava ser seu sobrinho, estava liderando uma das gangues de tráfico locais. Ele e os comparsas tinham livre circulação pelo lugar.

A casa estava fedendo, com pichações rabiscadas pelo papel de parede florido e embalagens de comida mofadas sobre o carpete. Falk se sentou com o homem e conversou sobre críquete, enquanto o resto da equipe fez busca na residência. O homem achou que Falk era neto dele. Falk, que enterrara o pai três meses antes, não o corrigiu.

— A questão é que ... — disse Falk. — Eles tinham drenado as contas bancárias dele e a aposentadoria. Emitido cartões de crédito no nome do homem e feito dívidas com coisas que ele jamais teria comprado. Era um idoso doente e o deixaram sem nada. Menos do que nada. E estava tudo ali, nos extratos bancários dele, esperando que alguém notasse. Tudo que estava acontecendo com aquele senhor poderia ter sido notado meses antes se alguém tivesse reconhecido o problema com o dinheiro.

Ele dissera isso no relatório. Semanas depois, um oficial da divisão financeira o visitou para uma conversa informal. Algumas semanas após isso, Falk visitara o idoso no asilo. O homem parecia melhor e os dois conversaram um pouco mais sobre críquete. Quando Falk voltou para o escritório, pesquisou os requisitos para a transferência.

A decisão fez algumas sobrancelhas se erguerem na época, mas ele sabia que tinha começado a se desencantar. As batidas antidrogas pareciam uma solução de curto prazo. Estavam apagando um incêndio atrás do outro quando o dano já estava feito. Mas dinheiro fazia o mundo girar para a maioria daquelas pessoas. Cortando a cabeça, os membros podres definhariam e morreriam.

Pelo menos era o que sempre pensava toda vez que ia atrás de alguém de colarinho branco, para os quais um diploma universitário os tornava espertos o bastante para se safar. Como Daniel, Jill e Leo Bailey, que ele sabia que provavelmente acreditavam não estar fazendo nada errado. Mas quando Falk olhava para pessoas como eles, via todos os outros idosos e mulheres com dificuldades, as crianças tristes, sentados com medo e sozinhos, de roupas sujas, no extremo oposto. Esperava que de alguma forma pudesse impedir a podridão antes que sequer os alcançasse.

— Não se preocupe — disse Carmen. — Vamos pensar em alguma coisa. Sei que os Bailey pensam que são bons nesse tipo de esquema depois de tantos anos, mas não são tão espertos quanto nós.

— Não?

— Não. — Ela sorriu. Até mesmo sentada, era tão alta quanto ele. Ela não precisava levantar a cabeça para que os olhares deles se encontrassem. — Primeiro, você e eu sabemos como nos safar de lavagem de dinheiro.

Falk não conseguiu deixar de sorrir de volta.

— Como você faria?

— Propriedades de investimento. Fácil. Você?

Falk, que um dia escrevera um estudo profundo sobre o tópico, sabia exatamente como ele faria, com dois bons planos B. Propriedades de investimento era um deles.

— Não sei. Cassino, talvez.

— Besteira. Você teria algo mais sofisticado.

Ele sorriu.

— Não mexa com os clássicos.

Carmen riu.

— Talvez você não seja tão esperto afinal de contas. Isso envolveria se divertir nas mesas com regularidade, e qualquer um que o tenha conhecido desconfiaria disso em segundos. Eu sei bem. Meu noivo bate ponto lá. E ele não é nada parecido com você.

Sendo sincero, esse era um dos motivos pelos quais o cassino não estava entre os três do topo da lista. Muito trabalho físico. Mas ele apenas sorriu.

— Eu armaria um golpe estendido. Estabeleceria um padrão de comportamento. Posso ser um homem paciente.

Carmen deu uma leve risada.

— Aposto que pode mesmo. — Ela se moveu na cama, alongando a perna sob a luz pálida. Tudo estava quieto conforme eles se olhavam.

Houve um trovão e um murmúrio em algum lugar nas profundezas do chalé principal e, sem aviso, as luzes se acenderam. Falk e Carmen piscaram um para o outro. A atmosfera confessional se evaporou com a escuridão. Os dois se moveram ao mesmo tempo, a perna dela roçou no joelho dele quando Falk se levantou da cama. Ele ficou de pé. Hesitou.

— Suponho que seja melhor eu ir antes que as luzes se apaguem de novo.

A mais breve pausa.

— Suponho que sim.

Carmen ficou de pé e o seguiu até a porta. Ele a abriu, o ar frio o atingindo como um golpe. Falk conseguia sentir os olhos dela sobre ele conforme fez a curta caminhada de volta para a própria porta.

Ele se virou.

— Boa noite.

Um segundo de hesitação.

— Boa noite. — Então ela voltou para dentro e sumiu.

Dentro do quarto, Falk não acendeu a luz de imediato. Em vez disso, foi até a janela, deixando os pensamentos que percorriam sua mente se acalmarem e assentarem.

A chuva enfim parara e ele conseguia discernir um punhado de estrelas entre as poucas lacunas entre as nuvens. Houve uma época da vida em que Falk não olhou para o céu noturno durante anos. As luzes da cidade eram sempre fortes demais. Hoje em dia, tentava se lembrar de olhar para cima sempre que tinha a oportunidade. Ele se perguntava o que, se é que qualquer coisa, Alice veria se ela fizesse o mesmo naquele momento.

A lua pairava luminosa e branca com filetes prateados de nuvem suspensos no brilho. Falk sabia que o Cruzeiro do Sul devia estar escondido em algum lugar atrás delas. Ele o vira muito quando criança, no interior. Uma das memórias mais antigas que tinha era do pai carregando-o para fora e apontando para cima. O céu claro com estrelas, e o braço paterno firme em volta dele, mostrando-lhe padrões que dizia estarem sempre ali, algum lugar ao longe. Falk sempre acreditara nele, mesmo que nem sempre pudesse vê-los.

DIA 3: SÁBADO DE MANHÃ

O vento gélido chegou soprando do sul e não deu trégua. As mulheres avançavam se arrastando, sem trocar uma palavra, com as cabeças abaixadas contra a ventania. Haviam encontrado um caminho estreito, quase uma trilha, pelo menos, algo talvez usado por animais. Por consentimento mútuo e não dito, ninguém comentava quando a trilha sumia de vez em quando sob os pés delas. Apenas erguiam as botas mais alto entre a vegetação rasteira e semicerravam os olhos para o chão até que uma quase trilha surgisse de novo.

Bree acordara horas antes, mal-humorada e congelando, sem saber por quanto tempo tinha dormido. Próximo a ela, conseguia ouvir Jill roncando. A mulher tinha o sono pesado. Ou talvez estivesse apenas exausta. Nem mesmo acordara quando seu dossel improvisado fora soprado na noite.

Enquanto Bree ficou deitada no chão, encarando o pálido céu da manhã, os ossos dela pareciam doer profundamente no corpo e sentia a boca seca de sede. Conseguia ver que as garrafas colocadas por Lauren do lado de fora para coletar água da chuva tinham virado. Teriam sorte se cada uma conseguisse encher a boca com o líquido. Pelo menos a comida que Bree deixara protegida perto da irmã não estava mais ali. Ficou ao mesmo tempo aliviada e desapontada.

Ela ainda não tinha muita certeza de por que não contara às outras sobre a refeição não comida. Abrira a boca, mas alguma parte primitiva há muito enterrada de seu cérebro tinha impedido as palavras de saírem. Assustava-se um pouco ao pensar na razão. *Sobreviver* era uma brincadeira que fazia na mesa de trabalho até que os drinks de sexta-feira à noite fossem servidos. Em qualquer outro contexto, a palavra parecia estranha e aterrorizante.

Bree tentou falar com a irmã naquela manhã enquanto elas enrolavam os sacos de dormir encharcados.

— Obrigada.

Fora a vez de Beth de a ignorar.

— Deixe para lá. Mas não sei por que você tem tanto medo delas.

— De quem?

— De todas. Alice. Jill. Até mesmo de Daniel.

— Não tenho medo. Eu só me importo com o que eles pensam. São meus gerentes, Beth. E os seus, aliás.

— E daí? Você é tão boa quanto qualquer um deles.

— Beth tinha parado de empacotar a mochila e olhava para a irmã agora. — Na verdade, eu não me agarraria demais à cauda de Alice se fosse você.

— Do que está falando?

— Não importa. Mas tome cuidado perto dela. Pode se sair melhor se encontrar outro saco para puxar.

— Pelo amor de Deus, isso se chama "levar minha carreira a sério". Você deveria tentar.

— E você deveria tentar ver as coisas sob nova perspectiva. É apenas um maldito emprego.

Bree não disse nada, porque sabia que a irmã jamais entenderia.

Levara vinte minutos para que todas guardassem o acampamento improvisado e mais uma hora para decidir o que fazer. Ficar ou ir. Ficar. Ir.

Alice quisera seguir em frente. Encontrar o local do acampamento, uma saída, fazer alguma coisa. Não, debatera Lauren, deveriam permanecer em terreno elevado. Era mais seguro. Mas o vento também era mais impiedoso ali, açoitando os rostos delas até que ficassem doloridos e vermelhos. Quando a chuva começou de novo, até mesmo Jill parou de assentir com paciência enquanto Lauren falava. Elas se reuniram sob uma lona, tentando juntar água da chuva em uma garrafa enquanto Alice caminhava ao redor, balançando o celular no ar por quanto tempo as outras aprovassem. Quando a bateria chegou aos 30%, Jill ordenou que ela o desligasse.

Deveriam ficar paradas, tentara Lauren mais uma vez, mas Alice desdobrou o mapa. Elas se reuniram em volta, apontaram para marcos no papel conforme o vento ameaçava varrê-lo embora. Uma cordilheira, um rio, um gradiente. Nada se encaixava com perfeição. Não conseguiam decidir em que pico estavam.

Ao longo de uma borda do mapa passava uma autoestrada no norte. Se pudessem cortar caminho através da vegetação até lá, poderiam acompanhá-la, falou Alice. Lauren quase gargalhara. Aquilo era tão perigoso. Assim como hipotermia, respondera Alice, encarando a mulher até que Lauren virasse o rosto. No fim, o frio venceu a discussão. Jill anunciou que não podia mais ficar parada.

— Vamos encontrar a estrada. — Ela entregou o mapa a Alice, hesitou, então passou a bússola para Lauren. — Eu sei que você não concorda, mas estamos todas presas nisso juntas.

Elas haviam compartilhado o resto de água da chuva coletada na garrafa; o gole designado a Bree apenas piorara sua sede. Então haviam começado a andar, ignorando os estômagos roncando e os braços e as pernas doloridos.

Bree manteve os olhos no chão, colocando um pé atrás do outro. As mulheres estavam andando há quase três horas quando sentiu algo cair com um leve baque perto de sua bota. Ela parou. Um minúsculo ovo estava quebrado no chão, o conteúdo vazando, claro e gelatinoso. Bree olhou para cima. Bem no alto, os galhos balançavam ao vento e, entre eles, um pequeno pássaro marrom olhava para baixo. Ele virava a cabeça. A jovem não conseguia dizer se o pássaro entendia o que acabara de acontecer. Será que sentiria falta do ovo perdido, ou já se esquecera dele?

Bree ouviu a irmã se aproximando por trás, os pulmões de fumante dela a denunciavam.

Tentar ver as coisas sob nova perspectiva. É apenas um maldito emprego.

Mas não era. Bree tinha vinte e um anos e estava a quatro dias de se formar com honra quando soube que estava grávida. O namorado dela há dezoito meses, que ela sabia estar procurando em segredo alianças no website da Tiffany & Co., não dissera nada por dez minutos enquanto caminhava de um lado para outro pela cozinha do apartamento estudantil deles. Essa era uma das coisas de que ela se lembrava com mais clareza. Desejar que ele se sentasse. Por fim, ele colocara diversas vezes a mão sobre a dela.

— Você se empenhou tanto — falou. — E quanto a seu estágio? — O estágio dele em Nova York deveria começar quatro semanas depois, seguido por uma vaga em um curso de pós-graduação para obter o diploma de advogado. — Quantos formandos por ano a BaileyTennants recebe mesmo?

Um. A BaileyTennants recebia um formando por ano no programa de desenvolvimento da empresa. Ele sabia disso. Naquele ano seria Bree McKenzie.

— Você está tão animada. — Aquilo era verdade. Ela ficara exultante com a perspectiva. Ainda estava, é claro. Àquela altura, ele acrescentara a outra mão, segurando a palma dela em concha.

— É admirável. É sim. E amo tanto você. É que... — Os olhos dele exibiam um verdadeiro terror. — O momento é ruim.

Por fim, ela assentira, e antes da manhã seguinte ele a ajudara a marcar a consulta necessária.

— Nossos filhos terão orgulho um dia — dissera ele. O namorado com certeza dissera "nossos". Ela se lembrava disso com distinção. — Faz tanto sentido cuidar da carreira primeiro. Você merece aproveitar ao máximo suas oportunidades.

Sim, ela dissera a si mesma depois, muitas vezes. Fizera pela própria carreira e por todas aquelas ótimas oportunidades que a aguardavam. Com certeza não fizera por ele. O que era bom, pois o namorado jamais ligara sequer uma vez depois de partir para Nova York.

Ela abaixou o rosto para o ovo destruído. Acima, a mãe pássaro sumira. Com a bota, Bree empurrou algumas folhas secas sobre a casca quebrada. Não conseguia pensar no que mais fazer.

— Parem aqui. — A voz de Jill flutuou até a frente. Ela estava atrás do grupo. — Vamos descansar um minuto.

— Aqui? — Alice se virou e olhou para trás. As árvores ainda estavam densas, mas a trilha tinha ficado um pouco mais ampla e não sumia mais sob os pés.

Jill soltou a mochila sem responder. Ela estava com o rosto vermelho, o cabelo arrepiado em tufos. Buscou algo nos bolsos do casaco quando parou, o olhar se demorando sobre um tronco de árvore quebrado ao lado da trilha.

Sem dizer uma palavra, ela avançou até lá. Uma poça de água tinha se acumulado na depressão do tronco. Jill, que Bree certa vez vira recusar um chá de ervas porque as folhas tinham ficado em infusão por tempo demais, de repente mergulhou as mãos em concha no tronco, levou-as aos lábios e engoliu com avidez. Ela parou para tirar algo preto da boca, dando um peteleco com o dedo antes de mergulhar as mãos de novo.

Bree engoliu em seco, a língua imediatamente inchada e áspera, e se aproximou do tronco. Ela mergulhou as mãos dentro, a primeira concha escorrendo pelas articulações dos dedos quando seu braço colidiu com o de Jill. Bree mergulhou de novo, levantando as palmas até os lábios mais depressa dessa vez. A água tinha gosto ruim e arenoso, mas ela não parou, mergulhando mais uma vez, agora lutando por espaço com mais quatro pares de mãos. Alguém empurrou as mãos dela para fora do caminho e Bree empurrou de volta, ignorando a dor quando os dedos se flexionaram para trás. Ela mergulhou de novo, lutando por sua parte, o som de grunhidos e de pessoas engolindo alto nos ouvidos. A jovem manteve a cabeça baixa, determinada a enfiar o máximo possível na boca. Antes que se desse conta, a água acabara e as unhas raspavam o fundo coberto de musgo.

Ela recuou rápido. A boca estava arenosa e Bree se sentia desequilibrada, como se tivesse cruzado um limite que não sabia que existia. Pensou não ser a única; conseguia ver a própria surpresa e vergonha espelhadas nos rostos ao redor. A água se revirava no estômago vazio e ela precisou morder o lábio para se impedir de vomitar.

Uma a uma, elas se afastaram mais do tronco, evitando contato visual. Bree se sentou na mochila e observou Jill tirar uma bota e puxar a meia. O calcanhar dela parecia ensanguentado e em carne viva. Próxima a ela, Lauren verificava a bússola pela milésima vez. Bree esperava que o objeto estivesse lhe dizendo algo.

Um leve cheiro de fumaça de cigarro pairou quando um isqueiro foi aceso.

— Sinceramente, precisa mesmo fazer isso agora? — disse Alice.

— Sim. É por isso que se chama vício. — Beth não olhou para cima, mas Bree sentiu uma agitação inquieta percorrer o grupo.

— É nojento, isso é o que é. Apague.

Bree mal conseguia sentir o cheiro da fumaça.

— Apague — repetiu Alice.

Beth a encarou dessa vez e soprou uma longa nuvem de fumaça no ar, que pairou ali, provocando-as. Em um ágil movimento, a mão de Alice avançou e agarrou o maço de cigarros. Ela puxou o braço de volta e atirou o maço na vegetação.

— Ei! — Beth se levantou.

Alice também estava de pé.

— Acabou o descanso. Vamos.

Beth a ignorou e, sem olhar para trás, virou e saiu andando pela grama alta, desaparecendo entre as árvores.

— Maldição, não vamos esperar por você — gritou Alice. Não houve resposta, apenas o bater da água nas folhas. A chuva tinha começado de novo. — Pelo amor de Deus. Jill, vamos. Ela vai nos alcançar.

Bree sentiu a onda de ódio, controlada apenas pela visão de Jill negando com a cabeça.

— Não vamos deixar ninguém para trás, Alice. — A voz de Jill tinha um tom que Bree nunca ouvira antes. — Então é melhor você encontrá-la. E depois pedir desculpas, também.

— Você está brincando.

— De maneira nenhuma.

— Mas... — começou Alice, quando um grito se fez ouvir de trás da cortina sólida da vegetação.

— Ei! — A voz de Beth soou abafada. Ela parecia distante. — Há algo aqui atrás.

CATORZE

O céu da manhã tinha um tom de cinza encardido quando Falk bateu à porta de Carmen. Ela estava com as malas prontas e à espera. Os dois levaram tudo para o estacionamento, pisando com cuidado onde a chuva noturna tornara o caminho escorregadio.

— O que o escritório tinha a dizer? — Falk esticou a mão sobre o para-brisa do carro e tirou um punhado de folhas secas que tinham ficado presas entre os limpadores.

— O de sempre. — Carmen não precisava repetir. Ele sabia que teria sido uma repetição exata da própria conversa na noite anterior. *Consiga os contratos. Consiga os contratos.* Ela soltou a mala no porta-malas do carro. — Você avisou King que estávamos partindo?

Falk assentiu. Depois de se despedir de Carmen na noite anterior, ele deixara uma mensagem para o sargento. O policial ligara de volta para a linha fixa do quarto de Falk uma hora depois. Eles trocaram notícias, uma conversa depressiva e curta dos dois lados. Parecia que a falta de progresso estava cobrando seu preço.

— Perdeu as esperanças? — perguntou Falk.

— Não por completo — respondeu King. — Mas parece mais e mais com uma agulha em um palheiro.

— Por quanto tempo costuma continuar buscando?

— Nós buscamos até não haver mais motivo — respondeu King. Ele não descreveu quando exatamente seria isso. — Mas precisaremos começar a reduzir a equipe se não encontrarmos nada em breve. Mas guarde essa informação para você.

Agora, à luz da manhã, Falk podia ver a tensão nas expressões dos membros da equipe de busca quando um grupo entrou na minivan que esperava. Ele soltou a própria mochila ao lado da de Carmen e os dois foram para o chalé principal.

Um guarda-florestal diferente estava atrás da recepção, debruçado sobre o balcão e dando instruções à mulher curvada sobre o velho computador de cortesia aos visitantes.

— Tente entrar de novo — disse o guarda-florestal.

— Tentei. Duas vezes! Não funciona.

Lauren, percebeu Falk. Ela parecia à beira das lágrimas. A mulher ergueu o rosto quando os ouviu deslizar as chaves sobre o balcão.

— Estão indo embora? Vão dirigir de volta a Melbourne?

— Ela já estava parcialmente fora da cadeira. — Podem me levar? Por favor, preciso ir para casa. Estou tentando encontrar uma carona a manhã inteira.

Sob a luz forte do início do dia, os olhos dela estavam vermelhos e úmidos. Falk não tinha certeza se era por falta de sono ou se ela andara chorando. Ambos, talvez.

— O sargento King liberou você para ir embora?

— Sim, ele disse que tenho permissão. — Ela já estava à porta. — Não vão sem mim. Por favor. Vou pegar minha mala. Cinco minutos.

A mulher sumiu antes que ele pudesse dizer qualquer coisa. No balcão, Falk reparou em uma pilha recente de panfletos impressos. A palavra DESAPARECIDA estava escrita em letras garrafais acima de uma reprodução da fotografia sorridente de Alice Russell tirada do site da empresa, junto com detalhes importantes e uma descrição. Abaixo estava a última fotografia de grupo que Ian Chase tirara no início da trilha da Cachoeira do Espelho.

Falk olhou para a foto. Jill Bailey estava no centro, com Alice e Lauren à esquerda. Bree estava à direita de Jill, com Beth meio passo afastada do restante do grupo. Era mais fácil discernir os detalhes no panfleto do que fora no telefone de Chase. Todas sorriam, mas, olhando de perto, achou que cada um parecia um pouco forçado. Com um suspiro, ele dobrou o panfleto e o colocou no bolso do casaco.

Carmen usou o rádio do guarda-florestal e, quando confirmou o que Lauren tinha conversado com o sargento King, a mulher havia retornado. Ela estava de pé na entrada, agarrada à mochila imunda. Falk percebeu com um sobressalto que devia ser a mesma que havia levado no retiro.

— Muito obrigada — disse Lauren, ao acompanhá-los pelo estacionamento e se sentar no banco de trás. Ela colocou o cinto de segurança e se sentou ereta, as mãos unidas no colo. Desesperada para ir embora, percebeu Falk.

— Está tudo bem em casa? — perguntou ele, dando a partida no motor.

— Não sei. — O rosto de Lauren se franziu. — Algum de vocês tem filhos?

Tanto Falk quanto Carmen negaram com a cabeça.

— Não. Bem, sempre que se vira as costas, acontece alguma coisa maldita — disse ela, como se isso explicasse tudo. Falk esperou, mas a mulher não disse mais nada.

Eles passaram por um marco sinalizando o limite oficial do parque e, quando seguiram para a minúscula cidade, Falk pôde ver o brilho familiar do letreiro do posto de gasolina adiante. Ele verificou o mostrador e parou. O mesmo sujeito estava atrás do balcão.

— Não a encontraram, então — disse o homem, ao ver Falk. Não foi uma pergunta.

— Ainda não. — Falk olhou para o sujeito com atenção pela primeira vez. O gorro escondia o cabelo dele, mas as sobrancelhas e a barba por fazer eram escuras. — Não encontraram nenhuma das coisas dela? Abrigo? Mochila? — perguntou o homem, e Falk fez que não. — É provável que seja algo bom — prosseguiu ele. — Se encontrar os pertences ou o abrigo, o corpo é sempre o próximo. Sempre é. Não se pode sobreviver sem equipamento lá fora. Acredito que haja uma boa chance de que jamais a encontrem agora. Se ainda não houve sinal algum.

— Bem, esperemos que você esteja errado — disse Falk.

— Não estou errado. — O homem olhou para fora. Carmen e Lauren tinham saído do carro, estavam com os braços cruzados diante do peito no ar frio. — Estão planejando voltar para cá de novo?

— Não sei — disse Falk. — Se a encontrarem, talvez.

— Nesse caso, espero ver você de novo em breve, amigo.

As palavras tinham a fatalidade de um funeral.

Falk voltou para o carro e entrou. O parque e a cidadezinha estavam dez quilômetros atrás deles quando se deu conta de que estava muito acima do limite de velocidade. Nem Carmen nem Lauren protestaram. Quando o horizonte das cordilheiras ficou pequeno no espelho retrovisor, Lauren se moveu desconfortável no banco traseiro.

— Parecem achar que a cabana encontrada por nós pode ter sido usada por Martin Kovac — disse ela. — Vocês sabiam disso?

Falk olhou de relance para o espelho. Ela estava encarando a janela, roendo a unha do polegar.

— Quem lhe contou isso?

— Jill. Um membro da equipe de busca disse a ela.

— Acho que é apenas uma suspeita nesse ponto. Não está confirmado.

Lauren se encolheu e tirou a ponta do polegar da boca. A unha estava sangrando, uma meia-lua crescente e preta inchava em torno dela. A mulher abaixou o rosto para o ferimento e começou a chorar.

Carmen se virou para entregar um lenço a ela.

— Quer parar? Tomar um pouco de ar?

Falk parou no acostamento. A estrada estava vazia nas duas direções. A floresta enfim dera lugar a pastos e ele foi lembrado da viagem até a cordilheira. Apenas dois dias antes, mas parecia há muito tempo. No dia seguinte, faria uma semana desde que Alice entrara na vegetação pela primeira vez. *Nós buscamos até não ter mais motivo.*

Falk saiu e pegou uma garrafa d'água da traseira do carro para Lauren. Os três ficaram parados no acostamento enquanto ela tomava um gole.

— Desculpem. — Lauren umedeceu os lábios. Estavam pálidos e secos. — Sinto-me mal indo embora enquanto Alice ainda está lá.

— Eles avisariam se houvesse algo que você pudesse fazer — disse Falk.

— Eu sei disso. E sei... — Ela deu um sorrisinho dolorido. — Sei que Alice faria a mesma coisa em meu lugar. Mas não torna mais fácil. — Ela tomou outro gole de água, as mãos um pouco mais firmes agora. — Meu marido me ligou. A escola de nossa filha está entrando em contato com os pais. Algumas fotos de uma aluna vazaram on-line. Explícitas, ao que parece, seja lá o que isso queira dizer exatamente.

— Não de sua filha? — perguntou Carmen.

— Não. Não de Rebecca. Ela não faria nada assim. Mas... Desculpem, obrigada... — Lauren pegou o novo lenço que Carmen lhe ofereceu e secou os olhos. — Mas ela teve uns problemas no ano passado com esse tipo de coisa. Nada explícito, ainda bem, mas muito *bullying*. Outras meninas estavam tirando fotos dela trocando de roupa depois da educação física, almoçando, coisas idiotas. Mas as estavam compartilhando nos celulares e nas redes sociais. Encorajando alunos da escola dos meninos a comentar. Rebecca... — Lauren fez uma pausa. — Ela teve um momento difícil.

— Sinto muito por isso — falou Carmen.

— Sim, bem, nós também. É inacreditável, na verdade, quando penso na quantia que paguei para enviá-la àquela escola. Eles nos escreveram dizendo que disciplinaram algumas das meninas responsáveis e fizeram uma palestra sobre respeito. — Lauren secou os olhos uma última vez. — Desculpem. Quando ouço algo assim, traz tudo à tona.

— Meninas podem ser verdadeiras megeras nessa idade — falou Carmen. — Eu me lembro. E a escola era bem difícil de aguentar mesmo sem internet.

— É um mundo totalmente diferente, o que elas fazem agora — disse Lauren. — Não sei o que eu deveria fazer. Apagar as contas dela? Tirar o celular? Pela forma como ela me olha, é como se eu estivesse pedindo que cortasse a própria mão fora. — Ela terminou a água e secou os olhos mais uma vez. Conseguiu dar um sorriso choroso. — Desculpe. Acho que só preciso mesmo estar em casa.

Eles voltaram para dentro do carro e Lauren encostou a cabeça na janela quando Falk deu partida. Por fim, ele percebeu pela respiração dela que a mulher caíra no sono. Encolhida, ela parecia uma casca, pensou ele. Como se a vegetação tivesse sugado seu espírito.

Ele e Carmen se revezaram para dirigir e cochilar. Os pingos de chuva no para-brisa ficaram mais leves conforme eles viajaram e deixaram a vegetação e seu clima para trás. O rádio estalou baixinho conforme as estações voltaram ao alcance, uma a uma.

— Aleluia — disse Carmen quando o celular dela vibrou. — O sinal voltou.

Ela se curvou no assento do carona e verificou as mensagens.

— Jamie está ansioso para ter você de volta em casa? — disse Falk, e se perguntou no mesmo instante por que sequer tinha perguntado.

— É. Bem, ele vai ficar. Está viajando, fazendo um curso por alguns dias. — Sem perceber, ela mexeu na aliança de noivado e Falk se viu pensando na noite anterior. As longas pernas de Carmen se esticando na cama. Ele pigarreou e olhou pelo retrovisor. Lauren ainda estava dormindo, uma ruga de preocupação continuava visível entre os olhos.

— Parece que ela vai ficar feliz por estar de volta, de toda forma — disse ele.

— Sim. — Carmen olhou para o banco traseiro. — Sei que eu ficaria depois de tudo aquilo.

— Você já precisou ir a uma dessas coisas de *teambuilding*?

— Não, ainda bem. E você?

Falk fez que não com a cabeça.

— Acho que é mais uma coisa do setor privado.

— Jamie já foi a alguns.

— Com a empresa de bebidas esportivas?

— É uma marca de estilo de vida completamente integrada, obrigada por perguntar. — Carmen sorria. — Mas sim, eles gostam desse tipo de coisa.

— Ele já fez algo assim?

— Acho que não. Em grande parte é socialização por meio de esportes de aventura. Embora certa vez ele e um grupo tenham precisado ladrilhar um banheiro em um armazém fora de uso.

— Sério? — Falk gargalhou. — Eles entendem muito de ladrilhos?

— Acho que não. E tinham quase certeza de que o grupo do dia seguinte seria instruído a derrubar tudo. Então foi tão bem quanto se pode imaginar. Até hoje ele não fala com um dos outros caras.

Falk sorriu. Manteve os olhos na estrada.

— Está com tudo certo para o casamento?

— Praticamente. Mas foi muito rápido. Ainda assim, temos um cerimonialista e Jamie sabe onde e quando aparecer, então vamos conseguir. — Carmen olhou para ele.

— Ei, você deveria ir.

— O quê? Não. Eu não estava tentando me convidar.

— Falk realmente não estava. Não se lembrava da última vez que fora a um casamento.

— Eu sei. Mas você deveria. Vai ser bom. Para você, de toda forma. Tenho algumas amigas solteiras.

— Vai ser em Sidney.

— Fica a uma hora de avião.

— E é em três semanas. Não está um pouco tarde para o planejamento das mesas e tudo mais?

— Você já conheceu meu noivo. Eu literalmente precisei escrever "nada de jeans" nos convites para o lado dele da família. Parece o tipo de evento com um plano de mesas concreto? — Ela conteve um bocejo. — Enfim, eu repasso os detalhes para você. Pense nisso.

Houve um movimento no banco de trás e Falk olhou pelo espelho. Lauren tinha acordado e olhava ao redor com espanto, como alguém que se esqueceu de onde estava. Ela pareceu maravilhada com o fluxo do trânsito. Falk não a culpava. Depois de apenas alguns dias no mato, ele também se sentia um pouco maravilhado. Ele e Carmen trocaram de lugar, cada um se sentando, perdido nos próprios pensamentos, conforme a cidade se aproximava, o rádio tocando ao fundo. O noticiário começou no início da hora. Falk aumentou o volume, então se arrependeu no mesmo instante. Era a história principal. A polícia estava investigando uma potencial relação entre o notório Martin Kovac e uma cabana onde a praticante de trilha desaparecida de Melbourne, Alice Russell, fora vista pela última vez, informou o radialista.

Falk não ficou surpreso por esse detalhe ter vazado. Com o número de pessoas envolvidas na busca, era apenas uma questão de tempo. Ele se virou e Lauren o encarou. Ela parecia assustada.

— Quer que eu desligue?

Ela negou com a cabeça e os três ouviram conforme o locutor resumia os detalhes que tinham ocupado as ondas de rádio duas décadas antes. Três vítimas do sexo feminino, com uma quarta jamais encontrada. Então a voz do sargento King preencheu o carro, enfatizando a natureza histórica dos crimes de Kovac. Uma garantia de que todos os esforços estavam sendo feitos, uma nova súplica por informação de qualquer um que tivesse estado na área e, por fim, o boletim prosseguiu.

Falk olhou para Carmen. Não houve menção ao filho de Kovac. Parecia que King tinha conseguido manter isso em segredo até então.

Lauren os direcionou para uma casa em um dos subúrbios mais arborizados, o tipo de vizinhança que agentes imobiliários gostavam de chamar de aspiracionais. Carmen estacionou do lado de fora de uma casa que era obviamente bem cuidada, mas que tinha o leve cheiro de descaso recente. O trecho de gramado na frente estava grande demais e ninguém se dera o trabalho de remover uma pichação na cerca.

— Obrigada de novo. — Lauren tirou o cinto de segurança, o alívio era visível no rosto dela. — Alguém vai me avisar assim que houver alguma novidade, não vai? Sobre Alice?

— É claro — disse Falk. — Espero que esteja tudo bem com sua filha.

— Eu também. — A expressão dela ficou severa. Lauren não parecia nada segura. Eles observaram a mulher pegar a mochila e desaparecer dentro da casa.

Carmen se virou para Falk.

— E agora? Deveríamos avisar Daniel Bailey que estamos a caminho, ou surpreendê-lo?

Falk refletiu.

— Vamos avisá-lo. Ele vai querer ser visto ajudando os esforços de busca e isso o manterá do nosso lado.

Carmen pegou o celular e ligou para a BaileyTennants. Ela estava franzindo a testa quando desligou.

— Ele não está no escritório.

— Mesmo?

— A secretária foi insistente. Está de licença por alguns dias, pelo que parece. Motivos pessoais.

— Enquanto uma funcionária está desaparecida?

— Suponho que Jill tenha mesmo dito que ele voltou por um problema de família.

— Eu sei. Só não acreditei nela — disse Falk. — Poderíamos tentar a casa dele?

Carmen deu partida no carro, então parou com uma expressão pensativa.

— Sabe, aqui não é muito longe da casa de Alice. Talvez tenhamos sorte de encontrar um vizinho prestativo com uma chave sobressalente.

Ele a observou.

— E cópias novinhas dos documentos de que precisamos impressas e deixadas no balcão da cozinha dela?

— Isso seria ideal, sim.

Consigam os contratos. Consigam os contratos. O sorriso de Falk sumiu.

— Tudo bem. Vejamos o que podemos encontrar.

Vinte minutos depois, Carmen virou uma esquina para uma rua arborizada e reduziu a velocidade do carro. Eles jamais haviam visitado Alice Russell em casa e Falk olhou em volta com curiosidade. A vizinhança era o retrato de uma serenidade cara. A calçada e as cercas eram impecáveis e os pouquíssimos veículos estacionados na rua brilhavam na claridade. Falk supôs que a maioria deles estava trancada em segurança sob capas protetoras nas garagens. As árvores podadas ao longo do trecho de natureza pareciam modelos de plástico em comparação com a exuberância primitiva que pairara sobre eles nos últimos três dias.

Carmen continuou arrastando o carro, semicerrando os olhos para as caixas de correio lustrosas.

— Céus, por que essa gente não coloca números visíveis nas casas?

— Não sei. Para manter longe pessoas indesejadas? — Um movimento adiante chamou a atenção de Falk. — Ei. Olhe.

Ele apontou para uma grande casa de cor creme no fim da rua. Carmen acompanhou o olhar do parceiro e arregalou os olhos de surpresa quando uma silhueta saiu da entrada de carros, de cabeça baixa. Um gesto com o punho e a bmw preta estacionada na rua emitiu um bipe sutil quando se abriu. Daniel Bailey.

— Só pode ser brincadeira — falou. Ele estava usando jeans e uma camisa para fora da calça, e passou a mão preocupada pelo cabelo preto ao abrir a porta do motorista. Então entrou e ligou o motor, afastando-se da sarjeta. A bmw tinha virado uma esquina e saído de vista quando os dois agentes chegaram à casa. Carmen acompanhou por tempo suficiente para ver o carro ser engolido e carregado por uma longa rua principal.

— Não me sinto confortável o perseguindo — disse ela, e Falk sacudiu a cabeça.

— Não, não faça isso. Não sei o que ele estava fazendo, mas não parece que estava fugindo.

Carmen fez um retorno e parou do lado de fora da casa de cor creme.

— Acho que encontramos a casa de Alice, de toda forma.

Ela desligou o motor e os dois saíram. Falk reparou que o ar da cidade agora parecia ter uma fina camada que cobria com suavidade seus pulmões a cada fôlego. Ele ficou de pé na calçada, o concreto estranhamente duro sob as botas de trilha, e observou a casa de dois andares. O gramado era grande e podado com zelo, e a porta de entrada brilhava com um tom lustroso de azul-marinho. Um tapete espesso ao pé dela declarava que visitantes eram bem-vindos.

Falk conseguia sentir o cheiro da putrefação de rosas invernais no ar e ouvir o distante fluxo do trânsito. E no segundo andar da casa de Alice Russell, por uma janela completamente limpa que dava para a rua, ele conseguia ver a estrela branca de cinco pontas formada por dedos pressionados contra o vidro, um lampejo de cabelo loiro e o círculo boquiaberto de um rosto olhando para fora.

DIA 3: SÁBADO À TARDE

— Tem algo aqui atrás.

A voz de Beth estava abafada. Um momento depois, houve um farfalhar e um estalo, e ela ressurgiu, forçando o caminho entre a vegetação rasteira que crescia alta e descontrolada de cada lado da trilha.

— Por ali. Há um abrigo.

Jill olhou na direção apontada, mas a vegetação estava espessa e densa. Não conseguia ver nada além de árvores.

— Que tipo de abrigo? — Jill esticou o pescoço e deu um passo à frente, o calcanhar esquerdo em carne viva gritando em protesto.

— Uma cabaninha, ou algo assim. Venham ver.

Beth se foi de novo. Ao redor, os pingos de chuva ficavam mais insistentes. Sem aviso, Bree adentrou na grama alta e desapareceu atrás da irmã gêmea.

— Esperem... — começou Jill, mas era tarde demais. Estavam fora de vista. Ela se virou para Alice e Lauren. — Vamos. Não quero que nos separemos.

Jill saiu da trilha e entrou na vegetação antes que alguém pudesse protestar. Precisava levantar bem os pés enquanto galhos se agarravam às roupas dela. Conseguia discernir borrões de cores conforme os casacos das gêmeas oscilavam para dentro e para fora do campo visual. Por fim, as duas pararam de se mover. Jill as alcançou, respirando com dificuldade.

A cabana se localizava, pequena e baixa, em uma minúscula clareira, o perímetro brusco contrastando com as curvas espiraladas da vegetação. Duas janelas pretas e vazias se abriam para fora das molduras de madeira pútrida e a porta estava escancarada, pendurada nas dobradiças. Jill olhou para cima. As paredes podiam estar tortas, mas parecia haver um telhado.

Beth caminhou até a cabana e colocou o rosto na janela, a parte de trás da cabeça molhada brilhava devido à chuva.

— Está vazia — gritou ela, por cima do ombro. — Vou entrar.

Ela abriu a porta caída e foi engolida pelo interior escuro. Antes que Jill pudesse dizer mais alguma coisa, Bree seguira a irmã até o lado de dentro.

Jill estava sozinha, a própria respiração alta nos ouvidos. De repente, o rosto de Beth surgiu em uma janela.

— Está seco aqui dentro — gritou ela. — Venham ver.

Jill pisoteou a longa grama em direção à cabana. À porta, ela sentiu uma comichão de inquietude. Teve a forte ânsia de se virar e ir embora, mas não havia mais para onde ir. Vegetação e mais vegetação. Ela tomou fôlego e entrou.

O interior estava escuro e os olhos de Jill precisaram de um minuto para se ajustar. Ela conseguia ouvir um leve chacoalhar acima. O telhado estava cumprindo seu papel, pelo menos. Deu mais um passo para dentro, sentindo as tábuas rangerem e cederem sob os pés. Lauren surgiu à porta, sacudindo a chuva do casaco. Alice se deteve atrás, observando sem dizer nada.

Jill analisou o cômodo. Tinha um formato estranho e estava vazio, exceto por uma mesa bamba empurrada contra uma parede. Teias de aranha pendiam espessas e brancas nos cantos e algum animal tinha feito um ninho de galhos e folhas em um pequeno buraco nas tábuas do piso. Uma única xícara de metal repousava sozinha na mesa. Ela a pegou, hesitante, reparando no anel perfeito deixado na poeira e sujeira.

Algumas tábuas baratas de compensado tinham sido pregadas em algum momento para criar a sensação de um segundo cômodo. As gêmeas já estavam lá dentro, encarando algo em silêncio. Jill as acompanhou e desejou no mesmo instante não ter feito isso.

Um colchão estava encostado em uma parede. No tecido, uma mancha verde de mofo, exceto bem no centro. Ali, a estampa florida estava obscurecida por completo por uma mancha escura grande. Era impossível dizer de que cor ela era originalmente.

— Não gosto disso — disse Alice, atrás de Jill, fazendo-a se sobressaltar. Ela olhava para além da mulher mais velha, para o colchão. — Deveríamos continuar andando.

As gêmeas se viraram, as expressões delas difíceis de decifrar. Jill podia ver que estavam tremendo de frio, e percebeu que ela também estava. Depois que notou, não conseguiu parar.

— Espere aí. — Beth abraçou o próprio corpo. — Deveríamos pelo menos pensar sobre isso. Está seco e um pouco mais quente aqui. E deve ser mais seguro do que sair perambulando por aí a noite toda.

— Deve mesmo? — Alice lançou um olhar incisivo para o colchão.

— É claro. As pessoas morrem se expostas às intempéries climáticas, Alice — disparou Beth. — Não temos tendas nem comida. Precisamos de abrigo. Não descarte este lugar só porque fui eu quem o encontrou.

— Estou descartando porque é horrível.

As duas se viraram para Jill, que sentiu uma onda de exaustão recair sobre o corpo.

— Jill, vamos lá — disse Alice. — Não sabemos nada sobre este lugar. Qualquer um poderia estar usando como base, não temos ideia de quem sabe da existência dele...

Jill sentiu a poeira entre as pontas dos dedos.

— Não parece muito usado — disse ela. Evitou de propósito olhar para o colchão.

— Mas ninguém sabe que estamos aqui — falou Alice. — Precisamos voltar...

— Como?

— Encontrar a estrada! Caminhar para o norte, como combinamos. Não podemos ficar aqui para sempre.

— Não é para sempre. Apenas até...

— Até quando? Pode levar semanas até que sejamos encontradas aqui. Precisamos ao menos tentar voltar.

Os ombros de Jill doíam onde a mochila tinha deixado duas listras vermelhas e cada camada de roupa sobre seu corpo estava molhada. Havia o ferimento no calcanhar. Ela ouviu o chacoalhar da chuva contra o telhado e soube que simplesmente não conseguiria suportar sair de novo.

— Beth está certa. Deveríamos ficar.

— Sério? — Alice estava boquiaberta.

Beth não tentou esconder o triunfo no rosto.

— Você a ouviu.

— Ninguém perguntou droga nenhuma a você. — Alice se virou para Lauren. — Me apoie. Sabe que podemos sair andando daqui.

Lauren tocou a testa. A atadura suja voltou a se soltar.

— Acho que deveríamos ficar também. Pelo menos esta noite.

Alice se virou, muda, para Bree, que hesitou, então assentiu, os olhos fixos no chão.

Alice soltou um leve ruído de descrença.

— Céus. — Ela sacudiu a cabeça. — Tudo bem, vou ficar.

— Que bom. — Jill soltou a mochila.

— Mas só até a chuva parar. Então vou embora.

— Pelo amor de Deus! — Apesar do frio, Jill sentiu uma descarga quente de ódio irradiar dos ombros doloridos dela até o calcanhar ferido. — Por que você precisa ser tão teimosa? Já tivemos essa conversa. Ninguém vai sair sozinha. Você vai ficar até concordarmos em partir, Alice. Como um grupo.

Alice olhou para a porta da cabana quando ela se abriu nas dobradiças amassadas, projetando um retângulo de luz invernal no rosto dela. A mulher tomou fôlego para dizer algo, então parou e fechou a boca lentamente, a ponta da língua rosa visível entre os dentes brancos da frente.

— Tudo bem? — falou Jill. A cabeça latejava com o início de uma enxaqueca.

Alice deu de ombros sutilmente. Não disse nada, mas não precisava. O significado era claro. *Você não pode me impedir.*

Jill olhou para Alice, então para a porta aberta e para a vegetação nativa lá fora, e se perguntou se aquilo seria verdade.

QUINZE

Falk bateu à porta de entrada azul-marinho de Alice Russell e ouviu enquanto o som ecoava bem no interior da casa. Eles esperaram. Houve uma quietude, mas não o tipo de vazio oco de uma propriedade desocupada. Ele percebeu que estava prendendo o fôlego.

O rosto tinha sumido da janela de cima logo depois que Falk o viu. Ele cutucou Carmen, mas, quando ela olhou, já era um quadrado vazio. Havia um rosto, explicou ele. Uma mulher.

Eles bateram de novo e Carmen inclinou a cabeça.

— Ouviu isso? — sussurrou ela. — Acho que você está certo, tem alguém lá dentro. Vou ficar aqui, veja se consegue entrar pelos fundos.

— Está bem.

Falk caminhou até o lado da casa e tentou abrir um portão alto. Estava trancado, então ele puxou uma lixeira com rodinhas que havia ali para mais perto e, contente por estar usando botas de trilha, subiu e pulou para dentro. Ouvia Carmen batendo conforme ele seguia uma trilha pavimentava até um grande jardim dos fundos. Era composto por um deque e uma piscina de hidromassagem cheia de água com um tom de azul artificial, enquanto trepadeiras subindo pelo muro davam ao espaço uma sensação reservada.

Nos fundos, a casa era constituída quase por completo de janelas que davam para uma cozinha espaçosa. Os painéis polidos de vidro eram tão reflexivos que ele quase não viu a mulher loira do lado de dentro. Ela estava de pé à porta do corredor, estática, de costas para ele. Falk ouviu Carmen bater de novo e a mulher deu um salto ao ouvir o barulho. Ao mesmo tempo, devia ter sentido o movimento dele do lado de fora, porque se virou, gritando ao vê-lo no jardim, o rosto familiar escancarado pelo choque.

Alice.

Por uma fração de segundo, Falk sentiu a euforia do alívio percorrer o corpo. A adrenalina pulsou uma vez, com força; então, com uma dor que era quase física, foi drenada tão rápido quanto surgira. Ele piscou quando sua mente compreendeu o que estava vendo.

O rosto da mulher era familiar, mas não era um que ele reconhecia. E mulher não era nem mesmo a palavra certa, pensou, com um resmungo se formando baixo e no fundo da garganta. Era apenas uma menina, encarando-o da cozinha com medo nos olhos. Não era Alice. Parecida, mas não exatamente.

Falk mostrou a identificação antes que a filha de Alice pudesse gritar de novo. Ele a estendeu para a jovem com o braço esticado.

— Polícia. Não tenha medo — gritou ele, pela janela. Tentou se lembrar do nome da menina. — Margot? Estamos ajudando com as buscas por sua mãe.

Margot Russell deu meio passo na direção do vidro. Os olhos dela pareciam roxos de tanto chorar quando ela olhou para o distintivo.

— O que você quer? — A voz dela estava trêmula, mas tinha uma estranheza perturbadora. Falk se deu conta de que soava muito como a de Alice.

— Podemos falar com você? — perguntou Falk. — Minha colega na porta é uma mulher, por que não a deixa entrar primeiro?

Margot hesitou e olhou de novo para o distintivo, então assentiu e sumiu. Falk esperou. Quando ela voltou, Carmen a seguia. Margot abriu a porta dos fundos e o deixou entrar. Assim que pisou dentro da casa, ele pôde ver a jovem de perto pela primeira vez. Como Alice, ela era quase bonita, pensou, mas com a mesma severidade nas feições que a tornava outra coisa. Impressionante, talvez. A garota tinha dezesseis anos, ele sabia, mas de calça jeans, calçando meias e com o rosto sem maquiagem, parecia muito jovem.

— Achei que você deveria estar com seu pai... — disse ele.

Margot deu de ombros sutilmente, com o olhar baixo.

— Quis voltar para casa. — Ela segurava um celular e o virava nas mãos como se fosse uma pulseira de contas para aliviar o estresse.

— Há quanto tempo está aqui?

— Desde esta manhã.

— Não pode ficar aqui sozinha — disse Falk. — Seu pai sabe?

— Ele está no trabalho. — Lágrimas se acumularam nos olhos dela, mas não escorreram. — Já encontraram minha mãe?

— Ainda não. Mas estão se esforçando muito para encontrá-la.

— Precisam se esforçar mais. — A voz dela hesitou e Carmen a levou até um banco da cozinha.

— Sente-se. Onde guarda os copos? Vou pegar água para você.

Margot apontou para um armário, ainda brincando com o celular.

Falk puxou um banco e se sentou diante dela.

— Margot, você conhece aquele homem que estava aqui antes? — perguntou ele. — Aquele que bateu à porta?

— Daniel? Sim, claro. — Havia um tom de desconforto na voz dela. — É o pai de Joel.

— Quem é Joel?

— Meu ex-namorado. — Uma clara ênfase no *ex*.

— Falou com Daniel Bailey agora há pouco? Ele disse por que estava aqui?

— Não. Não quero nada com ele. Sei o que queria.

— E o que era?

— Ele está procurando Joel.

— Tem certeza? — perguntou Falk. — Não tinha nada a ver com sua mãe?

— Minha mãe? — Margot o olhou como se ele fosse um idiota. — Minha mãe não está aqui. Ela está desaparecida.

— Eu sei. Mas como pode ter certeza de por que Daniel veio até aqui?

— Como posso ter certeza? — Margot deu uma estranha risada contida. — Por causa do que Joel fez. Ele anda muito ocupado on-line. — Ela segurou o telefone com tanta força que a pele das mãos ficou branca. Então tomou fôlego e o estendeu para que Falk visse. — Suponho que vocês possam ver. Todos já viram.

A Margot na tela parecia mais velha. A maquiagem estava feita e os cabelos estavam soltos e brilhando. E o jeans se fora. Era surpreendente que as fotos fossem assim claras para uma luz tão fraca. A escola tinha razão, pensou Falk. Com certeza eram explícitas.

Margot encarou a tela, o rosto dela estava inchado e os olhos, vermelhos.

— Há quanto tempo estas fotos estão on-line? — perguntou Falk.

— Acho que desde ontem na hora do almoço. Há dois vídeos também. — Ela piscou com força. — Já tiveram mais de mil visualizações desde então.

Carmen colocou um copo d'água diante de Margot.

— E você acha que Joel Bailey as postou?

— Só ele tem as fotos. Ou tinha, pelo menos.

— E esse é ele com você?

— Ele acha que são engraçadas. Mas me prometeu que havia apagado todas. Eu fiz ele me mostrar o telefone para provar. Não sei, deve ter salvo de algum jeito. — Ela estava tagarelando agora, as palavras se atropelando. — Nós tiramos as fotos no ano passado, antes de terminarmos. Só por... — um repuxar da boca sem humor —... por diversão. Deveria ter sido divertido. Quando nós terminamos, não tive notícias dele por um bom tempo, mas então ele me mandou uma mensagem na semana passada. Queria que eu mandasse mais.

— Você contou a alguém? Sua mãe? — perguntou Carmen.

— Não. — Os olhos de Margot estavam incrédulos. — Até parece. Falei para Joel dar o fora. Mas ele continuou mandando mensagens. Disse que eu deveria mandar novas fotos ou ele mostraria as antigas aos amigos. Eu disse que ele estava blefando. — Margot sacudiu a cabeça. — Ele *prometeu* que tinha apagado.

A jovem levou a mão ao rosto e enfim as lágrimas caíram, escorrendo pelo rosto dela conforme os ombros estremeciam. Ela não conseguiu falar por um bom tempo.

— Mas ele mentiu. — Era difícil escutá-la. — E agora elas estão por aí e *todos* já viram.

Margot cobriu o rosto e chorou conforme Carmen esticou a mão e acariciou as costas dela. Falk anotou o endereço do site na tela e mandou os detalhes por e-mail para um colega na divisão de crimes cibernéticos.

Publicadas sem consentimento, escreveu ele. *Idade: 16 anos. Faça o possível em relação à remoção.*

Ele não tinha muita esperança. É provável que conseguissem tirar as imagens da página original, mas isso não adiantava se já haviam sido compartilhadas. Ele se lembrou de um antigo provérbio. Algo a respeito de tentar pegar penas espalhadas ao vento.

Depois de um longo tempo, Margot assoou o nariz e secou os olhos.

— Quero muito falar com minha mãe — falou, com a voz baixa.

— Eu sei — disse Falk. — E estão procurando por ela, agora mesmo. Mas Margot, você não pode ficar aqui sozinha. Precisamos chamar seu pai e pedir que ele a leve para casa.

Margot sacudiu a cabeça.

— Não. Por favor. Por favor, não liguem para meu pai.

— Nós temos que...

— Por favor. Não quero vê-lo. Não posso ficar com ele esta noite.

— Margot...

— Não.

— Por que não?

A menina esticou a mão e, para a surpresa de Falk, agarrou o punho dele, os dedos apertados com força. Ela o encarou e falou entre os dentes.

— Ouça. Não posso ir para a casa do meu pai porque *não consigo encará-lo.* Entendeu?

O único som era o tique-taque do relógio da cozinha. *Todos já viram.* Ele assentiu.

— Entendo.

Precisaram prometer encontrar outro lugar para Margot ficar antes que ela concordasse em fazer uma mochila para passar a noite fora.

— Para onde posso ir? — perguntara ela. Era uma boa questão. A jovem fez que não com a cabeça quando perguntaram o nome de outro parente ou amigo com quem ela estivesse disposta a ficar. — Não quero ver ninguém.

— É provável que consigamos arranjar um tipo de lar temporário emergencial — disse Falk, com a voz baixa. Estavam de pé no corredor. Margot por fim concordara em recolher algumas coisas e o som do choro dela pairava do quarto para baixo das escadas. — Não me sinto bem entregando-a para um estranho, não no estado em que ela está.

Carmen segurava o celular na mão. Estava tentando falar com o pai da menina.

— E a casa de Lauren? — sugeriu ela, por fim. — Apenas uma ideia. Só por esta noite. Pelo menos ela está ciente da situação da foto.

— Sim, talvez — disse Falk.

— Tudo bem. — Carmen olhou para o alto das escadas. — Tente ligar para Lauren. Vou conversar com Margot sobre onde a mãe dela poderia guardar documentos confidenciais.

— Agora?

— Sim, agora. Pode ser a única chance que teremos. *Consigam os contratos. Consigam os contratos.*

— É. Tudo bem.

Carmen sumiu escada acima e Falk pegou o celular dele, caminhando de volta para a cozinha ao ligar para o número. Do lado de fora das grandes janelas, a tarde já escurecia, as nuvens refletidas na superfície lisa da piscina.

Ele se recostou contra o balcão da cozinha e encarou um quadro de avisos de cortiça na parede ao levar o telefone ao ouvido. O número de um faz-tudo estava preso no quadro, junto com uma receita de algo chamado "bolas de energia de quinoa" escrita com a letra de Alice. Havia um convite para a noite de premiações do Colégio Endeavour para Garotas, a qual acontecera no domingo anterior, o mesmo dia em que Alice foi dada como desaparecida. O recibo de um par de sapatos. Um panfleto da Aventuras Executivas com as datas do fim de semana escritas no topo.

Falk se aproximou um pouco. Na capa do panfleto, conseguia enxergar Ian Chase na fileira dos fundos de uma fotografia de grupo. Ele estava virado um pouco para longe da câmera, parcialmente obscurecido pelo colega à direita.

A linha telefônica ainda chamava ao ouvido e os olhos de Falk percorreram um monte de colagens de fotos emolduradas que cobriam as paredes da cozinha. Todas eram de Alice e da filha dela, separadas ou juntas. Muitas das fotos espelhavam uma à outra – as duas quando bebês, nos primeiros dias de escola, em bailes, deitadas diante de piscinas usando biquíni.

Ao ouvido dele, o telefone parou de chamar e foi para a caixa postal de Lauren. Ele xingou baixinho e deixou uma mensagem pedindo que ela ligasse de volta assim que possível.

Quando desligou, Falk se aproximou para olhar com mais atenção a colagem mais próxima. Uma imagem um pouco desbotada lhe chamou a atenção. Era uma fotografia ao ar livre em um cenário que lembrava o da cordilheira Giralang. Alice usava camiseta e short com a logomarca do Colégio Endeavour para Garotas e estava de pé diante de um rio revolto, a cabeça erguida, remo de caiaque na mão e um sorriso no rosto. Atrás dela, um grupo de meninas de cabelos úmidos e bochechas rosadas estava agachado diante da embarcação. O olhar de Falk parou na garota ao fundo e ele soltou um murmúrio de surpresa. Lauren, percebeu. A expressão cansada que ela estampava agora estava enterrada sob uma camada rechonchuda, mas, como Alice, ainda era plenamente reconhecível, em especial em volta dos olhos. Aquela foto devia ter trinta anos, pensou. Era interessante ver quão pouco as duas tinham mudado.

O celular dele tocou alto na mão e Falk se sobressaltou. Olhou para a tela – Lauren – e se forçou a voltar ao presente.

— Algum problema? — perguntou ela assim que ele atendeu. — Já a encontraram?

— Não, merda, sinto muito. Não é a respeito de Alice — disse Falk, repreendendo a si mesmo. Deveria ter deixado isso claro na mensagem de voz. — Nós temos um problema com a filha dela. Ela precisa de um lugar para ficar esta noite. — Ele explicou sobre as imagens on-line.

Houve um silêncio tão longo que Falk se perguntou se a ligação teria caído. Política de parquinho era um mistério para ele, mas conforme ouvia o vazio no ar, perguntou-se com que rapidez o cardume de mães se moveria para afastar as próprias crias de Margot.

— Ela não está lidando muito bem — disse ele, por fim.

— Em especial com tudo que está acontecendo com a mãe.

Outro silêncio, mais curto dessa vez.

— É melhor trazê-la — suspirou Lauren. — Céus. Essas meninas. Eu juro, elas vão comer vivas umas às outras.

— Obrigado. — Falk desligou e seguiu pelo corredor. Diante das escadas, uma porta dava para um escritório. Carmen estava sentada atrás de uma escrivaninha encarando um computador. Ela ergueu o rosto quando Falk entrou.

— Margot me deu a senha. — A voz dela estava baixa e ele fechou a porta ao entrar.

— Encontrou alguma coisa?

Carmen fez que não com a cabeça.

— Nada que eu consiga encontrar. Estou buscando às cegas, no entanto. Mesmo que Alice tenha guardado algo útil aqui, poderia ter nomeado os arquivos como qualquer coisa, colocado em qualquer diretório. Precisamos conseguir os mandados para levar isto. Para que seja vasculhado do jeito certo. — Ela suspirou e ergueu o rosto. — O que Lauren disse?

— Ela disse que sim. No fim das contas. Não ficou muito empolgada.

— Por quê? Por causa das fotos?

— Não sei. Talvez em parte. Mas talvez não, parecia antes que ela estava tendo problemas com a própria filha.

— É, isso é verdade. No entanto, ela não será a primeira ou a última a julgar Margot por causa disso, espere e verá.

— Carmen olhou para a porta fechada e abaixou a voz. — Por favor, não diga a Margot que eu falei isso.

Falk sacudiu a cabeça.

— Vou informá-la do plano.

A porta do quarto de Margot estava aberta e Falk conseguia ver a jovem sentada no tapete rosa-choque. Ela estava com uma pequena mala aberta à frente. Totalmente vazia. A jovem olhava para o celular no colo e se sobressaltou quando Falk bateu no batente da porta.

— Conseguimos que você ficasse na casa de Lauren Shaw esta noite — disse Falk, e Margot ergueu o rosto, surpresa.

— Mesmo?

— Apenas esta noite. Ela sabe o que está acontecendo.

— Rebecca vai estar lá?

— A filha dela? É provável. Tem problema?

Margot mexeu na ponta da mala.

— É que não a vejo há um tempo. Rebecca sabe o que aconteceu?

— Imagino que a mãe conte a ela.

A jovem parecia querer dizer algo, mas sacudiu a cabeça.

— É justo, suponho.

Houve algo no modo como ela falou. Boca da filha, voz da mãe. Falk piscou, mais uma vez sentindo uma estranheza perturbadora.

— Tudo bem. Bom, é apenas por uma noite. — Ele indicou a mala vazia. — Junte algumas coisas e levaremos você até lá.

Distraída, Margot estendeu a mão e pegou dois sutiãs de renda extravagantes de uma pilha no chão. Ela os segurou nas mãos, então olhou para cima, vendo Falk observá-la. Algo percorreu o rosto dela. Um teste.

Ele manteve os olhos firmes nos de Margot, a expressão completamente vazia.

— Esperaremos você na cozinha — disse ele, sentindo uma onda de alívio quando fechou a porta do quarto rosa enjoativo. Quando moças adolescentes tinham se tornado tão sexualizadas? Será que eram assim na idade dele? É provável que sim, pensou Falk, mas naquela época ele era totalmente a favor disso. Nessa idade, muitas coisas pareciam diversão inofensiva.

DIA 3: SÁBADO À TARDE

Pela primeira vez, Beth ficou triste quando a chuva parou. Enquanto tamborilava no telhado da cabana, fora difícil conversar. As cinco mulheres tinham se dispersado pelo maior dos dois cômodos e assim permaneceram enquanto o vento do fim da tarde soprava para dentro pelas janelas faltantes. Não estava, na verdade, muito mais quente do lado de dentro, admitiu Beth para si mesma, mas pelo menos estava em grande parte seco. Ela se sentia contente por terem ficado. Quando a chuva por fim parou, o silêncio recaiu denso e pesado na cabana.

Beth se agitou, sentindo-se um pouco claustrofóbica. Conseguia ver uma ponta do colchão no outro cômodo.

— Vou dar uma olhada lá fora.

— Vou junto — falou Bree. — Preciso ir ao banheiro.

Lauren se levantou.

— Eu também.

Do lado de fora, o ar estava gelado e úmido. Quando Beth fechou a porta da cabana atrás dela, ouviu Alice murmurar algo inaudível para Jill. O que quer que tivesse dito, Jill não respondeu.

Bree estava apontando para o outro lado da pequena clareira.

— Ai meu Deus, aquilo ali é realmente um banheiro?

O minúsculo barraco ficava a certa distância, o telhado estava podre e um dos lados, exposto.

— Não alimente a esperança — disse Lauren. — Será um buraco no chão.

Beth observou a irmã avançar pela vegetação alta até a estrutura em ruínas. Bree espiou o lado de dentro e se encolheu com um gritinho. As irmãs se encararam e riram, o que pareceu a Beth a primeira vez em dias. Até mesmo anos.

— Ah, Céus. Não mesmo — gritou Bree.

— Bosta?

— Aranhas. Não faça isso a si mesma. Algumas coisas não podem ser apagadas da mente. Vou me arriscar no mato.

Ela se virou e sumiu entre as árvores. Lauren conseguiu dar um sorriso e saiu batendo os pés na direção oposta, deixando Beth sozinha. O sol já estava indo embora e o céu se tornava de um cinza mais profundo.

Tiveram sorte de encontrar a cabana, percebeu Beth agora que a chuva tinha parado. Havia dois ou três espaços entre as árvores que poderiam ter sido trilhas um dia, mas nada que encorajasse visitantes a descobrir a clareira. Beth se sentiu inquieta de repente e olhou em volta procurando as outras. Nenhum sinal delas. Pássaros gritavam uns com os outros acima, esganiçados e ansiosos, mas quando ela ergueu o rosto, não conseguiu avistá-los.

Beth levou a mão ao bolso em busca dos cigarros. Encontrara o maço mergulhado em uma poça depois que Alice o atirara longe. Estava destruído, encharcado pela água suja, mas ela não quisera dar à mulher a satisfação de mostrá-los.

Seus dedos se fecharam na ponta da caixa, os cantos afiados agora moles, e ela sentiu o chamado estrondoso da nicotina. Beth abriu o maço e verificou de novo que os cigarros estavam além da salvação. O cheiro úmido do tabaco despertou algo nela e, de repente, tornou-se insuportável tê-los tão perto e tão longe. Ela sentia vontade de chorar. É claro que não queria ser uma viciada. Nem em cigarros, nem em nada mais.

Beth nem mesmo sabia que estava grávida quando sofreu o aborto espontâneo. Ficou sentada na sala esterilizada da clínica da universidade enquanto o médico explicava que não era incomum que isso acontecesse nas primeiras doze semanas. É provável que a gravidez não estivesse avançada. E havia pouco que ela poderia ter feito para evitar. Às vezes essas coisas aconteciam.

Beth assentira. O problema, explicara ela, com a voz baixa, era que tinha saído para beber. Na maioria dos fins de semana. Em alguns dias úteis também. Era uma das únicas moças fazendo ciência da computação na época, e os rapazes do curso eram bem divertidos. Eram jovens e inteligentes, e todos planejavam inventar a próxima grande-coisa-ponto-com, tornar-se milionários e se aposentar aos trinta anos. Mas até que isso acontecesse, gostavam de beber, e dançar, e usar drogas leves, e ficar na rua até tarde, e flertar com a moça que, aos vinte anos, ainda se parecia muito com a irmã gêmea que chamava atenção. E Beth também gostava dessas coisas. Talvez, lembrando-se melhor, até demais.

Ela confessara todos os vícios naquele dia sob a luz forte da sala esterilizada da clínica. O médico fizera que não com a cabeça. É provável que não fizesse diferença. Provável? Quase com certeza. Mas não absoluta? Quase certeza que não fizera diferença, dissera ele, e lhe entregara um panfleto de informações.

Era melhor assim, de toda forma, pensara Beth ao sair da clínica, agarrada ao papel. Ela o jogara na primeira lixeira pela qual passara. Não pensaria duas vezes naquilo. E não havia motivo para contar a ninguém. Não agora. Bree não entenderia, de qualquer jeito. Estava tudo bem. Não era como se pudesse sentir falta de algo que nem mesmo sabia que tinha.

Ela planejara ir direto para casa, mas o apartamento estudantil lhe pareceu um pouco solitário ao pensar nele. Então desceu do ônibus e foi até o bar, se encontrar com os meninos. Para uma bebida, então algumas mais, porque não era como se tivesse algum motivo para evitar álcool ou um ou outro narcótico, não é? Estava um pouco tarde para isso, não estava? E quando ela acordou na manhã seguinte, com a cabeça doendo e a boca seca, não se importara muito. Era a única coisa boa de uma ressaca decente. Não deixava muito espaço para pensar em qualquer outra coisa.

Agora, Beth olhava para o cerco da vegetação e apertava o maço de cigarros úmido na palma. Ela sabia que o grupo estava na merda. *Todas* sabiam que estavam na merda. Mas enquanto podia fumar, parecera haver um fio que a ligava à civilização. E agora Alice arruinara até mesmo isso. Com uma descarga de ódio, Beth fechou os olhos e atirou o maço na vegetação rasteira. Quando abriu os olhos, ele tinha sumido. Não conseguia ver onde caíra.

Uma lufada de vento soprou pela clareira e ela estremeceu. Os gravetos e as folhas aos seus pés estavam molhados. Não seria fácil encontrar lenha para uma fogueira ali. Beth se lembrou daquela primeira noite, quando Lauren olhou em volta em busca de gravetos secos. Ela coçou a palma da mão, vazia sem o maço de cigarros, e olhou para a cabana de novo. Era inclinada, com o telhado de metal projetando-se de um lado mais do que do outro. Grandes chances de não ser o bastante para manter o solo seco abaixo, mas era a melhor opção que ela conseguia ver.

Quando Beth voltou para a cabana, ouviu vozes do lado de dentro.

— Eu já disse, a resposta é não. — O estresse encurtou as palavras de Jill.

— Não estou pedindo sua permissão.

— Ei, você precisa se lembrar de seu lugar, moça.

— Não, Jill. Você precisa abrir os olhos e enxergar direito o que está a sua volta. Não estamos no trabalho agora.

Uma pausa.

— Estou sempre no trabalho.

Beth deu um passo mais para perto e de repente tropeçou quando o chão sumiu sob a bota. Ela caiu pesadamente sobre as palmas das mãos, o tornozelo se torcendo sob o corpo. Olhou para baixo, o resmungo no peito se elevou para um berro quando viu em cima do que havia caído.

O som perfurou o ar, calando o canto dos pássaros. Houve uma quietude de choque vinda da cabana, então dois rostos surgiram na janela. Beth ouviu passos correndo atrás dela conforme se arrastava para longe, o tornozelo torcido latejando em protesto quando tocava o chão.

— Você está bem? — Lauren foi a primeira a alcançá-la, com Bree logo atrás. Os rostos sumiram da janela e, um momento depois, Jill e Alice estavam do lado de fora. Beth se colocou de pé. A queda espalhara uma pilha de folhas secas e restos da floresta, expondo um buraco raso, mas evidente no chão.

— Tem algo ali. — Beth ouviu a própria voz falhar.

— O quê? — perguntou Alice.

— Não sei.

Com um ruído de impaciência, Alice deu um passo à frente e arrastou a bota pelo buraco, varrendo as folhas para o lado. Em conjunto, as mulheres se inclinaram para a frente, então quase imediatamente para trás. Apenas Alice permaneceu no lugar, olhando para baixo. Pequenos, amarelos e meio cobertos de lama, eram inconfundíveis mesmo para uma pessoa inexperiente. Ossos.

— O que é isso? — sussurrou Bree. — Por favor, diga que não é uma criança.

Beth estendeu o braço e segurou a mão da irmã gêmea. O gesto pareceu muito pouco familiar a ela. Ficou aliviada quando Bree não a puxou de volta.

Alice passou o pé pelo buraco de novo, tirando mais folhas. Ela estava mais hesitante desta vez, reparou Beth. A ponta da bota tocou algo duro, fazendo com que o objeto deslizasse por um curto trecho entre as folhas. Os ombros dela ficaram visivelmente tensos, então ela se abaixou devagar e o pegou. A expressão no rosto se congelou, então Alice soltou um leve ruído de alívio.

— Nossa — falou. — Está tudo bem. É apenas um cachorro.

Ela ergueu uma pequena cruz podre, feita de maneira desleixada de dois pedaços de madeira desiguais, pregados juntos. No centro, em letras tão velhas que mal eram legíveis, alguém entalhara: *Butch.*

— Como pode ter certeza de que é um cachorro? — A voz de Beth não soava muito bem como dela mesma.

— Você chamaria seu filho de Butch? — Alice a olhou. — Talvez chamasse. Enfim, isso não parece bem humano. — Ela apontou o pé para o que parecia ser um crânio meio exposto. Beth olhou. Parecia um pouco com um cão. Ela supôs. Então se perguntou como teria morrido, mas não falou em voz alta.

— Por que não está enterrado direito? — disse ela, em vez disso.

Alice se agachou ao lado do buraco.

— O solo deve ter erodido. Parece raso.

Beth ansiava por um cigarro. Os olhos dela se voltaram para o limite da clareira. Tudo parecia idêntico, como minutos antes. Ainda assim, sentiu a pele se arrepiar com a sensação de ser observada. Ela arrastou os olhos da vegetação e tentou se concentrar em outra coisa. No movimento das folhas soprando, na cabana, na clareira...

— O que é aquilo?

Beth apontou para além do buraco raso que continha o cão solitário. As demais acompanharam o olhar dela e Alice se levantou devagar.

A depressão mergulhava na terra ao lado da parede da cabana em uma curva distinta. O buraco era tão suave que era quase como se não existisse. A grama que o encobria estava úmida, fora varrida pelo vento e era de um tom diferente da vegetação do outro lado. A diferença bastava, Beth teve certeza, para sugerir que a terra tinha um dia sido revirada. Não havia cruz dessa vez.

— É maior. — Bree parecia prestes a chorar. — Por que é maior?

— Não é maior. Não é nada. — Os pensamentos de Beth estavam se atrapalhando para rebobinar. Não era nada além de uma depressão natural, talvez uma erosão ou mudança do solo, ou algo a ver com algum tipo de ciência. O que ela sabia sobre o crescimento da grama? Absolutamente nada.

Alice ainda estava segurando a cruz de madeira. Tinha uma expressão estranha no rosto.

— Não estou tentando causar problemas — disse ela, com uma estranha timidez na voz —, mas qual era o nome do cachorro de Martin Kovac?

Beth inspirou fundo.

— Não venha com uma brincadeira dessas...

— Não estou... não, Beth, *cale a boca*, não estou... Todo mundo, tentem pensar. Vocês se lembram? Anos atrás, quando tudo estava acontecendo. Ele tinha um cachorro que usava para atrair os praticantes de trilhas e...

— Cale a boca! Chega! — A voz de Jill soava esganiçada.

— Mas... — Alice se virou para Lauren. — Você se lembra, não? No noticiário? Quando estávamos na escola? Qual era o nome do cachorro? Era Butch?

Lauren olhava para Alice como se nunca a tivesse visto antes.

— Não me lembro. Talvez ele tivesse um cachorro. Muita gente tem cachorro. Não me lembro. — O rosto dela estava lívido.

Beth, ainda segurando a mão da irmã, sentiu uma lágrima morna cair no punho. Ela se virou para Alice e sentiu uma onda de emoção. Fúria, não medo, disse a si mesma.

— Você é uma vaca manipuladora. Como ousa? Matar todo mundo de susto porque não conseguiu o que queria uma vez na droga da vida! Deveria sentir vergonha!

— Eu não estou! Eu...

— Está sim!

As palavras ecoaram pela vegetação.

— Ele tinha um cachorro. — A voz de Alice soou baixa. — Não deveríamos ficar aqui.

Beth respirou fundo, o peito chacoalhando de ódio, então se obrigou a tomar fôlego mais uma vez antes de falar.

— Que bobagem. Isso tudo foi há vinte anos. E vai anoitecer em meia hora. Jill? Você já concordou. Sair tropeçando no escuro vai levar uma de nós à morte.

— Beth está certa... — começou Lauren, mas Alice se virou para ela.

— Ninguém perguntou nada a você, Lauren! Poderia ajudar a nos tirar daqui, mas está com medo demais para tentar. Fique fora disso.

— Alice! Pare. — Jill olhou dos ossos de cachorro para as árvores e voltou o olhar para elas. Beth podia ver que estava dividida. — Tudo bem — disse ela, por fim. — Olhem, não estou animada para permanecer aqui também, mas histórias de fantasmas não podem nos fazer mal. A exposição às intempéries pode.

Alice chacoalhou a cabeça em negativa.

— Mesmo? Você vai mesmo ficar aqui?

— Sim. — O rosto de Jill tinha escurecido com um tom de vermelho grave. O cabelo molhado estava grudado na cabeça, expondo uma faixa grisalha na divisão. — E eu sei que você tem um problema com isso, Alice, mas pelo menos uma vez, guarde para você. Estou cansada de te ouvir.

As duas mulheres ficaram paradas se encarando, lábios roxos, corpos tensos. Algo invisível se moveu na vegetação rasteira e as duas deram um salto. Jill recuou.

— Basta. Decisão tomada. Alguém acenda uma fogueira, pelo amor de Deus.

Os eucaliptos estremeciam e observavam conforme elas procuravam madeira para queimar, saltando a cada barulhinho, até que ficasse escuro demais para ver. Alice não ajudou.

DEZESSEIS

Margot Russell não falou muito no carro.

Ela se sentou no banco de trás, olhando para o celular enquanto Falk e Carmen dirigiam até a casa de Lauren pela segunda vez naquele dia. A garota assistia aos vídeos de forma obsessiva, a tela próxima ao rosto e o som baixinho de sexo adolescente flutuando até os bancos da frente. Falk e Carmen trocaram um olhar. Depois da segunda vez, Carmen sugeriu com gentileza que ela se concentrasse em outra coisa. Margot apenas tirou o som e continuou assistindo.

— Vamos nos certificar de que os oficiais encarregados da busca saibam onde você está hospedada esta noite, caso haja novidades — disse Carmen.

— Obrigada. — A voz da jovem estava baixa.

— E suponho que a escola possa querer falar com você, mas acho que eles têm o contato de Lauren. Talvez a filha dela possa pegar alguma coisa do seu armário se você não quiser ir.

— Mas... — Margot ergueu o rosto ao ouvir aquilo. Ela pareceu surpresa. — Rebecca não vai mais à escola.

— Não vai? — Falk a olhou pelo retrovisor.

— Não. Ela parou de ir às aulas há uns seis meses.

— Parou completamente?

— Sim. É claro — disse Margot. — Vocês já a *viram*?

— Não.

— Ah. Bem, não, ela não vai há um tempo. Estavam provocando-a um pouco. Nada sério, só umas fotos idiotas. Mas acho que ela se sentiu... — A jovem fez uma pausa. Olhou de novo para a tela, com os lábios contraídos. Não concluiu o pensamento em voz alta.

Lauren estava esperando por eles com a porta da frente aberta quando estacionaram do lado de fora da casa.

— Entrem — falou quando o grupo avançou pela entrada de carros. Ao ver o rosto de Margot inchado de tanto chorar, Lauren esticou o braço como se fosse tocar a bochecha da jovem. Ela se impediu no último momento.

— Desculpe, eu tinha me esquecido do quanto... — A mulher se interrompeu. Falk sabia o que ela estava prestes a dizer. *Do quanto você se parece com sua mãe.* Lauren pigarreou. — Como está lidando com tudo, Margot? Sinto muito mesmo que isso tenha acontecido com você.

— Obrigada. — Margot encarou o longo corte na testa de Lauren até que a mão da mulher tocasse a ferida.

— Vamos lá, me dê sua bolsa e vou lhe mostrar seu quarto. — Lauren olhou para Falk e Carmen. — A sala de estar fica no fim do corredor. Volto em um minuto.

— Rebecca está em casa? — Falk ouviu Margot perguntar enquanto a mulher a acompanhava.

— Acho que está tirando uma soneca.

O corredor dava para uma sala de estar que estava surpreendentemente bagunçada. Xícaras de café esquecidas na mesa de canto e ao lado do sofá, enquanto revistas estavam abandonadas abertas. Havia um tapete felpudo no chão e fotografias emolduradas em cada superfície. De relance, Falk podia ver que eram em grande parte de Lauren e de uma menina que era com certeza a filha dela quando nova. Em algum momento, tinha acontecido o que parecia ser um pequeno casamento familiar e um homem surgira nas fotos. Novo marido e padrasto, supôs ele.

Falk ficou surpreso ao ver que o corpo rechonchudo de Lauren no ensino médio ia e vinha ao longo dos anos, inchando e esvaziando quase a cada nova estação. A tensão em torno dos olhos era constante, no entanto. Estava sorrindo em todas as fotos, mas não parecia realmente feliz em nenhuma delas.

Não havia fotos da filha depois do início da adolescência. A mais recente parecia ser uma foto da menina com o uniforme da escola, com a legenda *Nono ano*. Ela era bonita de um jeito subestimado, com um sorriso tímido, as bochechas redondas e lisas, e o cabelo castanho reluzente.

— Queria que minha mãe tirasse essas fotos daí. — A voz veio de trás deles. Falk precisou conter com esforço sua reação quando se virou. Agora entendia o que Margot quisera dizer no carro. *Vocês já a viram?*

Os olhos da menina eram enormes e tinham afundado no crânio. A única cor no rosto dela vinha dos anéis roxos sob as órbitas e uma fina teia de veias azuis que brilhava sob a pele frágil como papel. Mesmo de longe, Falk conseguia discernir os ossos no rosto e no pescoço. Era uma visão chocante.

Câncer, pensou Falk de imediato. O próprio pai tinha a mesma expressão macilenta antes de sucumbir. Mas ele descartou a ideia logo em seguida. Aquilo era diferente. Tinha o aspecto afiado de algo autoinfligido.

— Oi. Rebecca? — falou. — Somos da polícia.

— Já encontraram a mãe de Margot?

— Ainda não.

— Ah. — A menina era tão delicada que quase parecia pairar. — Isso é uma merda. Eu me perdi no mato uma vez. Não foi divertido.

— Isso foi no McAllaster? — perguntou Carmen, e Rebecca pareceu surpresa.

— É. Você já ouviu falar daquele lugar? Foi diferente do que aconteceu com a mãe de Margot, no entanto. Perdi meu grupo por, sei lá, umas duas horas. — Uma pausa. — Ou, tecnicamente, elas me perderam. Voltaram quando se entediaram.

A jovem brincava com algo nas mãos, os dedos em constante movimento. Ela olhou para o corredor vazio.

— Por que Margot quis ficar aqui?

— Nós sugerimos — disse Carmen. — Ela estava um pouco relutante em ir para a casa do pai.

— Ah. Achei que talvez fosse por causa das fotos. Tive uns problemas com isso também. Não sexo — acrescentou ela, depressa. — Comida e essas coisas.

A jovem fez parecer tão vergonhoso. Os dedos dela trabalharam mais rápido. Falk notou que ela fazia alguma coisa. Trançando fios prateados e vermelhos.

Rebecca olhou para a porta.

— Vocês viram as fotos de Margot? — perguntou ela, com a voz baixa.

— Margot resolveu nos mostrar algumas — disse Carmen. — E você?

— Todo mundo já viu. — Ela não pareceu se vangloriar, apenas afirmar um fato. Os dedos continuaram trabalhando.

— O que está fazendo? — perguntou Falk.

— Ah. — Rebecca deu uma risada envergonhada. — Não é nada. É idiota. — Ela estendeu uma pulseira colorida trançada, os fios vermelhos e prateados em um padrão complexo.

— Pulseira de amizade? — questionou Carmen.

Rebecca fez uma careta.

— Suponho que sim. Não que eu daria a alguém. Deveria ser uma coisa de consciência mental. Minha terapeuta me obriga a fazer. Sempre que me sinto ansiosa ou com vontade de praticar algum comportamento autodestrutivo, preciso me concentrar nisto.

— Isso está muito bom — disse Carmen, aproximando-se para examinar.

Rebecca amarrou as pontas soltas e entregou a ela.

— Fique com essa. Tenho um monte.

Então indicou uma caixa na mesa de centro. Dentro dela, Falk podia ver um ninho caótico de prata e vermelho. Nem dava para começar a contar a quantidade de pulseiras ali. Dúzias. Era perturbador imaginar o tempo dedicado àquela pilha, os dedos finos de Rebecca trabalhando para distrair a jovem dos pensamentos sombrios que se formavam na mente.

— Obrigada — disse Carmen, guardando no bolso. — Eu gosto do padrão que você fez.

Rebecca pareceu satisfeita, as bochechas afundando mais no rosto quando ela conseguiu dar um sorriso tímido.

— Eu mesma fiz esse desenho.

— É muito lindo.

— O que é lindo? — Lauren surgiu à porta. Em comparação com a filha esquelética, a própria estrutura pequena dela imediatamente pareceu imensa.

— Estávamos falando do novo desenho. Mamãe também tem uma com essa estampa.

Rebecca olhou para os punhos de Lauren. Ela usava um relógio no esquerdo, mas o direito estava vazio. Em vez disso, uma fina marca vermelha circundava a pele. O rosto de Rebecca ficou sério.

Lauren abaixou o rosto, horrorizada.

— Amor. Desculpe. Perdi no retiro. Eu ia contar a você.

— Tudo bem.

— Não. Não está. Eu gostava muito dela…

— Não tem problema.

— Desculpe.

— Mãe — disparou Rebecca. — Deixa pra lá. Não tem problema. Não é como se eu não tivesse outras mil.

Lauren olhou para a caixa aberta na mesa e Falk teve certeza de que ela odiava o conteúdo. A mulher levantou o rosto quase aliviada quando Margot surgiu à porta, os olhos vermelhos, mas por enquanto secos.

— Oi, Margot. — Rebecca pareceu um pouco envergonhada. Ela estendeu a mão e fechou a caixa de pulseiras. Houve uma estranha pausa.

— Então você viu as fotos? — Margot não pareceu conseguir encarar a outra menina, o olhar dela percorrendo os cantos da sala.

Rebecca hesitou.

— Não.

Margot deu uma risada baixa e curta.

— É. Tá. Então você seria a única.

Lauren bateu palmas.

— Tudo bem. Meninas, vão para a cozinha e decidam o que querem jantar... vocês duas, Rebecca, por favor...

— Não estou com fome.

— Não vou discutir. Não, estou falando sério, não esta noite...

— Mas...

— Rebecca, pelo amor de Deus! — A voz de Lauren pareceu sair mais alta do que o pretendido e ela conteve as palavras de súbito. — Desculpe. Por favor, apenas vá.

Com um olhar revoltado, Rebecca se virou e saiu da sala, seguida por Margot. Lauren esperou até ouvir os passos sumirem pelo corredor.

— Vou me certificar de que Margot esteja confortável. Mantê-la fora da internet, se possível.

— Obrigada por isso — disse Carmen quando eles caminharam até a porta de entrada. — Um policial falou com o pai de Margot. Ele vai buscar a filha amanhã quando ela tiver se acalmado.

— Não tem problema. É o mínimo que posso fazer por Alice. — Lauren os acompanhou até a entrada de carros. Ela olhou para a casa. Não havia ruído ou conversa vindos da cozinha. — Não tem sido fácil por aqui ultimamente, mas pelo menos eu pude voltar para casa.

DIA 3: SÁBADO À NOITE

A fogueira era alguma coisa, ao menos. Brilhava na pequena clareira do lado de fora da porta da cabana. As chamas estavam fracas demais para emitir qualquer calor, mas enquanto Lauren permanecia ao lado do fogo, ela se sentia um pouco melhor do que nos últimos dois dias. Não bem, nem de longe, mas melhor.

Tinha levado mais de uma hora de persuasão ininterrupta para acendê-la. Lauren dera as costas para o vento, as mãos dormentes enquanto ela segurava o isqueiro de Beth contra uma pilha de gravetos úmidos. Depois de vinte minutos, Alice descruzara os braços e se aproximara para ajudar. Era óbvio que estava com mais frio do que raiva, pensou Lauren. Jill e as gêmeas tinham voltado para a cabana. Por fim, Alice pigarreou.

— Desculpe por mais cedo. — A voz dela fora difícil de ouvir. As desculpas de Alice, quando vinham, sempre soavam relutantes.

— Tudo bem. Estamos todas cansadas. — Lauren tinha se preparado para outra discussão, mas Alice continuou mexendo com o fogo. Ela parecia distraída, arrumando gravetos em pequenas pilhas, então desfazendo e refazendo-as.

— Lauren, como está Rebecca?

A pergunta tinha vindo do nada e Lauren piscou surpresa.

— Como é?

— Eu só estava me perguntando como ela está lidando com tudo depois daquela coisa das fotos no ano passado.

Aquela coisa das fotos. Soava como se não fosse nada.

— Ela está bem — disse Lauren, por fim.

— Está mesmo? — Alice parecia ter uma curiosidade sincera. — Ela vai voltar para a escola?

— Não. — Lauren pegou o isqueiro. — Não sei. — Ela se concentrou na tarefa adiante. Não queria falar sobre a filha com Alice, sentada ali, tendo a filha saudável, e as noites de premiação, e as *expectativas* dela.

Lauren ainda conseguia se lembrar da primeira vez que vira Margot Russell, dezesseis anos antes, na clínica de vacinação do centro de saúde materna. Era apenas a segunda vez que Lauren esbarrava em Alice desde a escola, mas reconheceu a mulher no mesmo instante. Ela a observou empurrar um pacotinho rosa em um carrinho chique até o balcão das enfermeiras. O cabelo parecia ter sido lavado e a calça jeans dela não repuxava na cintura. O bebê não chorava. Alice estava sorrindo para a enfermeira. Parecia descansada, orgulhosa e *feliz*. Lauren saíra de fininho para o corredor e se escondera no banheiro, encarando o anúncio sobre contracepção atrás da porta da cabine enquanto Rebecca gritava para ela. Não quisera comparar filhas com Alice Russell naquele momento e com certeza não queria fazer isso agora.

— Por que está perguntando? — Lauren se concentrou bastante em acender o isqueiro.

— Eu deveria ter perguntado há séculos.

Sim, deveria mesmo, pensou Lauren. Mas ela não disse nada, só acendeu o isqueiro de novo.

— Acho… — começou Alice, então parou. Ela ainda estava brincando com os gravetos, os olhos voltados para baixo. — Margot…

— Ei, conseguimos! — Lauren suspirou pela boca quando uma fagulha se acendeu, intensa e brilhante. Ela uniu as mãos em concha para protegê-la, alimentando a pequena chama até que se firmasse, bem a tempo do cair da noite.

Jill e as gêmeas saíram da cabana, com alívio visível nos rostos, e todas se colocaram em círculo ao redor das chamas. Lauren olhou para Alice, mas o que quer que ela estivesse prestes a dizer foi perdido com o momento. As cinco mulheres encararam o fogo por um tempo e então, uma a uma, abriram as capas à prova d'água no chão e se sentaram.

Lauren sentiu a umidade começar a deixar um pouco as roupas. A forma como a luz laranja dançava nos rostos das demais a lembrou daquela primeira noite no primeiro acampamento, com os homens e a bebida. E a comida. Parecia muito distante e há muito tempo agora. Como se tivesse acontecido com outra pessoa.

— Quanto tempo acha que vai levar para perceberem que estamos perdidas? — A voz de Bree interrompeu o silêncio.

Jill estava encarando o fogo com os olhos vítreos.

— Não muito tempo, espero.

— Talvez eles já estejam procurando. Podem ter percebido que não chegamos ao segundo acampamento.

— Eles não sabem. — A voz de Alice perfurou o ar. Ela apontou para cima. — Não ouvimos um helicóptero de busca. Ninguém está procurando por nós.

O som da fogueira estalando foi a única resposta. Lauren esperava que Alice estivesse errada, mas ela não tinha energia para discutir. Queria se sentar ali e observar as chamas até que alguém saísse das árvores atrás dela. Até que uma *equipe de busca* saísse para resgatá-la, corrigiu-se Lauren, mas era tarde demais. Aquele pensamento já plantara uma semente podre e ela olhou em volta.

As árvores e os arbustos mais próximos brilhavam vermelhos, com a fogueira do acampamento dando a ilusão de movimentos trêmulos. Para além deles, era como olhar para o vazio. Ela balançou a cabeça. Estava sendo ridícula. Mesmo assim, não olhou na direção da terrível depressão no solo, a qual não era tão terrível quando se considerava que era provavelmente uma erosão. No entanto, Alice estava certa, sussurrou uma vozinha dentro da cabeça dela. Não havia helicóptero.

Lauren respirou fundo algumas vezes e arrastou os olhos para longe da vegetação, olhando para o céu em vez disso. Ela sentiu uma descarga de surpresa conforme os olhos se ajustaram, piscando para absorver a paisagem. As nuvens tinham se dissipado pela primeira vez e estrelas se espalhavam pela noite de nanquim de uma forma que ela não via há anos.

— Gente, olhem para cima.

As outras se inclinaram para trás, protegendo os olhos do fogo baixo.

Será que fora assim nas outras noites? Lauren se perguntou. Ela só conseguia se lembrar da cobertura opressiva das nuvens, mas talvez apenas não tivesse se dado ao trabalho de reparar.

— Alguém conhece alguma constelação? — Alice estava apoiada nos cotovelos, olhando para cima.

— O Cruzeiro do Sul, claro. — Bree apontou. — E às vezes é possível distinguir uma das estrelas principais da constelação de Virgem nesta época do ano. Sagitário está baixa demais no horizonte para ver daqui. — Ela notou que as outras a encaravam e deu de ombros. — Os homens gostam de me mostrar as estrelas. Eles acham que é romântico. É um pouco. Só não é original.

Lauren sentiu um indício de sorriso.

— É incrível — falou Jill. — Entendo por que as pessoas costumavam acreditar que o futuro delas estava escrito nas estrelas.

Alice deu um risada breve.

— Algumas pessoas ainda acreditam.

— Você não, imagino.

— Não. Eu não. Acho que todos fazemos nossas escolhas.

— Também acho — disse Jill. — Mas às vezes me pergunto. Quero dizer, nasci na BaileyTennants. Segui meu pai nos negócios como me foi mandado, trabalho com meu irmão como é esperado de mim. — Ela suspirou. — Todo dia faço o que preciso fazer pelo negócio, o legado de nossa família e tudo pelo que meu pai batalhou. Porque é o que eu preciso fazer.

— Mas você tem escolha, Jill. — A voz de Alice tinha um tom que Lauren não conseguia identificar. — Todas temos.

— Eu sei disso. Mas às vezes minhas mãos parecem um pouco... — Jill jogou algo no fogo. Ele se intensificou e chiou. — Atadas.

No escuro, Lauren não conseguia dizer se havia lágrimas nos olhos de Jill. Jamais lhe ocorrera que a mulher pudesse estar infeliz com a responsabilidade na BaileyTennants. Ela percebeu que a estava encarando e virou o rosto.

— Sei o que quer dizer — falou Lauren, porque sentiu que deveria. — Todos gostam de se sentir no controle, mas talvez... — Ela imaginou Rebecca. Tão controladora com o que comia, mas tão fora de controle quanto à doença que a estava destruindo. Algo que quantidade alguma de sessões de terapia ou abraços ou ameaças ou pulseiras de consciência mental parecia conseguir afetar. Lauren passou o dedo pela pulseira trançada no pulso. — Não sei. Talvez não seja possível controlar quem somos. Talvez a gente nasça de um jeito e não há nada que se possa fazer a respeito.

— As pessoas podem mudar, no entanto — Beth falou pela primeira vez. — Eu mudei. Para pior e melhor. — Ela estava curvada para a frente, acendendo a ponta de uma longa palha de grama nas chamas. — É tudo baboseira mesmo, essa coisa de astrologia e destino. Bree e eu nascemos com três minutos de diferença, sob o mesmo signo. Isso lhe diz tudo o que precisa saber sobre seu destino estar escrito nas estrelas.

Houve uma risada baixa em seguida, de todas elas. Depois, Lauren se lembraria daquela como a última vez.

Elas se calaram, olhando para cima, para as estrelas, ou para baixo, para o fogo. O estômago de alguém roncou alto. Ninguém comentou. Não havia motivo. Tinham conseguido encher as garrafas parcialmente com água da chuva, mas a comida se fora há muito tempo. Uma brisa fria soprou, fazendo as chamas dançarem por toda parte. Na escuridão, árvores invisíveis chacoalharam e rangeram em um coro coletivo.

— O que acham que vai acontecer com a gente aqui? — A voz de Bree estava baixa.

Lauren esperou que alguém a reconfortasse. *Ficaremos bem*. Ninguém fez isso.

— Vamos ficar bem? — Bree tentou de novo.

— É claro que sim — respondeu Beth dessa vez. — Vão procurar por nós amanhã à tarde.

— E se não nos encontrarem?

— Eles encontrarão.

— Mas e se não conseguirem? — Os olhos de Bree estavam arregalados. — Sério? E se Alice estiver certa? Esqueçam ter escolhas e estar no controle, e se tudo isso for baboseira? Não me sinto no controle de nada. E se não tivermos escolha nenhuma e na verdade nosso destino for ficar aqui perdidas? Sozinhas, e com medo, e jamais encontradas?

Ninguém respondeu. No alto, as estrelas olhavam para baixo, com a luz fria e distante delas cobrindo a Terra.

— Bree, ficar aqui, com certeza, não é nosso destino.

— Do outro lado da fogueira, Alice conseguiu dar uma risada baixa. — A não ser que uma de nós tenha feito algo realmente terrível em uma vida passada.

Era quase engraçado, pensou Lauren, como à relativa privacidade da meia-luz trêmula, cada rosto parecia um pouco culpado.

DEZESSETE

— Aquilo foi desconfortável — disse Carmen.

— Qual parte?

— Tudo.

Eles estavam sentados no carro, do lado de fora da casa de Lauren. Tinha escurecido enquanto estavam dentro e a iluminação dos postes da rua dava um brilho laranja às gotas de chuva no para-brisa.

— Eu nem mesmo sabia o que dizer a Margot na casa dela — falou Carmen. — Quero dizer, ela está certa. Que diabos deveria fazer agora que aquelas fotos estão à solta? Não é como se pudesse recuperá-las. E então Rebecca. Aquilo foi chocante. Não é à toa que Lauren está tão ansiosa.

Falk pensou na adolescente esquelética e no ninho de pulseiras de consciência mental dela. Quanta preocupação e quanto estresse estavam amarrados naqueles fios? Ele sacudiu a cabeça.

— E agora? — O agente verificou o relógio. Parecia mais tarde do que era.

Carmen conferiu o celular.

— O escritório deu permissão para visitarmos Daniel Bailey em casa, presumindo que esteja mesmo lá, suponho. Mas disseram para agirmos com cuidado.

— Ótima dica. — Falk ligou o carro. — Disseram mais alguma coisa?

— O de sempre. — Carmen olhou de um lado para outro, com um pequeno sorriso. *Consigam os contratos.* Ela se recostou no assento. — Eu me pergunto se o filho dele já voltou para casa.

— Talvez — disse Falk, mas duvidava. Vira a expressão no rosto de Daniel Bailey quando saiu às pressas da casa de Alice. Não precisava conhecer Joel Bailey para saber que o garoto provavelmente era bastante escorregadio.

A casa dos Bailey ficava escondida atrás de um elaborado portão de ferro retorcido e cercas-vivas tão densas que era impossível ver através delas da rua.

— É sobre Alice Russell — disse Falk, pelo interfone. A luz vermelha da câmera de segurança piscava, então o portão se abriu em silêncio para revelar uma longa e lisa entrada para carros. Cerejeiras japonesas ladeavam o caminho, parecendo brinquedos bem cuidados.

Bailey abriu a porta pessoalmente. Ele encarou Falk e Carmen, surpreso, então franziu a testa, tentando se lembrar deles.

— Nós já nos conhecemos? — Foi uma pergunta, não uma afirmação.

— No chalé principal. Ontem. Com Ian Chase.

— Sim, isso mesmo. — Os olhos de Bailey estavam avermelhados. Parecia mais velho do que no dia anterior. — Encontraram Alice? Disseram que alguém ligaria se a encontrassem.

— Não a encontraram, não — disse Falk. — Mas gostaríamos de falar com você mesmo assim.

— De novo? Sobre o quê?

— Sobre por que estava batendo à porta da casa de Alice Russell algumas horas atrás, para começar.

Bailey ficou imóvel.

— Vocês foram à casa dela?

— Ela ainda está desaparecida — disse Carmen. — Achei que você quisesse que todas as pedras fossem reviradas.

— É claro — disparou Bailey, então fez uma pausa. Ele esfregou a mão nos olhos, então abriu mais a porta e recuou.

— Desculpe. Entrem.

Os agentes o acompanharam por um corredor impecável até um deque fechado. Piso de madeira polida brilhava sob sofás de couro enquanto chamas baixas na lareira aqueciam o cômodo suavemente. Estava limpo como um apartamento decorado. Falk teve vontade de tirar os sapatos. Bailey indicou para que os dois se sentassem.

Uma fotografia profissional de família pendurada acima da lareira mostrava Bailey dando um sorriso largo ao lado de uma mulher atraente de cabelos pretos. A mão dele estava no ombro de um garoto adolescente de pele lisa, dentes brancos retilíneos, e as pregas da camisa engomadas com perfeição. Joel Bailey, supôs Falk. Ele não tinha a mesma aparência na tela do celular de Margot Russell.

Bailey acompanhou o olhar de Falk até o retrato.

— Fui até a casa dos Russell para ver se meu filho estava lá. Ele não estava, ou pelo menos acho que não, então fui embora.

— Você tentou falar com Margot? — perguntou Carmen.

— Ela estava lá, é? Achei que talvez estivesse. Não, ela não atendeu. — Ele olhou para cima. — Vocês já falaram com ela? Ela sabe onde Joel está?

Falk começou a negar com a cabeça quando houve movimento à porta.

— O que foi isso sobre Joel? Ele foi encontrado? — disse uma voz.

A mulher de cabelos pretos da fotografia de família olhava para eles. Como o marido, preocupação parecia tê-la envelhecido. A mulher estava vestida com elegância, joias de ouro brilhando nas orelhas e no pescoço, mas os olhos estavam úmidos com lágrimas não derramadas.

— Minha esposa, Michelle — disse Bailey. — Eu acabei de falar que fui até a casa de Margot Russell procurar por Joel.

— Por quê? — A boca de Michelle estava com uma seriedade incrédula. — Ele não quer nada com ela.

— Ele não estava lá, de toda forma — disse Bailey. — Deve estar escondido na casa de um dos amigos.

— Você pelo menos disse a Margot para deixá-lo em paz? Porque, se ela o bombardear com mais daquelas fotos ou vídeos, eu mesma vou à polícia.

Falk pigarreou.

— Não acho que haja risco de Margot enviar mais fotos. Ela está muito chateada por terem ido parar na internet.

— E Joel não está? Ele está mais chateado do que qualquer um. Está tão envergonhado que não consegue nem nos encarar. Não pediu para ser envolvido em nada disso.

— Mas ele pediu as fotos — disse Carmen. — Supostamente.

— Não. Ele não pediu. — As palavras dela eram frágeis e severas. — Meu filho jamais teria feito isso. Está entendendo?

Bailey começou a dizer alguma coisa, mas a esposa gesticulou para que ele se calasse.

— Mesmo que tivesse havido algum engano... — Os olhos de Michelle se voltaram para o retrato da família. — Mesmo que estivessem flertando, por exemplo, e ele tivesse dito algo que Margot entendeu errado, por que ela mandaria algo assim? Ela não tem amor-próprio? Se não quisesse que aquelas fotos acabassem on-line, talvez devesse ter pensado nisso antes de agir como uma vadiazinha.

As palavras mal saíram da boca da mulher quando Bailey se levantou com rapidez e a conduziu para fora da sala.

Ele ficou alguns minutos fora. Falk conseguia ouvir os sons abafados de uma voz firme e grave, e respostas frenéticas em timbre mais agudo. Quando Bailey voltou, parecia ainda mais tenso.

— Desculpem por isso. Ela está muito abalada. — Ele suspirou. — Foi ela quem descobriu as fotos e os vídeos. Tínhamos comprado um *tablet* novo para a sala de estar e o celular de Joel de alguma forma sincronizou com ele. É provável que tenha sido por engano quando estava baixando algo, mas salvou o rolo da câmera dele e ela viu tudo. Michelle me ligou. Eu já estava a caminho do ônibus para aquele maldito retiro... Precisei dar meia-volta. Joel estava aqui com dois amigos. Eu os mandei para casa, e obriguei meu filho a apagar as imagens, é claro. Dei um sermão.

— Por isso você se atrasou para chegar ao retiro? — perguntou Falk, e Bailey assentiu.

— Eu nem queria ir, mas era tarde demais para cancelar. Não pega bem o chefe desistir. Além do mais... — Ele hesitou. — Achei que talvez eu devesse avisar Alice.

Falk viu as sobrancelhas de Carmen se erguerem.

— Embora já tivesse apagado as fotos? — disse ela.

— Pareceu importante. — Havia um indício de martírio na voz dele.

— E você conseguiu? Avisá-la?

— Sim. Naquela primeira noite no retiro, quando fomos ao acampamento das mulheres. Eu tinha tentado ligar para ela da estrada, mas não conseguia completar a chamada. Quando cheguei lá, o grupo das mulheres já tinha começado a trilha.

Falk pensou nos sinais dos celulares deles, dissipando-se em nada conforme se aproximavam da cordilheira.

— Mas por que a urgência? — perguntou. — Você disse que as fotos tinham sido apagadas, então por que não contar a ela depois do retiro? Ou por que não deixar para lá?

— É. Olhem, por mim, eu teria ficado feliz em apagar as imagens e fim da história, mas... — Ele olhou para a porta, onde a esposa tinha estado antes. — Michelle estava... está... muito chateada. Ela sabe o número do celular de Margot Russell. Enquanto eu estava dirigindo até lá, comecei a me preocupar que Michelle pudesse, não sei, sentir a necessidade de dizer umas poucas e boas. Eu não queria que Alice saísse do retiro três dias depois e encontrasse uma fila de mensagens de Margot reclamando de minha mulher, e Alice sem saber de nada a respeito. Ela teria uma justificativa legítima para prestar queixa.

Falk e Carmen olharam para ele.

— Então, o que você disse a Alice? — perguntou Falk.

— Achei mais provável que ela não quisesse que todos soubessem, então a puxei de lado. — O esboço de um sorriso contido. — Para ser sincero, *eu* não queria que todo mundo soubesse. Contei que Joel tinha algumas fotos de Margot, mas que haviam sido apagadas.

— Como Alice reagiu?

— A princípio, ela não acreditou em mim a respeito das fotos. Ou não quis acreditar. — Ele olhou para a porta, onde a esposa de olhos vermelhos estivera de pé. — Mas talvez isso seja esperado. Ela insistiu que Margot não faria algo assim, mas quando eu disse que tinha visto as fotos pessoalmente, a reação dela mudou. Ela começou a entender, perguntar se eu as tinha mostrado a mais alguém, ou se estava planejando fazer isso. Eu disse que não, é claro que não. Acho que ela ainda estava tentando compreender. Não posso culpá-la. Eu mesmo estava tendo muitas dificuldades com toda a situação. — Ele olhou para as mãos.

Falk pensou em Jill Bailey, franzindo a testa. *É um assunto de família.*

— Você contou a sua irmã o que aconteceu?

— No retiro? — Bailey negou com a cabeça. — Não tudo. Eu disse a ela que me atrasei porque tínhamos pegado Joel com fotos inapropriadas. Não mencionei que Margot estava envolvida. Achei que fosse uma decisão a ser tomada por Alice como mãe. — Ele suspirou. — No entanto, precisei contar a Jill depois do retiro, quando Alice não saiu.

— Qual foi a reação dela?

— Ela ficou com raiva. Disse que eu deveria ter contado a história toda naquela primeira noite no acampamento. O que talvez eu deveria ter feito mesmo.

Carmen se recostou na cadeira.

— Então como as imagens vazaram? Margot disse que estão on-line desde ontem.

— Eu não sei, sendo bem sincero. Dirigi ontem de volta assim que soube por Michelle. Ela ouviu de outra mãe. — Ele sacudiu a cabeça. — Se faz diferença, realmente não acho que Joel as espalharia. Falei por muito tempo sobre respeito e privacidade e ele pareceu escutar de verdade.

Daniel Bailey, pensou Falk, soava bastante como a esposa no momento.

— Joel estava com dois amigos quando Michelle descobriu os arquivos — prosseguiu Bailey. — Acho que, no meio do caos, é mais provável que um deles tenha copiado as imagens. — Ele girou o próprio celular nas mãos. — Eu só queria que Joel atendesse o maldito telefone para podermos esclarecer isso.

Por um momento, o único som foi o estalo da lareira.

— Por que não mencionou isso quando nos falamos antes? — perguntou Falk.

— Eu estava tentando respeitar a privacidade das crianças. Não piorar as coisas para elas.

Falk olhou para o homem e, pela primeira vez, Bailey não conseguiu encará-lo. Havia mais alguma coisa. Falk pensou em Margot, infantil e sozinha, na cozinha da mãe dela.

— Quantos anos Margot tem naquelas fotos?

Bailey piscou e Falk soube que estava certo.

— Se alguém investigar as datas em que foram tiradas, descobrirão que ela só tinha quinze anos na época?

Bailey fez que não com a cabeça.

— Eu não sei.

Falk tinha certeza de que ele sabia.

— Quantos anos tem seu filho agora?

Um longo silêncio.

— Ele tem dezoito anos, mas acabou de fazer. Só tinha dezessete quando namoraram, no entanto.

— Mas agora ele não tem. — Carmen inclinou o corpo para a frente. — Agora, é um adulto em idade legal que supostamente distribuiu imagens sexuais de uma jovem abaixo da idade de consentimento. Espero que você tenha um bom advogado.

Bailey ficou sentado no sofá chique ao lado da lareira estalando e levantou os olhos para ver o filho sorridente no lustroso retrato da família. Ele assentiu, mas não pareceu feliz.

— Nós temos.

DIA 3: SÁBADO À NOITE

Alice estava ausente por um longo período até que alguém notasse.

Bree não tinha certeza de por quanto tempo ficara encarando as chamas quando percebeu que havia apenas quatro delas sentadas ali. Ela observou a clareira. Havia pouco para ver. A frente da cabana brilhava laranja e preta, os ângulos criando sombras contrastantes sob a luz do fogo. Ao redor, tudo mais estava mergulhado em completa escuridão.

— Onde está Alice?

Lauren ergueu o rosto.

— Acho que ela foi ao banheiro.

Do outro lado da fogueira, Jill franziu a testa.

— Isso já faz um bom tempo, não?

— Faz? Não sei.

Bree também não sabia. O tempo parecia correr diferente ali. Ela observou as chamas por mais alguns minutos, ou possivelmente por mais muitos minutos, até que Jill se agitou:

— Mas onde será que ela está? Não foi tão longe a ponto de não conseguir enxergar o caminho de volta até a fogueira, foi? — Sentou-se mais ereta e gritou: — Alice!

Elas escutaram. Bree ouviu um farfalhar e um estalo em algum lugar ao longe, atrás dela. *Gambá*, disse a si mesma. À exceção disso, tudo estava quieto.

— Talvez ela não tenha ouvido — falou Jill. Então, com muita tranquilidade: — A mochila dela ainda está aqui, não está?

Bree se levantou para verificar. Dentro da cabana, conseguia discernir os contornos de cinco mochilas. Não conseguia dizer qual era a de Alice, então contou de novo para ter certeza. Cinco. Todas ali. Quando Bree se virou para ir embora, um movimento na janela ao lado lhe chamou a atenção e ela avançou até o buraco em que deveria haver vidro. Uma silhueta se movia pelo limite da clareira. Alice.

O que ela estava fazendo? Era difícil dizer. Então Bree viu o característico piscar de uma luz. Ela suspirou e voltou para a fogueira.

— Alice está ali, daquele lado. — Bree apontou. — Está verificando o celular.

— Mas a mochila dela ainda está do lado de dentro? — perguntou Jill.

— Sim.

— Pode ir buscá-la? — Jill semicerrou os olhos para a escuridão. — Por favor. Não quero que ninguém se perca no escuro.

Bree olhou ao redor quando um farfalhar veio de algum lugar entre as árvores. Era apenas um gambá, repetiu a si mesma.

— Ok.

Estava mais escuro fora do campo visual da fogueira e Bree tropeçou no solo irregular, as sombras das chamas dançando diante de seus olhos, estivessem eles abertos ou fechados. Ela tomou fôlego e se obrigou a parar e esperar. Pouco a pouco, as distinções começaram a se tornar claras. Conseguia ver a figura se movendo no limite da clareira.

— Alice!

A mulher deu um salto e se virou ao ouvir o próprio nome. O telefone brilhava na mão dela.

— Ei — falou Bree. — Não ouviu a gente chamar?

— Não. Desculpe. Quando?

Alice tinha uma expressão estranha no rosto e, quando Bree se aproximou, achou que a mulher tivesse lágrimas nos olhos.

— Ainda há pouco. Você está bem?

— Sim. Achei... por um segundo que tivesse sinal.

— Ai, meu Deus, mesmo? — Bree quase agarrou o celular. Impediu-se bem a tempo. — Conseguiu ligar para alguém?

— Não. Sumiu na mesma hora. Não consegui encontrar de novo. — Alice abaixou o rosto. — Não sei. Talvez eu tenha imaginado.

— Posso ver? — Bree estendeu a mão, mas a outra mulher se manteve fora do alcance.

— Não há nada aqui. Acho que talvez eu tenha visto o que queria ver.

Na tela, Bree viu de relance um nome. Margot. Último número discado. Ela hesitou. Era o celular de Alice, mas estavam todas à deriva no mesmo barco. Isso mudava as regras. Bree respirou fundo.

— Deveríamos usar o telefone para ligar para a emergência.

— Eu sei.

— Quero dizer, sei que é difícil. Todas estão com saudade de casa e pensando nas famílias, eu entendo isso totalmente, mas...

— Bree. Eu sei. Não consegui completar a chamada.

— Mas mesmo tentar ligar gasta bateria, e não sabemos por quanto tempo...

— Cruzes, eu sei tudo isso! — Um brilho de lágrimas, com certeza. — Só queria falar com ela. Só isso.

— Tudo bem. — Bree estendeu a mão e acariciou as costas de Alice. Pareceu meio estranho e ela percebeu que as duas nunca tinham compartilhado nada além de um aperto de mãos antes.

— Eu sei que ela está crescendo. — Alice limpou os olhos com a manga da roupa. — Mas ainda é meu bebê. Você não entenderia.

Não, pensou Bree, imaginando o ovo de pássaro quebrado, supunha que não. A mão dela parou nas costas de Alice.

— Não conte às outras. — Alice a encarava agora. — Por favor.

— Elas vão querer saber sobre o sinal.

— Não havia sinal. Eu estava errada.

— Mesmo assim...

— Isso só vai alimentar as esperanças delas. Todas vão querer tentar ligar para pessoas. E você está certa quanto à bateria.

Bree não disse nada.

— Está bem?

Quando Bree tirou a mão das costas de Alice, a mulher estendeu a dela e pegou a mão da jovem, os dedos firmes contra as articulações de Bree. Foi quase doloroso.

— Bree? Por favor, você é inteligente o bastante para ver que estou certa.

Uma longa pausa.

— Suponho que sim.

— Boa menina. Obrigada. É melhor assim.

Quando Bree assentiu, Alice soltou a mão dela.

DEZOITO

Daniel Bailey parecia pequeno contra a fachada da ampla mansão. Falk podia vê-lo pelo espelho retrovisor, observando enquanto os dois agentes se afastavam de carro. O portão de ferro retorcido que protegia a propriedade se abriu em silêncio para permitir que eles saíssem.

— Eu me pergunto quando Joel Bailey planeja voltar para casa e encarar a situação — disse Falk conforme dirigiam pelas ruas impecáveis.

— Provavelmente quando precisar que a mãe lave suas roupas. Aposto que ela vai lavar mesmo. De bom grado. — O estômago de Carmen roncou alto o bastante para ser ouvido por cima do ruído do motor. — Quer comer alguma coisa? Jamie não deve ter deixado comida nenhuma em casa antes de partir. — Ela olhou pela janela quando os dois passaram por uma fileira de lojas sofisticadas. — Não conheço lugar nenhum por aqui. Nenhum que custe menos do que uma prestação de hipoteca, de toda forma.

Falk pensou por um minuto, avaliando as opções. Boa ideia, má ideia?

— Você poderia vir para minha casa. — As palavras saíram antes que ele se decidisse de vez. — Eu posso cozinhar alguma coisa. — Percebeu que estava prendendo o fôlego. Então o soltou.

— Como o quê?

Ele vasculhou os armários e o freezer na própria mente.

— Espaguete à bolonhesa?

Um aceno no escuro. Um sorriso, pensou ele.

— Espaguete à bolonhesa na sua casa. — Um sorriso com certeza, conseguia ouvir na voz dela. — Como eu poderia recusar? Vamos lá.

Falk ligou a seta.

Trinta minutos depois, os dois estacionaram do lado de fora do apartamento dele em St. Kilda. As ondas na baía estavam altas e violentas conforme eles passaram de carro, as cristas brancas brilhando ao luar. Falk abriu a porta.

— Entre.

Quando Falk acendeu a luz, o apartamento estava com o ar frio de uma casa deixada vazia por vários dias. O tênis dele ainda estava na entrada, onde o tirara para colocar as botas de trilha. Há quantos dias tinha sido aquilo? Nem mesmo três. Parecia mais.

Carmen entrou logo atrás e olhou ao redor sem cerimônia. Falk conseguia sentir que ela o observava enquanto ele dava uma volta pela sala acendendo as luzes. O aquecedor rangeu de volta à vida e quase de imediato o ambiente pareceu mais quente. A sala inteira era de um branco neutro, com as poucas pinceladas de cor vindo das estantes de livros lotadas que ocupavam as paredes. Uma mesa no canto e um sofá que dava para a televisão eram as únicas outras peças de mobília. O lugar parecia menor com mais uma pessoa ali, pensou Falk, mas não de um jeito abarrotado. Tentou se lembrar de quando tinha convidado alguém pela última vez. Fazia um tempo.

Sem esperar convite, Carmen se sentou em um banco no balcão que separava a modesta cozinha da sala de estar.

— São bonitinhas — disse ela, pegando uma de duas bonecas tricotadas sobre envelopes acolchoados no balcão.

— Foram presentes? Ou você está começando uma coleção esquisita?

Falk gargalhou.

— Presentes, obrigado. Queria mandar pelo correio esta semana, mas não consegui com tudo que tem acontecido. São para as filhas de uns amigos.

— Ah, é? — Ela pegou os envelopes. — Não são amigos daqui, então?

— Não. Um está em Kiewarra, onde eu cresci. — Ele abriu um armário e se concentrou bastante no conteúdo para não precisar olhar para ela. — O outro morreu, na verdade.

— Ah. Sinto muito.

— Tudo bem — respondeu Falk, tentando parecer sincero. — Mas a filha dele está bem. Lá em Kiewarra. Os brinquedos são presentes de aniversário atrasados. Eu precisei esperar até bordarem os nomes. — Ele apontou para as letras nos vestidos das bonecas. Eva Raco. Charlotte Hadler. As duas crescendo como ervas daninhas, pelo que lhe fora dito. Falk não voltara para visitá-las, e de repente se sentiu um pouco culpado por isso. — São presentes legais, não são? Para crianças?

— São lindas, Aaron. Tenho certeza de que elas vão amar. — Carmen as recolocou com cuidado nas embalagens enquanto Falk continuava revirando os armários.

— Quer uma bebida? — Ele pegou uma única garrafa de vinho e limpou uma camada de poeira dela com discrição. Não era muito de beber com companhia, e com certeza não quando sozinho. — Tinto está bom? Achei que talvez tivesse branco, mas...

— Tinto é perfeito, obrigada. Aqui, eu abro — disse Carmen, estendendo a mão para a garrafa e duas taças. — Você tem um apartamento legal. Muito arrumadinho. Eu preciso de duas semanas de antecedência para receber gente. Embora seu gosto seja um pouco monástico, se me permite dizer.

— Você não seria a primeira. — Ele colocou a cabeça para dentro de outro armário e retornou com duas panelas grandes. Carne moída do freezer foi para dentro do micro-ondas para descongelar enquanto Carmen servia o vinho em duas taças.

— Nunca tive paciência com toda aquela baboseira de "deixar respirar" — disse ela, brindando a taça na dele. — Saúde.

— Saúde.

Falk estava consciente dos olhos da parceira sobre ele quando colocou óleo, cebola e alho em uma panela e então, enquanto douravam, abriu uma lata de tomate. Ela estava com um meio sorriso no rosto.

— O quê? — perguntou Falk.

— Nada. — Ela o olhou sobre a borda da taça quando tomou um gole. — É que com todo seu ambiente de solteiro eu estava esperando molho pronto.

— Não se anime muito. Você ainda não provou.

— Não. Mas o cheiro está bom. Não sabia que você cozinhava.

Ele sorriu.

— É provável que isso seja um pouco generoso. Sei fazer isto e algumas outras coisas. Mas é como tocar piano, não é? Se souber se virar com cinco músicas em público, as pessoas acham que você é bom.

— Então este prato é sua especialidade, como se diz nos programas de culinária?

— Uma delas. Tenho exatamente mais quatro.

— Mesmo assim, cinco receitas são quatro a mais do que alguns homens sabem preparar, vai por mim. — Ela sorriu de volta e desceu do banco. — Posso ligar o noticiário por um minuto?

Carmen pegou o controle remoto sem esperar resposta. O som estava baixo, mas Falk podia ver a tela no canto do campo de visão. Não precisaram esperar muito pela notícia. A legenda surgiu no canto inferior da tela.

GRANDE TEMOR PELA PRATICANTE DE TRILHA
DESAPARECIDA DE MELBOURNE

Uma série de fotos surgiu: Alice Russell, sozinha, então mais uma vez a foto de grupo tirada no início da trilha. Martin Kovac, antigas imagens das quatro vítimas, uma fotografia aérea da cordilheira Giralang, um emaranhado extenso de verde e marrom se expandindo para o horizonte.

— Alguma menção do filho? — gritou Falk da cozinha, e Carmen negou com a cabeça.

— Ainda não. Tudo parece bastante especulativo.

Ela desligou a televisão e se aproximou para examinar as estantes de livros dele.

— Bela coleção.

— Sinta-se livre para pegar algum emprestado — disse Falk. Ele lia bastante, em grande parte ficção, desde literatura premiada até as desavergonhadamente comerciais. Ao mexer a panela, os aromas encheram a sala, enquanto Carmen examinava as prateleiras. Ela estava passando os dedos pelas lombadas, parando uma ou outra vez para virar a cabeça e ler os títulos. A meio caminho, fez uma pausa, tirando algo fino do espaço entre dois romances.

— Este é seu pai?

Falk congelou ao fogão, sabendo, sem olhar, do que ela estava falando. Ele deu uma boa mexida em uma das panelas borbulhantes antes de enfim se virar. Carmen segurava uma fotografia. Ela estava com uma segunda na mão.

— Sim, é ele. — Falk limpou as mãos em um pano de prato e esticou o braço sobre o balcão até a imagem. Estava fora do porta-retratos e ele a segurou pelas beiradas.

— Qual era o nome dele?

— Erik.

Falk não olhava direito para a foto desde que fora impressa por uma enfermeira e dada a ele com um cartão depois do funeral. Mostrava o agente ao lado de um homem de aparência frágil em uma cadeira de rodas. O rosto do pai estava magro e pálido. Os dois homens sorriam, mas de maneira artificial, como se respondendo a uma instrução da pessoa atrás da câmera.

Carmen olhava para a outra foto que havia encontrado. Ela a ergueu.

— Esta é muito bonita. Quando foi tirada?

— Não tenho certeza. Há um tempo, é óbvio.

Falk teve dificuldade ao engolir em seco enquanto olhava para a segunda imagem. A qualidade da foto era menos nítida e o fotógrafo fora um pouco trêmulo, mas os sorrisos que capturara não eram forçados dessa vez. Ele devia ter três anos, supôs, e estava sentado nos ombros do pai, as mãos agarradas a cada lado do rosto de Erik, o queixo apoiado no cabelo dele.

O pai apontava para algo distante enquanto caminhavam pelo que Falk reconheceu como a trilha que cercava o amplo pasto dos fundos. Tentara várias vezes, sem sucesso, se lembrar do que lhes chamara atenção. O que quer que tivesse sido, fizera ambos rirem. Não sabia se fora o tempo, ou um erro no processo de revelação da foto, mas a cena estava banhada em uma luz dourada, dando a aparência de um verão eterno.

Falk não via a foto havia anos, até levar a mochila do pai para casa ao voltar do hospital e esvaziá-la. Não sabia que o pai sequer a tinha, muito menos por quanto tempo a guardara. De tudo que pudesse ter feito diferente na vida, desejava que o pai tivesse lhe mostrado aquela foto quando ainda estava vivo.

Sem saber exatamente como se sentia com relação a tudo aquilo – os pertences, o funeral, a morte do pai –, Falk guardara a mochila com o mapa de Erik no fundo do armário e deslizara as fotos entre dois de seus livros preferidos até decidir o que fazer com elas. Tinham ficado ali desde então.

— Você é igualzinho a ele — dizia Carmen, com a cabeça baixa, o nariz próximo da imagem. — Quero dizer, claro, não tanto nesta foto do hospital.

— Não, ele estava muito doente nessa época. Morreu logo depois. Nós éramos mais parecidos.

— Sim, dá para ver mesmo nesta aqui de você quando criança.

— Eu sei. — Ela estava certa. O homem na foto podia ser o próprio Falk.

— Mesmo que vocês nem sempre se entendessem, deve sentir falta dele.

— É claro. Sinto muita falta dele. Era meu pai.

— É que você não emoldurou as fotos.

— Não. Bem, não gosto muito de decoração. — Ele tentou fazer piada, mas ela não riu. Carmen o observou por cima da taça.

— Não tem problema se arrepender, sabe.

— O quê?

— De não terem sido mais próximos quando tiveram chance.

Ele não disse nada.

— Você não seria o primeiro filho a sentir isso depois de perder um dos pais.

— Eu sei.

— Em especial, se sentir que talvez pudesse ter se esforçado mais.

— Carmen. Obrigado. Eu sei. — Falk apoiou a colher de madeira no balcão e olhou para ela.

— Que bom. Eu só estava dizendo. Caso você não soubesse.

Ele não pôde conter um sutil sorriso.

— Só confirmando, você teve treinamento profissional em psicologia, ou…?

— Amadora talentosa. — O sorriso dela se dissipou um pouco. — É uma pena vocês terem se distanciado, no entanto. Parece que eram felizes juntos quando você era mais jovem.

— Sim. Mas ele sempre foi um sujeito meio difícil. Era reservado demais.

Carmen olhou para o parceiro.

— Um pouco como você, imagino?

— Não. Muito pior do que eu. Ele mantinha as pessoas longe. Até as que conhecia bem. E não era muito de falar, então era difícil saber o que estava pensando na maior parte do tempo.

— É mesmo?

— É. O que o levou a ficar bastante isolado…

— Certo.

—… então ele nunca se aproximou muito de ninguém.

— Meu Deus, sério, Aaron, você não está mesmo se ouvindo?

Ele precisou sorrir.

— Olhe, sei como soa, mas não era assim. Se fôssemos mesmo tão parecidos, teríamos nos entendido melhor. Em especial, depois de nos mudar para a cidade grande. Precisávamos um do outro. Foi difícil nos estabelecer aqui naqueles primeiros anos. Eu estava com saudade de nossa fazenda, nossa antiga vida, mas ele jamais pareceu entender isso.

Carmen inclinou a cabeça.

— Ou talvez ele entendesse o quanto era difícil, pois estava passando pelo mesmo, e por isso convidava você para fazer trilha nos fins de semana.

Falk parou de mexer a panela e a encarou.

— Não me olhe assim — disse ela. — Você deveria saber. Eu jamais o conheci. Só estou dizendo que a maioria dos pais realmente tenta fazer o certo pelos filhos, eu acho. — Ela deu de ombros. — Quero dizer, veja só os Bailey e o filho cafajeste deles. O garoto não é capaz de fazer nada errado, mesmo quando é pego em flagrante. E parece que até mesmo um lunático como Martin Kovac passou os últimos dois anos de vida triste porque o filho tinha sumido do mapa.

Falk começou a mexer de novo a panela e tentou pensar no que dizer. Nos últimos dias, a imagem frágil que tinha do pai pouco a pouco se deformava em algo diferente.

— Acho que sim — disse ele, por fim. — E olhe, eu queria mesmo que tivéssemos feito um trabalho melhor ao tentar nos entender. É claro que sim. E sei que deveria ter tentado com mais afinco. Eu só sentia que meu pai jamais queria encontrar um meio-termo.

— Repito, você sabe melhor do que eu. Mas quem tem a última foto do pai falecido escondida entre dois livros é você. Isso não me soa muito como uma conciliação. — Ela se levantou e enfiou as fotos de volta entre os livros. — Não faça essa cara, vou cuidar da minha vida de agora em diante, prometo.

— É. Tá bom. O jantar está pronto, aliás.

— Que bom. Isso vai me calar por um tempo, pelo menos. — Carmen sorriu até que Falk sorrisse de volta.

Ele encheu dois pratos com macarrão e molho espesso e os levou até a pequena mesa no canto.

— Era exatamente disso que eu precisava — disse Carmen, em meio à primeira garfada. — Obrigada. — Ela esvaziou um quarto do prato antes de se recostar e limpar a boca com um guardanapo. — Então, você quer falar sobre Alice Russell?

— Na verdade, não — respondeu ele. — E você?

Carmen fez que não com a cabeça.

— Vamos falar sobre outra coisa. — Ela tomou mais um gole de vinho. — Por exemplo, quando sua namorada se mudou daqui?

Falk ergueu o rosto, surpreso, com o garfo a meio caminho da boca.

— Como você soube?

Carmen deu um pequeno sorriso.

— Como eu soube? Aaron, não sou cega. — Ela apontou para um grande espaço ao lado do sofá que um dia abrigara uma poltrona. — Ou esse é o apartamento mais agressivamente minimalista em que já estive, ou você não substituiu a mobília dela.

Ele deu de ombros.

— Deve fazer uns quatro anos que ela foi embora.

— Quatro *anos*! — Carmen apoiou a taça. — Eu sinceramente achei que você ia dizer quatro meses. Só Deus sabe que eu também não sinto tanto orgulho da minha casa, mas fala sério. Quatro anos. O que está esperando? Precisa de uma carona até a loja de móveis?

Ele teve de rir.

— Não. Só não tive oportunidade de substituir as coisas dela. Só posso me sentar em um sofá de cada vez.

— Sim, eu sei. Mas a ideia é que você convide as pessoas para sua casa e elas se sentem nas outras peças de mobília.

Quero dizer, é muito esquisito. Não tem poltrona, mas tem...
— ela apontou para um objeto de madeira polida acumulando
poeira em um canto —... aquilo. O que é aquilo?

— É uma estante para revistas.

— Não tem revistas nela.

— Não. Eu não leio revistas.

— Ela levou a poltrona, mas deixou a estante de revistas.

— Basicamente.

— Inacreditável. — Carmen sacudiu a cabeça em uma
descrença debochada. — Bem, se você precisar de um sinal
de que está melhor sem ela, ele está bem ali no canto, sem
revista nenhuma. Qual era o nome dela?

— Rachel.

— E o que deu errado?

Falk olhou para o próprio prato. Não era algo em que
se permitia pensar com frequência. Quando pensava nela,
a coisa de que mais se lembrava era a forma como costumava
sorrir. Bem no início, quando tudo ainda era novo. Ele encheu as taças mais uma vez.

— O de sempre. Nós nos afastamos. Ela se mudou
daqui. Foi culpa minha.

— É, nisso eu posso acreditar. Saúde. — Carmen ergueu a taça.

— Como é? — Falk quase riu. — Tenho quase certeza
de que não deveria dizer isso.

Carmen olhou para ele.

— Desculpe. Mas você é adulto, pode aguentar. Só quis
dizer que você é um sujeito decente, Aaron. Ouça, você parece
se importar e tenta fazer o bem para as pessoas. Se a afastou
a ponto de que ela precisou se mudar, foi de propósito.

Ele estava prestes a protestar, então parou. Seria verdade?

— Ela não fez nada errado — disse ele, por fim. —
Queria coisas que eu achava que não podia dar.

— Como o quê?

— Queria que eu trabalhasse um pouco menos, conversasse um pouco mais. Tirasse um tempo de licença. Talvez casar, não sei. Ela queria que eu tentasse acertar as coisas com meu pai.

— Você sente falta dela?

Ele sacudiu a cabeça.

— Não mais — respondeu Falk, com sinceridade. — Mas às vezes acho que deveria ter dado mais ouvidos a ela.

— Talvez não seja tarde demais.

— É tarde demais com ela. Está casada agora.

— Parece que poderia ter feito um bem a você se tivessem ficado juntos — disse Carmen. Ela estendeu a mão e tocou a dele de leve do outro lado de mesa, olhando-o nos olhos. — Mas eu não me culparia muito. Ela não era certa para você.

— Não?

— Não. Aaron Falk, você não é o tipo de homem cuja alma gêmea tem uma estante para revistas.

— Para ser sincero, ela deixou para trás.

Carmen gargalhou.

— E não houve ninguém desde então?

Falk não respondeu de imediato. Seis meses antes, em sua cidade natal. Uma menina, agora mulher, de muito tempo atrás.

— Eu tive uma tentativa fracassada recentemente.

— Não deu certo?

— Ela era... — Falk hesitou. *Gretchen*. O que poderia dizer a respeito dela? Os olhos azuis e o cabelo loiro. Os segredos. — Muito complicada.

A mente dele estava tão distante no passado que quase não ouviu o som do celular vibrando no balcão. Levou tanto tempo para alcançá-lo que, quando o pegou, tinha se silenciado.

Imediatamente, o celular de Carmen começou a tocar na bolsa, esganiçado e urgente. Ela vasculhou, tirando-o enquanto Falk verificava o próprio telefone em busca do nome que fizera a chamada perdida. Os olhos deles se encontraram quando os dois levantaram o rosto da tela.

— Sargento King? — disse ele.

Carmen assentiu ao apertar um botão e levar o celular à orelha. O toque se calou, mas Falk quase conseguia ouvi-lo ainda ecoando, como um aviso longínquo, mas insistente.

Ela prestou atenção e os olhos encontraram os dele. Sussurrou:

— Eles encontraram a cabana.

Falk sentiu a adrenalina correr pelo peito.

— E Alice?

Ela ouviu. E fez um único movimento brusco com a cabeça.

Não.

DIA 3: SÁBADO À NOITE

Quando a chuva voltou, ela se firmou rápido, bloqueando as estrelas e reduzindo a fogueira a uma pilha fumegante de cinzas. As mulheres se abrigaram na cabana, encontrando as mochilas e os pertences, cada uma demarcando seu pequeno território. As marteladas das gotas no telhado faziam o espaço parecer apertado e Jill teve a impressão de que o clima de camaradagem em torno da fogueira tinha evaporado com a fumaça.

Ela estremeceu. Não tinha certeza do que era pior: o escuro ou o frio. Algo estalou alto do lado de fora, fazendo-a se sobressaltar. A escuridão era pior, decidiu Jill no mesmo instante. Ao que parecia, não estava sozinha ao pensar nisso, pois alguém se moveu e acendeu uma lanterna. Estava no chão da cabana, iluminando a poeira que levantara. A luz piscou.

— Deveríamos economizar as baterias — disse Alice.

Ninguém se moveu. Com um ruído de frustração, Alice estendeu a mão.

— Precisamos economizar as baterias.

Um clique. Escuridão.

— Há algum sinal no telefone? — perguntou Jill.

O som de manuseio e um pequeno quadrado de luz. Jill prendeu a respiração.

— Não.

— Qual é o nível dessa bateria?

— Quinze por cento.

— Desligue.

A luz sumiu.

— Talvez haja algum sinal quando a chuva parar.

Jill não fazia ideia de que impacto o clima teria no sinal, mas ela se agarrou a essa ideia. Talvez quando a chuva parasse. Sim, escolheria acreditar nisso.

Do outro lado da cabana, mais uma luz se acendeu. Era mais forte dessa vez, e Jill reconheceu a lanterna industrial de Beth.

— Você é surda? — disse Alice. — Precisamos economizar as lanternas.

— Por quê? — A voz de Beth pairou do canto sombreado dela. — Vão nos procurar amanhã. Esta é a nossa última noite.

Uma risada de Alice.

— Você está se enganando se acha que há alguma chance de eles nos encontrarem amanhã. Estamos tão fora da rota que não vão nem começar a nos procurar aqui. A única forma de sermos encontradas amanhã é se sairmos e nos apresentarmos a eles.

Depois de um momento, a luz da lanterna se apagou. Estavam na escuridão de novo. Beth sussurrou algo baixinho.

— Quer dizer alguma coisa? — disparou Alice.

Nenhuma resposta.

Jill conseguia sentir uma dor de cabeça surgindo ao começar a pensar nas opções. Não gostava da cabana – de jeito nenhum – mas pelo menos era uma base. Ela não queria voltar lá para fora, onde as árvores brigavam por espaço e galhos afiados a arranhavam, e precisava forçar a vista para enxergar uma trilha que ficava sumindo sob seus pés. Mas pelo canto do olho também conseguia enxergar o colchão com a estranha mancha preta. Sentiu-se enjoada ao pensar em partir; com medo ao pensar em ficar. Percebeu que estava tremendo, se de fome ou de frio, não tinha certeza, e se obrigou a respirar.

— Vamos verificar as mochilas de novo. — A voz dela soou diferente aos próprios ouvidos.

— Para procurar o quê? — Não teve certeza de quem falou.

— Comida. Estamos todas com fome e isso não está ajudando em nada. Todas verifiquem as mochilas, os bolsos, o que for. Com muita atenção. Deve haver uma barra de cereal ou amendoim ou alguma coisa.

— Já fizemos isso.

— Façam de novo.

Jill percebeu que estava prendendo o fôlego. Ela ouviu o farfalhar de tecido e zíperes sendo abertos.

— Podemos usar as lanternas para isso, ao menos, Alice?

— Beth acendeu a dela antes de esperar pela resposta. Pela primeira vez, Alice não discutiu e Jill fez uma oração silenciosa em agradecimento. *Por favor, que elas encontrem alguma coisa*, pensou enquanto vasculhava a própria mochila. Uma única vitória para animá-las até a manhã. Jill sentiu alguém se aproximando.

— Deveríamos verificar a mochila de Beth. — A voz de Alice estava ao ouvido dela.

— Ei! — O feixe da lanterna balançou entre as paredes.

— Eu consigo ouvir você, Alice. Não tenho nada na mochila.

— Foi o que você disse ontem.

Beth agitou o feixe até o outro lado do cômodo e o apontou para o rosto de Alice.

— Qual é o problema? — A mulher se encolheu, mas não cedeu. — Foi isso o que aconteceu, não foi? Você mentiu e disse que não tinha comida ontem à noite. Quando, na verdade, tinha.

O som de alguém respirando.

— Bem, não tenho esta noite.

— Então você não vai se incomodar se nós verificarmos.

— Alice deu um passo rápido para a frente e arrancou a mochila de Beth da mão dela.

— Ei!

— Alice! — interrompeu Bree. — Deixe Beth em paz. Ela não tem nada.

Alice ignorou as duas, abrindo a mochila e enfiando a mão dentro. Beth a tirou dela, puxando com tanta força que o braço de Alice disparou para trás.

— Céus! Cuidado! — Alice esfregou o ombro.

Os olhos de Beth estavam arregalados e escuros à luz da lanterna.

— Cuidado você. Já estou por aqui da sua implicância de merda.

— Sorte a sua, então, porque eu estou de saco cheio disso. De tudo isso. Vou embora assim que amanhecer. Quem quiser vir, que venha. O resto pode se arriscar ficando aqui.

A cabeça de Jill latejava agora. Ela pigarreou. Soou sobrenatural e estranho.

— Eu já disse, não vamos nos dividir.

— E como eu já disse, Jill — falou Alice, voltando-se para ela —, a esta altura, não me importo com o que você pensa. Vou embora.

Jill tentou respirar fundo, mas o peito estava apertado. Parecia não haver nada nos pulmões. Ela sacudiu a cabeça. Esperava mesmo que não chegasse àquele ponto.

— Com o celular, você não vai não.

DEZENOVE

Falk estava de volta ao volante antes da primeira luz do dia. Ele parou do lado de fora do prédio de Carmen. Ainda como agora, estava escuro quando ela deixou a casa dele, sete horas antes. Ela estava esperando na calçada, pronta para partir, e não falou quase nada ao entrar. Tinham dito tudo na noite anterior, depois da ligação do sargento King.

— Como encontraram a cabana? — perguntara Falk, depois que Carmen desligou.

— Uma denúncia, pelo que parece. Ele não entrou em detalhes. Diz que vai saber mais a tempo de chegarmos lá.

Quando Falk ligou para o escritório, houve silêncio do outro lado da linha.

Ainda acham que a encontrarão viva? Falk não sabia. *Se a encontrarem viva, ela pode começar a falar sobre todo tipo de coisa.* Sim, pode. *É melhor vocês irem para lá. Não se esqueçam de que ainda precisamos dos contratos.* Não, poucas chances de que ele se esqueceria.

Os dois mais uma vez se revezaram para dirigir. Como antes, as estradas estavam em grande parte desertas conforme passaram por campos agora familiares, mas dessa vez, pensou Falk, a jornada pareceu um pouco mais longa.

Quando por fim se aproximaram da entrada do parque, ele viu o brilho verde do posto de gasolina e entrou com o carro.

Pensou no que o sujeito atrás da caixa registradora dissera da última vez. *Se encontrar os pertences ou o abrigo, o corpo é sempre o próximo.* Falk piscava agora, ao passar pelas portas da loja de conveniência. Havia uma mulher atendendo atrás do balcão.

— Onde está o outro cara? — perguntou Falk, quando entregou o cartão.

— Steve? Ligou avisando que está doente.

— Quando?

— Esta manhã.

— O que ele tem?

A mulher o olhou com estranheza.

— Como eu vou saber? — Ela devolveu o cartão e lhe deu as costas. Só mais um babaca da cidade.

Falk o pegou. Sentiu-se observado por todo o caminho de volta até o carro. Acima do pátio, o olho de ciclope da câmera o encarava com o olhar impassível.

Se o chalé principal estava cheio antes, tinha atingido superlotação agora. Coletes refletores e vans da imprensa estavam por toda parte. Não havia onde estacionar.

Falk deixou Carmen na entrada do chalé e ela correu para dentro enquanto ele procurava uma vaga. O sargento King dissera que deixaria instruções na recepção. Falk avançou em baixa velocidade e foi obrigado a parar em fila dupla atrás de uma van da guarda-florestal, o último da fileira.

Ele esperou fora do carro. Estava ainda mais frio do que se lembrava e Falk fechou o casaco. Do outro lado do estacionamento, longe do movimento atribulado, o início da trilha da Cachoeira do Espelho estava quieto e vazio.

— Oi.

Ele ouviu uma voz e se virou. Por um segundo, não reconheceu a mulher. Ela parecia diferente fora de contexto.

— Bree. Você saiu do hospital.

— É, ontem à noite. Graças a Deus. Eu precisava pegar um ar. — O cabelo preto dela estava preso sob um chapéu e o ar gélido deixara as bochechas um pouco coradas. Ela estava, pensou Falk, muito bonita.

— Como está seu braço?

— Está bem, obrigada. Ainda um pouco dolorido. — Os olhos dela se voltaram para a atadura que despontava da manga do casaco. — Estou mais preocupada com todo o resto. Beth e eu deveríamos ir embora mais tarde hoje. Tenho uma consulta com um especialista em Melbourne amanhã de manhã, mas... — Bree olhou para a equipe de busca que entrava em uma van e tirou uma mecha de cabelo dos olhos. As unhas lascadas tinham sido lixadas com perfeição, reparou Falk.

— A cabana não foi realmente usada por Martin Kovac, foi? — Ela não se preocupou em tentar esconder o medo na voz.

— Não sei — disse Falk, com sinceridade. — Suponho que seja o que eles vão tentar definir.

Bree começou a roer as unhas feitas.

— O que vai acontecer agora que encontraram?

— Imagino que vão concentrar a busca naquela área. Procurar algum sinal de Alice.

Bree não disse nada por um minuto.

— Eu sei que as coisas com Kovac foram há muito tempo, mas outra pessoa sabia sobre aquela cabana, não é? Para denunciar à polícia? Um dos membros da equipe de resgate me contou que foi assim que a encontraram.

— Suponho que sim. Não sei muito mais do que você no momento.

— Mas se alguém sabia sobre ela, então talvez soubesse que estávamos lá?

— Não tenho certeza se esse é necessariamente o caso.

— Mas você não estava lá. Às vezes a floresta era tão densa que não dava para ver nada. Não sabe como foi.

— Não — admitiu ele. — Isso é verdade.

Os dois observaram a van do grupo de resgate se afastar.

— Enfim — disse Bree, depois de um minuto. — Só vim aqui porque queria agradecer.

— Pelo quê?

— Por ser justo com Beth. Ela disse que contou a você sobre estar em liberdade condicional. Algumas pessoas ouvem isso e a julgam na hora. As pessoas costumam pensar o pior dela.

— Não precisa agradecer. Ela está bem? Parecia um pouco distante quando nos falamos no outro dia.

Bree olhou para ele.

— Quando foi isso?

— Há umas duas noites. Eu a vi do lado de fora do chalé principal. Estava observando a chuva.

— Ah. Ela não mencionou isso. — Bree franziu a testa. — Beth estava bebendo?

Falk hesitou meio segundo a mais e o franzir da testa de Bree se intensificou.

— Não tem problema. Achei que talvez estivesse. Ela está estressada. Eu esperava isso.

— Acho que foi só uma — disse Falk.

Bree negou com a cabeça.

— Apenas uma. Apenas dez. Ela não deveria beber nada, ponto final. Mas essa é a Beth. Sempre quer ser boa, mas de alguma forma jamais consegue… — Bree fez uma pausa e olhou para além dele, na direção do chalé principal. Falk se virou. Nos degraus da entrada, fora do alcance dos ouvidos, uma figura os observava de pé. Casaco justo demais, cabelo preto curto. Beth. Ele se perguntou há quanto tempo ela estava ali.

Falk acenou com a mão. Depois de um segundo, Beth acenou de volta com a dela. Mesmo de longe, podia ver que ela não estava sorrindo.

Bree se inquietou.

— Melhor eu voltar. Obrigada de novo.

Falk encostou no carro e observou Bree sair andando pelo estacionamento. Nos degraus do chalé, Beth estava parada, fazendo exatamente o mesmo que ele. Ela não se moveu até a irmã estar de volta ao seu lado.

DIA 3: SÁBADO À NOITE

Bree conseguia ouvir a própria respiração alta nos ouvidos. As costas de Alice estavam contra a parede.

Jill estendeu a mão.

— Dê o celular para mim.

— Não.

— Onde está? Na sua mochila? Quero ver.

— Não.

— Não é um pedido. — Jill se inclinou e pegou a mala.

— Ei! — Alice tentou pegar de volta, mas foi arrancada dos dedos dela.

— Se quer tanto ir, Alice, então vá logo, droga. — Jill enfiou o braço dentro da mochila, então, com um resmungo de frustração, a virou de ponta-cabeça, derramando o conteúdo no chão. — Você está sozinha e vai ser bem-feito se morrer em uma vala no caminho. Mas não vai levar o telefone.

— Céus. — Alice se agachou, juntando as coisas enquanto Jill tateava entre elas. Casaco molhado, bússola, garrafa de água. Nenhum celular.

— Não está aqui.

— Deve estar no casaco dela. — A voz de Beth veio do nada e Bree se espantou.

Alice parecia encurralada no canto, com os pertences agarrados ao peito. Jill apontou a lanterna para os olhos dela.

— Está no seu casaco? Facilite as coisas.

Alice se encolheu e se virou.

— Não me toque.

— Última chance.

Alice não disse nada. Então Beth avançou sobre ela, agarrando o casaco com as duas mãos fechadas.

— Isso é ridículo, Alice. Você ficou feliz em revistar minhas coisas quando achou que eu estivesse escondendo algo...

Bree tentou puxar a irmã de volta, enquanto Alice se contorcia e gritava.

— Me solte!

Beth vasculhou os bolso dela e então, com um ruído de satisfação, pegou o prêmio e o ergueu. O celular. Com a outra mão, empurrou Alice para longe.

Alice tropeçou alguns passos e então avançou, tentando pegar o telefone de volta. As duas brigaram, agarradas, então atingiram a mesa com um estrondo. Ouviu-se um estampido de metal quando uma lanterna caiu no chão e o cômodo ficou escuro. Bree conseguia ouvir os grunhidos de uma briga.

— É meu...

— Solte...

Bree conseguiu se ouvir gritando.

— Parem! — Não teve certeza de com quem estava falando. Algo pesado rolou até seu pé. A lanterna. Ela a pegou e sacudiu, então a luz se acendeu de novo, cegando-a. Atrapalhou-se ao virar a luz para o ruído.

Alice e Beth estavam no chão, engalfinhadas. Quase não era possível discerni-las no emaranhado de membros, então uma delas levantou o braço. Bree começou a gritar, mas era tarde demais. O feixe projetou uma sombra escura descendente quando a mão de Beth desceu rápida e forte. O estalo quando atingiu a bochecha de Alice pareceu chacoalhar as paredes.

VINTE

Carmen saiu do chalé principal segurando um mapa com um grande x vermelho marcado nele.

— Vamos até aqui — disse ela, quando os dois entraram de novo no carro. — É um longo caminho, cerca de quarenta minutos. A Estrada Norte é o ponto de acesso mais próximo.

Falk olhou o mapa. O x estava inserido nas profundezas da vegetação. A alguns quilômetros ao norte, uma estreita estrada de acesso cortava o verde.

Carmen colocou o cinto de segurança.

— O sargento King já está no local. E Margot Russell também está lá, pelo visto.

— Está sozinha? — perguntou Falk.

— Não. Eu vi Lauren no chalé. Um oficial as trouxe cedo esta manhã. Margot ainda se recusa a ver o pai. Ele está vindo sozinho no próprio carro.

Quando saíram do estacionamento, Falk viu uma silhueta os observando do lado de dentro da entrada do chalé. Uma das gêmeas, pensou ele. Oculta na sombra, não conseguia dizer qual delas.

O vento voltou a soprar entre as copas das árvores conforme dirigiam pelas estradas rurais. Carmen apenas falava para dar direções. As estradas se tornaram menores e mais estreitas até que por fim eles se encontraram sacolejando por uma trilha mal asfaltada na direção de um bando de oficiais e membros da equipe de resgate.

O local estava fervilhando com uma estranha mistura de preocupação e alívio. Por fim, um avanço, de certa forma, ainda que não fosse bem o que todos esperavam. Quando saíram do carro, Falk viu um borrão vermelho. Ian Chase, usando o casaco da Aventuras Executivas, estava na ponta de um grupo de guardas-florestais. Ele espreitava, não exatamente no grupo, nem fora dele. Quando viu Falk e Carmen, deu um aceno curto e avançou na direção dos dois.

— Oi, houve alguma novidade? Eles a encontraram? É por isso que vocês estão aqui? — Os olhos dele ficavam se desviando para a vegetação, então de volta para eles.

Falk olhou para Carmen.

— Não até onde sabemos.

— Mas eles encontraram a cabana. — Chase ainda estava olhando de um lado para outro. — O corpo dela pode estar próximo.

— A não ser que ainda esteja viva.

Chase parou e piscou, incapaz de tirar a expressão atrapalhada do rosto com rapidez suficiente.

— Sim, é claro. Com certeza. Espero que seja esse o caso.

Falk não podia culpá-lo. Ele sabia que as chances eram poucas.

Um oficial no chalé principal tinha se comunicado por rádio de antemão e o sargento King os esperava no limite do vegetação. O rosto dele estava cinza, mas quando se moveu foi com uma descarga de adrenalina. O sargento gesticulou quando os agentes se aproximaram e olhou com um aceno de aprovação para as botas de trilha nos pés deles.

— Que bom. Vão precisar delas. Vamos lá.

Ele foi na frente, mergulhando na vegetação com Falk e Carmen ao encalço. Em um minuto, a conversa e a agitação às costas sumiram e um silêncio denso os envolveu. Falk viu uma fita de isolamento policial balançando em uma árvore, guiando-os pelo caminho. Sob os pés, a trilha estava esmorecida, em grande parte definida por trechos retos onde botas tinham pisoteado há pouco tempo.

— Então, como enfim encontraram este lugar? — perguntou Falk.

Estavam sozinhos, mas King manteve a voz baixa.

— Um prisioneiro em Barwon ligou com uma denúncia. Ele é ex-membro de uma gangue de motoqueiros, vai encarar uma longa estadia por agressão e não aguenta mais, ao que parece. Quando ouviu no noticiário que estávamos procurando a cabana, reconheceu um trunfo quando surgiu. Diz que tinha uns amigos que costumavam traficar drogas com Sam Kovac.

— Ah, é?

— Diz que Sam gostava de se exibir um pouco por causa do pai, gabando-se de saber coisas que a polícia não sabia, esse tipo de bobagem. Sam os trouxe aqui duas vezes.

— King assentiu para a trilha estreita aos pés deles. — O motoqueiro não tinha certeza de onde ficava exatamente, mas sabia sobre a Estrada Norte e alguns outros pontos de referência; há um desfiladeiro um pouco adiante, então conseguimos reduzir a área. Ele acha que ainda pode ter mais a acrescentar. Está preparando um acordo com os advogados enquanto conversamos.

— E você acredita nele com relação a Kovac? — perguntou Carmen. — Não poderia apenas ter esbarrado neste lugar sozinho e estar tentando florear?

— Sim. Acreditamos nele. — King suspirou. Uma ínfima pausa. — Encontramos alguns restos humanos.

Houve silêncio. Falk olhou para ele.

— Quem?

— Essa é uma boa pergunta.

— Não de Alice?

— Não. — King negou com a cabeça. — Com certeza não. São antigos demais. Há umas outras coisas interessantes lá em cima também, verão pessoalmente, mas nenhum sinal dela ainda.

— Céus — disse Carmen. — O que aconteceu lá?

Em algum lugar nas profundezas da vegetação, pássaros kookaburra invisíveis gargalhavam e gritavam.

— Outra boa pergunta.

DIA 3: SÁBADO À NOITE

Beth ouviu o estalo da própria mão contra a bochecha de Alice um segundo depois de a ardência tomar conta da palma. O som pareceu reverberar pela cabana enquanto a mão latejava, quente e dolorida.

Por um único momento, pareceu a Beth que estavam se equilibrando na corda bamba da qual ela – elas – ainda podiam recuar. Pedir desculpas. Apertar as mãos. Prestar uma queixa ao departamento de recursos humanos quando voltassem. Então, do lado de fora, o vento soprou e Alice fez um ruído contido e irritado no fundo da garganta e, juntas, as duas cambalearam e caíram. Quando os gritos começaram, vieram de todos os cantos da sala.

Beth sentiu Alice agarrar seu cabelo e puxar sua cabeça para baixo. Perdeu o equilíbrio e o ombro se chocou no chão. Os pulmões se esvaziaram e ela perdeu o fôlego devido ao próprio peso. Um par de mãos empurrou o rosto dela no chão e Beth conseguiu sentir grãos de sujeira arranhando sua bochecha e o gosto da umidade rançosa. Alguém a empurrava. Alice. Só podia ser. Na proximidade, Beth conseguia sentir o cheiro fraco de suor e parte de sua mente encontrou tempo para se surpreender. Alice jamais parecera ser do tipo que suava. Beth tentou se levantar à força, mas os braços estavam presos em um ângulo estranho e ela se debatia, agarrando roupas, os dedos escorregando em tecido caro à prova d'água.

Ela sentiu um puxão e mais um par de mãos se atrapalhando para afastá-la de Alice. Bree.

— Solte-a! — gritava a irmã gêmea.

Beth não tinha certeza de com quem ela estava falando. Tentou se desvencilhar, então sentiu um baque e a colisão quando Bree perdeu o equilíbrio e caiu sobre as duas. O trio rolou pesadamente para um lado, chocando-se contra a perna da mesa e lançando-a com um rangido pelo chão. Houve um barulho alto e alguém do outro lado do cômodo soltou um grito de dor. Beth tentou se sentar, mas foi puxada de volta para o chão pela mão de alguém no cabelo dela. Seu crânio atingiu o chão com tanta força que lançou uma onda de náusea do estômago até a garganta. Ela viu pontinhos brancos dançando no escuro e, sob o peso das mãos que se agitavam e arranhavam, sentiu-se ficar inerte.

VINTE E UM

Quanto mais eles caminhavam, mais difícil a trilha ficava. Depois de uma hora, ela desapareceu quase por completo ao atravessar um rio, então ressurgiu para desviar sem regularidade na direção de uma queda íngreme ao lado do desfiladeiro que King mencionara. Fileiras de árvores idênticas, como sentinelas, começaram a pregar peças nos olhos de Falk e ele se sentiu cada vez mais grato pela ocasional visão da fita policial. Não gostava da ideia de tomar aquele último trecho sozinho. A tentação rebelde de sair do caminho estava sempre presente.

Foi um alívio quando começou a ver borrões laranja na vegetação ao redor. Membros da equipe de resgate. Deviam estar perto. Como que em resposta, as árvores pouco a pouco abriram caminho e alguns passos depois ele se viu entrando em uma pequena clareira.

No centro, atarracada e desolada atrás das fitas policiais e do brilho dos coletes refletores, estava a cabana.

Era bem camuflada sobre os tons monótonos da vegetação e parecia propositalmente solitária. Dos buracos das janelas ausentes até a inclinação nada convidativa da porta, fedia a desespero. Falk conseguia ouvir Carmen respirando ao lado dele e, ao redor, as árvores sussurravam e estremeciam. O vento soprava pela clareira e a cabana rangia.

Ele se virou em um lento círculo. A vegetação nativa avançava por todos os lados, interrompida pela visão ocasional do borrão laranja da equipe de resgate em meio às árvores. Do ângulo errado, imaginou que a cabana seria quase impossível de enxergar. As mulheres tiveram sorte de terem esbarrado nela. Ou azar, pensou.

Um policial estava montando guarda ao lado da cabana, enquanto outro fazia o mesmo a uma curta distância. Aos pés de cada um, tapando algo, havia cobertores plásticos que afundavam um pouco no meio, mas não davam indícios do que estava escondido.

Falk olhou para King.

— Lauren nos contou que elas encontraram os restos mortais de um cachorro.

— Sim, é aquele ali. — King apontou para o cobertor plástico mais próximo, o menor dos dois. Ele suspirou. — O outro não é, no entanto. Os peritos estão a caminho.

Enquanto olhavam, o canto do cobertor mais próximo se levantou com o vento e se dobrou para trás. O policial que vigiava se agachou para consertar, mas Falk viu de relance uma cova rasa exposta. Tentou imaginar como fora para as mulheres ali fora, sozinhas e amedrontadas. Seja lá o que imaginasse, não chegaria nem perto da realidade.

Ele percebeu que sempre cultivara uma sensação inquietante de que as quatro mulheres restantes tinham abandonado Alice rápido demais após terem se dado conta do desaparecimento dela. Mas agora, diante da cabana esquecida, quase conseguia ouvir um sussurro obstinado na própria mente. *Vá embora. Fuja.* Falk sacudiu a cabeça.

Carmen olhava para o cobertor de plástico maior.

— Eles jamais encontraram aquela quarta vítima na época. Sarah Sondenberg — disse ela.

— Não. — King sacudiu a cabeça. — Jamais encontraram.

— Algum indício prematuro? — Ela apontou para o cobertor. — Você deve estar pensando nisso.

King pareceu querer dizer algo, mas não disse.

— Os peritos ainda precisam examinar. Saberemos mais depois disso. — Ele ergueu a fita em torno da entrada da cabana. — Vamos. Vou mostrar lá dentro.

Eles se abaixaram sob a faixa. A porta estava escancarada como uma ferida quando o grupo entrou. Um leve odor de podridão e morte jazia subjacente ao cheiro pungente e atordoante dos eucaliptos. E estava escuro; as janelas só deixavam entrar um pouco de luz do dia. No centro do cômodo, Falk conseguiu a princípio discernir formas, então detalhes. Poeira que obviamente um dia fora espessa agora mostrava todos os sinais de perturbação. Uma mesa empurrada para o lado em um ângulo estranho e folhas e escombros espalhados. Em um segundo cômodo, uma mancha escura e perturbadora marcava um colchão. E, próximo aos pés de Falk, absorvido pelas tábuas sujas do piso sob a janela quebrada, um borrão preto que parecia ser sangue fresco.

DIA 3: SÁBADO À NOITE

Lauren não conseguia encontrar a lanterna. As unhas arranhavam as tábuas imundas quando ouviu um baque alto e o ranger da mesa deslizando pelo cômodo. Compreendeu que o móvel disparava em sua direção uma fração de segundo antes de a quina abrir seu rosto.

O choque arrancou o fôlego dos pulmões quando ela caiu para trás, aterrissando com força sobre o cóccix. Lauren resmungou e ficou caída ali, zonza, sob a janela quebrada. O velho corte na testa pulsou de dor e, quando ela o tocou, as pontas dos dedos saíram úmidas. Achou que estava chorando, mas o líquido em torno dos olhos era espesso demais. A percepção a fez vomitar.

Ela limpou os olhos com os dedos. Quando conseguiu enxergar de novo, balançou as mãos, o sangue respingando nas tábuas do piso. Pela janela, só conseguia ver nuvens. Como se as estrelas jamais tivessem estado ali.

— Ajudem! — gritava alguém. Quem, Lauren não conseguia identificar. Quase não se importava, mas então houve outro baque surdo e um choro alto. Uma lanterna quicou pelo chão, o feixe balançando pelas paredes em ângulos insanos, então atingiu a parede e se apagou.

Lauren se levantou aos tropeços e cambaleou até o trio no chão, as mãos ensanguentadas adentrando à força no meio do furioso amontoado. Não fazia ideia de quem estava agarrando quem quando tentou afastar o grupo. Ao lado, outra pessoa tentava fazer o mesmo. Jill, percebeu ela.

Os dedos de Lauren encontraram pele e enterraram as unhas, puxando para trás sem se importar com quem fosse ao se esforçarem para deixar entrar parte do ar frio noturno em meio aos corpos. O braço de alguém subiu do nada e Lauren se abaixou. Jill foi atingida no maxilar com tanta força que pôde ouvir os dentes da mulher estalarem. A mulher soltou um resmungo fraco e cambaleou para trás, a mão tapando a boca.

O movimento desequilibrou o amontoado, e quando Lauren deu um último puxão, elas se soltaram. Não havia nada além de respirações ofegantes, então o som de cada uma correndo para o respectivo canto.

Lauren se recostou na parede. A testa dela ardia e agora conseguia sentir o punho direito latejando onde havia se dobrado para trás. Ela se perguntou se estava inchando e passou um dedo sob a pulseira trançada que Rebecca lhe dera. Parecia tudo bem por enquanto, apenas dolorido. A pulseira estava um pouco frouxa mesmo, é provável que não precisasse ser tirada.

Ao se sentar mais ereta, a ponta de seu pé ficou presa em algo. Lauren abaixou a mão e os dedos encontraram o plástico liso de uma lanterna. Ela encontrou o botão e o apertou. Nada aconteceu. Sacudiu o objeto. Nada ainda. Estava quebrada. Sentiu a ansiedade subir no próprio peito e de repente não suportou a escuridão por nem mais um minuto. Ela se ajoelhou, tateando às cegas até que os dedos se fecharam ao redor de um cilindro frio de metal. Sentiu o peso nas mãos ao agarrá-lo. A lanterna industrial de Beth.

Tremendo, Lauren a ligou e sentiu um profundo alívio quando o cone de luz cortou o ar empoeirado. Ela olhou para baixo e só conseguiu ver o próprio sangue nas botas, vermelho e borrado, e outra mancha no chão perto da janela. Virou-se, enojada, e moveu o feixe devagar pelo cômodo.

— Estão todas bem?

A luz parou em Jill, curvada perto da divisória improvisada. Ela estava com os lábios inchados e manchados de sangue seco e agarrava a mandíbula. A mulher se encolheu sob o brilho e quando Lauren afastou a luz, ouviu Jill cuspir. Beth estava caída no chão ali perto, em um amontoado confuso esfregando a parte de trás da cabeça enquanto a irmã sentava ereta de costas para a parede, de olhos arregalados.

Lauren precisou de um momento para encontrar Alice no escuro.

Quando o brilho amarelo-claro por fim a encontrou, ela estava de pé, descabelada e corada à porta da cabana. E, pela primeira vez de que Lauren se lembrava em trinta anos, Alice Russell estava chorando.

VINTE E DOIS

Falk olhou para a mancha de sangue no chão.

— Sabemos a quem isso pertence?

King fez que não com a cabeça.

— Eles vão verificar. Mas é recente.

— E aquela? — Falk apontou para o colchão encostado na parede. Um cobertor de plástico transparente fora preso com fita em torno dele, mas a mancha no tecido estava bastante visível.

— É provável que seja mofo em estágio avançado, foi a informação que recebi — disse King. — Então nem de perto é tão ruim quanto parece.

— Pareceria muito ruim se estivesse preso aqui — disse Carmen.

— É. Imagino que pareceria bem ruim mesmo. — Ele suspirou. — Como eu estava dizendo, até agora não há indicação óbvia do que aconteceu com Alice. As outras mulheres disseram que ela levou a mochila, que com certeza não está por aqui, então esperamos que pelo menos esteja mesmo com ela. Mas não parece que Alice encontrou o caminho de volta para cá, ou, se encontrou, não tentou deixar nenhum tipo de mensagem que possamos ver.

Falk olhou em volta e pensou na mensagem deixada na caixa postal. *Feri-la*. Ele tirou o celular do bolso. A tela estava vazia.

— Alguém conseguiu sinal aqui?

— Não. — King sacudiu a cabeça.

Falk deu alguns passos ao redor do cômodo, ouvindo os rangidos e gemidos da cabana. Era um lugar nada acolhedor, sem dúvidas, mas pelo menos havia paredes e um telhado. As noites tinham sido bastante selvagens do lado de fora das janelas do chalé principal. Não gostava de pensar no que Alice poderia ter enfrentado estando exposta.

— Então, o que acontece agora? — perguntou ele.

— Estamos percorrendo o entorno, mas é uma frustração absoluta fazer a busca — disse King. — Vocês viram como foi caminhar até aqui, e a vegetação é a mesma em todas as direções. Poderia levar dias para cobrir a área ao redor. Mais, se o tempo piorar.

— Para que lado as mulheres saíram? — perguntou Carmen. — O mesmo por onde viemos?

— Não. Nós viemos pela rota mais direta a partir da estrada, mas não foi essa que elas tomaram. Há uma trilha para o norte que passa por trás da cabana. É preciso abrir caminho entre as árvores para encontrar, mas depois que chega nela, é bastante evidente. Já estavam naquela trilha quando deram com este lugar. Se Alice tentou mesmo sair andando, o melhor palpite é que teria sido por aquela rota.

Falk tentou se concentrar no que King estava dizendo. Mas mesmo enquanto ouvia, sabia que uma pequena parte de si alimentava esperanças de que quando a cabana fosse enfim descoberta, Alice Russell também seria. Torcia para que ela encontrasse o caminho de volta para lá, com medo e raiva, talvez, mas viva. Porém, conforme as paredes úmidas rangiam, ele pensou nas árvores costuradas juntas, nos túmulos do lado de fora, na mancha de sangue no chão, e sentiu a última gota de esperança por Alice Russell escorrer e cair.

A cabana estava vazia. O que quer que tivesse acontecido, Alice estava ao ar livre, exposta. Em algum lugar, sob o uivo do vento e o gemido das árvores, Falk pensou quase ouvir um sino fúnebre.

DIA 3: SÁBADO À NOITE

A conclusão da briga foi silenciosa, em grande parte, exceto por respirações entrecortadas. Partículas de poeira rodopiavam em círculos preguiçosos sob a luz das lanternas enquanto Jill tocava a boca com a língua. A pele parecia inchada e sensível, um dente na parte inferior direita estava um pouco mole. Era uma sensação estranha, uma que não tinha desde a infância. De repente foi lembrada das crianças quando eram pequenas. Fadas do dente e moedas. Os olhos dela pareceram quentes e a garganta deu um nó. Deveria ligar para os filhos. Assim que saísse dali, ligaria.

Jill se moveu e sentiu algo ao seu pé. Uma lanterna. Ela se abaixou para pegar, encolhendo-se, e se atrapalhou com o botão. Nada aconteceu.

— Essa lanterna está quebrada. — As palavras saíram abafadas entre lábios inchados.

— Esta aqui também — disse alguém. Uma das irmãs.

— Quantas ainda temos funcionando? — perguntou Jill.

— Apenas uma aqui. — O feixe amarelo brilhou quando Lauren entregou a lanterna que estava segurando. Jill sentiu o peso industrial na mão. A de Beth, percebeu. Talvez tivesse sido a melhor escolha para um acampamento, no fim das contas.

— Alguma outra? — Nenhuma resposta. Ela suspirou.
— Merda.

Do outro lado da sala, Jill viu Alice passar a mão sobre os olhos. Ela tinha borrões de terra nas bochechas e o cabelo estava embaraçado. Não chorava agora. Esperou que ela dissesse alguma coisa. Que exigisse um pedido de desculpas, provavelmente. Que ameaçasse prestar queixa, possivelmente. Mas, em vez disso, Alice apenas se sentou e puxou os joelhos contra o peito. Permaneceu ali, perto da porta, curvada e muito quieta. Por algum motivo, Jill achou aquilo mais inquietante.

— Alice? — A voz de Bree veio de um canto escuro. Nenhuma resposta.

— Alice — tentou Bree de novo. — Ouça, Beth ainda está em liberdade condicional.

Ainda nenhuma resposta.

— A questão é que ela precisará voltar ao tribunal se você... — Bree não completou o raciocínio. Esperou. Nenhuma resposta. — Alice? Está ouvindo? Olhe, eu sei que ela bateu em você, mas Beth vai ter muitos problemas se isso for levado adiante.

— E daí? — Alice falou por fim. Os lábios dela mal se moviam. Ainda assim, não olhou para cima.

— Então não leve, está bem? Por favor. — A voz de Bree tinha um tom subjacente que Jill não ouvira antes. — Nossa mãe não está bem. Foi muito difícil para ela da última vez.

Nenhuma resposta.

— Por favor, Alice.

— Bree. — Havia algo estranho na voz de Alice. — É inútil me pedir um favor. Vai ter sorte se tiver um emprego a esta altura do próximo mês.

— Ei! — A voz de Beth ecoou, forte e irritada. — Não a ameace. Ela não fez nada além de trabalhar duro por você.

Alice ergueu o rosto ao ouvir isso. As palavras dela deslizaram para fora, lentas e deliberadas, perfurando a escuridão como vidro.

— Cale a boca, sua vaca gorda.

— Alice, chega! — disparou Jill. — Beth não é a única aqui que está em risco, então tome cuidado ou vai ter problemas quando...

— Quando o quê? — Alice pareceu estar com uma curiosidade genuína. — Quando sua equipe de resgate aparecer num passe de mágica?

Jill abrira a boca para responder quando, com uma pontada de pânico, lembrou-se do telefone de repente. Tinha colocado o aparelho dentro do casaco antes da briga e tateava em busca dele agora. Onde estava? Ela se sentiu zonza de alívio quando a mão se fechou em torno do retângulo compacto. Pegou-o e examinou a tela, assegurando-se de que estava intacta.

Alice a observava.

— Você sabe que isso me pertence.

Jill colocou o telefone de volta no casaco e não respondeu.

— E agora? — perguntou Bree.

Jill deu um suspiro silencioso. Sentia-se completamente exausta. Estava molhada e faminta, sentindo dor e enojada pela umidade e sujeira do próprio corpo. Ela se sentiu encurralada pelas outras mulheres.

— Tudo bem. Primeiro — disse Jill, com a voz mais controlada que conseguiu. — Vamos todas nos acalmar. Então, quero que peguem os sacos de dormir e concordemos em deixar isso de lado. Por enquanto, pelo menos. Vamos dormir um pouco e pensar num plano de manhã, quando estivermos com a cabeça um pouco mais fresca.

Ninguém se moveu.

— Todas façam isso agora. Por favor.

Jill se abaixou e abriu a própria mochila. Ela pegou o saco de dormir, suspirando aliviada quando ouviu as outras imitando-a.

— Coloque seu saco de dormir ao lado do meu, Alice — falou Jill.

Alice franziu a testa, mas não discutiu, algo inédito. Apenas abriu o saco de dormir no chão onde lhe fora apontado e entrou. Bree foi a única que se deu o trabalho de sair para escovar os dentes com água da chuva. Jill ficou feliz por Alice não tentar fazer o mesmo. Não tinha decidido se precisaria acompanhar a mulher.

Ela entrou no saco de dormir, fazendo uma careta quando o tecido se agarrou a ela como um saco plástico molhado. Sentiu o telefone no bolso e hesitou. Não queria tirar o casaco, mas sabia que não dormiria bem vestindo-o também. O capuz e os zíperes tinham se embolado e beliscado na noite anterior, e já seria difícil o bastante ter qualquer descanso da maneira como as coisas estavam. Depois de um momento, ela o tirou o mais rápido possível, colocando-o ao lado, na altura do pescoço do saco de dormir. Achou que sentia Alice observando-a, mas quando olhou, a outra mulher estava deitada de costas, encarando o telhado de metal.

Estavam todas cansadas demais, Jill sabia. Precisavam descansar, mas a atmosfera na sala parecia tóxica. Sua cabeça latejava contra o chão duro, e conseguia ouvir o ranger de corpos se agitando com desconforto. Houve movimento do saco de dormir ao lado do dela.

— Vão dormir, todas — disparou Jill. — Alice, se precisar levantar durante a noite, me acorde.

Não houve resposta.

Jill virou a cabeça. Não conseguia ver quase nada no escuro.

— Ouviu?

— Parece até que você não confia em mim, Jill.

Ela não se deu o trabalho de responder. Em vez disso, colocou a mão no casaco, certificando-se de que conseguia sentir as pontas rígidas do telefone sob as dobras de tecido antes de fechar os olhos.

VINTE E TRÊS

Falk ficou feliz quando saiu da cabana. Ele e Carmen seguiram King até a clareira, onde todos se demoraram um pouco piscando à luz natural.

— A trilha que as mulheres seguiram para ir embora passa por ali. — King apontou para trás da cabana e Falk esticou o pescoço para olhar. Não conseguiu discernir trilha nenhuma, apenas uma parede de árvores com os ocasionais pontos laranja conforme a equipe de resgate entrava e saía. Pareciam surgir e sumir a cada passo.

— Estamos avançando o mais rápido possível, mas... — King não concluiu a fala, mas não precisava. A vegetação era densa, e densa significava lentidão. Significava que algumas coisas eram fáceis de ignorar. E que outras jamais reapareciam.

Falk conseguia ouvir vozes ocultas nas árvores chamando por Alice, então esperando uma resposta. Algumas das pausas pareciam curtas e automáticas. Falk não os culpava. Fazia quatro dias agora. Um membro da equipe de resgate surgiu da vegetação e chamou King.

— Com licença um minuto — disse King, e saiu.

Sozinho, Falk e Carmen se entreolharam. Os cobertores de plástico aos pés dos policiais ondularam ao vento.

— Espero mesmo que seja Sarah Sondenberg ali embaixo — disse Carmen, apontando com a cabeça para o cobertor maior. — Pelo bem dos pais dela. Ter de implorar a Kovac por informação é o tipo de coisa que assombraria uma pessoa. Pelo menos as outras famílias tiveram um funeral. Falk esperava que fosse Sarah Sondenberg também. Do contrário, não sabia que outras esperanças poderia ter. Ele se virou e observou a cabana. É provável que tenha sido bem-feita assim que fora construída, mas agora parecia ter sorte de ainda estar de pé. Pré-datava a Martin Kovac, tinha certeza, a julgar pelo estado da madeira. Quem a construíra? Um programa da guarda-florestal há muito esquecido? Um amante da natureza que queria um refúgio de fim de semana, erguida quando a legislação sobre os parques era menos rigorosa? Falk se perguntou se sempre parecera tão solitária.

Ele se aproximou e testou a porta, abrindo-a e fechando-a algumas vezes. As dobradiças estavam tão podres que mal rangiam. A estrutura de madeira pareceu simplesmente ceder.

— Não faz muito barulho. É provável que seja possível sair de fininho sem acordar ninguém. Ou que alguém entre de fininho, suponho.

Carmen tentou ela mesma.

— Também não há janelas voltadas direto para os fundos. Então, de dentro, não teriam conseguido vê-la se dirigindo para a trilha do norte.

Falk pensou no que as mulheres tinham dito e tentou imaginar os acontecimentos. Elas disseram que tinham acordado e descoberto que Alice não estava mais lá. Se tivesse ido embora sozinha, teria passado pé ante pé por trás da cabana, adentrando na escuridão. Ele pensou na hora da mensagem de voz, 4:26 da manhã. *Feri-la*. O que quer que tivesse acontecido com Alice Russell, quase certeza de que fora sob o véu da noite.

Falk olhou para o outro lado da clareira. King ainda estava ocupado conversando. Em algum lugar atrás da cabana estava a trilha norte.

— Vamos caminhar? — disse ele a Carmen.

Os dois avançaram para dentro das árvores pela grama alta. Falk olhava para trás a cada poucos passos. Não tinham ido longe antes de a cabana sumir. Ele estava um pouco preocupado que pudessem perder a trilha de vez, mas não era necessário. Quando a encontraram, não tinha erro. Era estreita, mas firme sob os pés. Um leito rochoso tinha impedido que se tornasse lama na chuva.

Carmen ficou de pé no meio da trilha, olhou para um lado, então para o outro.

— Acho que aquele lado é o norte. — Ela apontou, franzindo um pouco a testa. — Só pode ser. Mas não é fácil saber, na verdade.

Falk se virou, já um pouco desorientado. A vegetação era quase idêntica dos dois lados. Ele verificou a direção da qual tinham vindo e pôde ver os membros da equipe de busca atrás deles.

— Sim, acho que está certa. Ali só pode ser o norte.

Eles partiram, a trilha apenas ampla o bastante para permitir que caminhassem lado a lado.

— O que você teria feito? — perguntou Falk. — No lugar delas. Ficado ou tentado sair andando?

— Com o fator da picada de cobra, eu teria tentado andar. Não haveria escolha, na verdade. Sem o fator? — Carmen pensou. — Teria ficado. Acho. Não sei. Não iria querer fazer isso, não depois de ver o estado daquela cabana, mas acho que ficaria. Abrigada e esperando as equipes de busca fazerem o trabalho delas. E você?

Falk se perguntava o mesmo. Ficar, sem saber quando ou mesmo se seria encontrado? Caminhar, sem saber em que direção se dirigia? Ele abriu a boca, ainda sem ter certeza da resposta, quando ouviu.

Um bipe baixinho.

Falk parou.

— O que foi isso?

Carmen, meio passo adiante, se virou.

— O quê?

Ele não respondeu, apenas ouviu. Não conseguia escutar nada além do farfalhar do vento entre as árvores. Será que tinha imaginado? Desejou que o barulho soasse de novo. Não soou, mas Falk conseguia se lembrar com clareza na mente. Curto, sutil e sem dúvida eletrônico. Foi preciso uma fração de segundo para reconhecer, mas só uma fração. Ele colocou a mão no bolso, já sabendo que estava certo. Costumava ouvir aquele barulho uma dúzia de vezes por dia. Com tanta frequência que, em um contexto rotineiro, mal o notava. Lá fora, no entanto, o som estranho e artificial o fez estremecer.

A tela do celular brilhava. Uma mensagem de texto. Falk não se incomodou em verificar o que dizia; o alerta lhe disse tudo o que precisava saber. Tinha sinal de celular.

Ele estendeu o telefone para que Carmen pudesse ver. O sinal estava fraco, mas presente. Falk deu um passo na direção dela. O sinal sumiu. Ao recuar, o sinal ondulou mais uma vez de volta à vida. Falk deu então um passo para o outro lado. Sumiu de novo. Havia um único ponto. Arredio e frágil, mas talvez o bastante para que uma mensagem interrompida chegasse.

Carmen se virou e correu. De volta à trilha em direção à cabana, mergulhando no bosque enquanto Falk permanecia exatamente onde estava. Ele encarou a tela conforme o sinal surgia, sumia e surgia de novo, sem ousar tirar os olhos dele. Carmen apareceu de novo um momento depois, seguindo um sargento King sem fôlego. O sargento olhou para a tela de Falk, pegou o rádio, chamou a equipe de resgate. Eles adentraram a vegetação de cada lado da trilha, borrões de laranja sumindo nas profundezas da escuridão.

Feri-la.

Eles levaram menos de quinze minutos para encontrar a mochila de Alice Russell.

DIA 4: DOMINGO DE MANHÃ

As nuvens tinham sumido e a lua brilhava forte e cheia. O cabelo loiro de Alice Russell era um halo prateado conforme ela fechava a porta da cabana com cuidado atrás de si. Houve um clique e apenas o indício de um rangido de uma das dobradiças podres. Alice congelou, ouvindo. A mochila dela estava sobre um dos ombros, e tinha algo apoiado sobre a outra mão. Não houve movimento de dentro da cabana e seu peito subiu e desceu com um suspiro de alívio.

Ela colocou a mochila aos pés em silêncio e sacudiu o item jogado sobre o braço. Um casaco à prova d'água. Caro, tamanho grande. Não era o dela. Alice passou a mão pelo tecido, abrindo um bolso. Tirou algo de dentro, fino e retangular, e apertou um botão. Um brilho, e um leve sorriso. Colocou o celular dentro do bolso da calça jeans. Depois enrolou o casaco e o enfiou atrás de uma árvore caída próxima à entrada da cabana.

Ela jogou a mochila por cima do ombro e com um clique, um feixe de luz da lanterna iluminou o solo diante dela. Alice partiu, pés silenciosos, seguindo para a trilha, adentrando a espessa parede de árvores. Conforme desapareceu pela lateral da cabana, não olhou para trás.

Bem atrás dela, do outro lado da clareira, entre as listras dos cascos de eucaliptos, como de papel, alguém a observava partir.

VINTE E QUATRO

A mochila de Alice Russell estava abandonada atrás de uma árvore. Jazia a dez metros da trilha, escondida entre arbustos espessos, e fechada. Quase, pensou Falk, como se a dona a tivesse apoiado, se afastado e jamais retornado.

O sargento King tinha se agachado diante da mochila por muito tempo, andando em volta dela metodicamente, como se fazendo uma dança coreografada. Então, com um suspiro, ficou de pé, escolheu a equipe de busca, selou e esvaziou a área.

Falk e Carmen não discutiram. Viram-se retornando para a Estrada Norte pelo mesmo caminho por onde vieram, seguindo as marcações da polícia e uma dupla da equipe de resgate que tinha sido dispensada do turno. Eles caminharam em uma silenciosa fila única, hesitando uma vez, então de novo em várias bifurcações da trilha. Falk se sentiu feliz de novo com as marcas nas árvores.

Enquanto seguia Carmen, pensou na mochila. Parada ali, sozinha, imperturbada, uma aberração feita pelo homem na paisagem. Não parecia ter sido vasculhada, e Falk não sabia o que pensar daquilo. É provável que o conteúdo valesse uma limitada quantia monetária, mas lá fora, onde as roupas à prova d'água podiam significar a diferença entre vida e morte, o valor era medido de outra forma. Ele sabia bem no fundo que Alice Russell não teria abandonado a mochila por iniciativa própria, e essa percepção lançou um calafrio pelo corpo dele que não tinha nada a ver com o clima. *Se encontrar os pertences ou o abrigo, o corpo é sempre o próximo.* As palavras do atendente do posto de gasolina ficavam percorrendo a mente dele. Falk imaginou o sujeito, atrás do balcão todas as vezes que haviam parado no posto antes. Mas não naquela manhã. *O corpo é sempre o próximo.* Falk suspirou.

— Em que está pensando? — perguntou Carmen, em voz baixa.

— Que não parece nada bom. Não se ela estava sem equipamento em condições como estas.

— Eu sei. Acho que vão encontrá-la em breve. — Carmen olhou para a vegetação nativa, densa e pesada dos dois lados. — Se é que ela está aí fora para ser encontrada.

Eles caminharam até as árvores se afastarem mais e a luz do dia parecer um pouco mais clara. Outra volta e surgiram de novo na Estrada Norte. Membros da equipe de resgate e oficiais estavam reunidos no canto da estrada, conversando em voz baixa conforme a notícia sobre a mochila se espalhava com rapidez. Falk olhou em volta. Não havia sinal de Ian Chase agora e a van da Aventuras Executivas tinha sumido. Ele puxou o casaco com mais força em torno do corpo conforme o vento soprava pelo trecho aberto da rota. Então se virou para um dos oficiais que organizava os membros da equipe de busca que tinham voltado.

— Você viu Ian Chase ir embora?

O oficial ergueu o rosto, distraído.

— Não. Desculpe. Não percebi que ele tinha ido embora. Você pode tentar ligar se for urgente. Há um abrigo da guarda-florestal com uma linha fixa de emergência a cerca de dez minutos de carro naquela direção. — O oficial apontou para o fim da estrada.

Falk fez que não com a cabeça.

— Não precisa. Obrigado.

Ele seguiu para o carro atrás de Carmen, que passou para trás do volante.

— De volta ao chalé? — perguntou ela.

— Suponho que sim.

Ao se afastarem, a atividade no local ficou cada vez menor no espelho retrovisor até fazerem uma curva e ela sumir por completo. Muros imensos de verde se erguiam acima deles de cada lado enquanto dirigiam. Não havia indício do frenesi que acontecia no interior da mata. A vegetação guardava bem os próprios segredos.

— Aquela cabana estava muito bem escondida, mas não era desconhecida — disse Falk, por fim.

— Como? — Carmen olhava para a estrada.

— Eu estava pensando em algo que Bree McKenzie disse mais cedo. Aquele prisioneiro da denúncia sabia sobre a cabana. Então isso já conta uma pessoa, no mínimo. Quem pode ter certeza de que outra pessoa não a havia descoberto também?

— Em quem está pensando? Nosso amigo ausente da Aventuras Executivas?

— Talvez. Ele é no mínimo um suspeito. Passa bastante tempo lá fora sozinho. — Falk pensou na multidão de membros da equipe de resgate, nos oficiais e nos guardas-florestais no local de busca. — Mas suponho que muita gente passe.

Eles pararam no estacionamento do chalé principal e tiraram as mochilas do porta-malas. Um guarda-florestal que tinham visto antes estava atrás do balcão da recepção.

— Bem agitado lá em cima, pelo que ouvi, não? — Ele olhou de Falk para Carmen na esperança de uma atualização, mas os dois apenas assentiram. A notícia não era deles para que espalhassem.

A porta que dava para a cozinha estava entreaberta e, pela fresta, Falk podia ver Margot Russell. Ela estava sentada a uma mesa chorando baixinho, com uma das mãos sobre os olhos, os ombros tremendo, entre Jill Bailey e uma mulher com a aparência típica de uma assistente social comunitária. Lauren pairava atrás delas.

Falk se virou. Podiam falar com Margot depois, aquele com certeza não era o momento adequado. Pela grande janela do chalé, ele viu uma movimentação no estacionamento. Uma cabeça morena – não, duas. Bree e Beth vindo da ala das acomodações. Estavam discutindo. Não conseguia ouvir as palavras, mas ele as viu parar por tempo o suficiente para deixar uma van passar. As letras no painel lateral eram distintas. Aventuras Executivas. Ian Chase estava de volta, de onde quer que tivesse ido. Ele cutucou Carmen, que se virou para ver.

O guarda-florestal atrás do balcão tinha terminado de fazer o registro dos dois e lhes entregou duas chaves.

— Os mesmos da última vez — disse o homem.

— Obrigado. — Falk pegou as chaves e se virou para ir embora, distraído enquanto ele e Carmen viam Chase descer da van. Estavam quase fora quando o guarda-florestal atrás do balcão os chamou.

— Ei. Esperem. — Ele segurava o fone do telefone fixo, com a testa franzida. — São da polícia, certo? Ligação para vocês.

Falk olhou para Carmen, que deu de ombros, surpresa. Eles caminharam de volta para o balcão, onde Falk pegou o fone e disse o próprio nome. A voz do outro lado estava baixa e fraca, mas reconhecível. Sargento King.

— Consegue me ouvir? — As palavras de King soavam rápidas.

— Bem mal.

— Merda. Ainda estou aqui em cima perto do local. Na linha fixa da guarda-florestal, a captação é sempre uma porcaria... — Ele fez uma pausa. — Assim está melhor?

— Não muito.

— Não importa. Olhem, estou voltando. Tem algum oficial estadual aí com vocês?

— Não. — Eram os únicos na recepção e o estacionamento estava em grande parte deserto. A maioria dos oficiais ainda devia estar no local. — Só nós.

— Tudo bem. Amigo, preciso... — Estática. Nada.

— Espere. Perdi você.

— Céus. Está me ouvindo agora?

— Sim.

— Nós a encontramos.

Houve um chacoalhar de ruído branco. Falk inspirou e espirou.

— Entendeu? — A voz de King estava baixa.

— Sim. Entendi. Viva? — Falk soube a resposta antes de fazer a pergunta. Ao lado dele, Carmen estava paralisada.

— Não.

A palavra ainda assim atingiu como um soco no peito.

— Ouçam. — A voz de King estava falhando e voltando. — Vamos dirigir de volta agora, o mais rápido possível, mas preciso de um favor. Quem mais está aí?

Falk olhou em volta. Carmen. O guarda-florestal atrás do balcão. Margot Russell e a assistente social dela na cozinha com Jill e Lauren. As gêmeas no estacionamento. Ian Chase trancando a van e se afastando. Ele reportou a lista para King.

— Por quê?

Mais estática, seguida da voz distante do sargento:

— Quando encontramos o corpo dela, achamos outra coisa também.

DIA 4: DOMINGO DE MANHÃ

A lua mergulhou atrás de uma nuvem, projetando sombras sobre Alice Russell conforme a mulher desaparecia pela lateral da cabana.

Do outro lado da clareira, quem a observava saiu de detrás de uma parede de eucaliptos, atrapalhando-se com o zíper da calça. O leve cheiro de urina, quente contra o chão frio. Que horas eram? Quase 4:30 da manhã, indicaram os números luminosos do relógio de pulso. Um rápido olhar para a cabana mostrou que não havia movimento lá.

— Merda.

A pessoa que a observava hesitou, então se abaixou ao passar pela lateral da cabana. As nuvens se dissiparam e a grama alta brilhou prateada e vazia. A parede de árvores estava quieta. Alice já estava fora de vista.

VINTE E CINCO

Duas mochilas estavam no chão ao lado das rodas traseiras de um carro alugado. O porta-malas estava aberto e as gêmeas discutiam em voz baixa, as cabeças próximas. O vento soprava e levantava os cabelos delas, embaraçando as mechas escuras. Elas viraram a cabeça ao mesmo tempo, a discussão se reduzindo a nada quando Falk e Carmen se aproximaram.

— Desculpem, moças. — Carmen manteve a voz neutra. — Precisamos que voltem para dentro do chalé.

— Por quê? — Beth olhou de um para outro, com uma expressão estranha no rosto. Surpresa, talvez. Ou outra coisa.

— O sargento King quer falar com vocês.

— Mas por quê? — repetiu Beth.

Bree estava parada em silêncio ao lado da irmã, os olhos arregalados desviando de um rosto para o outro. Ela segurava o braço enfaixado contra o peito. Mantinha a outra mão sobre a porta aberta do carro.

— Bree tem uma consulta — falou Beth. — Fomos informadas de que podíamos partir.

— Eu entendo, mas estão sendo requisitadas a permanecer. Por enquanto, pelo menos. Vamos. — Carmen se virou para o chalé. — Podem trazer as mochilas.

Falk viu as gêmeas trocarem um olhar enigmático, então pegarem as mochilas com relutância. Bree pareceu levar um bom tempo para fechar a porta do carro e se afastar. Elas saíram arrastando os pés até o chalé. Quando passaram pela janela da cozinha, Falk pôde ver Jill e Lauren olhando para fora. Ele evitou fazer contato visual.

Carmen retirou da área de estar alguns membros da equipe de resgate e pediu para as gêmeas entrarem.

Jill e Lauren tinham saído para o saguão agora, com curiosidade estendida por todo o rosto. Falk fechou a porta diante delas e se virou para as gêmeas.

— Sentem-se.

Ele e Carmen se sentaram lado a lado no antigo sofá. Bree hesitou, então se aninhou em uma cadeira diante deles. Estava mexendo nas ataduras de novo.

Beth permaneceu de pé.

— Vão nos dizer o que está acontecendo?

— O sargento King vai explicar quando chegar aqui.

— E quando vai ser isso?

— Ele está a caminho.

Beth olhou pela janela. No estacionamento, um membro do resgate fora do turno estava com o walkie-talkie ao ouvido. Ele escutou e gritou, chamando dois outros que colocavam algo dentro de um carro. O homem apontou para o rádio. A notícia estava se espalhando, supôs Falk.

Beth o encarou.

— Eles a encontraram. Não é?

As tábuas do piso rangeram e se acomodaram no silêncio.

— Ela está morta?

Falk seguiu sem dizer nada e Beth lançou um olhar de esguelha para a irmã. O rosto de Bree estava congelado.

— Onde? Perto da cabana? — perguntou Beth. — Só pode ser. Não deu tempo de buscar mais longe desde que a encontraram. Então ela estava lá o tempo todo?

— Sargento King vai...

— Sim, eu sei. Você falou. Mas estou perguntando a você. Por favor. — Beth engoliu em seco. — Merecemos saber.

Falk fez que não com a cabeça.

— Vão precisar esperar. Sinto muito.

Beth se aproximou da porta fechada. Parou diante dela e se virou de repente.

— Por que Lauren e Jill não estão aqui também?

— Beth. Pare. — Bree ergueu o rosto por fim, os dedos mexendo no braço.

— Por quê? É uma pergunta justa. Por que só nós aqui dentro?

— Sério, Beth. Cale a boca — falou Bree. — Espere até o sargento chegar.

Falk ainda conseguia ouvir a voz de King ao telefone. Enfraquecendo e voltando, mas clara o bastante nos trechos que importavam.

Quando encontramos o corpo dela, achamos outra coisa também.

O quê?

Beth ficou muito quieta. Ela estava encarando a irmã.

— Por que apenas nós? — perguntou de novo.

— Pare de falar. — Bree estava rígida na cadeira, os dedos ainda puxando as ataduras.

Beth piscou.

— A não ser que não seja? — Os olhos dela dispararam para Falk. — Não *nós*, quero dizer. Não nós duas.

Falk não pôde evitar lançar um olhar para Bree, com a atadura cinza e desfiada e, por baixo, a picada infeccionada.

Quando encontramos o corpo dela, achamos outra coisa também. A voz de King fora difícil de ouvir.

O quê?

Escondendo-se em uma árvore caída bem ao lado dela. Uma maldita píton-carpete enorme.

Por fim, Bree encontrou os olhos da irmã gêmea.

— Cale a boca, Beth. Não fale.

— Mas... — A voz de Beth falhou.

— Você é surda?

— Mas... — Beth vacilou. — O que está acontecendo? Você fez alguma coisa?

Bree a encarou. A mão dela tinha parado, a atadura esquecida, por fim.

— Se *eu* fiz alguma coisa? — Ela riu, uma gargalhada curta e amarga. — Nem comece.

— Como assim?

— Sabe do que estou falando.

— Não sei.

— Mesmo? Tudo bem, então. Estou falando, Beth, para você não ficar aí diante da polícia me perguntando o que eu fiz como se não fizesse ideia. Se quiser insistir nisso, então vamos falar sobre o que *você* fez.

— Eu? Não fiz nada.

— Sério? Você vai fingir...

— Bree — começou Falk. — Recomendo fortemente que você espere...

—... fingir que é toda inocente? Como se não tivesse nada a ver com isso?

— Nada a ver com *o quê*?

— Céus, Beth! Está mesmo fazendo isso? Está realmente apontando o dedo para mim? Com eles bem aqui? — Bree gesticulou para Falk e Carmen. — Nada disso sequer teria acontecido se não fosse por você.

— Nada *do que* teria acontecido?

— Ei... — As tentativas de interrupção de Falk e Carmen foram abafadas. Bree estava de pé agora, cara a cara com a irmã.

Beth recuou um passo.

— Ouça o que estou dizendo, não faço ideia do que você está falando.

— Mentira.

— Não. É sério.

— Isso é mentira, Beth! Não acredito que está mesmo fazendo isso.

— Fazendo o quê?

— Tentando lavar as mãos e me puxar para isso! Nesse caso, por que raios eu deveria sequer tentar ajudar você? Por que não deveria cuidar de mim mesma e dizer a verdade?

— A verdade sobre o quê?

— Sobre ela já estar morta! — Os olhos de Bree estavam arregalados, o cabelo preto balançando. — Você sabe disso! Alice já estava morta quando eu a encontrei.

Beth deu outro passo para trás e olhou a irmã gêmea.

— Bree, eu não...

Bree soltou um choro de frustração e girou, os olhos suplicantes quando recaíram sobre Falk e Carmen.

— Não foi como ela está fazendo parecer. Não deem ouvidos a ela. — A mão de Bree tremia enquanto apontava para a irmã. — Por favor. Precisam fazer o sargento King entender...

— Bree...

— Ouça, Alice já estava morta. — As lindas feições de Bree estavam contorcidas e havia lágrimas nos olhos dela. — Eu a encontrei. Na trilha, cedo na manhã de domingo. E eu a movi. Foi quando fui picada. Mas foi tudo o que fiz. Eu não a feri, juro. Essa é a verdade.

— Bree... — tentou Carmen desta vez, mas a jovem a interrompeu.

— Ela estava apenas *jogada* ali, sem respirar. Eu não sabia o que fazer. Tive medo de que alguém saísse e a visse, então eu a peguei. Só ia escondê-la na vegetação até...

Bree parou. Olhou para a irmã. Beth agarrava as costas de uma cadeira com tanta força que as articulações dos dedos estavam brancas.

—... Até que eu pudesse falar com Beth. Mas então tropecei e senti a cobra perto do meu braço.

— Mas por que você a escondeu, Bree? — Beth tinha lágrimas nos olhos.

— Céus. Você sabe por quê.

— Não sei.

— Porque... — O rosto de Bree estava vermelho, duas manchas de rubor nas bochechas. — Porque... — Ela não parecia ser capaz de terminar o pensamento. Então estendeu a mão para a irmã.

— Por que o quê?

— Por sua causa. Eu fiz por você. — Bree se esticou, segurando o braço da irmã desta vez. — Não pode ser presa de novo. Isso mataria a mamãe. Ela nunca contou a você, mas foi tão ruim da última vez. Ela piorou muito. Foi horrível vê-la tão triste, sabendo que era minha culpa e...

— Não. Bree, foi culpa minha que eu fui presa da última vez.

— Não, a culpa foi minha. — Bree segurou com mais força. — Não foi um vizinho que contou à polícia do roubo, fui eu. Liguei para eles porque estava com tanta raiva de você. Não me dei conta de que iria dar naquilo tudo.

— Não foi culpa sua.

— Foi sim.

— Não, aquilo foi culpa minha. Mas isto... — Beth recuou um passo, libertando o braço do aperto da irmã. — Isso é muito ruim, Bree. Por que faria isso?

— Você sabe por quê. — Bree estendeu a mão de novo, as pontas dos dedos agarrando ar. — É claro que sabe. Porque é minha irmã! Somos família.

— Mas você não confia em mim mesmo. — Beth recuou mais um passo. — Acha mesmo que eu seria capaz de fazer algo assim?

Do lado de fora, Falk viu movimento quando um carro policial parou no cascalho. King saiu de dentro dele.

— Mas o que mais eu deveria pensar? Como deveria confiar em você depois de tudo o que fez? — Bree estava chorando agora, o rosto inchado e vermelho. — Não acredito que está aí de pé *mentindo*. Conte a eles! Por favor, Beth. Por mim. Conte a verdade!

— Bree... — Beth parou. Abriu a boca como se estivesse prestes a dizer algo mais, então a fechou, e sem mais uma palavra, deu as costas.

Bree estendeu o braço, a mão boa tentando arranhar e os gritos ecoando pela sala quando o sargento King abriu a porta do saguão.

— Você é uma vaca mentirosa! Odeio você, Beth! Odeio você por isso! Conte a verdade a eles! — Bree estava se esforçando para falar em meio às lágrimas. — Fiz isso por você.

Com os rostos contorcidos e coléricos pela traição, Falk jamais vira as gêmeas se parecerem tanto.

DIA 4: DOMINGO DE MANHÃ

Alice Russell tinha parado de repente. Ela mal estava visível, a uma curta distância adiante na trilha para o norte, o luar banhando-a. A cabana já estava fora de vista agora, escondida atrás das árvores.

Alice estava com a cabeça abaixada, a mochila no chão encostada contra uma grande pedra. Tinha uma das mãos pressionada contra o ouvido. Mesmo de longe, estava claro pelo brilho azul-esbranquiçado do celular que sua mão tremia.

VINTE E SEIS

As gêmeas foram levadas em viaturas policiais separadas. Falk e Carmen assistiram do corredor de entrada. Lauren e Jill permaneceram na área da recepção, as bocas abertas com descrença, até que o sargento King as instruiu que esperassem no saguão. Um policial as chamaria para o escritório do chalé principal, uma de cada vez, para renovar os depoimentos, dissera ele. Deviam estar preparadas para ir até a delegacia na cidade se fosse considerado necessário. Elas assentiram, mudas, e o sargento saiu dirigindo.

Lauren foi chamada ao escritório primeiro, o rosto macilento e pálido quando ela cruzou a sala. Falk e Carmen permaneceram no saguão com Jill. Ela parecia uma versão encolhida da mulher que tinham conhecido dias antes.

— Eu disse a Alice que seria bem-feito se ela morresse em uma vala — falou Jill, do nada, enquanto encarava o fogo.

— E fui sincera. Naquele momento.

Pela porta, conseguiam ouvir Margot Russell aos prantos. A voz do oficial que a acompanhava mal interrompia o som. Jill virou o rosto, com uma expressão de dor.

— Quando soube que seu sobrinho tinha fotos de Margot? — perguntou Carmen.

— Soube quando já era tarde demais. — Jill olhou para as próprias mãos. — Daniel enfim me contou a história toda na terça-feira, mas apenas porque as fotos tinham sido publicadas àquela altura. Mas ele deveria ter me contado muito antes disso. Se tivesse sido honesto naquela primeira noite quando veio até nosso acampamento, talvez nada disso tivesse acontecido. Eu teria deixado Alice ir embora quando ela pediu.

— Quanto Daniel lhe contou naquela noite? — perguntou Falk.

— Apenas que a esposa dele tinha pegado Joel com algumas fotos e por isso Daniel tinha se atrasado para chegar ao retiro. Talvez eu devesse ter juntado as peças, mas sendo sincera não me ocorreu que as fotos pudessem ser de Margot. — Ela sacudiu a cabeça. — As coisas eram bem diferentes na minha época de escola.

Pela porta, o som de choro ainda era audível. Jill suspirou.

— Queria que Alice tivesse me contado pessoalmente. Eu a teria deixado voltar depois da primeira noite se soubesse. É claro que teria. — Parecia um pouco que ela tentava se convencer. — E Joel é um menino idiota. Não vai conseguir consertar isso com um pedido de desculpas. Ele é muito parecido com Daniel quando jovem; faz o que quer, nunca pensa mais do que uma hora adiante. Mas as crianças não entendem, não é? Apenas vivem no presente imediato. Não percebem que o que fazem em certa idade ainda pode assombrá-las anos depois.

Jill se calou, mas as mãos dela tremiam quando as uniu no colo. Ouviu-se uma batida e a porta do saguão se abriu. Lauren olhou para dentro, pálida e com as bochechas fundas.

— É sua vez — disse ela para Jill.

— O que eles perguntaram?

— O mesmo de antes. Queriam saber o que aconteceu.

— E o que você disse?

— Falei que Alice não ter saído da floresta é inacreditável. — Lauren olhou para Jill e depois para o chão. — Vou deitar. Não consigo lidar com isso. — Sem esperar uma resposta, ela se recolheu, fechando a porta ao sair.

Jill encarou a porta fechada por um longo momento; então, com um suspiro profundo, ficou de pé. Ela abriu a porta e saiu, com o choro de Margot ecoando ao redor.

DIA 4: DOMINGO DE MANHÃ

Alice estava quase gritando ao telefone. A bochecha dela brilhava azulada à luz da tela conforme as palavras flutuavam pela trilha.

— Emergência? Consegue me ouvir...? Merda. — A voz dela estava aguda com desespero. Ela desligou. De cabeça baixa, verificou o celular. Tentou de novo, digitando três números, os mesmos. O número do serviço de emergência.

— Emergência? Ajude-nos. Tem alguém aí? Por favor. Estamos perdidas. Você consegue...? — Ela parou, afastou o celular do ouvido. — *Merda.*

As costas de Alice se expandiram e se encolheram quando ela respirou fundo. Pressionou a tela de novo. Um número diferente dessa vez, sem repetição dos três dígitos. Quando Alice falou, a voz dela soou muito mais baixa.

— Agente federal Falk, é Alice Russell. Não sei se você consegue me ouvir. — Havia um tremor na voz dela. — Se receber esta mensagem, por favor, estou implorando, por favor, não passe os arquivos adiante amanhã. Não sei o que fazer. Daniel Bailey tem umas fotos. Ou o filho dele tem. Fotos de minha filha. Não posso arriscar transtorná-lo agora, sinto muito. Estou tentando voltar para explicar. Se você adiar, vou tentar pensar em outra forma de conseguir os contratos. Sinto muito, mas é minha filha. Por favor. Não posso fazer nada que possa feri-la...

Um farfalhar e o som de um passo atrás dela. Uma voz no escuro.

— Alice?

VINTE E SETE

Falk e Carmen estavam sentados sozinhos no saguão, sem dizer muito. O choro de Margot Russell pairara através da porta por muito tempo, então parou de repente, deixando um estranho silêncio. Falk se perguntou para onde ela fora.

Eles ouviram um carro parar no cascalho e Carmen foi até a janela.

— King voltou.

— Algum sinal das gêmeas?

— Não.

Encontraram King no saguão. O rosto do sargento estava mais exausto do que de costume.

— Como foi na delegacia? — perguntou Falk.

O sargento sacudiu a cabeça.

— Elas estão recebendo aconselhamento jurídico, mas por enquanto as duas seguem mantendo as histórias. Bree insiste que Alice já estava morta quando a encontrou, Beth admite que não sabe nada do assunto.

— Você acredita nelas?

— Só Deus sabe. De toda forma, vai ser um pesadelo provar qualquer coisa. Uma equipe forense de Melbourne está no local agora, mas ela está caída na chuva e ao relento há dias. Há terra, lama e sujeira por todo canto.

— Tinha alguma coisa relevante na mochila? — perguntou Carmen.

— Como uma pilha de registros financeiros da BaileyTennants? — King conseguiu dar um sorriso bastante triste. — Acho que não, sinto muito. Mas aqui... — Ele revirou a própria mochila e tirou de dentro um pen drive.

— Fotos da cena. Se virem alguma coisa de que precisam, podem pedir aos caras da equipe forense para lhes mostrar quando eles descerem com tudo.

— Obrigado. — Falk pegou o objeto. — Estão investigando aquele túmulo ao lado da cabana também?

— Sim. Estão. — King hesitou.

— O quê? — Carmen o observava. — O que foi? Confirmaram que é a Sarah?

King sacudiu a cabeça.

— Não é a Sarah.

— Como sabem?

— Era o corpo de um homem.

Eles o fitaram.

— Quem? — perguntou Falk.

— Recebemos uma ligação na delegacia há uma hora — falou King. — Aquele ex-motoqueiro na cadeia fez um acordo com o qual está feliz e contou ao advogado que acredita que o corpo seja do próprio Sam Kovac.

Falk piscou.

— Sam Kovac?

— É. Esse sujeito diz que os motoqueiros foram pagos para se livrar dele há cinco anos. Sam estava se gabando das conexões com o pai, tentando se enturmar no grupo, provavelmente. Mas esse cara acha que Sam não batia bem da cabeça, era instável demais para se confiar. Então quando os motoqueiros receberam uma oferta melhor, eles aceitaram. Os compradores não estavam interessados em como seria feito, contanto que o corpo jamais fosse encontrado. Só queriam que Sam sumisse.

— Quem eram os compradores? — perguntou Carmen.

King olhou pela janela. O vento tinha diminuído e havia uma estranha quietude na vegetação pela primeira vez.

— Eles usaram um intermediário, mas ao que parece era um casal mais velho. Financeiramente confortáveis. Dispostos a pagar bem. Mas estranhos. Não batiam muito bem também.

A mente de Falk buscou possibilidades, encontrando apenas uma.

— Não eram os pais de Sarah Sondenberg, eram? — disse ele, e King deu de ombros.

— Cedo demais para dizer com certeza, mas creio que serão os primeiros a serem investigados. Pobres coitados. Suponho que vinte anos de luto e incerteza possam fazer coisas arrasadoras com uma pessoa. — King sacudiu a cabeça. — Maldito Martin Kovac. Ele arruinou este lugar. Poderia ter dado àquelas pobres pessoas alguma paz. Talvez evitado um pouco da própria mágoa. Quem sabe? Algum de vocês tem filhos?

Falk fez que não, imaginando Sarah Sondenberg, com o sorriso impresso no jornal. Os pais dela e como deviam ter sido os últimos vinte anos para eles.

— Tenho dois meninos — falou King. — Sempre simpatizei com os Sondenberg. Cá entre nós, se forem eles, não posso culpá-los demais. — Ele suspirou. — Acho que jamais se pode subestimar até que ponto alguém iria pelo filho.

Em algum lugar nas profundezas do chalé, o choro de lamentação de Margot Russell recomeçou.

DIA 4: DOMINGO DE MANHÃ

— Alice?

Alice Russell se sobressaltou. Os dedos dela se atrapalharam para encerrar a chamada quando ela se virou na direção da voz, os olhos arregalados ao perceber que não estava mais sozinha na trilha. Deu meio passo para trás.

— Com quem está falando, Alice?

VINTE E OITO

Falk se sentia completamente arrasado. Pelo olhar de Carmen conforme acompanhavam o caminho até os chalés de acomodação, ela sentia o mesmo. O vento estava forte de novo, fazendo os olhos arderem e soprando as roupas dele. Quando chegaram aos quartos, eles pararam e Falk girou nas mãos o pen drive que o sargento King lhe dera.

— Vamos ver as fotos? — perguntou.

— Suponho que seja melhor. — Carmen parecia tão entusiasmada quanto ele se sentia. A cova no mato de Alice Russell. A cordilheira por fim a entregara, apenas não da forma que qualquer um deles esperava.

Falk abriu a porta e colocou a mochila no chão, tirando de dentro vários itens até que conseguisse pegar o laptop. Carmen se sentou na cama e o observou.

— Ainda está com os mapas do seu pai — falou, quando ele colocou a pilha sobre a colcha ao lado dela.

— Sim. Não tive tempo o suficiente em casa para desfazer a mochila direito.

— Eu tampouco. Mesmo assim, suponho que voltaremos para lá muito em breve. Encarar a situação no trabalho agora que Alice foi encontrada. Eles ainda vão querer os contratos. — Carmen pareceu derrotada pela ideia. — Enfim… — Ela se moveu para abrir espaço na cama quando Falk abriu o laptop. — Vamos acabar com isso.

Ele plugou o pen drive e os dois se sentaram lado a lado para ver a galeria de fotos.

A mochila de Alice ocupou a tela. Fotos tiradas de longe mostravam-na encostada na base de uma árvore, o tecido contrastando contra o mar de verdes e marrons desbotados. Fotos em close confirmaram a primeira impressão que Falk tivera em meio à vegetação. A mochila tinha sido encharcada pela chuva, mas, fora isso, não estava danificada ou aberta. Havia algo inquietante a respeito de como estava apoiada ali, em pé e pronta para ser recolhida por uma dona que jamais voltaria. Falk e Carmen se demoraram, encarando imagens da mochila de todos os ângulos possíveis, mas, por fim, a galeria avançou.

As árvores tinham protegido o corpo de Alice Russell do pior, mas o clima havia sido inclemente. Ela estava deitada de barriga para cima em um leito de grama rasteira alta demais, as pernas esticadas, os braços inertes ao lado do corpo. Não estava a mais de vinte metros da trilha, mas pelas fotos ficava claro que seria quase impossível avistá-la a não ser de perto.

O cabelo estava emaranhado em torno da cabeça, e a pele, flácida e relaxada contra aquelas bochechas altas. À exceção disso, podia quase estar dormindo. Quase. Animais e pássaros tinham descoberto o corpo dela muito antes da polícia.

A vegetação nativa varrera Alice como uma onda. Folhas, galhos e pedaços de sujeira se agarravam ao cabelo e aos vincos nas roupas. Um pedaço de plástico decrépito que parecia ter viajado de muito longe estava preso sob uma das pernas.

Falk estava prestes a passar para a foto seguinte quando parou. O que tinha chamado a atenção dele? Passou os olhos pela imagem de novo. Algo na forma como Alice estava deitada, jogada, cheia de detritos. Um pensamento o incomodou, escapando conforme ele se esticava para alcançá-lo. Falk se lembrou da mulher que os dois conheceram. O batom corporativo e a expressão desafiadora estavam há muito distantes, e o corpo dela parecia um casco vazio sobre o leito da floresta. Alice parecia frágil e muito solitária. Falk esperava que Margot Russell jamais visse aquelas fotos. Mesmo na morte, a semelhança entre Alice e a filha era espantosa.

Eles percorreram a galeria de fotos até que a tela ficou vazia. Tinham chegado ao fim.

— Bem, isso foi tão ruim quanto esperado — disse Carmen, com a voz baixa.

A janela chacoalhou quando ela se recostou, a mão caindo sobre a pilha de mapas na colcha. A agente pegou o que estava por cima e o abriu, os olhos percorrendo as linhas impressas.

— Você deveria usar estes. — Ela parecia triste. — Pelo menos algo bom podia sair de tudo isso.

— Sim. Eu sei. — Falk vasculhou a pilha até encontrar o mapa da cordilheira Giralang.

Ele o abriu todo, procurando a Estrada Norte. Falk a encontrou cortando um emaranhado não identificado de vegetação. Estimou a localização da cabana, então onde o corpo de Alice Russell tinha sido encontrado.

Não havia marcas de lápis na região toda, nenhuma palavra ou observação com a letra do pai. Falk não tinha muita certeza do que estava esperando, ou o que torcia por encontrar, mas o que quer que fosse, não estava ali. O pai dele jamais estivera naquela área. As linhas impressas no papel o encaravam de volta com indiferença vazia.

Com um suspiro, ele moveu a página até encontrar a trilha da Cachoeira do Espelho. As anotações a lápis ali estavam claras conforme a caligrafia pouco legível do pai fazia voltas e arabescos pelo papel amarelado. *Trilha de verão. Cuidado com deslizamento de rochas. Fonte de água potável.* Ele corrigira vigorosamente. Um mirante fora marcado como fechado, então aberto, depois riscado com força de novo com as palavras: *Perigo recorrente.*

Falk encarou as palavras por um longo tempo, sem saber muito bem por quê. Algo se iluminou bem no fundo da consciência dele. Estava prestes a pegar o laptop quando Carmen ergueu o rosto.

— Ele gostava dessa área — disse ela, erguendo o mapa na mão. — Muitas marcações aqui.

Falk reconheceu o nome da região de imediato.

— Foi aqui que cresci.

— Mesmo? Uau. Você não estava brincando, é no meio do nada. — Carmen olhou com mais atenção. — Então vocês dois faziam trilha por aqui juntos? Antes de se mudarem.

Falk fez que não com a cabeça.

— Não que eu me lembre. Não tenho nem certeza se ele saía muito naquela época. Estava ocupado demais com a fazenda. É provável que pegasse ar fresco o suficiente.

— De acordo com isso aqui, parece que sim. Pelo menos uma vez. — Carmen entregou o mapa a ele, o dedo apontando para algo escrito com a letra de Erik Falk.

Com Aaron.

As palavras estavam escritas ao lado de uma trilha de verão de nível fácil. Falk jamais a percorrera em sua totalidade, mas sabia para onde seguia. Acompanhava os limites dos pastos onde ele costumava correr, gastando energia enquanto o pai trabalhava na terra; perto do ponto do rio onde Erik lhe mostrara como pescar; ao longo da cerca onde o Aaron de três anos tinha, em um dia de verão, sido fotografado rindo e montado nos ombros paternos.

Com Aaron.

— Nós não... — Os olhos de Falk pareceram pesados e quentes. — Jamais fizemos essa trilha juntos. Não em uma viagem.

— Bem, talvez ele quisesse. Há outras também. — Carmen olhava a pilha. Ela entregou outros a ele, apontando para as marcações. Então mais alguns.

Em quase todos os mapas, com uma caligrafia que desbotava com a idade e se tornava mais trêmula com o tempo, havia as palavras: *Com Aaron. Com Aaron.* Uma trilha escolhida para que fizessem juntos. O pai, teimoso diante da recusa direta; as palavras, um desejo de algo diferente.

Falk se recostou na cabeceira da cama. Ele percebeu que Carmen o observava e sacudiu a cabeça. Achou que podia ter dificuldade para falar.

Ela estendeu o braço e colocou a mão sobre a dele.

— Aaron, está tudo bem. Tenho certeza de que ele sabia.

Falk engoliu em seco.

— Acho que não.

— Ele sabia. — Carmen sorriu. — É claro que sabia. Pais e filhos estão programados para se amar. Ele sabia.

Falk olhou para os mapas.

— Ele fez um trabalho melhor em mostrar isso do que eu.

— Bem. Talvez. Mas não está sozinho nisso. Acho que pais costumam amar os filhos mais do que o contrário.

— Talvez. — Falk pensou nos pais de Sarah Sondenberg e até onde tinham sido forçados a mergulhar pela filha deles. O que King tinha dito? *Jamais se pode subestimar até que ponto alguém iria pelo filho.*

Algo cutucou mais uma vez a mente de Falk. Ele piscou. O que era? A ideia se contorcia e ameaçava evaporar mesmo enquanto tentava compreendê-la. O computador ainda estava aberto com a galeria de fotos ao lado de Carmen.

— Deixe-me ver de novo. — Falk puxou o laptop para si e percorreu as fotos de Alice Russell, olhando com mais atenção dessa vez. Algo nos pequenos detalhes o incomodava, mas não conseguia dizer o que era. Olhou para a pele macilenta dela, a forma como a mandíbula pendia um pouco frouxa. Alice parecia, de um modo estranho, mais jovem, o rosto exposto quase relaxado. O uivo do vento do lado de fora de repente soou bastante como os choros de Margot Russell.

Ele continuou olhando. Para as unhas quebradas, as mãos sujas, o cabelo embaraçado. Os fragmentos de lixo esquecido espalhados ao redor dela. Aquela faísca de novo. Falk parou na última imagem e aproximou o rosto. Um velho pedaço de plástico estava preso sob a perna dela. Os restos sujos de uma embalagem rasgada de comida perto do cabelo. Falk aumentou o tamanho da foto.

Um único fio rasgado de cor vermelha e prata tinha ficado preso no zíper do casaco dela.

A faísca se acendeu de novo quando ele olhou para aquele fio rasgado. E de repente não estava pensando em Alice ou Margot Russell, mas, em vez disso, em outra menina, tão frágil que mal se fazia presente, mexendo o tempo todo com algo vermelho e prateado, trançado em meio aos dedos.

Um fio preso em um zíper. Um pulso vazio. Os olhos fundos da menina, assombrados. E os da mãe, cheios de culpa.

DIA 4: DOMINGO DE MANHÃ

— Alice. — Lauren encarava a outra mulher. — Com quem você está falando?

— Ai, minha nossa. — Alice levou a mão ao peito. O rosto dela estava pálido no escuro. — Você me assustou.

— Há sinal? Conseguiu ligar para alguém? — Lauren se esticou para pegar o telefone, mas Alice afastou a própria mão.

— Está fraco demais. Não acho que podem me ouvir.

— Ligue para a emergência. — Lauren esticou o braço de novo.

Alice recuou um passo.

— Eu liguei. A ligação ficava falhando.

— Merda. Então com quem estava falando?

— Foi uma mensagem de voz para a caixa postal. Não acho que foi enviada.

— Mas quem era?

— Não era ninguém. É sobre Margot.

Lauren a encarou até que os olhares delas se encontrassem.

— O quê? — disparou Alice. — Eu disse a você, já tentei ligar para a emergência.

— Quase não temos sinal ou bateria. Precisamos economizar.

— Eu sei disso. Mas era importante.

— Acredite ou não, há algumas coisas mais importantes do que sua maldita filha.

Alice não disse nada, mas segurou o celular mais perto.

— Tudo bem. — Lauren se obrigou a respirar fundo.

— Como conseguiu o telefone sem acordar Jill?

Alice quase gargalhou.

— Aquela mulher dormiu durante uma tempestade ontem. Acho difícil que desperte porque o casaco se mexeu.

Lauren podia acreditar naquilo. Entre todas, Jill sempre parecia dormir melhor do que qualquer uma. Ela olhou para a outra mão de Alice.

— E você pegou a lanterna de Beth.

— Preciso dela.

— É a única que está funcionando.

— Por isso preciso dela. — Alice não a encarava. A luz da lanterna balançou no escuro. O resto da trilha estava mergulhada na escuridão.

Lauren conseguia ver a mochila de Alice encostada em uma pedra. Pronta para partir. Ela respirou fundo mais uma vez.

— Ouça, precisamos buscar as outras. Vão querer saber sobre o sinal. Não direi a elas que você estava indo embora.

Alice não falou nada. Ela enfiou o celular no bolso da calça jeans.

— Alice. Céus. Não está mesmo pensando em ir embora?

Alice se abaixou e pegou a mochila, então a jogou por cima de um dos ombros. Lauren agarrou o braço dela.

— Me solte. — Alice desvencilhou o próprio braço.

— Não é seguro sair sozinha. E temos sinal agora. Vai ajudá-los a nos encontrar.

— Não vai. Está fraco demais.

— É alguma coisa! Alice, é a melhor chance que tivemos em dias.

— Abaixe a voz, está bem? Olhe, não posso esperar até que nos encontrem.

— Por que não?

Nenhuma resposta.

— Pelo amor de Deus. — Lauren tentou se acalmar. Conseguia sentir o coração batendo acelerado. — Como vai sequer fazer isso?

— Caminhando para o norte, como deveríamos ter feito hoje. Sabe que isso vai dar certo, Lauren, mas não quer admitir porque nesse caso precisaria tentar.

— Não. Não quero fazer porque não é seguro. Ainda mais sozinha. Está caminhando às cegas, nem mesmo está com a bússola. — Lauren conseguia sentir o disco de plástico no próprio bolso.

— Se está tão preocupada, poderia dá-la para mim.

— Não. — A palma de Lauren se fechou sobre o objeto. — De jeito nenhum.

— Achei que não. Enfim, sabemos que esta trilha vai para o norte. Posso me virar nela se precisar. Fiz isso no McAllaster.

Maldito McAllaster. Lauren sentiu o peito se apertar e o sangue começar a pulsar um pouco mais rápido à menção do nome. Trinta anos antes, de pé no meio do nada, tão próximas quanto estavam agora. O desafio de confiança. Ela, com saudade de casa, triste e vendada, e a sensação de puro alívio ao sentir a mão firme de Alice no braço e a voz confiante ao ouvido.

— Peguei você. Por aqui.

— Obrigada.

Alice guiando e Lauren seguindo. O som de passos em volta dela. Uma risadinha. Então a voz de Alice ao ouvido de novo. Um aviso sussurrado:

— Cuidado.

A mão que a guiava se levantou, de repente tão leve quanto o ar, e sumiu no nada. Lauren estendera a dela, desorientada, o pé prendendo em algo bem adiante de si e a sensação nauseante de cair no espaço. O único som era o ruído distante de uma risada abafada.

Ela fraturara o pulso ao cair. Ficara contente. Significava que, ao erguer a venda e se encontrar completamente sozinha, cercada apenas pela densa vegetação no escuro sufocante, tinha uma desculpa para as lágrimas nos olhos. Não que isso importasse. Levara quatro horas até que as outras viessem buscá-la. Quando por fim retornaram, Alice estava rindo.

— Eu disse a você para tomar cuidado.

VINTE E NOVE

Falk encarou o fio vermelho e prata preso no zíper do casaco de Alice Russell, então virou a tela para Carmen, que piscou.

— Merda. — Ela estava com a mão revirando o bolso do próprio casaco e, antes que ele dissesse uma palavra, tirou de dentro a pulseira da amizade trançada de Rebecca. Os fios prateados brilharam à luz.

— Sei que Lauren disse que perdeu a dela, mas estava com certeza usando a pulseira lá fora?

Falk pegou o casaco dele, revirando-o até encontrar o panfleto amassado de pessoa desaparecida que pegara na recepção. Ele alisou o papel, ignorando o rosto sorridente de Alice e, em vez disso, concentrou-se na última foto das cinco mulheres juntas.

Elas estavam na entrada da trilha da Cachoeira do Espelho, o braço de Alice em volta da cintura de Lauren. Alice sorria. O braço de Lauren pairava ao invés de se apoiar em torno dos ombros de Alice, pensou Falk agora que olhava com atenção. Na ponta da manga do casaco de Lauren, uma nítida pulseira de vermelho trançado circundava o punho dela.

Carmen já estava levando a mão ao telefone do quarto, ligando para o sargento King. Ela ouviu por um momento, então sacudiu a cabeça. Sem resposta. Então telefonou para a recepção. Falk já vestira o casaco quando Carmen verificou o número do quarto e, mudos, saíram e caminharam a extensão da ala de acomodações. O sol do fim da tarde tinha descido para trás das árvores e a escuridão espreitava ao leste. Chegaram ao quarto de Lauren e Falk bateu à porta. Eles esperaram. Nenhuma resposta. Ele bateu de novo, então tentou a maçaneta. A porta se abriu. O quarto estava vazio. Virou-se para Carmen.

— No chalé, talvez? — disse ela.

Falk hesitou, então olhou para além dela. O início da trilha da Cachoeira do Espelho estava vazio, a placa de madeira quase invisível na escuridão crescente. Carmen acompanhou o olhar dele e pareceu ler seus pensamentos, uma expressão de alarme percorrendo o rosto dela.

— Vá verificar — falou. — Vou encontrar King e já te acompanho.

— Tudo bem.

Falk saiu em um passo apressado, esmagando o caminho de cascalho da entrada de carros, então se desanimando um pouco ao chegar à trilha enlameada. Era o único por ali, mas conseguia ver as pegadas de botas no solo. Ele entrou na trilha.

Estaria certo? Não sabia. Então pensou na menina magra, no fio vermelho e no pulso vazio da mãe dela.

Jamais se pode subestimar até que ponto alguém iria pelo filho.

Os passos de Falk ficaram mais e mais velozes, até que, com o rugido da Cachoeira do Espelho aumentando aos ouvidos dele, o agente começou a correr.

DIA 4: DOMINGO DE MANHÃ

— Posso me virar nela se precisar. Fiz isso no McAllaster.

Lauren encarou Alice.

— Você fez muitas coisas no McAllaster.

— Ai, Céus, Lauren. De novo não. Eu pedi desculpas pelo que aconteceu naquela época. Tantas vezes. — Alice se virou. — Olhe. Desculpe, mas preciso ir.

Lauren esticou o braço de novo, segurando o casaco da outra mulher dessa vez.

— Não com o telefone.

— Sim, com *meu* telefone. — Alice a empurrou e Lauren cambaleou para trás um pouco. Sentiu uma descarga de ódio quando a outra se virou, as sombras altas em torno parecendo oscilar.

— Não vá embora.

— Pelo amor de Deus. — Alice não se virou dessa vez. Lauren avançou de novo, sentindo-se um pouco desequilibrada. A mão dela se fechou na mochila, puxando-a para trás.

— Não nos deixe.

— Céus. Não seja tão patética.

— Ei! — Lauren sentiu algo brotar e explodir no peito.

— Não fale comigo assim.

— Tudo bem. — Alice gesticulou com a mão. — Olhe, pode vir se quiser. Ou fique. Ou saia andando quando enfim perceber que ninguém vem buscar vocês. Não me importo. Mas eu preciso ir.

Ela tentou se desvencilhar, mas dessa vez Lauren continuou segurando.

— Não. — A mão dela doía por segurar com tanta força. Sentiu-se um pouco zonza. — Pelo menos uma vez, Alice, pense em alguém além de si mesma.

— Eu estou! Preciso voltar por Margot. Olha, aconteceu uma coisa e...

— E Deus nos livre que qualquer coisa perturbe a preciosa Margot Russell — interrompeu Lauren. Ela se ouviu gargalhar. Pareceu estranho na noite. — Não sei quem é mais ridiculamente egoísta, você ou ela.

— Como é?

— Não finja que não sabe do que estou falando. Ela é tão ruim quanto a mãe. Você finge se arrepender de como era no ensino médio, de como é agora, mas cria uma filha que age igual. Quer que ela siga seus passos? Com certeza conseguiu isso.

Alice deu uma risada cruel.

— Ah, é? Ora, acorde, Lauren. Você é quem sabe tudo sobre isso.

Ouve um silêncio.

— O quê...? — Lauren abriu a boca, mas as palavras evaporaram.

— Esquece. Apenas... — Alice abaixou a voz. — Deixe Margot fora disso. Ela não fez nada de errado.

— Não fez?

Alice não respondeu.

Lauren olhou para ela.

— Você sabe que ela estava envolvida, Alice.

— O que, naquele problema com Rebecca? Isso tudo foi resolvido, você sabe. A escola investigou. As meninas responsáveis pelas fotos foram suspensas.

— As meninas que eles conseguiram provar que foram responsáveis foram suspensas. Acha que não sei que estavam todas no grupo de Margot? Ela estava envolvida, não há dúvida. É provável que fosse a maldita líder.

— Se isso fosse verdade, a escola teria dito.

— Mesmo? Teriam mesmo? Quanto mais você doou para a escola este ano, Alice? Quanto custou comprar aquela vista grossa para Margot?

Nenhuma resposta. Algo farfalhou na vegetação.

— É, foi o que pensei. — Lauren tremia tanto que mal conseguia tomar fôlego.

— Ei, fiz o melhor para ajudar você, Lauren. Para começo de conversa, não fiz a recomendação para esse emprego? E não acobertei para você... quantas vezes ultimamente? Quando você estava distraída e sobrecarregada.

— Porque você se sente culpada.

— Porque somos amigas!

Lauren a encarou.

— Não, não somos.

Alice não disse nada por um minuto.

— Tudo bem. Olhe. Nós duas estamos chateadas. Foram dias muito difíceis. E eu sei o quão exaustivo tudo está sendo para Rebecca. Para vocês duas.

— Você não sabe. Não pode imaginar como tem sido.

— Lauren. Eu posso. — Os olhos de Alice brilhavam sob o luar. Ela engoliu em seco. — Olha, parece que pode haver umas fotos de Margot e...

— E o quê?

— Então preciso voltar...

— E agora devo me importar porque é sua filha do lado errado da câmera e não a minha?

— Ai, céus, Lauren, *por favor*. Sua filha estava arrasada muito antes de qualquer uma daquelas fotos idiotas serem espalhadas...

— Não, não estava...

— Estava! É claro que estava! — A voz de Alice era um sussurro urgente. — Quer culpar alguém pelos problemas de Rebecca, por que não dá uma boa olhada para si mesma? Sinceramente. Você não consegue mesmo ver de onde ela tira isso?

Lauren podia ouvir o sangue pulsando nos ouvidos. Alice estava próxima, mas as palavras dela soavam distantes e baixas.

— Não? — Alice a encarava. — Precisa de uma dica? Que tal dezesseis anos em que ela assistiu a você receber ordens? Deixando as pessoas a usarem de capacho. Nunca está feliz consigo mesma. Fazendo malditas dietas ioiô durante anos. Aposto que nunca a ensinou a enfrentar alguém na vida. E se pergunta por que você sempre acaba em uma situação desfavorável? Pediu por isso na escola e ainda pede agora. Poderíamos estar todas saindo daqui com sua ajuda, mas tem medo demais de confiar em si mesma.

— Não tenho!

— Tem sim. Tem uma mente fraca pra caramba...

— Não tenho!

— E se não consegue ver o estrago que causou àquela menina, é uma mãe pior do que pensei e, sendo sincera, já acho você totalmente problemática.

A cabeça de Lauren latejava tão alto que ela mal conseguia ouvir as próprias palavras.

— Não, Alice. Eu mudei. É você quem ainda é a mesma. Era uma megera na escola e é pior ainda agora.

Uma gargalhada.

— Você está se enganando. Não mudou nada. Você é quem você é. É a sua natureza.

— E Rebecca não está bem... — A culpa subiu tão rápido pelo esôfago de Lauren que ela quase engasgou, mas engoliu. — Os problemas dela são complicados.

— Quanto paga seu terapeuta para fazer você acreditar nisso? — debochou Alice. — Não é tão complicado, é a forma como o mundo gira, não é? Acha que eu não percebo como minha filha pode ser uma megerazinha ardilosa? Agressiva, manipuladora e tudo mais que vem no pacote? Não sou cega, consigo ver o que ela é.

Alice se aproximou, com as bochechas coradas. A mulher suava apesar do frio e o cabelo dela estava grudado na testa em um emaranhado. Tinha lágrimas nos olhos.

— E Deus sabe que ela faz umas coisas muito, *muito* burras. Mas pelo menos eu posso admitir. Posso levantar a mão e aceitar meu papel nisso. Você quer desperdiçar milhares de dólares tentando descobrir por que sua filha está doente, e passando fome, e tão triste, Lauren? — Os rostos das duas mulheres estavam tão próximos que o hálito condensado se misturava. — Poupe seu dinheiro e compre um espelho. Você a criou. Acha que minha filha é igual a mim? Sua filha é *exatamente igual a você*.

TRINTA

A trilha estava escorregadia e úmida sob os pés. Falk avançava o mais rápido que conseguia, o peito ofegante conforme galhos grandes demais se esticavam até ele, agarrando e arranhando-o. O som estrondoso de água corrente estava próximo quando irrompeu do limite do bosque, sem fôlego, o suor já esfriando e se tornando pegajoso contra a pele.

A parede de água despencava. Falk se obrigou a parar e olhar direito, a respiração ofegante enquanto ele semicerrava os olhos contra a luz do dia que se apagava. Nada. A vista da cachoeira estava deserta. Falk xingou baixinho. Estava errado. *Ou chegara tarde demais*, sussurrou uma voz na mente dele.

Deu um passo sobre a ponte, então outro, e parou.

Ela estava sentada na rocha que se projetava no alto da Cachoeira do Espelho, quase invisível em contraste com o fundo rochoso. As pernas balançavam na beirada e a cabeça estava inclinada enquanto olhava para a agitação branca da água que quebrava no lago abaixo.

Lauren estava ali sentada, triste e trêmula, e muito só.

DIA 4: DOMINGO DE MANHÃ

Sua filha é exatamente igual a você.

As palavras ainda ecoavam noite adentro quando Lauren se chocou com força contra Alice. O movimento até mesmo a pegou de surpresa quando o próprio corpo bateu contra o da outra mulher e as duas caíram, as mãos golpeando e se debatendo. Lauren sentiu um arranhão quando unhas desceram por seu punho direito.

— Sua vadia. — A garganta de Lauren parecia quente e fechada, a voz dela estava abafada conforme as duas se contorciam e caíam para trás como uma só, chocando-se contra uma rocha ao lado da trilha.

Uma pancada ressoou no ar. Lauren sentiu o fôlego ser forçado para fora dos pulmões quando ela caiu no chão, arquejando e rolando. A trilha rochosa feriu suas costas e o coração dela latejava nos ouvidos.

Ao lado, Alice gemeu baixinho. Ela estava com um braço sobre o de Lauren e deitada perto o suficiente para que o calor corporal pudesse ser sentido através das roupas. A mochila caíra ao lado do corpo dela.

— Me largue. — Lauren a empurrou para longe. — Você só fala merda.

Alice não respondeu; ficou ali caída, braços e pernas inertes.

Lauren se sentou, tentando respirar fundo. O pico de adrenalina tinha despencado, deixando-a trêmula e com frio. Ela olhou para baixo. Alice ainda estava deitada de costas, encarando o céu, as pálpebras tremendo e os lábios um pouco entreabertos. A mulher gemeu de novo, erguendo uma das mãos até a parte de trás da cabeça. Lauren olhou para a rocha ao lado da trilha.

— O quê? Você bateu a cabeça?

Sem resposta. Alice piscou, os olhos se fechando e se abrindo devagar. A mão na cabeça.

— Merda. — Lauren ainda conseguia sentir a raiva, mas estava mais abafada agora, varrida por uma camada de arrependimento. Alice podia ter ido longe demais, mas o mesmo valia para si. Estavam todas cansadas e famintas, e havia se descontrolado. — Você está bem? Deixe-me...

Lauren se levantou e passou as mãos por baixo das axilas de Alice, puxando-a para sentá-la. Ela a apoiou com as costas contra a rocha e pôs a mochila ao lado. A outra mulher piscou devagar, os olhos entreabertos e as mãos inertes no colo, o olhar concentrado no nada. Lauren verificou a parte de trás da cabeça dela. Não havia sangue.

— Você está bem. Não está sangrando, mais provável que esteja zonza. Apenas espere um minuto.

Sem resposta.

Ela colocou a mão no peito de Alice, sentindo-o inflar e esvaziar. Como fizera quando Rebecca era bebê, de pé diante do berço da filha na escuridão das primeiras horas do dia, estrangulada pela proximidade do laço entre elas, tremendo com o peso da responsabilidade. *Ainda está respirando? Ainda está comigo?* Agora, enquanto prendia a respiração, sentia o subir e o descer breves do peito de Alice sob a palma da mão. O suspiro de alívio dela foi audível.

— Céus, Alice. — Lauren ficou de pé. Deu um passo para trás. E agora? De repente se sentiu muito sozinha e com muito medo. Ela estava exausta. De tudo. Sentia-se cansada demais para lutar. — Olhe. Faça o que quiser, Alice. Não vou acordar as outras. Não direi a elas que vi você, se não contar a elas... — Ela fez uma pausa. — Eu só perdi a calma por um minuto.

Sem resposta. Alice encarava o chão adiante entre as pálpebras semicerradas. Ela piscou uma vez, e o peito se elevou, então desceu devagar.

— Vou voltar para a cabana agora. Você também deveria. Não desapareça.

Os lábios de Alice se moveram uma fração. Houve um ruído baixo do fundo da garganta dela. Curiosa, Lauren se aproximou. Outro pequeno ruído. Era quase como um gemido, mas por cima do sussurro do vento nas árvores, do sangue pulsando no crânio e da dor dentro de si, Lauren teve certeza de que sabia o que Alice tentava lhe dizer.

— Tudo bem. — Lauren se virou. — Eu também peço desculpas.

Ela mal se lembrava de ter voltado para a cabana. Do lado de dentro, três corpos estavam deitados imóveis, respirando com suavidade. Lauren encontrou o próprio saco de dormir e entrou nele. Estava tremendo e, ao se deitar contra as tábuas do piso, tudo pareceu girar. Um nó pesado fazia uma pressão dolorosa no peito. Não apenas raiva, pensou Lauren. Não apenas tristeza. Algo mais.

Culpa.

A palavra subiu, cobrindo como bile sua garganta. Lauren a empurrou de volta para baixo.

Estava tão cansada e com os olhos tão pesados. Escutou por tanto tempo quanto pôde, mas não houve som de Alice vindo atrás dela. Por fim, exausta, precisou deixar aquilo de lado. Foi apenas à beira do sono que Lauren se deu conta de duas coisas. Uma: se esquecera de pegar o celular; e duas: seu pulso direito estava vazio. A pulseira da amizade que a filha fizera para ela se fora.

TRINTA E UM

Falk pulou por cima da grade de segurança para a superfície rochosa. Estava escorregadia como gelo sob seus pés. Cometeu o erro de olhar para baixo e se sentiu hesitante quando a rocha balançou abaixo. Ele se agarrou à grade e tentou focar no horizonte até que a sensação passasse. Era difícil dizer onde a terra firme encontrava o ar conforme as copas das árvores invadiam o céu cada vez mais escuro.

— Lauren! — chamou Falk, o mais baixo que conseguiu por cima do rugido da água.

Ela se encolheu ao ouvir o próprio nome, mas não ergueu o rosto. Vestia apenas a blusa fina de manga comprida e a calça de mais cedo. Nada de casaco. O cabelo estava molhado e grudado à cabeça devido aos respingos da água. Mesmo na escuridão crescente, o rosto tinha um tom azulado. Falk se perguntou há quanto tempo estaria sentada ali, úmida e congelando. Mais do que uma hora, talvez. Estava preocupado que ela pudesse cair por pura exaustão.

Falk voltou a olhar para a trilha, sem saber o que fazer. O caminho ainda estava vazio. Lauren estava tão perto da beirada que se sentiu tonto só de olhá-la. Ele respirou fundo e começou a avançar com cuidado sobre as rochas. Pelo menos as nuvens tinham se dissipado no momento. No crepúsculo, o brilho prateado e pálido da lua prematura projetava um pouco de luz.

— Lauren — chamou ele de novo.

— Não chegue mais perto.

Falk parou e arriscou um olhar para baixo. Só conseguia distinguir o fundo por causa da queda d'água. Tentou se lembrar do que Chase dissera naquele primeiro dia. Uma queda de cerca de quinze metros até o lago escuro abaixo. O que mais ele tinha dito? Não era a queda que matava as pessoas, era o choque e o frio. Lauren já estava tremendo violentamente.

— Ouça — disse ele. — Está congelando aqui em cima. Vou jogar meu casaco para você, tudo bem?

Ela não reagiu, então assentiu com um movimento breve. Falk entendeu isso como um bom sinal.

— Aqui. — Ele abriu o casaco e o tirou, ficando apenas de suéter. Os respingos da catarata se agarraram à camada exposta na mesma hora e, em instantes, estava úmida. Falk jogou o casaco para Lauren. Foi um bom arremesso e caiu próximo do objetivo. Ela tirou os olhos da água, mas não se moveu para pegar a roupa.

— Se você não vai usar, jogue de volta — falou ele, já batendo os dentes. Lauren hesitou, então o vestiu. Falk entendeu isso como outro bom sinal. O casaco engoliu a estrutura minúscula da mulher.

— Alice está mesmo morta? — As palavras dela eram difíceis de ouvir por cima da água corrente.

— Está. Sinto muito.

— De manhã, quando voltei para a trilha e ela havia sumido, eu achei… — Lauren ainda tremia com violência, esforçando-se para falar. — Achei que fosse ela quem conseguiria voltar.

DIA 4: DOMINGO DE MANHÃ

Bree não tinha certeza do que a havia acordado. Ela abriu os olhos e foi recebida pelo despertar frio e cinzento do início do alvorecer. A luz que entrava pelas janelas da cabana era fraca e a maior parte da sala ainda estava mergulhada em uma escuridão enevoada. Bree conseguia ouvir as suaves respirações ao seu redor. As demais ainda não tinham acordado. Que bom. Ela resmungou baixinho e se perguntou se seria capaz de voltar a dormir, mas as tábuas do piso eram duras contra os ossos e sua bexiga doía.

Virou-se de lado e viu a mancha de sangue no chão próximo. De Lauren, lembrou-se. Bree puxou os pés para o saco de dormir, com nojo. A briga na noite anterior voltou depressa à mente e dessa vez o resmungo que soltou foi alto. Tapou a boca e ficou quieta. Não queria encarar as outras mais cedo do que o necessário.

Bree deslizou para fora do casulo em que dormiu e colocou as botas e o casaco. Ela caminhou pé ante pé até a porta, encolhendo-se conforme o chão rangia, e saiu para o frígido ar matutino. Quando fechou a porta, ouviu um passo na clareira atrás de si. Bree deu um salto, contendo um grito.

— Shh, não acorde as outras, droga. — Beth estava sussurrando. — Sou só eu.

— Nossa, você me assustou. Achei que ainda estava lá dentro. — Ela se certificou de que a porta da cabana estava fechada e se afastou, avançando pela clareira. — O que está fazendo de pé tão cedo?

— O mesmo que você, acho. — Beth indicou o banheiro externo.

— Ah. Tudo bem.

Houve uma pausa esquisita, o fantasma da noite anterior ainda se agarrando a elas como fumaça.

— Ouça, sobre ontem à noite... — sussurrou Beth.

— Não quero falar sobre aquilo...

— Eu sei, mas precisamos. — A voz de Beth estava firme. — Olhe, eu sei que causei muitos problemas para você, mas vou consertar as coisas...

— Não. Beth, por favor. Apenas deixe isso para lá.

— Não consigo. Já foi longe demais. Alice não tem o direito de ameaçar você e sair ilesa. Não depois do quanto você batalhou. Ela não pode provocar as pessoas e se surpreender quando elas reagem.

— Beth...

— Confie em mim. Você sempre me ajudou. Minha vida toda. Ajudar agora é o mínimo que eu posso fazer.

Bree ouvira palavras como aquelas antes. *Tarde demais e insuficientes,* pensou ela, e se sentiu maldosa na mesma hora. A irmã estava tentando. Para seu crédito, sempre tentava. Bree engoliu em seco.

— Tudo bem. Bom, obrigada. Mas não piore as coisas.

Beth gesticulou na direção da vegetação com um estranho meio sorriso.

— E dá para ficar pior?

Bree não teve certeza de quem se moveu primeiro, mas então sentiu os braços envolverem a irmã pela primeira vez em anos. Foi um pouco estranho, o corpo que uma dia fora tão familiar quanto o dela agora parecia muito diferente. Quando se afastaram, Beth estava sorrindo.

— Vai ficar tudo bem — disse ela. — Eu prometo.

Bree observou a irmã se virar e entrar de novo na cabana. Ainda conseguia sentir o calor do corpo de Beth contra o dela.

Ela ignorou o banheiro – de maneira nenhuma entraria ali – e em vez disso deu a volta pela lateral da cabana. Bree parou de repente quando viu aquele horrível túmulo de cachorro. Quase se esquecera daquilo. Então virou o rosto e foi direto até os fundos, pela longa grama em direção às árvores e à trilha até que a cova estivesse bem fora de vista. Estava prestes a abrir a calça quando ouviu algo.

O que fora aquilo? Um pássaro? O som vinha da trilha atrás dela. Era um barulho baixo, artificial e perfurante na quietude da manhã. Bree prendeu o fôlego, os ouvidos quase apitando devido ao esforço para escutar. Não era nenhum pássaro. Ela reconheceu aquele barulho. Virou-se na direção dele e saiu correndo. Trilha acima, quase tropeçando na superfície irregular.

Alice estava sentada no chão, as pernas estendidas diante do corpo, encostada em uma rocha. Olhos fechados, mechas de cabelo loiro voando com suavidade na brisa. A cabeça dela estava inclinada um pouco para trás, em direção ao céu, como se estivesse tomando um raio de sol inexistente. E o bolso da calça jeans estava apitando.

Bree caiu de joelhos.

— Alice, o telefone. Rápido! Está tocando!

Ela conseguia vê-lo preso na coxa de Alice. A tela estava quebrada, mas brilhava. Bree o segurou, as mãos tremendo com tamanha violência que o aparelho quase pulou para fora dos dedos. Ele tocou na mão dela, esganiçado e insistente.

Na tela quebrada, o nome de quem ligava brilhou. Duas letras: A. F.

Bree não sabia e não se importava. Com dedos espessos, ela apertou o botão para atender, quase errando na pressa. Levou o telefone ao ouvido.

— Alô? Ai, minha nossa, por favor. Você consegue me ouvir?

Nada. Nem mesmo estática.

— Por favor.

Ela tirou o celular do rosto. A tela estava apagada. O nome tinha sumido. A bateria tinha acabado.

Bree o sacudiu, as mãos escorregadias com suor. Nada. Ela pressionou o botão de ligar, então de novo e de novo. A tela a encarou de volta, completamente escura.

— *Não!*

O estômago dela pesou quando a esperança foi arrancada como um tapete puxado de debaixo dos pés. Bree se virou e vomitou bile na vegetação, lágrimas fazendo os olhos arderem enquanto o desapontamento esmagava o peito. Por que Alice não atendera logo, droga? Devia haver bateria o suficiente para uma mísera ligação de socorro. O que a vaca idiota estava pensando, deixando-o ligado? Gastando a bateria.

Foi quando ela se virou para perguntar exatamente isso, com vômito e ódio queimando na garganta, que a percepção de que Alice ainda estava sentada na mesma posição, encostada na pedra, a atingiu. Ela não se movera.

— Alice?

Não houve resposta. A posição relaxada dos membros da outra mulher agora parecia flácida, lembrando uma marionete. As costas dela estavam em um ângulo estranho também, com a cabeça oscilando para trás. Ela não parecia em paz. Só vazia.

— Merda. Alice?

Bree pensou que os olhos de Alice estivessem fechados, mas via agora que estavam um pouco entreabertos. Pequenas fendas brancas encaravam o céu cinza.

— Consegue me ouvir? — Bree mal conseguia ouvir a própria voz por cima do latejar dentro da cabeça.

Não houve movimento e nem resposta. Ela se sentiu zonza. Como se quisesse se sentar ao lado de Alice, em uma imobilidade plena, e desaparecer.

Os olhos semicerrados da outra mulher continuaram encarando o nada até Bree não suportar mais. Ela avançou de lado de modo que não pudesse mais ver o seu rosto. Aproximou-se o máximo que teve coragem ao perceber que a parte de trás da cabeça dela parecia um pouco estranha. Não havia sangue, mas a pele do crânio aparentava estar manchada e arroxeada onde o cabelo loiro se dividia. Ela recuou um passo, os olhos no chão.

Bree quase não viu o objeto preso entre Alice e a base da rocha. Estava quase escondido por completo pela lombar da mulher. Apenas a ponta era visível, circular com um brilho metálico. Ela encarou pelo que pareceu um longo tempo. Não queria tocar, nem queria admitir que reconhecia o que era, mas já sabia que não podia deixar ali.

Por fim, Bree se obrigou a agachar e, com as pontas dos dedos, segurou e puxou a metálica lanterna industrial. Sabia que o nome estaria gravado na lateral, mas mesmo assim ficou sem fôlego ao vê-lo refletir a luz. *Beth.*

Já foi longe demais. Alice não tem o direito de ameaçar você e simplesmente sair ilesa.

Em uma única ação por reflexo, Bree levou o braço para trás e arremessou a lanterna girando na vegetação. Ela atingiu algo com um estampido e desapareceu. A mão dela formigava e a limpou na calça jeans. Cuspiu na palma e limpou mais uma vez. Então olhou de novo para Alice. Ainda sentada, ainda muda.

Duas portas se abriram na mente de Bree e com um único movimento da cabeça, ela bateu com força uma delas. A sensação de tontura tinha sumido agora e de repente via tudo com clareza. Precisava se mover.

Bree olhou para a trilha. Estava vazia. Por enquanto. Não tinha certeza de por quanto tempo tinha ficado ali. Será que mais alguém ouvira o telefone tocar? Ela parou e escutou. Não conseguiu ouvir movimento algum, mas as demais acordariam em breve, se é que já não estavam despertas.

Bree moveu a mochila primeiro. Isso foi mais fácil. Ela verificou mais uma vez que o telefone estava desligado, então o enfiou em um bolso lateral e passou as alças pelos braços. Carregou-a para a vegetação, longe o bastante para que não conseguisse ver a trilha, e a apoiou atrás de uma árvore. Ficou de pé e, por um terrível momento, não conseguiu se lembrar da direção em que a trilha estava.

Congelada no lugar, Bree respirou fundo, acalmando-se.

— Não entre em pânico — sussurrou ela. Sabia para que lado precisava ir. Inspirou um último e volumoso fôlego e se obrigou a andar reto, por onde tinha vindo, através da longa grama e das árvores, mais e mais rápido, até conseguir ver Alice apoiada na pedra.

Bree quase parou de súbito ao ver o cabelo loiro se levantando com o vento, a quietude terrível. A pulsação estava tão acelerada que a jovem achou que podia desmaiar. Ela se obrigou a correr os últimos poucos passos e, antes que conseguisse mudar de ideia, passou as mãos sob as axilas de Alice e a puxou.

Caminhou para trás, arrastando-a mais para dentro do mato. O vento rodopiava em torno dela, espalhando folhas e detritos pelo solo ao encalço, como se jamais tivesse passado por ali. Bree puxou até os braços doerem e o fôlego queimar no peito, até que de repente tropeçou e caiu.

Alice – o corpo – despencou para um lado, de barriga para cima, com o rosto voltado para o céu. Bree caiu pesadamente contra um tronco morto de árvore, os olhos mornos de lágrimas e fúria. Ela se perguntou por um breve segundo se estava chorando por Alice, mas sabia que não. Não naquele momento, de toda forma. Ali, só tinha lágrimas para ela mesma, e para a irmã, e pelo que elas por algum motivo haviam se tornado.

Como se o coração não estivesse doendo o suficiente, apenas nesse instante Bree se deu conta de uma sensação de ardência no braço.

TRINTA E DOIS

Algo chamou a atenção de Falk.

Bem abaixo, na base da cachoeira, ele viu o lampejo de um casaco refletor quando alguém saiu de fininho do limite do bosque com um andar familiar. Carmen. Ela se posicionou na base da queda d'água e Falk viu a cabeça da parceira se voltar para cima, procurando por eles. Estava escuro demais para ver o rosto dela, mas depois de um momento Carmen levantou um braço. *Estou vendo você.* Em volta dela, oficiais se moviam com lentidão para as posições designadas, tentando não chamar atenção.

Lauren não pareceu notar e Falk ficou aliviado. Queria a atenção dela o mais longe possível da queda. Através do rugido da água, ele ouviu passos ecoando na ponte de madeira. Lauren devia ter ouvido também porque virou a cabeça na direção do som. O sargento King entrou no campo visual deles, acompanhado de cada lado por dois outros policiais. Ele permaneceu afastado, mas levou o walkie-talkie até a boca e murmurou algo incompreensível àquela distância.

— Não quero que eles cheguem mais perto. — O rosto de Lauren estava molhado, mas os olhos dela permaneciam secos, a expressão determinada de uma forma que deixou Falk nervoso. Pensou reconhecer aquela expressão. A de alguém que havia desistido.

— Tudo bem — disse Falk. — Mas não vão ficar longe a noite inteira. Querem falar com você, e deveria permitir. Se você se afastar da beirada, podemos tentar esclarecer isso. — Alice tentou me contar sobre as fotos de Margot. Talvez se eu tivesse ouvido, tudo teria sido diferente.

— Lauren...

— O quê? — Ela o interrompeu. Olhou para ele. — Acha que pode consertar o que aconteceu?

— Podemos tentar. Eu prometo. Por favor. Apenas volte para o chalé e converse com a gente. Se não fizer por você mesma, então... — Ele hesitou, sem saber se era a jogada certa. — Ainda tem a sua filha. Ela precisa de você.

Ele percebeu na hora que fora a coisa errada a dizer. Lauren contraiu o rosto e se debruçou para a frente, as articulações dos dedos brancas onde agarravam a borda.

— Rebecca não precisa de mim. Não posso ajudá-la. Tentei tanto, a vida dela inteira. E, juro por Deus, sei que cometi erros, mas fiz o melhor que pude. — A cabeça dela estava abaixada enquanto encarava o abismo. — Eu só piorei as coisas. Como pude fazer isso? Ela é apenas uma menina. Alice estava certa. — Ela se debruçou para a frente. — A culpa é minha.

DIA 4: DOMINGO DE MANHÃ

A primeira coisa que Lauren ouviu quando abriu os olhos foram os gritos do lado de fora da cabana.

Ela percebeu uma movimentação ao redor, ouviu alguém se levantando, e então o pisotear de passos no piso. Um estrondo quando a porta da cabana se abriu. Demorou para se sentar no saco de dormir. A cabeça latejava e as pálpebras estavam pesadas. Alice. A lembrança da trilha voltou a ela no mesmo instante. Lauren olhou em volta. Era a única na sala.

Com uma sensação de pesar, ficou de pé e foi até a porta. Ela olhou para fora e piscou. Havia algum tipo de comoção na clareira. Tentou entender o que estava vendo. Não era Alice, mas Bree.

A jovem estava caída ao lado dos resquícios da fogueira da noite anterior, agarrada ao braço direito. O rosto dela estava pálido.

— Erga-o! — gritava Beth, tentando puxar o braço da irmã acima da cabeça de Bree.

Jill estava folheando freneticamente um fino panfleto. Ninguém olhava para Lauren.

— Diz que precisamos de uma tala — dizia Jill. — Encontre alguma coisa para mantê-lo imóvel.

— O quê? Que tipo de coisa?

— Não sei! Como eu deveria saber? Um galho ou algo assim! Qualquer coisa.

— Precisamos ir — gritou Beth, pegando um punhado de galhos quebrados. — Jill? Precisamos levá-la a um médico agora mesmo. Merda, ninguém fez um curso de primeiros socorros?

— Sim, a maldita Alice! — Jill enfim se virou para a cabana e viu Lauren à porta. — Onde ela está? Acorde Alice. Diga a ela que temos uma picada de cobra.

Lauren teve o pensamento surreal de que Jill quisera dizer para ir acordá-la na trilha, mas, em vez disso, a mulher apontava para a cabana. Como se em um sonho, Lauren se arrastou de volta para dentro e olhou em volta. Ainda era a única ali dentro. Quatro sacos de dormir no chão. Verificou cada um deles. Todos vazios. Nada de Alice. Ela não tinha voltado.

Houve movimento à porta e Jill surgiu.

Lauren sacudiu a cabeça.

— Ela foi embora.

Jill congelou, então, de repente, pegou a própria mochila e o saco de dormir do chão e os sacudiu.

— Onde está meu casaco? O telefone estava dentro dele. *Merda*. Aquela vaca o levou.

Então atirou os pertences no chão e se virou, batendo a porta da cabana ao sair.

— Ela foi embora, droga, e levou o celular. — A voz de Jill estava abafada do lado de fora. Lauren ouviu um grito de revolta que podia ter vindo de qualquer uma das gêmeas.

Ela colocou as botas e saiu aos tropeços. Sabia onde estava o casaco. Vira Alice jogá-lo atrás de um tronco na noite anterior. Desejou agora jamais ter acordado durante a madrugada para ir ao banheiro. Desejou ter demorado um minuto para acordar as outras em vez de sair atrás da mulher no escuro. Desejou ter sido capaz de impedi-la de ir embora. Desejou que muitas coisas fossem diferentes.

Lauren viu o borrão de cor atrás do tronco. Ela estendeu o braço para pegá-lo.

— O casaco está aqui.

Jill o arrancou dela e vasculhou os bolsos.

— Não. Ela com certeza o levou.

Beth estava de pé ao lado de Bree, que permanecia caída no chão, o braço imobilizado em uma tala improvisada.

— Certo. Quais são nossas opções? — Jill estava com a respiração ofegante. — Ficamos paradas. Ou nos dividimos, deixamos Bree aqui...

— Não! — disseram as irmãs em uníssono.

— Tudo bem. Tudo bem, então precisaremos andar. Todas ajudaremos Bree, mas para que lado...

— Continuem indo para o norte — disse Lauren.

— Tem certeza?

— Sim. Vamos nos ater ao plano. Manter o mais reto possível, o mais rápido possível, e torcer para chegarmos à estrada. É nossa melhor aposta.

Jill considerou por uma fração de segundo.

— Tudo bem. Mas primeiro precisamos procurar por Alice. Apenas por precaução.

— Está brincando? Precaução do quê? — Beth estava boquiaberta.

— Caso ela tenha ido ao banheiro e torcido o maldito tornozelo, não sei!

— Não! Precisamos ir!

— Então seremos rápidas. Nós três. Bree fica aqui. — Uma hesitação. — E vocês não vão muito longe.

Lauren já estava correndo pela longa grama na direção da trilha.

— É bom Alice torcer para que outra pessoa a encontre — ouviu Beth dizer. — Se eu a encontrar primeiro, vou matá-la.

Lauren estava sem fôlego conforme corria. Ainda conseguia sentir o peso de Alice de quando as duas tinham caído e o choque no momento em que o ar foi arrancado dos pulmões. Ainda conseguia sentir o ardor das palavras. Ao se lembrar daquilo, reduziu um pouco o passo. A trilha parecia diferente à luz do dia e ela quase errou o local. Quase. Tinha passado da grande rocha lisa pouco antes de se dar conta. Ela parou, virando-se, compreendendo em um instante o que estava vendo. Nada. A pedra estava sozinha. A trilha estava vazia.

Alice se fora.

Lauren se sentiu zonza quando o sangue lhe subiu à cabeça. O caminho estava deserto nas duas direções. Ela olhou ao redor, perguntando-se até onde Alice tinha ido. A vegetação não dava pistas.

Ao observar o solo, não havia sinal da pulseira. Será que tinha perdido na cabana e não se dera conta? Não havia nada à vista, mas o ar tinha um estranho cheiro pungente e ela teve a sensação de que a área tinha sido revirada. Supôs que tivesse sido, de certa forma, mas enquanto olhava em volta agora, podia ver poucos vestígios da briga das duas. As pernas de Lauren tremeram apenas um pouco quando ela se virou e caminhou de volta.

Perto da cabana, conseguia ouvir os gritos distantes das outras chamando Alice. Perguntou-se se deveria fazer o mesmo, mas quando abriu a boca, o nome ficou preso nos lábios.

TRINTA E TRÊS

Lauren fitou a água. Tomou fôlego entre os dentes cerrados e Falk aproveitou a chance para dar um rápido passo na direção da mulher. Ela estava tão concentrada que não reparou.

Ele notou que ambos tremiam de frio e estava com medo de que os dedos congelados de Lauren pudessem escorregar, estivesse ela, ou ele, pronta ou não.

— Eu não tive mesmo a intenção de matá-la. — A voz de Lauren quase se perdeu no estrondo da água.

— Acredito em você — disse Falk. Ele se lembrou da primeira conversa deles. Pareceu há muito tempo, lá fora na trilha, com a noite ao redor dos dois. Ainda conseguia ver o rosto dela, aflito e hesitante. *Não foi apenas uma coisa que deu errado, foram centenas de pequenas coisas.*

Agora, ela parecia determinada.

— Mas eu queria machucá-la.

— Lauren…

— Não pelo que ela fez comigo. Aquilo foi culpa minha. Mas sei o que Margot fez com Rebecca; que ela a provocou e a enganou. E talvez Margot tenha sido esperta o bastante para esconder, e Alice tenha feito alarde o suficiente para a escola olhar para o outro lado. Mas eu sei o que aquela menina fez. Ela é igual à maldita mãe dela.

As palavras pairaram na névoa congelante. Lauren ainda estava olhando para o abismo.

— Mas muito disso é culpa minha. — A voz dela estava baixa. — Por ser tão fraca. Não posso culpar Alice ou Margot por isso. E Rebecca vai perceber um dia, se é que já não se deu conta. E então vai me odiar.

— Ela ainda precisa de você. E a ama. — Falk pensou no rosto do próprio pai. A letra dele rabiscada nos mapas. *Com Aaron.* — Mesmo que ela nem sempre se dê conta disso.

— Mas e se eu não conseguir consertar as coisas com ela?

— Você consegue. Famílias podem perdoar.

— Eu não sei. Nem tudo merece ser perdoado. — Lauren voltou a olhar para baixo. — Alice disse que eu era fraca.

— Ela estava errada.

— Eu também acho. — A resposta pegou Falk de surpresa. — Sou uma pessoa diferente agora. Agora, faço o que preciso fazer.

Ele sentiu os pelos do braço se arrepiarem quando algo mudou na atmosfera. Tinham cruzado um limite invisível. Não a vira se mover, mas de repente ela pareceu muito mais próxima da beirada. Na margem lateral, conseguia ver Carmen olhando para cima, preparada. Falk tomou uma decisão. Aquilo já havia se estendido demais.

Já estava avançando antes que o pensamento se formasse por completo. Dois passos rápidos sobre as rochas, a superfície escorregadia como vidro sob as solas, e os dedos esticados. A mão dele se fechou no casaco dela – dele – agarrando um pedaço de tecido, o toque desastrado devido ao frio.

Lauren olhou para ele, com calma, e em uma única ação fluida, deu de ombros, inclinou o magro tronco para a frente e deixou o casaco para trás como se fosse uma pele de cobra. Ela deslizou para longe do toque dele e, com um movimento marcado tanto por decisão quanto precisão, ela se foi.

A beirada estava vazia, como se Lauren jamais tivesse estado ali.

DIA 4: DOMINGO DE MANHÃ

Jill conseguia ver o próprio medo refletido nos três rostos que a encaravam de volta. Podia ouvir a respiração rápida das outras enquanto o coração dela galopava. Acima, o bolsão de céu esculpido pelas árvores era de um cinza esmaecido. O vento sacudiu os galhos, lançando um jato de água sobre o grupo abaixo. Ninguém se encolheu. Atrás delas, a madeira podre da cabana rangeu e se aquietou quando outra lufada soprou.

— Precisamos sair daqui — falou Jill. — Agora.

À esquerda, as gêmeas assentiram de imediato, unidas pela primeira vez devido ao pânico. Bree agarrava o braço da irmã, Beth apoiando-a. Os olhos delas estavam arregalados e sombrios. À direita, Lauren se agitou, a mais breve hesitação, então assentiu, tomando um fôlego.

— E quanto a...

— E quanto a quê? — Jill perdera a paciência.

—... E quanto à Alice?

Um silêncio terrível. O único som era o rangido e o farfalhar enquanto as árvores olhavam para baixo, para o círculo estreito das quatro.

— Alice causou isso a si mesma.

Um silêncio. Então Lauren apontou.

— O norte fica para lá.

Elas caminharam e não olharam para trás, deixando as árvores engolirem tudo que haviam abandonado.

TRINTA E QUATRO

Falk gritou o nome de Lauren, mas era tarde demais. Estava falando com o nada. Ela não estava mais lá.

Ele avançou aos tropeços sobre as pedras a tempo de vê-la mergulhar como um peso morto na água. O som da queda dela foi engolido pelo rugido das cataratas. Falk contou até três – rápido demais –, mas Lauren não emergiu. Ele puxou o suéter por cima da cabeça e tirou as botas. Tentou inspirar fundo, mas o peito estava apertado quando ele deu um passo adiante e saltou. Até atingir o fim, a única coisa que conseguiu ouvir por cima da torrente de água abaixo e da pressão de ar acima foi o som de Carmen gritando.

Falk se chocou contra a água primeiro com os pés.

Sentiu-se em um vazio suspenso conforme um estranho nada o envolveu. Então, de repente, o frio o atingiu com força brutal. Ele chutou para cima, combatendo a ânsia de arquejar até irromper pela superfície. O peito de Falk queimava quando inspirou o ar úmido e o frio da água forçava o oxigênio para fora dos pulmões tão rápido quanto conseguia inspirá-lo.

Os respingos da cachoeira o cegavam, fazendo o rosto e os olhos arderem. Falk não conseguia ver Lauren. Não conseguia ver nada. Ele ouviu um ruído baixo por cima do rugido ensurdecedor e se virou, limpando os olhos. Carmen estava na margem. Ao lado dela, dois policiais pegavam uma corda. Ela gritava e apontava para alguma coisa.

Lauren.

A cortina estrondosa de água a puxaria para baixo, soube instintivamente. Já conseguia sentir os dedos da corrente submersa puxando os próprios pés, ameaçando arrastá-lo para o fundo. Ele tomou fôlego, tentando forçar ar para dentro dos pulmões convulsivos, então nadou em um híbrido de braçadas na direção dela.

Falk era um nadador razoável, crescera perto de um rio, mas os puxões e empurrões da água dificultavam qualquer deslocamento. As roupas dele pesavam, puxando-o para trás, e ficou feliz por ter tido o bom senso de tirar as botas.

Adiante, a figura oscilava na direção da zona de perigo. Ela não estava se debatendo, mal se movia, enquanto o rosto mergulhava na água escura por longos segundos.

— Lauren! — gritou ele, mas o ruído foi engolido. — Aqui!

Ele a pegou a apenas metros da base ruidosa da queda e a segurou, com os dedos congelados e atrapalhados.

— Me deixe! — gritou ela, os lábios de um roxo azulado macabro.

Lauren lutava agora, chutando-o para longe. Falk passou um braço sobre o corpo da mulher, pressionando as costas contra seu peito, segurando-a firme. Não sentia calor algum vindo do corpo dela. Ele começou a chutar o mais forte possível, forçando as pernas pesadas a se moverem. Conseguia ouvir Carmen chamando-o da margem. Falk tentou seguir a voz dela, mas Lauren tentava se desvencilhar com mais afinco, agarrando o braço dele.

— Me solte! — Ela estava se debatendo, arrastando os dois para baixo d'água. Falk teve a visão ofuscada, o rosto mergulhando sob a superfície antes que tivesse a chance de tomar fôlego. Lauren jogou um braço para trás, chocando-se contra ele e afundando a cabeça de Falk de novo.

Tudo estava abafado, então ele ressurgiu, engolindo água, respirando meio fôlego, não o suficiente, e então estava mergulhado de novo, a mão se afrouxando conforme a mulher se debatia contra ele. Falk segurou firme, combatendo o instinto animal de a soltar. Sentiu uma agitação na água e outro braço se esticou, não o de Lauren lutando. Ele se enganchou sob a axila de Falk e puxou. O rosto dele irrompeu pela superfície e outra coisa deu a volta sob o braço, uma corda, e de repente não precisou lutar para permanecer boiando. Ele arquejou, inspirando, a cabeça acima da água. Percebeu que não estava mais segurando Lauren e entrou em pânico.

— Tudo bem, nós a pegamos — disse uma voz ao ouvido dele. Carmen. Falk tentou se virar, mas não conseguiu.

— Você fez a parte difícil, estamos quase na margem.

— Obrigado — tentou dizer ele, mas só conseguia arquejar.

— Apenas se concentre em respirar — disse ela, quando a corda puxou dolorosamente sob o braço dele. As costas de Falk rasparam nas pedras quando foi puxado por dois policiais. Enquanto estava caído na margem lamacenta, virou o rosto e viu Lauren sendo arrastada para fora. Ela estava trêmula, mas tinha parado de lutar por enquanto.

Os pulmões doíam e a cabeça dele latejava, mas Falk não se importava. Não sentiu nada além de alívio. Estava tremendo tanto que as escápulas batiam no chão. Um cobertor foi jogado por cima dele, então outro. Sentiu um peso no peito e abriu os olhos.

— Você a salvou. — Carmen se debruçava sobre ele, o rosto dela uma silhueta.

— Você também — tentou respondê-la, mas se esforçava para formar as palavras com o rosto congelado.

Falk ficou deitado de costas, tentando recuperar o fôlego. A vegetação se abria ao redor da cachoeira e pela primeira vez não conseguia ver nenhuma árvore. Apenas Carmen inclinada sobre ele e o céu noturno acima. Ela tremia forte e ele levou parte do cobertor sobre ela, que se aproximou e, de repente, os lábios dela estavam nos dele, frio contra frio, e Falk fechou os olhos. Tudo ficou dormente, exceto pela única corrente morna dentro de seu peito.

Rápido demais, acabou, e ele piscou. Carmen o encarava, não envergonhada, não arrependida, o rosto dela ainda próximo, mas não tão próximo.

— Não entenda errado, ainda vou me casar. E você é um maldito idiota, não deveria ter pulado. — Ela sorriu. — Mas estou feliz que esteja bem.

Eles ficaram quietos, respirando em uníssono, até que um guarda-florestal se aproximou com mais um cobertor térmico e Carmen rolou para longe.

Falk encarou o céu. Fora de vista, conseguia ouvir as copas das árvores balançando, mas não se virou para ver. Em vez disso, observou as estrelas fracas acima, procurando pelo Cruzeiro do Sul, como tinha feito tantos anos antes com o pai. Não conseguiu vê-lo, mas não importava. Estava lá em cima, em algum lugar, ele sabia.

O corpo dele estava frio onde Carmen estivera, mas um calor tinha começado a se espalhar dentro de si a partir de seu âmago. Conforme ficou deitado ali, observando as estrelas e ouvindo o farfalhar das árvores, percebeu que sua mão já não doía mais.

TRINTA E CINCO

Falk se sentou para admirar o próprio trabalho na parede. Não estava perfeito, mas estava melhor. O sol do início da tarde atravessava as janelas, iluminando o apartamento dele com um brilho morno. Ao longe, o horizonte de Melbourne cintilava.

Fazia duas semanas desde que ele e Carmen tinham deixado a cordilheira pela última vez. Falk esperava que fosse a última vez, ao menos. Sentia que muito tempo se passaria antes de precisar caminhar entre aquelas árvores de novo.

Estava em casa havia três dias quando o envelope marrom anônimo chegou. Endereçado ao escritório, aos cuidados dele, continha um pen drive e nada mais. Falk abriu o conteúdo e encarou a tela. Sentiu a pulsação acelerar.

Consiga os contratos. Consiga os contratos.

Ele olhou e percorreu os arquivos durante mais de uma hora. Então pegou o telefone e discou um número.

— Obrigado — disse ele.

Do outro lado da linha, ouviu Beth McKenzie respirar fundo.

— Você soube que a BaileyTennants está desprezando Bree? — disse ela. — Estão todos se distanciando, tentando lavar as mãos do caso dela.

— Eu soube disso.

— Eu também não estou mais trabalhando lá.

— É, também ouvi falar disso. O que você vai fazer agora?

— Não sei.

— Talvez alguma coisa com aquele seu diploma em ciência da computação — disse Falk. — Você estava sendo desperdiçada naquela sala de dados.

Ele ouviu Beth hesitar.

— Acha mesmo?

— Sim.

Era um eufemismo. Ele percorreu os arquivos conforme os dois conversavam. Estavam todos ali. Cópias dos documentos que Alice tinha solicitado e obtido dos arquivos da BaileyTennants. Algumas coisas ela já havia passado para os agentes. Outras, não. Ele sentiu uma descarga de alívio e adrenalina enquanto os contratos o encaravam de volta em preto e branco. Conseguia imaginar o rosto de Carmen quando contasse a ela. Falk voltou para o início dos arquivos.

— Como você...?

— Eu jamais confiei em Alice. Ela sempre foi grosseira comigo. E Bree trabalhava muito próxima dela, teria sido fácil jogar a culpa nela se estivesse fazendo algo errado. Então eu fiz cópias dos pedidos dela.

— Obrigado. De verdade.

Falk a ouviu suspirar.

— O que vai acontecer agora?

— Com Bree?

— E Lauren.

— Não sei — respondeu Falk, com sinceridade.

Uma autópsia confirmara que Alice morrera de uma hemorragia cerebral, mais provável por ter batido com a cabeça na rocha próxima de onde o corpo dela fora encontrado. Tanto Lauren quanto Bree enfrentariam acusações, mas Falk esperava intimamente que a sentença final não fosse tão severa. De qualquer ângulo que olhasse, não conseguia deixar de sentir pena delas.

Os Bailey já estavam envolvidos em uma investigação bastante pública de imagens indecentes supostamente publicadas pelo filho de Daniel, Joel. A mídia já ficara ciente do escândalo, publicando análises de página dupla completas com fotos da arborizada escola particular do garoto. Ele fora expulso, de acordo com relatos. O nome de Margot Russell tinha sido mantido fora disso, por enquanto, pelo menos.

Graças a Beth, os Bailey agora tinham mais problemas a caminho. Falk não conseguia sentir qualquer empatia por eles. A família lucrara com a miséria de outros por duas gerações. Jill inclusive. Quer sentisse que tinha escolha ou não, quando se tratava dos negócios da família, ela era de fato uma Bailey.

Desde que deixara a cordilheira, Falk tinha passado bastante tempo pensando. Sobre relacionamentos e no quão pouco era preciso para que um desandasse. Sobre guardar rancor. Sobre perdão.

Ele e Carmen tinham tentado visitar tanto Margot quanto Rebecca. Margot se recusava a ver qualquer um, lhes dissera o pai. Recusava-se a falar, a sair do quarto. Ele parecera apavorado.

Rebecca tinha pelo menos consentido em deixar a casa e se sentar diante deles à mesa de um café, em silêncio. Carmen pedira sanduíches para todos, sem perguntar, e a menina observou enquanto os dois comiam.

— O que aconteceu na cachoeira? — perguntou ela, por fim. Falk lhe deu uma versão editada. Com toda sinceridade que podia dispensar. Pegando pesado na parte do amor, leve na do arrependimento.

A menina olhou para o prato intocado.

— Minha mãe não disse muito.

— O que ela disse?

— Que me ama e sente muito.

— É a essa parte que você deveria prestar atenção — disse Falk.

Rebecca brincou com o guardanapo.

— Foi culpa minha? Porque eu não queria comer?

— Não, acho mesmo que era muito mais profundo do que isso.

A menina não pareceu convencida, mas quando se levantou para ir embora, levou o sanduíche embrulhado em um guardanapo. Falk e Carmen a observaram pela janela. No fim da rua, ela parou diante de uma lata de lixo. Segurou o sanduíche sobre a tampa por um longo tempo, então, com o que pareceu ser esforço físico, colocou o lanche na bolsa e desapareceu em uma esquina.

— É um começo, suponho — disse Falk. Ele pensou nas centenas de pequenas coisas que tinham se somado para tudo dar tão errado. Talvez centenas de pequenas coisas pudessem se somar para dar tudo certo.

Depois de alguns dias pensando em casa, Falk passou mais alguns dias agindo. Ele fora até uma loja de móveis para comprar algumas coisas, então comprou mais outras enquanto estava lá.

Agora, se sentava na nova poltrona no canto do apartamento enquanto um trecho de luz solar se movia pelo tapete. O móvel era confortável e tinha sido uma boa escolha. Tornava o lugar diferente. Mais ocupado e cheio, mas Falk achou que gostava disso. E, desse novo ponto de observação, conseguia ver a mais nova mudança com clareza.

As duas fotografias dele com o pai penduradas na parede, emolduradas e polidas. Aquilo mudava a sensação da sala, mas achou que também gostava da transformação. Fora sincero no que dissera a Lauren na cachoeira. Famílias podem perdoar. Mas não bastava sinceridade, era preciso demonstrar.

Falk olhou para cima agora, verificando o relógio. Era uma linda tarde de sexta-feira. Carmen se casaria no dia seguinte em Sidney. Ele desejava felicidade a ela. Jamais tinham conversado sobre o que acontecera entre os dois na margem da cachoeira. Sentia que para Carmen fora um momento que era melhor permanecer efêmero. Compreendia isso. O paletó do terno e um presente de casamento embrulhado estavam esperando junto com a mochila dele. Prontos para o voo.

Estava quase na hora de partir, mas Falk achou que tinha tempo o bastante para uma ligação rápida.

Ouviu o toque de chamada do outro lado da linha e podia imaginar o telefone tocando na outra ponta, em Kiewarra. Sua cidade natal. Uma voz familiar atendeu.

— Greg Raco falando.

— É Aaron. Você está ocupado?

Uma gargalhada do outro lado do telefone.

— Não.

— Ainda fugindo do trabalho? — perguntou Falk. Ele imaginou o sargento de polícia em casa, ainda sem voltar ao uniforme.

— Chama-se convalescência, obrigado, amigo. E leva um tempo.

— Eu sei — disse Falk, virando a própria mão queimada e examinando a pele. Ele sabia mesmo. Tivera sorte.

Os dois conversaram por um tempo. As coisas estavam um pouco melhores desde que a seca passara. Falk perguntou pela filha de Raco. Pela família Hadler. Todos bem. E todo o resto do pessoal?

Raco gargalhou.

— Amigo, se está tão curioso assim, talvez devesse vir fazer uma visita.

Talvez ele devesse. Por fim, Falk olhou para o relógio. Precisava ir. Pegar o avião.

— Ouça, já está entediado com essa sua convalescência?

— Muito.

— Estou pensando em fazer uma trilha. Um fim de semana. Se você se sentir disposto. Algo suave.

— Sim. Com certeza. Isso seria muito bom — disse Raco. — Onde?

Falk olhou para os mapas do pai, espalhados sobre a mesa de centro no calor da luz da tarde. O sol se refletindo nos porta-retratos na parede.

— Qualquer lugar que você queira. Eu conheço uns bons.

As cuidadosas marcas a lápis mostravam o caminho a ele. Havia muito a explorar.

AGRADECIMENTOS

Mais uma vez, tenho a sorte de estar cercada por um maravilhoso grupo de pessoas que me ajudou de tantas formas diferentes.

Um sincero agradecimento às minhas editoras Cate Paterson, da Pan Macmillan, Christine Kopprasch e Amy Einhorn, da Flatiron Books, e Clare Smith, da Little, Brown, por sua fé e pelo apoio constante. As opiniões e conselhos de vocês foram inestimáveis e sou realmente grata pelas muitas oportunidades extraordinárias que criaram para minha escrita.

Obrigada a Ross Gibb, Mathilda Imlah, Charlotte Ree e Brianne Collins, da Pan Macmillan, e a todos os talentosos designers, às equipes de marketing e vendas, que trabalharam tanto para dar vida a este livro.

Eu estaria perdida sem a ajuda de meus incríveis agentes Clare Foster, da Curtis Brown da Austrália, Alice Lutyens e Kate Cooper, da Curtis Brown do Reino Unido, Daniel Lazar, da Writers House e Jerry Kalajian, do Intellectual Property Group.

Obrigada a Mike Taylor, cuidador sênior de répteis do Healesville Sanctuary, o sargento-sênior Clint Wilson, da polícia de Victoria, e à líder de equipe de visitantes e da comunidade do Grampians Gariwerd National Park, Tammy Schoo, por gentilmente compartilharem o conhecimento e a experiência sobre a vida selvagem nativa, os procedimentos de resgate e as técnicas de acampamento e trilha. Qualquer erro ou liberdade artística ficam por minha conta.

Estou em dívida com os muitos livreiros dedicados que promoveram meus livros com tanto entusiasmo e, é claro, todos os leitores que acolheram as histórias.

Obrigada às mães de Elwood e seus lindos bebês pelo acolhimento e pela amizade. Vocês têm sido um farol em meio a tudo isso.

Como sempre, amor e gratidão à minha maravilhosa família, que me apoiou a cada passo: Mike e Helen Harper, Ellie Harper, Michael Harper, Susan Davenport e Ivy Harper, Peter e Anette Strachan.

Acima de tudo, minha profunda gratidão ao meu incrível marido Peter Strachan – a ajuda que você me deu se estende por anos e preencheria páginas – e à nossa filha Charlotte Strachan, nosso amor, que nos tornou muito mais.

Esta obra foi composta em Adobe Caslon Pro
e impressa em papel Pólen Soft 70g com capa em Cartão Trip
Suzano 250g pela Corprint em julho de 2021